OSTFRIESLANDKRIMIS

EVA STURM

Ermittlerin auf Langeoog

von Moa Graven

»Niemand wird dir vergeben« Band 13

»Gebrochenes Herz« Band 14

»Mord in Zimmer 11« Band 15

Moa Graven ist Ostfriesin und schreibt seit 2013 Krimis. Erst mit fünfzig hat sie die Leidenschaft für das subtile Verbrechen auch für sich entdeckt, als sie einen Fortsetzungskrimi für ein Monatsmagazin schrieb. Seit 2017 lebt die Autorin vom Schreiben und eröffnete ein Krimihaus in Rhauderfehn, wo man sie auch besuchen kann. Mit über 60 Krimis, die sie über 500.000 Mal im Eigenverlag verkaufte, gehört sie zu den erfolgreichsten Krimiautorinnen in Deutschland.

Impressum
Eva Sturm ermittelt - Die Fälle 13, 14 und 15
Ostfrieslandkrimis von Moa Graven
Alle Rechte am Werk liegen bei der Autorin
Erschienen im Criminal-kick-Verlag Ostfriesland
November 2019 – ISBN 978-3-946868-67-5
Umschlagfoto und Gestaltung: Moa Graven

Wer ist Eva Sturm?

Eva Sturm wird 2014 von ihrer bisherigen Dienststelle in Braunschweig als Ermittlerin zur kleinen Polizeistation auf Langeoog versetzt. Nur mit halbem Herzen freut sie sich, denn teilweise fühlt sie sich als Endvierzigerin einfach nur abgeschoben. Die Tage plätschern dahin, sie gewöhnt sich ein und freundet sich schließlich mit Jürgen an, der die Touristikinfo leitet. Für Polizeiarbeit gibt es indes nur selten Anlass, bis Eva eines schönen Tages im Frühjahr 2015 am Strand einen goldenen Ring mit einer Inschrift findet. Sie versucht mit Jürgens Hilfe, den Besitzer zu ermitteln, der offensichtlich mit einer Maren verheiratet ist. Seitdem ist viel passiert auf Langeoog und jetzt präsentiere ich Ihnen bereits den 13. Fall mit meiner manchmal etwas mürrischen Ermittlerin. So jedenfalls wirkt sie auf viele. Doch dahinter steckt eine emotional manchmal etwas mitgenommene Frau, die in ihrer Kindheit Dinge erlebte, die sie für ihr ganzes Leben prägten. Auch davon erfahren Sie, liebe Leserin und lieber Leser immer mehr in den spannenden Fällen. Denn das Leben von Eva Sturm ist genauso spannend wie jeder Mordfall, den sie löst.

Niemand wird dir vergeben - Band 13

Zum Inhalt

Während Eva gemeinsam mit Robert ihre Mutter in Schweden besucht, wird auf Langeoog Hendrik Stiller ermordet. Ein Schock für Eva, die ihren alten Freund noch vor ihrer Abreise am Strand von Langeoog getroffen hat. Bereits da erschien ihr sein Verhalten seltsam. Sie fährt zurück, um den Täter, der Stiller ein Messer in die Brust gerammt hat, zu finden. Ein Journalist vom Festland schreibt einen Artikel über miese Geschäfte mit Billigfisch, der auch auf die Insel geliefert wurde. War Stiller darin verwickelt, indem er diesen Fisch auch für das Hotel, in dem er arbeitete, orderte? Musste er sterben, weil er zu viel wusste?

„Sind wir nicht alle

ein bisschen Eva."

Langeoog ist eine ostfriesische Insel.
Doch für viele Menschen
ist sie viel mehr als das.

Moa Graven

Die neue Eva

Sie drehte sich vor dem Spiegel hin und her. Das mussten mindestens sieben Kilo sein, die sie in den letzten Monaten verloren hatte. Und wenn sie jetzt die Hände in die Seite legte, dann konnte man sogar wieder eine Taille erahnen. Eva war zufrieden mit sich. Und auch mit ihrem Leben. Der fünfzigste Geburtstag war jetzt ein Vierteljahr her. Sie musste zugeben, dass die Zahl doch ganz schön an ihr nagte. Fünfzig. So alt waren früher Leute, zu denen man Oma und Opa sagte. Doch die Zeiten hatten sich gewandelt. Heute starteten gerade Frauen mit fünfzig nochmal so richtig durch, wenn man den Zeitschriften glauben durfte, in denen sie jetzt manchmal heimlich blätterte.

Seitdem sie mit Robert zusammen war, achtete sie mehr auf sich. Deshalb hatte sie sich auch zu dieser Diät überwunden und aß kaum noch Brot, dafür den Käse direkt aus der Hand. Und sie hatte mehr Sport getrieben. War nicht mehr am Strand entlanggeschlendert, sondern hatte ihr halbherzig im letzten Jahr begonnenes Joggingprogramm ausgebaut und lief dreimal die Woche eine Stunde mit kleinen Pausen.

Robert. Er war im Moment wieder in seinem Haus in Tannenhausen. Meistens kam er am

11

Wochenende rüber auf die Insel. Es war, als ob sie schon immer aufeinander gewartet hätten. Ihre innere Unruhe hatte sich in ein wohliges »Wir gehören zusammen« gewandelt. Sie vertraute ihm. Und er vertraute ihr. Sie mussten sich diese Dinge nicht immer wieder schwören, es war einfach so.

Ihre Mutter Katharina hatte ihr zu ihrem Geburtstag einen langen Brief geschrieben und sie beide zu ihrer neu gewonnenen Liebe beglückwünscht. Sie sollten ruhig einmal im Mai gemeinsam nach Schweden kommen, hatte sie erwähnt. Gerade der Beginn des Sommers sei dort besonders schön. Eva hatte eine Woche gebraucht, um mit Robert darüber zu sprechen. Und er hatte spontan Ja gesagt. In zwei Wochen nun würden sie nach Schweden fahren. Die Reise war bis ins letzte Detail durchgeplant. Drei Tage würden sie bei Katharina wohnen und dann weiter nach Stockholm fahren. Von dort aus ging es dann mit dem Flieger nach weiteren zwei Tagen zurück nach Hannover.

Sicher hatte auch Katharinas Alter dazu beigetragen, dass Eva nicht lange gezögert hatte mit ihren Plänen. Wer wusste denn, wie oft sie noch die Gelegenheit hätte, ihre Mutter zu sehen?

Eva ging in die Küche und setzte Wasser für einen Tee auf. Sie wollte gleich nach dem

Frühstück, das wieder nur aus zwei harten Eiern, einem Knäckebrot und einer Pampelmuse bestand, an den Strand gehen, um zu joggen. Mittlerweile fiel ihr der Verzicht auf frische Brötchen beim Bäcker gar nicht mehr so schwer. Wenn der Erfolg sich einstellte, begann man es zu genießen, Dinge wegzulassen. Und komischerweise fühlte sie sich auch besser. Was bestimmt nicht nur am Gewichtsverlust lag. So viel frisches Obst wie in den letzten Wochen hatte sie vorher nie gegessen.

Sie las die Zeitung, während sie aß, und blieb bei einem Artikel hängen, bei dem es um Ungereimtheiten bei einem Geschäftsmann ging, der in engem Kontakt zur Insel Langeoog stand. Näheres könne man noch nicht sagen wegen der laufenden Ermittlungen. Dann hätten sie sich den Artikel auch sparen können, dachte Eva. Sie hätte jetzt eigentlich an den Strand gehen wollen, um zu joggen. Manchmal war es aber eben schwer, seinen inneren Schweinehund zu überlisten. So war es auch heute Morgen. Wenn ich das jetzt einreißen lasse, dann waren alle bisherigen Bemühungen umsonst, beschwor sich Eva. Und schließlich schaffte sie es dann auch, den Tisch abzuräumen und sich fertig anzuziehen.

Als sie vor die Tür trat, schlug ihr angenehm warme Luft entgegen. Der Frühling hatte definitiv

Einzug gehalten. Beschwingt lief sie Richtung Strand, wo sich auch andere Urlaubsgäste zu einem Spaziergang entschlossen hatten.

Sie war schon einige Hundert Meter gelaufen und jetzt ziemlich für sich, als sie in kurzer Distanz einen Mann entdeckte, der, die Hände in den Taschen, mit gesenktem Kopf alleine am Wasser entlanglief. Sie hielt ihre Hand über die Augen, so dass sie besser sehen konnte. War das nicht ihr guter Freund Stiller? Als sie immer weiter an ihn herankam, war sie sich sicher. Aber was machte er hier um diese Zeit alleine am Strand? Das war ungewöhnlich.

»Hendrik?«, rief sie und er drehte sich um.

»Eva? Guten Morgen.«

Er blieb stehen und sie erreichte ihn kurz darauf.

»Was machst du hier so ganz alleine?«, fragte sie.

»Und du?«

»Ich jogge«, antwortete sie.

»Du hast abgenommen«, erwiderte er. »Steht dir gut.«

»Danke. Ist aber eine elende Plackerei. Zuzunehmen ist wesentlich leichter.« Sie seufzte. »Aber man gewöhnt sich daran, mehr Sport zu treiben und weniger oder besser gesagt, anders zu essen. Ich war noch nie der Typ, der hungern konnte.«

»Das habe ich auch noch nie verstanden, warum man in einer Wohlstandsgesellschaft wie unserer hungern sollte. Es gibt genug Elend auf der Welt.«

Er war komisch, dachte Eva. Sonst klang er nicht so melancholisch.

»Hast du heute frei?«, fragte sie.

»Nein, ich musste nur den Kopf ein wenig freikriegen«, antwortete er und sah auf seine Armbanduhr. »Jetzt muss ich auch los, in einer halben Stunde habe ich einen Termin.«

»Okay«, sagte Eva, »ich laufe noch ein Stückchen weiter und dann gehe ich auch zurück.«

»Bis dann«, erwiderte er und lief in die entgegengesetzte Richtung.

Eva wunderte sich einmal mehr über sein Verhalten. Sonst hätte er sie bestimmt noch zu einem Kaffee oder so eingeladen. Auch, wenn sie jetzt fest mit Robert zusammen war, ließ er kaum eine Gelegenheit aus, mit ihr zu plaudern. Nein, daran konnte es nicht liegen, dass er so abweisend war. Aber abweisend war auch irgendwie das falsche Wort. Er wirkte eher abwesend. Dass er einfach ging, musste nichts mit ihr zu tun haben. Vielleicht hatte er Ärger im Hotel oder auch nur mit einem Kunden. Ja, das konnte es sein. Der Termin, den er gleich hatte, war ein unangenehmer. Sie würde ihn beim nächsten Mal einfach fragen, wenn er wieder besser gelaunt war.

Doch dazu sollte es nicht mehr kommen, bevor sie mit Robert nach Schweden aufbrach.

Das Verbrechen

Eigentlich hatte sie noch nie Angst gehabt, abends alleine in den Straßen. Sie hatten schön gefeiert in dem kleinen Café. Es war spät geworden. Und wie das so üblich war in kleineren Städtchen, da war um diese Zeit kaum noch jemand unterwegs. Und vielleicht war es das, was sie aufhorchen ließ. Diese Stille um sie herum. Es wirkte fast unheimlich. Und so langsam verflog ihr jugendlicher Leichtsinn, der durch so manches Glas Sekt in schwindelerregende Höhen getrieben worden war. Sie hatte mächtig mit Sascha geflirtet. Einem Kollegen aus dem Büro ihrer besten Freundin Diana. Doch mehr war nicht daraus geworden, denn Sascha hatte eine feste Beziehung, wie Diana ihr im Laufe des Abends ins Ohr geflüstert hatte.

Schade, dachte sie. Denn auch er schien nicht abgeneigt, das war ganz offensichtlich. Als er ging, hatte er ihr diskret einen kleinen Zettel zugeschoben mit seiner Telefonnummer im Büro. Sie war hochrot angelaufen, hatte ihn angestrahlt und den Zettel schnell, bevor es noch jemand mitbekam, weggesteckt. Ich muss verrückt sein, hatte sie gedacht und nach ihrem Sektglas gegriffen. Es gab so viele junge Männer, die sie haben konnte. Sie liefen ihr praktisch nach, denn sie war außerordentlich hübsch. Schlank, rötlich blonde Locken, eine kleine Stupsnase und große blaue Augen. Ihre Freundin Diana meinte ja immer, dass sie das Zeug zum Modeln hätte. Doch davon wagte sie nicht einmal, zu träumen. Dafür war sie viel zu schüchtern. So etwas passierte anderen, aber bestimmt nicht ihr.

Jetzt gingen auch noch die Straßenlaternen aus und sie konnte den Asphalt nur noch wegen des Vollmonds deutlich erkennen. Sie hatte es ja nicht mehr weit. Sie beschleunigte ihren Schritt. Plötzlich fröstelte es sie sogar, obwohl der Abend lau war. Sie zog ihre rote Strickjacke fester um sich und beschleunigte ihren Gang.

Dann hörte sie plötzlich etwas. Es klang, als sei ein kleiner Stein auf die Straße gefallen. Oder war er von jemandem weggetreten worden? Sie schluckte. Lief noch schneller. Und plötzlich packte sie jemand von hinten. Hart griffen große Pranken nach ihren Schultern und rissen sie mit einem heftigen Ruck herum. Sie sah in ein derbes Männergesicht, das sie nie wieder in ihrem Leben würde vergessen können.

Er presste jetzt eine Hand auf ihren Mund und schleifte sie um eine Hausecke. Als er sie an die Wand presste, bekam sie kaum noch Luft. Trotzdem schlug sie jetzt mit ihren Armen um sich, versuchte, nach ihm zu treten. Ein Schuh flog durch die Luft und landete mit einem leichten Klacken auf den runden Pflastersteinen. Sie betete, dass es jemand hören möge. Irgendjemand musste doch mitbekommen, was ihr hier geschah. Musste ihr zu Hilfe eilen. Der Mann griff unter ihren Rock und riss ihre Nylons kaputt.

Dann drehte er sie um und stemmte sein Gewicht gegen sie.

»Wenn du auch nur einen Mucks sagst, dann bringe ich dich um«, flüsterte er in ihr Ohr. Sie spürte seine Bartstoppeln an ihrem Hals. Ich habe keine Kraft mehr, dachte sie, als er ihren Slip herunterzog, mit seinen groben Fingern zwischen ihren Beinen herumfingerte und schließlich das tat, was er von Anfang an geplant hatte. Immer wieder scheuerte ihr Gesicht gegen die Wand. Sie hielt sich mit den Händen, so gut es ging, fest, damit seine gewaltsamen Bemühungen sie nicht zu Boden rissen. Sie fühlte nichts mehr. Es war ihr kalt, doch sie spürte nur noch Ekel. Hoffentlich ist es bald vorbei, flehte sie im Stillen. Und hoffentlich bringt er mich nicht um.

Er atmete heftig hinter ihr, griff mit seinen großen Händen nach vorne zu ihren Brüsten. Zog ihren Unterleib mechanisch vor und zurück. Dann endlich stöhnte er auf. Atmete schwer. Sie sackte zu Boden.

Seine davoneilenden Schritte hallten übers Pflaster durch die Nacht.

Es tat ihr alles weh. Tränen liefen über ihr Gesicht. Nur mühsam kam sie wieder auf die Beine, sackte aber im nächsten Moment wieder zusammen. Wo war ihr zweiter Schuh? So konnte sie doch nicht nach Hause gehen. Wenn das ihre Mutter sah. Sie würde einen Nervenzusammenbruch erleiden. Die guten Strümpfe. Sie hatten eine Menge Geld gekostet. Sie konnte nicht ohne den zweiten Schuh nach Hause gehen. Ihr Gesicht brannte, als sie mit einer Hand darüber fuhr. Auf Knien kroch sie die nähere Umgebung ab, um nach dem Schuh zu suchen. Dann endlich fand sie ihn. Sie kroch zurück zu der Wand, wo sie eben noch ihrem Peiniger ausgeliefert gewesen war, setzte sich aufrecht und zog den Schuh wieder an. Ihr Slip hing noch immer zwischen ihren Füßen. Sie spürte etwas zwischen ihren Beinen. Ich kann nicht nach Hause gehen, dachte sie. Niemand darf mich so sehen. Aber wo sollte sie um diese Zeit hingehen? Und hatte sie überhaupt die Kraft dazu?

Mühsam kam sie vom Boden hoch, indem sie sich an der Wand abstützte, zog ihren Slip hoch und glättete ihren Rock darüber. Wenn sie jetzt zu Diana ginge, dann würde sie ihr erklären müssen, was passiert war. Doch sie wusste, dass sie es niemals aussprechen konnte. Dieses ungeheuerliche Wort für das, was ihr passiert war. Sie schämte sich. Fühlte sich schmutzig.

Sie musste versuchen, unbemerkt ins Haus zu kommen. Doch sie wusste, dass ihre Mutter niemals schlief, bevor sie nicht zu Hause war. Sie würde es hören, wenn sie die Treppen nach oben schlich. Es ist mir egal, dachte sie. Es ist doch nicht meine Schuld. Doch sie wusste, dass ihre Mutter genau das sagen würde. Warum bist du um diese Zeit denn auch alleine unterwegs? Genau das würde sie fragen. Sie hatte es schon so oft über andere Frauen gesagt, die bestohlen oder überfallen wurden. Warum gingen sie denn alleine aus dem Haus?

Sie jedenfalls würde es wohl nie wieder tun. Und doch fühlte es sich nicht richtig an, dass sie fortan die Schuld dafür zu tragen hatte, was dieser Mann ihr angetan hatte.

Reisefieber

»Hoffentlich vergesse ich nichts«, sagte Eva und ging schon zum dritten Mal den Inhalt ihres Reisekoffers durch.

»Es wird auch in Schweden Zahnbürsten geben«, sagte Robert und legte von hinten die Arme um sie.

»Ja, du hast recht«, entgegnete Eva, »ich mache mich, wie immer, unnötig verrückt. Es ist ja auch nur eine Woche, die wir unterwegs sind.«

»Eben. Und wahrscheinlich ist es eher die Freude darauf, deine Mutter endlich wiederzusehen, die dich so nervös macht.«

Sie drückte sich an ihn. Es tat so gut, dass er da war. Gestern Abend war er mit der letzten Fähre auf die Insel gekommen und sie hatten wunderbare Stunden zusammen verbracht. Du reist nur mit einem Rucksack, hatte sie ihn geneckt. Sicher, hatte er mit einem Achselzucken geantwortet, ich will ja nicht auswandern. Genau das liebte sie an Robert so sehr. Er war unkompliziert. Machte sich nicht tausend unnötige Gedanken, sondern ließ die Dinge geduldig auf sich zukommen. Sie hoffte, dass das irgendwann auf sie abfärben würde. Jetzt drehte sie sich zu ihm um und schlang ihre Arme um seinen Hals.

»Ich liebe dich, Robert«, sagte sie und sah ihm direkt in die Augen. Auch das hatte sie erst lernen müssen, dass man Blicken nicht auszuweichen brauchte.

»Ich dich auch«, erwiderte er und sie küssten sich leidenschaftlich.

»Und jetzt mache ich den Koffer zu.« Sie strahlte ihn an, als sie sich wieder voneinander gelöst hatten. »Heute Mittag geht es los. Was wollen wir so lange noch machen?«

Robert zog die Schultern hoch. »Ich weiß nicht. Vielleicht ein bisschen faulenzen?«

»Ja, gute Idee. Ich bereite uns ein kleines Frühstück vor und dann legen wir uns damit aufs Sofa.«

Am frühen Abend kamen sie in Travemünde an, von wo aus die Fähre nach Schweden am nächsten Tag ablegen würde. Sie hatten sich in Bensersiel einen Wagen gemietet, weil Robert seinem Wagen diese Strecke nicht mehr zumuten wollte.

»Weißt du, was ich mich gerade frage?«, sagte Robert, als sie an der Strandpromenade einen kleinen Spaziergang machten und die letzten Sonnenstrahlen genossen.

»Nein, was denn?«

»Warum bin ich eigentlich nach Langeoog gekommen, bevor wir losgefahren sind? Du hättest doch auch bei mir in Tannenhausen übernachten können.«

»Ja, das stimmt. Weiß ich auch nicht. Ich glaube, es war deine Idee.«

»Hm ... So komische Dinge fallen mir ein?«

»Scheint so.« Sie stieß ihn sanft in die Seite. »Ach Robert, ich freue mich so, Katharina morgen wiederzusehen.«

»Das kann ich mir vorstellen.«

»Sie freut sich auch schon, dich kennen zu lernen.«

»Ja, geht mir auch so. Trotzdem ist es ein komisches Gefühl für mich.«

»Warum das denn?«

»Na ja, immerhin hat sie dich damals, als du klein warst, im Stich gelassen.«

Eva seufzte auf. »Ach, ich will mir nicht mehr den Kopf über die Vergangenheit zerbrechen, hab ich mir vorgenommen. Das bringt irgendwie nichts. Die Dinge sind jetzt so, wie sie sind. Und sieh es doch auch einmal so, wäre ich nicht zu euch als

Pflegekind gekommen, dann hätten wir uns niemals kennen gelernt.«

Robert nickte. »So betrachtet hast du natürlich recht. Trotzdem, es war nicht richtig.«

»Nein, das war es nicht. Aber sie war ja noch jung. Sie bereut es auch, das hat sie mir gesagt. Es tut ihr leid. Doch man kann die Dinge im Nachhinein nun einmal nicht mehr ungeschehen machen. Komm, lass uns positiv in die Zukunft sehen. Wir haben doch uns.«

Er blieb stehen. Sie sah ihn an. »Du hast recht«, sagte er, »ich denke viel zu viel über Vergangenes nach. Lass uns doch da drüben in das nette Restaurant einkehren. So langsam habe ich Hunger.«

Als sie am nächsten Tag auf die Fähre gingen, stand die Sonne hoch am Himmel. Die Überfahrt dauerte viele Stunden, die sie gemeinsam an schönen Sonnplätzen an Deck verbrachten. Das Meer zog an ihnen vorbei, rauschte, ließ sie ihre Gedanken treiben. Eva kam die Reise mit Jürgen in den Sinn, als sie mit ihm zusammen das erste Mal in Schweden gewesen war. Heute fühlte sich alles so anders an. Jürgen war so weit weg in ihrer Erinnerung. Sie hatte Robert an ihrer Seite. Sie sah neben sich. Er hatte sich in seinem Stuhl zurückgelegt und schien zu schlafen. Wie viele Jahre lagen zwischen ihnen, in denen sie sich nicht gesehen hatten? So viele Jahre, die so schön hätten sein können, hätten sie sich früher wiedergetroffen. Doch es half nichts, jetzt über verpasste Möglichkeiten zu spekulieren. Sie musste das Hier und Jetzt mit dem Mann genießen, so lange es noch ging. Vielleicht war es gut so, dass es so lange gedauert hatte. Früher wäre sie womöglich nicht zu so tiefen Gefühlen fähig gewesen, weil sie selber mit sich haderte. Sie liebte Robert von ganzem Herzen. Zärtlich griff sie nach seiner Hand, doch so, dass sie ihn nicht weckte, falls er schlief.

»Woran denkst du gerade?«, fragte Robert und hielt seine Augen geschlossen.

»An das Glück, das ich mit dir habe«, sagte Eva, drückte seine Hand fester und löste sie wieder von ihm.

»Ich liebe dich«, sagte er.

»Ich dich auch«, antwortete sie.

Dann wurden sie wieder still.

Erst am späten Abend gegen einundzwanzig Uhr kamen sie schließlich beim Haus von Katharina an.

»Vielleicht hätten wir doch irgendwo übernachten sollen«, sagte Eva zweifelnd, als sie nur ein kleines Licht hinter dem Fenster mit den hellblauen Schals erkannte.

»Jetzt sind wir hier, Eva«, sagte Robert. »Es macht keinen Sinn, jetzt umzukehren.«

»Du hast ja recht«, bestätigte sie. »Und Katharina erwartet uns ja auch.«

Im nächsten Moment ging die kleine Holztür auf.

»Eva?«, fragte Katharina, die, da es draußen keine Beleuchtung gab, nichts genau sehen konnte. »Hab ich doch richtig gehört.«

»Katharina«, sagte Eva und ging auf ihre Mutter zu. Sie brachte es nicht über sich, sie in dem heutigen Alter noch Mama zu nennen. »Du kannst ruhig sagen, wenn wir zu spät sind und du müde bist.«

»Was redest du denn da für einen Unsinn«, sagte Katharina und legte im nächsten Moment die Arme um ihre Tochter. »Es ist schön, dass ihr da seid. Kommt doch herein, ich mache uns einen guten Tee.«

Eva bemerkte, dass Katharina leicht humpelte, als sie vorauslief.

»Ist etwas passiert?«, fragte sie, »ich meine, weil du schlecht läufst.«

»Ach, die Hüfte«, sagte Katharina und seufzte auf. »Ich werde eben alt und muss mich damit abfinden, dass es hier und da mal zwickt.«

»Warst du bei einem Arzt?«

Katharina lachte auf. »Ach Eva, ich brauche keinen Arzt. Es ist doch nur das Alter, dagegen ist kein Kraut gewachsen.«

Eva wurde bewusst, wie wertvoll diese Besuche in Schweden waren. Es konnte jedes Mal das letzte Mal sein, dass sie ihre Mutter sah.

Katharina zeigte ihnen das Zimmer, in dem sie übernachten würden.

»Du bist also Robert«, sagte sie, als sie ihm die Hand reichte. »Schön, dich kennen zu lernen, du tust meiner Eva offensichtlich sehr gut.« Sie musterte ihn ausführlich, ohne ihn in die Enge zu treiben mit ihren Blicken.

»Das hoffe ich doch«, antwortete Robert, »es freut mich, Sie kennen zu lernen.«

»Oh bitte, nenn mich Katharina und natürlich duzen wir uns.«

»Danke, Katharina«, sagte er.

»Richtet euch bitte ein, ich mache uns derweil einen Tee in der Küche.«

Katharina verließ das Zimmer.

»Sie scheint sehr nett zu sein«, bemerkte Robert, als er seinen Rucksack ausräumte und die Sachen aufs Bett legte.

»Doch, das ist sie wohl«, antwortete Eva. Sie wunderte sich selbst über diese zögerliche Antwort auf eine im üblichen Sinne rhetorische Feststellung.

»Du kannst froh sein, dass du sie noch kennen gelernt hast, bevor sie ...«.

»Ich weiß, was du meinst. Und ja, du hast recht. Es ist ein großes Glück, sie noch sprechen zu können, sie zu sehen und zu berühren. Hätte mir das jemand erzählt, wie wichtig das selbst für eine Fünfzigjährige ist, dann hätte ich ihn vermutlich für verrückt erklärt.«

»Die Bindung zu einer Mutter ist durch nichts zu ersetzen«, meinte Robert lakonisch. »Komm, lass uns jetzt zu ihr gehen, bestimmt wartet sie schon mit dem Tee auf uns.«

Es roch nach Kräutern, als sie in die Küche kamen. Sie saßen an diesem Abend noch bis Mitternacht zusammen, bis Katharina dann sagte, dass sie sich nun wirklich hinlegen müsse.

Das ungewollte Kind

Ihre Mutter hatte ihr eine schallende Ohrfeige verpasst, als sie in der Nacht aus der Kälte mit kaputten Kleidern und aufgeschürften Knien ins Haus geschlichen kam. Sie hatte sofort erkannt, was geschehen war. Sagte aber kein einziges Wort zum Trost. Oder bot ihr gar die Hilfe an, die die junge Frau in dem Moment so dringend gebraucht hätte. Einen Arm, der sich um sie legt. Jemanden, der ihr sagt, dass man alles überstehen könnte, wenn man nur zusammenhält. Doch nichts von dem geschah. Die Geschlagene schlich nach oben und legte sich in die Badewanne, um sich den Schmutz von der Haut zu waschen. Es gelang ihr nicht.

Es war vielleicht acht Wochen später, als sie zum ersten Mal ahnte, dass die Nacht des Schreckens nicht ohne Folgen geblieben war. Dass ihre Menstruation manchmal unregelmäßig war, hatte sie nicht stutzig gemacht. Doch als sie das zweite Mal ausblieb, da, ja da hätte sie gerne mit jemandem gesprochen. Doch mit ihrer Mutter war das unmöglich, das wusste sie.

Einen Monat später stellte sie sich das erste Mal nackt vor den großen Spiegel im Schlafzimmer ihrer Eltern. Sie musterte ihr Profil. War der Bauch runder als sonst? Vielleicht ein kleines bisschen.

Das hätte sich noch durch zu viel Kuchen oder Eis erklären lassen. Doch da war noch etwas anderes, dass ihr Sorgen machte. Es war ihr morgens übel. Sie schaffte es gerade noch, den Tee zu trinken, den ihre Mutter ihr weiterhin hinstellte. Das Weißbrot ließ sie heimlich unter dem Tisch in ihrer Tasche, die sie immer mit zur Arbeit nahm, verschwinden. Oft schaffte sie es gerade noch rechtzeitig, um sich über dem Klo zu erbrechen. Ihre Mutter sah sie manchmal mit zusammengekniffenen Augen an, wenn sie danach wieder in die Küche kam, um ihre Brote, die ihre Mutter ihr immer für die Mittagspause schmierte, zu holen.

Weitere sechs Wochen später ließ es sich nicht mehr leugnen. Sie war schwanger. Und es kam niemand sonst außer diesem grobschlächtigen Mann in jener Nacht infrage.

»Was willst du mit dem Balg machen?«, fragte ihre Mutter eines Tages unvermittelt, als sie schweigend beim Essen saßen.

»Ich weiß es nicht«, jammerte sie.

»Das solltest du aber«, erwiderte die Mutter hart. »Wie soll man das denn den Nachbarn erklären. Und bei der Arbeit. Wie stellst du dir das vor?«

»Ich weiß es nicht, Mama«, wiederholte sie. »Was soll ich denn tun?«

Ja, die Frage stellte sich zu der Zeit für eine Achtzehnjährige auf vielfältige Weise. Es war nicht schlimm, wenn Frauen in jungen Jahren Kinder bekamen. Doch ohne Mann, das gehörte sich einfach nicht. Und dann ein Kind zu gebären, das durch ein Verbrechen gezeugt worden war, ließ sich vor den tuschelnden Freundinnen auch nicht als gute Nachricht verkaufen.

»Du musst hier weg«, sagte die Mutter. »Am besten, du führst zu Tante Gerda und kriegst den Balg da. Wenn alles vorbei ist, dann kannst du wieder zurückkommen. Wir müssen uns nur noch überlegen, wie wir das den anderen erklären, ohne dass sie Verdacht schöpfen.«

Ja, so war ihre Mutter. Immer auf das Wohl bedacht. Das der anderen. Sie wagte nicht, dem Vorschlag zu widersprechen. Und so fuhr sie eine Woche später mit dem Zug nach Wuppertal.

Tante Gerda war so anders als ihre Schwester. Sie umsorgte die junge Frau, die in so jungen Jahren schon so viel Leid erfahren musste. Das sei ungerecht, sagte sie ein ums andere Mal.

Nach der Geburt brachte sie es nicht übers Herz, ihr Kind wegzugeben. Also blieb sie über zwei Jahre in Wuppertal bei Tante Gerda, bis es der Mutter zu bunt wurde. Eines Tages stand sie in Wuppertal vor der Tür und verlangte eine

Erklärung. Genauso wie die Nachbarn, denen sie nicht länger etwas von einer notwendigen Luftveränderung aus gesundheitlichen Gründen vormachen konnte.

Am Ende wurde das kleine Mädchen mit den großen blauen Augen in ein Heim gegeben.

»Da wird sie es gut haben«, sagte die Mutter, als sie mit der jungen Frau zum Bahnhof ging.

Schweden

»Ich finde, du siehst nicht gut aus«, sagte Eva am nächsten Morgen zu Katharina, als sie am Frühstückstisch saßen. »Bist du sicher, dass alles in Ordnung ist?«

»Aber sicher, mein Kind«, antwortete Katharina. »Ich habe nur nicht so gut geschlafen die letzte Nacht, es war Vollmond.«

Das war Eva gar nicht aufgefallen. Sie hatte tief und fest in Roberts Armen geschlafen. Er war noch im Bad und sie vermutete, dass er sich extra Zeit ließ, damit die beiden Frauen noch etwas Zeit für sich alleine hatten.

Komisch, dachte Eva. So fühlt es sich also an, wenn man sich als alte Frau um seine noch ältere Mutter Sorgen macht. Es war ihr gar nicht wohl bei dem Gedanken, dass sie in zwei Tagen schon wieder abreisten und Katharina hier alleine zurückließen. Plötzlich erschien dieses abgelegene kleine Holzhäuschen mehr als Gefahr denn als Ort der Beschaulichkeit.

»Wir können ja gleich einen kleinen Spaziergang machen«, schlug Eva vor, »an der frischen Luft geht es einem meist gleich viel besser.«

»Ja, das machen wir«, stimmte Katharina zu.

»Sag mal, ist das wirklich etwas Ernstes mit euch?«

»Du meinst Robert?«

Sie nickte.

»Doch, ich denke schon«, sagte Eva. »Es fühlt sich gut an, mit ihm zusammen zu sein.«

»Das ist schön. Weißt du, es ist nicht leicht, den richtigen Mann zu finden. Ich hatte da wohl sehr großes Glück.«

»Jürgen geht es gut«, sagte Eva, die spürte, dass Katharina die Frage auf den Lippen lag. »Er hat auch eine neue Freundin. Wir haben im Grunde nicht wirklich zusammengepasst.«

»Liebes, du musst mir nichts erklären. Männer kommen schon zurecht.«

Eva grinste. Robert kam in die Küche.

»Guten Morgen«, sagte er gutgelaunt und setzte sich mit an den Tisch.

Das Gespräch wurde leichter und führte sie bis nach Langeoog, und Eva meinte, dass es wirklich an der Zeit wäre, dass Katharina sie einmal dort besuchte.

»Warum fährst du eigentlich nicht gleich mit uns zurück?«, fragte sie und meinte es bitterernst.

»Was? Jetzt sofort?«, fragte Katharina überrascht. »Aber nein, das geht doch nicht, der Sommer steht doch vor der Tür.«

»Auf Langeoog auch«, blieb Eva hartnäckig. »Ich meine, es spricht doch eigentlich nichts dagegen. Und dann müsstest du auch nicht alleine reisen.«

Katharina griff nach Evas Hand. »Du meinst es gut, Eva, das weiß ich zu schätzen. Aber ich kann unmöglich hier weg. Ich muss mich doch um mein Häuschen und den kleinen Garten kümmern. Und bald kommen auch wieder die ersten Gäste und fragen nach meinem Kräutertee.«

Das Thema war also vom Tisch, dachte Eva. Und eigentlich hätte sie es sich denken können. Ihre Mutter war genauso stur wie sie, oder auch umgekehrt.

Sie verbrachten den Tag an vielen Stunden im Freien. Die Sonne wärmte sie, als sie spazieren gingen, wobei Eva immer wieder sorgenvoll zu Katharina schielte, die das Gesicht bei so manchem

Schritt verzog. Doch sie sagte lieber nichts mehr dazu. Wer wusste denn, wie es ihr in zwanzig Jahren gehen würde? Und wollte sie dann bei jeder Gelegenheit an ihre Wehwehchen und Unzulänglichkeiten erinnert werden? Sicher nicht, dachte sie. Und vielleicht war es sogar richtig, dass Katharina ihrem Alter mit einer gewissen Achtung gegenüberstand, an dem man nicht herumzudoktern hatte.

Zu Mittag brachte Katharina, und davon ließ sie sich nicht abbringen, dass sie es alleine zubereiten wollte, ein herrliches Menü auf den Tisch mit frischem Gemüse und einem köstlichen Käseauflauf.

»Oh je«, lachte Eva, »hier bei dir habe ich ruckzuck meine heruntergejoggten Kilos wieder auf den Rippen.«

»Ach Eva«, sagte Katharina, »nimm es mir nicht übel, was ich jetzt sage. Aber was nützt einem ein nach deinen Wünschen geformter Körper, wenn deine Seele sich darin nicht wohlfühlt, weil sie ständigen Entbehrungen ausgesetzt ist.«

Eva dachte lange über diesen Satz nach, den sie nur mit einem Lächeln beantwortet hatte.

So gingen die Stunden dahin bis zum Abend, wo sie bei einem schönen Rotwein verweilten und sich Geschichten erzählten. Überwiegend sprach

Katharina und schilderte in den schönsten Beschreibungen das gemeinsame Leben mit ihrem Mann, wo sie keine Stunde missen wollte. Dabei sah sie immer wieder zu Eva und Robert und nickte den beiden zu. Und im Stillen wusste Eva, was sie damit sagte. Sie und Robert, sie mussten die Zeit nutzen, denn sie war begrenzt. Das Glück sorgte dafür, dass die Stunden schneller vergingen. Niemand konnte es festhalten, wenn es einem durch die Finger rann.

Der Mord

Sie war wieder zuhause. Doch eigentlich hätte sie auch tot sein können. Sie fühlte nichts mehr. Sie war leer. Ihr Herz war gestorben. Ihre Mutter hatte das kleine Mädchen einfach mitgenommen. Tante Gerda konnte da nichts machen. Als die Mutter nach zwei Stunden zurückkam, war das kleine Mädchen nicht mehr da. »Lass den ganzen Krempel verschwinden«, sagte die Mutter zu ihrer Schwester. »Wenn jemand fragt, dann sagst du einfach, sie sind umgezogen.«

Tante Gerda brach es das Herz, als sie sah, wie ihre Nichte litt. Wie sie zu Stein wurde, als sie ihre Mutter mit dem kleinen Mädchen am Arm, das gezogen und hin und her geschleudert, nicht einmal mehr zurückschauen konnte. Immer wieder rief sie »Mama ... Mama« und weinte bitterlich. Es brach ihr das Herz. Tante Gerda nahm sie in die Arme. Sie weinten beide so lange, bis keine Träne mehr übrig war.

Die Mutter sorgte dafür, dass sie wieder an ihren alten Arbeitsplatz zurückkehren konnte, als sei nichts geschehen. Und sonderbarerweise fragte auch niemand danach. Einige Kollegen waren neu, denen war es sowieso egal.

Sie versuchte, so gut es ging, durchzuhalten. Jedenfalls am Tag. Doch in der Nacht, da wurde sie von schweren Albträumen gequält. Immer wieder sah sie ihr kleines Mädchen, das am Arm seiner Großmutter immer kleiner wurde, bis es schließlich zu Staub aufging. Und das war noch die harmloseste Variante. Schlimmer wurde es, wenn das Mädchen sich immer wieder nach ihr umdrehte, weinte und bettelte. Bis es schließlich von seiner Großmutter einen heftigen Schlag versetzt bekam, blutete und sich in tausend kleine Teilchen auflöste. Immer wieder und öfter wachte sie morgens schweißgebadet auf.

Sie magerte ab, weil sie keinen Bissen mehr herunterbekam. »Bist doch hoffentlich nicht schon wieder mit so einem Balg schwanger«, war das Einzige, was ihre Mutter dazu sagte.

Eines Abends, da hielt sie es nicht mehr aus und verließ das Haus. Wie von fremder Hand getrieben ging sie durch die Straßen. Scheinbar ziellos, bis sie schließlich vor seinem Haus stand. Es brannte Licht im vorderen Zimmer, das von dichten Vorhängen vor Blicken von außen geschützt wurde. Ich bleibe hier jetzt so lange stehen, bis er rauskommt, dachte sie, ihre Hände tief in ihren Manteltaschen vergraben und den Kragen hochgeschlagen, zitterte sie nicht nur vor Kälte.

Und tatsächlich, als sie ihre Beine schon fast nicht mehr spürte, da ging die große schwere Holztür auf, ein Lichtschein fiel kurz auf die Straße, bevor sie sich wieder schloss. Sie erkannte ihn sofort. Lautlos heftete sie sich an seine Fersen, die ihn schnurstracks in die nächste Wirtschaft führten. Es war Samstagabend.

Sie wartete draußen. Sie durfte nicht riskieren, dass sie irgendjemand sah. Ich habe so viel ausgehalten, beschwor sie sich, dann werde ich auch noch die letzten Stunden hier draußen ertragen. Ihre Finger waren steif, als er endlich aus dem Wirtshaus getorkelt kam. Sie hatte Glück. Er ging alleine wieder zurück in die Richtung, aus der er gekommen war, hin zu seinem Haus, einem Weg, der ihn wieder an einem kleinen unbeleuchteten Waldstück vorbeiführen würde.

Das war ihre Chance. Wahrscheinlich auch die Letzte, dachte sie, denn nie wieder würde sie den Herzschlag, der jetzt an ihrem Hals pochte, ertragen können. Als er ein schmutziges Lied zu summen begann, da hätte nicht viel gefehlt, und sie hätte sich in den Rinnstein übergeben.

Sie hatten die letzte Straßenlaterne hinter sich gelassen. Er stolperte und hustete laut. Konnte sich im letzten Moment noch auf den Beinen halten.

Das war die Gelegenheit. Sie rannte die letzten Meter, die sie noch von ihrem ehemaligen Peiniger trennten, kam bei ihm an, zog das Messer, das sie so viele Stunden mit ihrer Hand umklammert gehalten hatte, aus dem Mantel und stach zu. Immer wieder. Es dauerte einen Moment, bis er begriff, was da mit ihm geschah. Er wollte sich umdrehen, doch sie bot alle Kräfte auf und warf sich mit ihrem ganzen Körper gegen ihn, so dass er bäuchlings zu Boden ging. Er grunzte. Versuchte, mit den Armen hinter sich zu greifen. Irgendwie wieder auf die Beine zu kommen. Doch viel zu groß war ihr Hass. Er hatte keine Chance mehr. Irgendwann stellte sie ihre blinde Wut ein, weil er sich nicht mehr rührte.

Ihre Mutter sah, dass etwas nicht stimmte, als sie nachts mit zerzausten Sachen zurückkehrte. Sie stellte keine Fragen.

Am nächsten Tag verbreitete sich die Meldung vom brutalen Überfall an einem rechtschaffenen Familienvater und Freund in Windeseile.

Die Mutter, besorgt und voller Ahnung, wandte sich an einen befreundeten Anwalt. Er versprach, sich um die Tochter zu kümmern.

Der schwere Abschied

Die Koffer waren schon wieder gepackt. Am frühen Nachmittag wollten Eva und Robert wie geplant weiter nach Stockholm fahren.

Sie saßen beim Frühstück, als Katharina sagte:

»Robert, würde es dir etwas ausmachen, mich und Eva noch eine kurze Weile alleine zu lassen.«

Er verstand, trank seinen Tee zu Ende und machte sich augenzwinkernd auf den Weg zu einem ausgedehnten Spaziergang in der Natur.

»Ach, Katharina«, sagte Eva, als sie alleine waren, »die Zeit ist viel zu schnell vorbeigegangen. Und irgendwie ist mir nicht wohl bei dem Gedanken, dich hier jetzt alleine zurückzulassen.«

»Eva, Liebes«, sagte Katharina, »ich komme zurecht. Und vielleicht bleibt mir auch gar nicht mehr so viel Zeit, wer weiß, deshalb ...«.

»Mama!«, entfuhr es Eva, »du verschweigst mir doch etwas.«

Beruhigend legte Katharina ihre Hand auf Evas. »Es ist nicht das, was du denkst. Nein, ich bin nicht schwerkrank oder so, aber es liegt mir etwas auf der Seele, das ich dir unbedingt sagen muss.«

»Du machst mir Angst«, flüsterte Eva.

Katharina stand auf und zog sie mit zum Sofa, das vor dem Fenster stand. »Komm, setz dich bitte«, sagte sie.

Eva schluckte.

»Meine liebe Eva«, begann Katharina, »als du das letzte Mal mit deinem Jürgen hier warst …«, sie seufzte und sah aus dem Fenster. »Ach, ich weiß gar nicht, wie ich es dir sagen soll. Aber du musst es erfahren.«

»Aber was denn?«, bohrte Eva, die mittlerweile wie auf heißen Kohlen saß.

Katharina sah sie wieder an und fuhr fort.

»Nun, du weißt ja, dass es mir damals nicht leicht gefallen ist, dich in Deutschland zurückzulassen …«.

»Ja, Katharina, das weiß ich doch. Wir haben darüber gesprochen und ich komme damit zurecht. Du warst jung, die Zeiten waren andere, du musst dich jetzt nicht mehr mit diesen Gedanken quälen, wirklich …«, floss es aus Eva wie ein Wasserfall.

»Bitte Eva, hör mir zu«, sagte Katharina und griff erneut nach ihrer Hand. »Ich habe dir damals nicht die ganze Wahrheit gesagt.«

Und dann erzählte Katharina von der Vergewaltigung. Von ihrer herzlosen Mutter, die sie im Stich gelassen und sie aus Scham zu ihrer Schwester Gerda geschickt hatte. Sie erzählte, redete sich alles von der Seele, während sich Evas Blick immer mehr verdunkelte ob der Tatsache, welch grausamen Familie sie entstammte. Sie war froh, diese Großmutter niemals kennen gelernt zu haben.

»Und dann habe ich auf ihn eingestochen«, sagte Katharina und verzog keine Miene. »Immer wieder habe ich auf ihn eingestochen, bis er sich nicht mehr gerührt hat. Eva, ich bin eine Mörderin.«

Es entstand eine Stille, die sich nur schwer ertragen ließ.

»Eva, nun sag doch was«, bat Katharina.

Eva versuchte, ihre Gedanken zu ordnen. Das eben Gesagte in seinem ganzen Umfang zu begreifen.

»Ich ...«, begann sie, um die Stille nicht wieder ertragen zu müssen. »Ich kann mir nur sehr sehr schwer vorstellen, was du damals durchgemacht haben musst.«

»Ich verdiene kein Mitleid«, sagte Katharina und erhob sich umständlich vom Sofa. »Ich bin eine Mörderin.«

»Aber was er getan hat, war auch ein Unrecht«, sagte Eva. »Er hat dich vergewaltigt.« Und in dem Moment wurde es ihr klar, dass sie da von ihrem Vater sprach. Ihr Vater war ein brutaler Vergewaltiger und ihre Mutter eine Mörderin. War es da ein Wunder, dass sie so eine hilflos verstörte Frau geworden war? Wann würde sie das erste Mal jemanden töten? Hatte sie es in den Genen?

»Ich hätte ihn anzeigen können«, erwiderte Katharina, drehte ihren Oberkörper hin und her, wohl, um einen aufkommenden Schmerz zu vertreiben.

»Aber dafür hättest du die Hilfe deiner Mutter gebraucht«, entgegnete Eva. »Du warst völlig alleine mit deinem Schicksal. So etwas wünsche ich wirklich niemandem.« Es wurde ihr klar, dass ihre Mutter versucht hatte, um sie zu kämpfen. Das warf auch ein ganz anderes Licht auf die vielen Jahre, die sie versucht hatte, ihre Mutter zu vergessen, die sie einfach im Stich gelassen hatte. So einfach war es wohl wahrlich nicht gewesen, wenn es stimmte, was Katharina da sagte. Und sie hatte nicht den geringsten Zweifel an den Worten einer Frau, die sich eben selber als Mörderin bezeichnet hatte.

»Sicher hatte ich es nicht leicht«, sagte Katharina und setzte sich wieder aufs Sofa. »Aber darf man deshalb einen Menschen töten? Gerade für dich muss es sich doch nach einer an den Haaren herbeigezogenen Rechtfertigung anhören. Nach einer Ausrede, um seine eigene Haut zu retten. Stell dir vor, du suchst bei jedem Täter, den du festnimmst, nach guten Gründen für seine Tat.«

Katharina hatte recht. Und doch war alles ganz anders, wenn es um ein Verbrechen an der eigenen Mutter ging.

»Sicher hast du recht«, gab Eva zu. »Doch ich weigere mich, in dir einen schlechten Menschen zu sehen. Es waren die Umstände, die dich so weit getrieben haben. Wäre deine Mutter eine andere gewesen, dann wäre alles anders gekommen ...«.

»Ja, dann wärst du bei mir aufgewachsen, mein Kind, denn ich habe dich immer über alles geliebt. Es hat mir das Herz gebrochen, als sie dich weggebracht hat.«

Eva liefen Tränen übers Gesicht. Und warum sollte sie diese jetzt noch aufhalten. »Mama«, sagte sie. »Es tut mir so leid, was du mitgemacht hast.«

»Ach Kind«, schluchzte Katharina und legte einen Arm um Eva, »ich habe so viele Jahre mit gebrochenem Herzen gelebt, ich glaube, es wird langsam Zeit, für mich, zu gehen.«

»Was redest du da?«, fragte Eva und sah ihre Mutter durch einen Schleier von Tränen an.

»Du weißt, was ich meine ... ich werde diesen Winter nicht mehr erleben.«

Katharina sah sie ernst an.

»Das will ich nicht hören«, sagte Eva, »so etwas darfst du nicht sagen. Es ist doch nur die Hüfte. Natürlich hast du Schmerzen, aber dafür gibt es doch Mittel. Du hast doch deine ganzen Kräuter. Du wirst noch viele Winter hier in deinem schönen Haus erleben. Aber du kannst auch mit nach Langeoog kommen, das wäre für mich das schönste, was du tun könntest.« Eva redete und weinte in einem.

»Ich kann hier nicht weg«, sagte Katharina und wischte mit ihrem Handrücken über ihr Gesicht. »Ich habe mein Leben hier verbracht mit dem Mann, der mir das Leben gerettet hat. Er war der Anwalt, der mich damals mitgenommen hat, damit man mir den Mord an dem Monster nicht anhängen kann.«

Eva wurde einiges klar. Der Anwalt hatte sich um ihre Mutter gekümmert und irgendwann waren sie auch ein Paar geworden.

»Ich verstehe, dass du an diesem Ort hängst«, versuchte Eva es erneut. »Aber ich hänge an dir. Ich musste so lange auf dich verzichten, zählt das denn überhaupt nicht?«

»Mach es mir nicht so schwer, liebe Eva. Ich möchte, dass du mich immer in guter Erinnerung in deinem Herzen behältst, versprich es mir.«

Eva nickte, ihre Stimme versagte. Dann klingelte ihr Handy. Sie wühlte in ihrer Hosentasche, zog es heraus und drückte Ole weg.

»War es wichtig?«, fragte Katharina.

Eva schüttelte den Kopf. Es klingelte wieder. Sie nahm an.

»Ja?«, fragte sie knapp und wischte mit einem Taschentuch unter ihrer Nase entlang.

»Weinst du?«, fragte Ole zurück.

»Nein, was ist denn los?«, schniefte sie.

»Also gut, weshalb ich anrufe ... es ist etwas Schreckliches passiert.«

Eva horchte auf. Wenn Ole so sprach, dann musste es etwas Persönliches sein. »Ist etwas mit Jürgen?«, fragte sie schnell.

»Nein«, kam es vom anderen Ende, »Jürgen geht es gut. Glaube ich jedenfalls, ich hab ihn ja seit längerer Zeit nicht ...«.

»Ole, komm bitte zum Punkt«, wurde Eva ernst.

»Ja, also ... es geht um Stiller.«

»Hendrik? Was ist mit ihm?«

»Er ist tot. Man hat ihn heute Morgen am Strand gefunden.«

»Was?!«, rief Eva aus, »das kann doch nicht sein. Wie ist es passiert? War es ein Unfall?«

Sie hörte förmlich, wie Ole den Kopf schüttelte. »Nein, sieht nicht so aus. Man hat ihm ein Messer in die Brust gerammt ... oh sorry, ich wollte nicht.«

»Schon gut«, sagte Eva und riss sich zusammen. »Ich bin so schnell wie möglich wieder da. Wir werden einen Flieger nehmen. Irgendwie muss es gehen.«

»Das ist nicht nötig«, sagte Ole, »die Kollegen aus Wittmund haben die Sache schon übernommen.«

»Und ob das nötig ist«, wurde Eva lauter. »Stiller war mein bester Freund. Ich werde den Täter finden.«

Sie drückte die rote Taste und beendete damit das Gespräch.

»Ein guter Freund ist tot?«, fragte Katharina mitfühlend.

Eva nickte. »Ja, ich muss sofort zurück nach Langeoog. Wo ist Robert denn eigentlich so lange? Wir müssen den nächstmöglichen Flug erwischen.«

Und als habe Robert übersinnliche Fähigkeiten, kam er im nächsten Moment durch die Tür. Er spürte sofort, dass die Luft tränenschwer war.

»Stiller ist tot«, sagte Eva schnell, bevor er weiter fragte. »Ole hat eben angerufen. Ich muss ... ich meine, wir müssen sofort zurück nach Langeoog. Kannst du mal gucken, wann der nächste Flug geht? Und vor allen Dingen, von wo aus?«

»Sicher«, sagte Robert. Sein Blick traf sich mit dem von Katharina. Im Stillen teilte sie ihm mit, dass es noch viel mehr gab, das Eva emotional bewegte.

Eine Stunde später brachen sie Richtung Malmö auf. Robert war bereits zum Wagen gegangen und verstaute ihr Gepäck, während Eva und Katharina es einfach nicht schafften, sich voneinander zu lösen.

»Ich werde dir schreiben«, seufzte Eva.

Katharina nickte. »Das würde mich sehr freuen, mein Kind.«

»Und im Sommer besuchst du mich auf Langeoog, versprichst du mir das?«

Katharina sah sie an und schwieg.

»Mach das nicht«, bat Eva, »mach nicht den gleichen Fehler, den deine Mutter mit dir gemacht hat. Bitte rede mit mir. Ich will dich nicht verlieren.«

»Wir werden sehen, Eva«, sagte Katharina und sah sie mit seltsamem Blick an. »Du musst jetzt los, sonst verpasst ihr noch euren Flieger.«

Stunden später saßen sie dann endlich in der Maschine. Robert griff nach Evas Hand und hielt sie, bis sie von den Wolken verschluckt wurden.

Immer wieder gingen Eva die Worte von Katharina durch den Kopf, dass sie den Winter nicht mehr erleben würde. Und irgendwann ahnte sie, was ihre Mutter damit gemeint haben könnte. »Niemand wird dir vergeben«, murmelte Eva.

»Bitte?«, fragte Robert, den sie damit aus einem leichten Dämmerschlaf zurückgeholt hatte.

»Ach nichts«, sagte Eva, »schlaf ruhig weiter, es dauert noch eine Weile, bis wir landen.«

Stiller

Er wusste, dass er Eva merkwürdig erscheinen musste. Als er sie am Strand zurückgelassen hatte, hatte sie ihm nachgesehen.

Eva war für ihn zu einer engen Vertrauten und Freundin geworden in den letzten Monaten, und doch konnte er sich ihr nicht anvertrauen. Das, was ihn beschäftigte, ging nur ihn etwas an. Es war sein Problem. Er würde es lösen müssen.

Im Hotel ging er in sein Büro und schloss die Tür hinter sich. Auf dem Schreibtisch lag noch immer dieser Brief. Er hatte ihn nicht abgeschickt.

Immer wieder hatte er darüber nachgedacht und sich dann doch dagegen entschieden.

Er nahm den Brief in die Hand, las noch einmal die Adresse und zerriss den bereits verschlossenen Umschlag in viele kleine Teile und warf sie in den Papierkorb.

Was sollte er jetzt tun? Er ging zum Fenster und sah nach draußen. Es würde ein wunderbarer Sommer werden, das spürte man bereits. Eine gute Saison für sein Hotel. Im Prinzip war schon alles ausgebucht. Die Menschen liebten Langeoog. Genauso wie er. Die Insel war zu seinem Zuhause geworden.

Stiller setzte sich an seinen Schreibtisch, um sich auf die Arbeit zu konzentrieren. Doch es wollte ihm nicht gelingen. Er blätterte in irgendwelchen Prospekten, sah in seinem E-Mail-Postfach zahlreiche Nachrichten, die er noch zu bearbeiten hatte. Es interessierte ihn nur am Rande. Immer wieder kreisten seine Gedanken um eine Person. Den Menschen, für den der Brief geschrieben war, den er soeben zerrissen und weggeworfen hatte. War das wirklich richtig?, fragte er sich. Sollte er das Geheimnis wirklich für sich behalten?

Die Uhr auf seinem Rechner zeigte an, dass es Zeit für ein Mittagessen war. Doch er hatte keinen Hunger. Also blieb er in seinem Büro und grübelte weiter. Erst am frühen Abend konnte er sich aufraffen und das Büro verlassen. Niemandem fiel es auf, als er das Hotel verließ.

Langeoog

In der Dienststelle traf Eva auf Okko, den Kollegen aus Wittmund, der die Stellung hielt, so lange sie in Urlaub war.

»Moin Okko«, sagte Eva, »das sind ja schreckliche Geschehnisse während meiner Abwesenheit.«

»Ja, tut mir echt leid um den Mann. Du warst mit ihm befreundet, nicht wahr?«

»Ja, das stimmt. Danke, dass du hier übernommen hast.«

»Hab ich gerne gemacht.«

»Ich nehme an, die Leiche wurde schon nach Oldenburg gebracht.«

Okko nickte. »Ole meldet sich, sobald er die Untersuchungen abgeschlossen hat.«

»Gut.«

Eva stand vor ihrem Schreibtisch, hinter dem noch immer Okko saß. Es fühlte sich merkwürdig an. Und er machte keine Anstalten, aufzustehen.

»Ich könnte dann wieder übernehmen«, sagte sie, »mein Urlaub ist vorbei.«

»Oh ja? Bist du sicher? Ich meine, ich könnte hier durchaus noch bleiben. So oft hat man ja nicht die Gelegenheit, auf einer Insel zu arbeiten.«

»Es sei dir gegönnt«, murmelte Eva. »Aber die Sache mit Stiller, die muss ich selber in die Hand nehmen. Das verstehst du sicher.«

Okko nickte. Und endlich stand er auch von ihrem Stuhl auf.

»Ich nehme dann die nächste Fähre ...«, sagte er.

»Das musst du nicht«, versicherte Eva, »doch die Ermittlungen leite ich von hier an. Schildere mir doch bitte noch, was sich bisher zugetragen hat.«

Okko setzte sich auf den Stuhl vor dem Schreibtisch und berichtete, wie ein Strandspaziergänger, ein Urlauber aus Köln, der seine erste Runde am Strand joggen wollte, den Toten entdeckt hatte.

»Er hat sofort die Polizei gerufen«, sagte Okko, »war ja eindeutig, was da passiert war.«

Eva ließ sich den Namen des Zeugen und des Hotels geben, in dem er untergebracht war.

»Und sonst?«, fragte sie. »Gibt es schon einen Ablauf der letzten Stunden von Stiller am Mordtag?«

Okko zog die Schultern hoch. »Ich habe zwar die Angestellten in seinem Hotel befragt, doch keiner konnte so recht sagen, wann er das Büro verlassen hat oder wohin er gegangen ist. Muss wohl ein ziemlicher Eigenbrötler gewesen sein.«

Eva nickte. »Ja, irgendwie schon. Aber es lässt sich vielleicht anhand seines Terminkalenders und seiner Aktivitäten am PC etwas rekonstruieren. Hast du dich darum schon gekümmert?«

Okko schüttelte den Kopf. »Ne, noch nicht. Soll ich mich darum kümmern?«

»Ne, lass man. Wie gesagt, ich werde den Fall jetzt übernehmen.« Zum Glück, fügte sie in Gedanken hinzu. Die ostfriesische Behäbigkeit, wie sie es im Stillen für sich nannte, lag ihr einfach immer noch nicht. »Wenn du willst, kannst du natürlich auch noch bleiben und mich unterstützen«, fügte sie an, weil sie ein schlechtes Gewissen hatte.

»Ach Gott, bis morgen könnte ich noch«, sagte Okko. »Ist ja sowieso schon der halbe Tag rum. Da lohnt es sich ja auch nicht mehr, nach Wittmund zu fahren.«

»Stimmt. Gut, dann lass uns jetzt zum Hotel von Stiller gehen und in seinem Büro nach Hinweisen suchen.«

Im Hotel herrschte eine verhaltene Stimmung. Eva kannte ein paar Mitarbeiter vom Service und grüßte mit einem Nicken.

»Wer war noch alles im Zimmer, nachdem man Stiller gefunden hatte?«, fragte Eva, als sie mit Okko in dessen Büro stand. Sie hatte es gar nicht so karg in Erinnerung gehabt. Auf der anderen Seite war sie bisher auch nur einmal hier gewesen, als ihr guter Freund noch lebte.

»Hm«, machte Okko und lehnte sich an einen dunklen Aktenschrank. »Der Hotelchef, Ole und natürlich ich.«

»Und was hat der Hotelchef hier gemacht?«, fragte Eva. »Im Grunde hätte doch auch er nicht mehr hier hereingedurft.«

»Das stimmt.« Okko nickte. »Aber als ich ankam, da unterhielt er sich gerade mit Ole. Aber warum der jetzt eigentlich hier war, das weiß ich nicht.«

»Okay«, sagte Eva, »ich werde Ole nachher sowieso noch anrufen. Dann frage ich ihn.«

Sie ging im Raum umher und nahm die vielen Details auf. Stiller war ein überaus ordentlicher Mann. Er wusste immer, wo alles war. Kannte den Inhalt jedes Ordners, der in dem Aktenschrank stand. Auch auf seinem Schreibtisch lag nichts kreuz und quer herum, so wie bei ihr. Die Wände waren hell gestrichen und es hingen zwei Bilder, eines hinter dem Schreibtischstuhl, an dem Stiller gearbeitet hatte und eines gegenüber, auf das er sah, wenn er aufblickte. Beides waren Aufnahmen vom Strand hier auf Langeoog. Er hatte die Insel geliebt. Es stieg Wehmut in ihr auf. Ihre letzte Begegnung mit Stiller war merkwürdig gewesen. Er hatte so verschlossen gewirkt an dem Tag. Nicht einmal zum Kaffee hatte er sie eingeladen, erinnerte sie sich. Ob er Probleme gehabt hatte, von denen sie nichts wusste? Denkbar wäre es durchaus. Denn, auch wenn sie Freunde waren, so erzählten sie sich längst nicht alles. Und dabei stand vor nicht allzu langer Zeit sogar die Option im Raum, dass aus ihnen ein Paar werden könnte. Und jetzt war Stiller tot. Einfach so weg. Für immer. Es fühlte sich komisch an, wenn man einen Menschen verlor, der einem so viel bedeutete. Für Eva kamen ganz neue Emotionen hoch. Vielleicht traf es sie auch so hart, weil sie vor noch wenigen Stunden bei ihrer Mutter gewesen war. Auch diese hatte ihre Gefühlswelt mal wieder ganz schön auf den Kopf gestellt. Eva fragte sich, wann sie endlich die Zeit finden würde, das alles zu verarbeiten. Es passierte viel zu viel in ihrem Leben. Robert. Er war gar nicht erst mit auf die Insel gefahren, weil er wusste, dass Eva ihre ganze Kraft für die Ermittlung brauchen würde. Er war so einfühlsam. Und das ließ sie ihn noch mehr vermissen in diesem Moment. Sie hätte ihn gebraucht, wenn sie heute Feierabend machte, das wusste sie jetzt schon.

Sie ging zu Stillers Schreibtisch und setzte sich auf seinen Platz. Der PC war ausgeschaltet und sie ließ ihn hochfahren. Okko stand noch immer an den Schrank gelehnt und sah nach draußen.

»Okko, wenn du willst, dann kannst du noch ein wenig am Strand die Leute befragen«, sagte Eva. Irgendwie wollte sie ihn jetzt doch loswerden.

»Jo, das ist ne gute Idee«, sagte Okko. Für ihn war die Luft in diesem Zimmer auch zum Schneiden dünn geworden. »Wir treffen uns nachher in der Dienststelle, würde ich sagen.«

»Guter Plan«, sagte Eva und verdrehte die Augen, als er aus der Tür ging.

Der Rechner war betriebsbereit und Eva sah sich die Einträge im Terminkalender an. Stiller hatte praktisch jeden Tag Gespräche mit Geschäftspartnern gehabt. Sei es telefonisch oder auch mal persönlich. Die Namen sagten ihr im Grunde nichts. Es blieb ihr nichts anderes übrig, als den Hotelchef zu fragen, wer hinter diesen Namen steckte. Nur so konnte sie die privaten Kontakte herausfiltern. Aber ein Mordmotiv war so natürlich noch lange nicht in Sicht. Es konnte eine privat motivierte Tat sein, aber auch eine, die auf geschäftlichen Beziehungen basierte. Aber ein

Messer in die Brust, irgendwie sah das für sie nach einer sehr emotional getriebenen Tat aus. Wäre es ein Geschäftspartner gewesen, mit dem er sich am Strand zum Beispiel gestritten hätte, der hätte doch kein langes Messer in der Tasche gehabt. Nein, der Mord an Stiller, er war geplant gewesen. Ein Mord mit Kalkül. Das sah wirklich eher nach einer privaten Abrechnung aus. Aber wer in Stillers Umfeld hatte eine private Rechnung mit ihm offen? Eva musste zugeben, dass sie wirklich kaum etwas über ihren Freund gewusst hatte. Und das schmerzte sie am meisten. Vielleicht hatte er große Probleme mit sich herumgeschleppt und hätte sie gebraucht. Doch das letzte Mal am Strand, da hatte sie wieder einmal nur sich im Kopf gehabt, dachte sie. Doch wie hätte sie auch ahnen können, dass sie Stiller nie wiedersehen würde? Sie seufzte auf. Der Drucker war noch immer damit beschäftigt, den Terminplaner der letzten drei Monate auszudrucken. Und zwar gleich in zweifacher Ausfertigung, weil eine für den Hotelchef gedacht war.

Eva stand vom Stuhl auf und ging zum Fenster. Draußen schien die Sonne und viele Menschen waren auf den Straßen unterwegs. Merkwürdig, dachte sie, wenn ich mal Urlaub mache, dann komme ich immer mit noch schlechteren

Nachrichten zurück. Was läuft schief in meinem Leben?

Es klopfte an die Tür. Eva erschrak.

»Ja?«, sagte sie.

Die Tür ging sachte auf und eine junge Frau steckte ihren Kopf herein.

»Entschuldigung«, sagte sie, »ich wollte fragen, ob ich schon reinigen soll.«

»Nein«, sagte Eva, »noch nicht.«

Das Zimmermädchen nickte, ging lautlos wieder und schloss die Tür.

Mist, dachte Eva, ich hätte sie doch etwas fragen können. Gerade die stummen Hausangestellten bekamen am meisten mit. Sie ging schnell zur Tür, öffnete diese und sah auf den Flur. Doch die junge Frau war nicht mehr zu sehen. Also ging zu zurück ins Büro.

Der Drucker war endlich fertig. Eva sortierte die Blätter und legte sie auf den Tisch. Dann zog sie eine Schublade nach der anderen auf. Viel weißes Papier, ein paar Prospekte, Papiertaschentücher, Schreibutensilien. Alles fein säuberlich sortiert. Ob Stiller sich hier gelangweilt hatte, wenn er alleine war, und deshalb so viel Zeit in die Ordnung investierte? Das Telefon blinkte. Da war ein Anrufer auf dem AB, fiel ihr erst jetzt auf. Sie drückte die Wiedergabetaste. Es kamen ein paar

Rauschgeräusche aus dem Gerät, dann wurde aufgelegt. Der Anrufer hatte keine Nachricht hinterlassen und er ließ sich auch nicht zurückverfolgen, da die Rufnummer unterdrückt worden war. Ob das wichtig war? Vielleicht. Sie würde in der Technik darum bitten, dass man die Telefonverbindungen unter die Lupe nahm und besonders auf den letzten Anruf vom gestrigen Tag achtete.

Ihr Handy klingelte und sie fuhr mit ihrer Hand mechanisch in ihre Jackentasche. Es war Jürgen.

»Ja?«, sagte sie, als sie abnahm.

»Eva? Hier ist Jürgen«, sagte er, »hast du es schon gehört?«

»Ja«, erwiderte sie, »ich bin gerade in seinem Büro.«

»Ach so? Ich dachte, du seist noch in Schweden?«

»Nein, wir sind heute zurückgekommen. Vielmehr ich, denn Robert ist in sein Haus gefahren. Er weiß, dass ich bei der Arbeit meine Ruhe brauche.«

»Oh, na ja, dann. Ich wollte dich auch gar nicht stören. Aber wissen solltest du es schon, habe ich mir gedacht, deshalb ...«.

Es wurde ihr klar, was sie gerade gesagt hatte und dass Jürgen sich vor den Kopf gestoßen fühlen musste. Wieder einmal. »He, du Döspaddel«, sagte sie und versuchte, es besonders lustig klingen zu lassen, »so war das natürlich nicht gemeint. Ich finde es gut, dass du angerufen hast.«

»Na, hab ich ein Glück«, sagte er und lachte mit. »Also, wenn du nachher noch Zeit hast, dann könnten wir ja ...«.

»Pizza? Die hab ich ewig nicht gehabt«, antwortete Eva, ohne die Frage abzuwarten. »Eine gute Idee. Ich melde mich später, wenn ich hier soweit bin.«

»Wo bist du denn jetzt?«

»Wie gesagt, in Stillers Büro. Du, ich melde mich später.«

»Alles klar«, sagte Jürgen.

Sie legten auf.

Eva überkam ein mulmiges Gefühl. Würde sie noch so locker mit Jürgen umgehen können, wenn sie alleine waren? Ihr Geburtstag fiel ihr ein und sie musste schmunzeln. Da hatten doch die vier Männer sie einfach überrumpelt. Es war ein schöner Abend gewesen, ihr 50. Geburtstag. Und jetzt war einer dieser Männer tot. Ja, Stiller würde ihr fehlen. Sie zog einen Ordner aus dem Aktenschrank und blätterte darin herum.

Langweilige Korrespondenz zu irgendwelchen Aufträgen, Anfragen und Rechnungen. Und in dem Moment, da fiel ihr der Zeitungsartikel wieder ein, den sie vor der Abreise nach Schweden gelesen hatte. Irgendjemand erhob da Vorwürfe gegen irgendjemanden. Alles war nebulös formuliert und drehte sich um Geschäftsbeziehungen vom Festland auf die Insel. Oder auch umgekehrt. Auf jeden Fall ging es um wirtschaftliche Nachteile. Was war, wenn Stiller in diesen möglichen Skandal oder Missbrauch involviert gewesen war im Rahmen seiner Arbeit für das Hotel hier? Sie musste unbedingt Kontakt zu der Zeitung aufnehmen, um die wahren Hintergründe der in den Raum gestellten Vorwürfe zu erfahren. Welche Zeitung war es bloß nochmal gewesen?, fragte sie sich. Sie hatte drei Zeitungen abonniert, die regelmäßig mit der Post auf die Insel geliefert wurden. Sie las sie manchmal Tage später. Manchmal auch gar nicht. Alles war vor ihrem Urlaub noch im Papiermüll gelandet. Da also konnte sie es nicht mehr heraussuchen. Es würde ihr nichts anderes übrigbleiben, als zu den Redaktionen der drei Zeitungen Kontakt aufzunehmen, notierte sie sich im Hinterkopf, und schob den Ordner wieder in den Schrank zurück.

Ansonsten gab es hier in Stillers Büro nichts Privates, wie man so schön sagte. Als Nächstes würde sie in seine Wohnung gehen, die sich hier am Hotel anschloss. Davor graute es ihr am meisten. Denn darin war sie vorher nicht gewesen. Auch wenn er schon einmal zu früheren Zeiten den Anlauf genommen hatte, sie dorthin einzuladen. Sie hatte immer einen Weg gefunden, dem auszuweichen. Das ging jetzt nicht mehr.

Sie verließ sein Büro, versiegelte die Tür wieder und ging nach unten an die Rezeption, um nach dem Hotelchef zu fragen. Er war nicht im Haus, sagte man ihr. Also ließ sie sich einen Umschlag geben, in den sie den Ausdruck des Terminkalenders sowie eine Nachricht an den Hotelchef legte, dass er die Namen bitte erklärend an sie zurückgeben möge, damit sie wisse, um wen es sich bei den Terminen handelte. Am besten, er käme in den nächsten Tagen bei ihr in der Dienststelle vorbei.

Täter oder Opfer?

Verdammter Mist, das durfte doch alles nicht wahr sein. Die ganze Nacht hatte er sich im Bett hin und her gewälzt und war dann am frühen Morgen mit der ersten Fähre wieder rüber aufs Festland gefahren. Er hatte es nicht gewollt. So hatte es nicht enden sollen. Doch Stiller, er war so stur. Er war so verdammt stur gewesen. Man konnte einfach nicht mit ihm reden. Jedenfalls zum Schluss nicht mehr. Bei dieser einen Sache, da machte er einfach dicht.

Und dabei hätte alles so einfach sein können. Er hätte nur die Klappe zu halten brauchen und für jeden von ihnen wäre die Sache glimpflich abgelaufen. Er hatte alles soweit eingefädelt, dass niemand mehr Fragen gestellt oder Verdacht geschöpft hätte. Die Sache wäre einfach irgendwann im Sande verlaufen. Er wusste, wie man so etwas machte. Dinge verschwinden lassen. Er war Rechtsanwalt und hatte Beziehungen. Er hätte das schon geregelt.

Am Telefon war gar nicht mit Stiller zu reden gewesen. Was er sich überhaupt einbilde?, hatte Stiller in den Hörer geschrien. Er sei nicht käuflich. Und in dieser Angelegenheit schon mal überhaupt gar nicht. Er hatte den Hörer aufgeknallt.

Also hatte er noch einmal angerufen. Stiller hörte zwar wieder zu, doch das Ergebnis war das Gleiche. Nein, da würde er keine Kompromisse eingehen. Ihm sei das Geld sowieso piepegal. Solle er doch damit machen, was er wolle. Aber er würde an der Wahrheit festhalten. Geld hin oder her.

Da also nichts zu machen gewesen war am Telefon, hatte er sich entschieden, auf die Insel zu fahren. Manchmal, da ließen sich Dinge einfach besser Auge in Auge klären. Man saß zusammen, trank einen Kaffee, ging abends essen und irgendwann, da musste doch auch bei Stiller der Verstand siegen, hatte er gedacht. Und fünfzigtausend Euro waren nun wirklich kein Pappenstiel. Stiller konnte ja viel erzählen, wenn der Tag lang war, aber so eine Menge Geld, die schlug man doch nicht einfach aus, wenn sie einem in den Schoß gelegt wurden.

Er überraschte Stiller, als dieser in seinem Büro in einen Ordner vertieft an seinem Schreibtisch saß. Zunächst erkannte Stiller ihn nicht einmal. Woher auch? Sie hatten bisher nur am Telefon Kontakt gehabt, da waren Stimmen austauschbar. Als er allerdings merkte, wer ihn da aufsuchte, wurde er wütend und stand vom Schreibtisch auf. Er wiederholte alles, was er schon am Telefon gesagt hatte und ergänzte, dass er, der Besucher, sich den Weg nun wirklich hätte sparen können. Er mache da nicht mit und basta.

Schließlich ließ er sich dann doch auf einen Kaffee und ein Essen ein. So ein Unmensch war er dann nun auch wieder nicht.

Später waren sie, nachdem sie Wein und Cognac getrunken hatten, noch an den Strand gegangen. Und auch, wenn Stiller bei seiner Meinung blieb, so hatten sie sich doch gut unterhalten. Ja, man konnte sogar sagen, sie waren sich näher gekommen. Bis er dann immer wieder nachgebohrt hatte, ob Stiller es sich denn nicht doch noch überlegen wolle. Er hätte ein neues Haus gebaut mit seiner Familie. Für ihn kämen die Fünfzigtausend gerade recht, da er vor nicht allzu langer Zeit auch seine Kanzlei großzügig renoviert hätte, damit die Mandanten sahen, dass sie es mit einem erfolgreichen Anwalt zu tun hätten. Tja, und deshalb sei er bis unter die Halskrause verschuldet. Eigentlich hätte er ja sogar damit gerechnet, dass er die Hunderttausend alleine einstecken könnte. Ja, vielmehr noch, er hätte darauf spekuliert. Und jetzt war er einfach nicht bereit, und im Grunde auch nicht in der Lage, durch drei zu teilen. Durch zwei, nämlich dann nur noch mit Stiller, das war schon das Höchste der Gefühle, hatte er gesagt. Ob Stiller das denn nicht verstehen könnte? Er sollte sich doch mal in seine Lage hineinversetzen. So leicht sei es auch nicht, seiner Frau und seinen drei fast erwachsenen Kindern sagen zu müssen, dass sie pleite und im Grunde ruiniert seien. Und das nur, weil da so ein Sturkopf auf einer ostfriesischen Insel alles kaputtmachte.

Ja, und vielleicht war es dieser Sturkopf gewesen, der ihm mehr oder weniger ungewollt über die Lippen gegangen war. Auf jeden Fall verfinsterte sich Stillers Blick, und er sah aufs offene Meer. Das war der Anfang von seinem Ende gewesen. So habe er es nicht gemeint, versuchte er, Stiller wieder milde zu stimmen. Die Stimmung wieder gerade zu rücken. Doch Stiller hatte ihn weggestoßen. Hatte gesagt, dass er mit Gaunern einfach nichts mehr zu tun haben wollte. War laut geworden. Hatte gelallt. Frische Luft und Alkohol hatten seine Zunge locker und auch unberechenbar gemacht.

Er hatte ihn gegen die Schulter geschubst. Stiller hatte eine Faust gehoben. Sie hatten eine Rangelei angefangen wie kleine Schuljungen. Und irgendwann, da hatte er dann das Messer gezogen, das er aus welchen Gründen auch immer, in seiner Jackentasche mit sich führte.

Als Stiller am Boden lag, das Messer in den Himmel blitzte, erst da hatte er überhaupt verstanden, was passiert war. Doch es war zu spät. Er hatte sich die Hände im Meer gewaschen. War, sich immer wieder umsehend, zurück zum Hotel gegangen, in der Hoffnung, dass niemand etwas gesehen hätte.

Und da er bald zuhause in seiner Kanzlei saß, ohne behelligt zu werden, wusste auch wohl niemand, wer er war und was er auf Langeoog getan hatte.

Stillers Wohnung

Eva hatte auf dem Weg zu Stillers Wohnung mit dem Schlüssel in ihrer Jackentasche herumgespielt und drehte ihn jetzt um. Ein merkwürdiger Geruch schlug ihr entgegen, als sie öffnete. War das Kümmel oder Ingwer? Und irgendwas mit Zitrone oder so. Entweder hatte Stiller geputzt, oder er war erkältet. Es schmerzte sie, dass sie es nicht wusste. Was albern war, denn sie war ja nicht seine Mutter. Sie schloss die Tür hinter sich und lehnte sich daran.

Auch hier war es so ordentlich wie in seinem Büro. Ihm müssen die Nackenhaare zu Berge gestanden haben, als er in meiner Wohnung war, dachte sie. So viel Unordnung war er nicht gewohnt. Dass er überhaupt einmal mehr als nur freundschaftliches Interesse an ihr gezeigt hatte, war bestimmt vor der Zeit, als er ihre Wohnung gesehen hatte. Nein, sie hätten als Paar keine Zukunft gehabt.

Eva atmete tief durch und ging in das nächste Zimmer, das vom Flur abging und stand im Schlafzimmer. Dunkle Möbel mit heller Bettwäsche. Lange weiße Gardinen. Auf dem Nachttisch ein Wecker und eine kleine Lampe. Kein Buch, kein Taschentuch, kein Wasserglas. Sie öffnete die Schublade der Nachtkonsole. Sie war leer. Wie konnte ein Mensch so ordentlich sein? So wenig Spuren hinterlassen?

Die Anzüge im Kleiderschrank schienen nach Farben aufsteigend sortiert, ebenso die Hemden und Krawatten. Eva war sich sicher, dass es keine Frau auf der Welt gab, die diesem Mann alles hätte recht machen können. Es gab in diesem Schlafzimmer nichts, was nicht in ein Schlafzimmer gehört hätte. Die Schuhe standen im Flur, bestimmt war er nur barfuß auf diesem hellen weichen Teppich gegangen.

Als Nächstes inspizierte sie das Wohnzimmer. Das gleiche Bild. Wenig Schränke, kaum Dekoration. Zwei gerahmte Fotos von Langeoog an der Wand. Vermutlich hatte er sie selber gemacht. Eva wusste genau, wo er sie aufgenommen hatte. Diese Stellen gehörten auch zu ihren

Lieblingswegen, wenn sie dort unterwegs war. Er hatte einen guten Blick für Stimmungen.

Im Schrank stand wenig Geschirr. Gerade so, dass es für zwei Personen ausgereicht hätte. Und doch hatte Eva das Gefühl, dass er hier überwiegend alleine gewesen war. War Stiller ein einsamer Mann gewesen? Vielleicht. Aber er hatte immer den Eindruck erweckt, als sei er fröhlich. Ja geradezu lebenslustig war er ihr immer erschienen. Es war wohl alles gespielt gewesen. Sie hätte ihm vielleicht mehr zuhören sollen, dachte sie bekümmert. Genauer hinsehen. Einfach für ihn da sein. Wenn er sie umwarb, dann brauchte er vielleicht nur jemanden, der ihm zuhörte. Hatte sie seine Signale völlig fehlinterpretiert? War sie einfach beziehungssatt, nachdem sie sich von Jürgen getrennt hatte? Es gab so vieles, über das sie noch einmal in aller Ruhe würde nachdenken müssen.

Die Küche wirkte steril. Man sah, dass er hier nicht viel gekocht hatte. Was ja im Prinzip auch kein Wunder war, wenn man in einem Hotel arbeitete.

Es fiel ihr ein, dass sie nicht einmal genau wusste, woher Stiller eigentlich kam. Ostfriese war er nicht, so viel stand fest. Sie ging in das nächste Zimmer, das er wohl für sich als kleines

Arbeitszimmer genutzt hatte, denn es standen ein Schreibtisch mit einem Laptop sowie ein kleiner Aktenschrank darin. Sie setzte sich auf den Stuhl am Schreibtisch und zog Laden auf, in denen sie im Prinzip keine wichtigen Unterlagen fand, sondern nur Nebensächlichkeiten, die man irgendwann in Schränke legte, ohne sie jemals wieder zu beachten.

Wer war Stiller eigentlich gewesen?, fragte sie sich. Es widerstrebte ihr zwar, nach den Lebensumständen und der Herkunft eines vermeintlichen Freundes zu fahnden, doch es ließ sich in diesem Fall wohl nicht vermeiden.

Sie beschloss, wieder in die Dienststelle zu gehen. Und sie hoffte, dass Okko nicht schon da war, wenn sie eintraf. Sie wollte jetzt lieber eine Weile alleine sein.

Und sie hatte Glück, Okko war noch unterwegs. Eva griff also zum Telefon, nachdem sie sich die Kontaktdaten der drei Zeitungen herausgesucht hatte, die sie sporadisch las. Erst beim dritten Anruf hatte sie endlich Glück.

»Sie sind also von der Polizei?«, fragte der junge Mann aus der Redaktion der Ostfriesischen Nachrichten.

»Ja«, antwortete Eva, »es geht um den Artikel, den Sie kürzlich geschrieben haben. Eine

Verwicklung zwischen einem Unternehmen auf Langeoog mit einem Lieferanten vom Festland.«

»Hm, ja, ich erinnere mich.«

»Ich würde gerne wissen, worum es genau in dem Artikel ging.«

»Oh, dazu kann ich nichts sagen«, wehrte der Journalist ab, »Informantenschutz.«

»Hören Sie«, sagte Eva, »ich will ja gar nicht wissen, wer Ihnen da irgendwelche Informationen zugespielt hat. Aber es gibt einen Mord auf Langeoog, wovon Sie ja sicher auch schon gehört haben.«

»Allerdings.«

»Eben. Und ich muss untersuchen, ob er möglicherweise in Zusammenhang mit der Sache steht, über die Sie geschrieben haben.«

Am anderen Ende wurde es still. »Das alles ist noch gar nicht spruchreif«, sagte er schließlich.

»Und warum haben Sie dann darüber geschrieben?«

»Wenn man als Journalist arbeitet, dann hat man die Verpflichtung, die Menschen zu informieren.«

»Oh. Aber Sie wissen doch noch gar nicht, ob die Sache wirklich konkret ist«, entgegnete Eva, »wenn ich Sie richtig verstanden habe. Also setzen

Sie wohl Gerüchte in die Welt.« Langsam wurde sie ärgerlich.

»Das ganz sicher nicht. Mein Informant hat stichhaltige Beweise, mit denen man zu diesem Zeitpunkt noch nicht an die Öffentlichkeit gehen kann.«

»Hören Sie, mir ist die Journalistenethik wirklich nicht fremd«, versuchte Eva zu beschwichtigen. »Was halten Sie davon, wenn Sie zu mir auf die Insel kommen? Ich denke, wenn wir das Ganze persönlich besprechen könnten, dann werden Sie auch meine Lage verstehen.«

»Okay«, sagte der Journalist sofort. »Ich bin morgen bei Ihnen.«

Eva wusste genau, dass er nur kam, weil er schon wieder eine Story witterte, weil er direkten Kontakt zu der ermittelnden Beamtin erhielt.

Dann im nächsten Moment kam Okko durch die Tür.

»Na«, sagte er, »auch schon wieder hier?« Er zog umständlich seine Jacke aus und legte sie über den freien Stuhl.

»Hast du noch Zeugen gefunden?«, fragte Eva zurück.

»Ne, leider nicht«, sagte Okko. »Die meisten sind nicht gerade nachts am Strand unterwegs.«

»Das stimmt. Ich war noch in der Wohnung von Stiller. Da hab ich auch nichts Außergewöhnliches gefunden. Morgen treffe ich mich mit einem Journalisten, der auf die Insel rüberkommt.«

»Warum das denn? Willst du in die Zeitung?«, fragte Okko erstaunt.

»Nein, natürlich nicht. Es geht da um eine Sache, über die der junge Mann kürzlich geschrieben hat. Irgendwas mit Wirtschaftskriminalität, wo die Spuren auch bis nach Langeoog führen. Wer weiß, vielleicht hängt der Mord an Stiller ja auch damit zusammen.«

»Könnte sein«, murmelte Okko und setzte sich endlich. »Wo der Stiller doch im Hotel gearbeitet hat. Wenn du willst, dann häng ich den Tag morgen noch dran.«

»Nein, das musst du nicht«, sagte Eva. »Ich komme schon zurecht. Nimm du nur die erste Fähre, um die Kollegen in Wittmund wieder zu unterstützen. Und du kannst dich ja mal umhören, was die Sache mit der ominösen Verbindung vom Festland zur Insel auf sich hat. Es wird ja viel geredet auf dem Land.«

»Ja, das stimmt«, sagte Okko, »das meiste erfährt man immer noch hinter vorgehaltener

Hand. Aber wenn ich gar nicht weiß, worum es eigentlich geht, dann wird es schwierig.«

»Stimmt auch wieder. Aber da kann ich dir im Moment auch nichts Näheres sagen«, bedauerte Eva. »Ich werde dich informieren, wenn der Journalist morgen hier gewesen ist.«

»Ja, das ist gut. Sag mal, hat Ole schon den Bericht geschickt?«

Eva sah in ihrem Mailpostfach nach. »Nein, Fehlanzeige. Aber die Todesursache dürfte eindeutig sein.«

»Sicher. Aber man weiß ja nie, was er noch so alles findet. Er ist ja ein Schlitzohr.« Okko grinste.

Als Schlitzohr hatte Eva Ole noch nie gesehen. Sie fand die Bemerkung irgendwie unpassend. »Tja«, sagte sie, »im Moment weiß ich auch nicht, was du noch tun könntest.«

»Was machst du denn heute Abend?«, fragte Okko.

»Oh, da bin ich verabredet«, sagte Eva schnell, bevor er noch vorschlug, gemeinsam essen zu gehen. Nicht noch einer, der mir hinterherläuft, dachte sie im Stillen.

»Macht nichts«, erwiderte Okko, »dann esse ich eben in meinem Hotel und gehe früh schlafen.«

Als er sich nach einer weiteren halben Stunde, in der sie über dieses und jenes sprachen, endlich verabschiedete, machte Eva drei Kreuze.

Endlich wieder Pizza

Bis zu der Verabredung mit Jürgen war ihr noch ein wenig Zeit geblieben und sie hatte im Netz nach Hendrik Stiller recherchiert. Und fand im Grunde nichts. Das wunderte sie, weil er doch einen recht angesehenen Job hatte, bei dem er mit vielen Menschen in Kontakt kam. Er war nicht bei den üblichen Plattformen, wo sich Fachkräfte tummelten und auch nicht bei Facebook und Co. Und seine bisherige Adresse, bei der er gewohnt haben musste, bevor er 2015 nach Langeoog kam, spuckte die Datenbank auch nicht aus.

»He Eva«, rief Jürgen, als sie schließlich in die Pizzeria kam.

»Moin Jürgen«, sagte sie und setzte sich zu ihm an den Tisch.

»Schlimme Sache, das mit Hendrik«, sagte er und schob ein Glas Rotwein zu ihr herüber, das er eingeschenkt hatte, während sie sich setzte.

»Ja, kann man wohl sagen.« Sie trank einen Schluck.

»Weißt du schon Näheres?«

»Nein, leider nicht. Nur, dass man ihn mit einem Messer getötet hat.«

»Ach, wie furchtbar. Wer macht denn sowas? Ich meine, der Stiller, er war doch ein feiner Kerl.«

Jürgen hatte schon zwei Pizzen bestellt, die jetzt an den Tisch gebracht wurden.

»Danke«, sagte er und sah Eva aufmunternd an. »Guten Appetit.«

»Dir auch«, sagte Eva, und eigentlich hatte sie gar keinen wirklichen Hunger. »Keine Ahnung, wer so etwas macht«, nahm sie den Faden wieder auf. »Und eigentlich kann ich auch gar nichts über Hendrik rausfinden, komisch, oder?«

»Wie meinst du das? Rausfinden?«

»Na ja, im Grunde weiß ich gar nicht, wer er eigentlich war. Es gibt nichts zu ihm im Internet.«

»Aber du hast ihn doch persönlich gekannt«, sagte Jürgen und runzelte die Stirn.

»Das dachte ich auch. Aber jetzt sieht alles anders aus. Eigentlich weiß ich gar nichts. Wenn jemand ermordet wird, ändert sich irgendwie alles.«

»Mag sein«, sagte Jürgen. »Mir hat er ja auch nie viel über sich erzählt. Aber trotzdem fand ich ihn nett.«

»Das war er ja auch«, seufzte Eva. »Vielleicht sogar viel zu nett und jemand anderes hat das ausgenutzt.«

»Was meinst du damit?«

»Ach, ich weiß auch nicht. Ich treffe da morgen so einen jungen Redakteur, der vielleicht etwas dazu beitragen kann.«

»Ich verstehe nur noch Bahnhof.«

»Im Moment kann ich dir leider nicht mehr sagen, tut mir leid.«

»Na dann. Mir schmeckt es jedenfalls.« Er grinste. »Aber dir wohl weniger, wie es scheint.« Er zeigte auf ihren Teller, wo die Pizza kaum angerührt war.

»Du hast recht«, gab Eva zu. »Ich bin mit meinen Gedanken ganz woanders. Willst du meine Pizza auch noch?«

Jürgen wehrte ab. »Um Himmels willen. Ich habe mich auf Diät gesetzt. Dies ist meine erste Pizza seit einer Woche.«

»Du machst Diät? Wieso das denn? Etwa wegen Gunda?« Sie schmunzelte.

Jürgens Gesicht verfinsterte sich. »Mit Gunda ist es aus«, sagte er leise.

»Oh, das tut mir leid.« Eva griff über den Tisch hinweg nach seiner Hand.

»Am Ende haben wir dann doch nicht zusammengepasst.«

»Wollte sie, dass du zu ihr aufs Festland kommst?«

»Ja, woher weißt du das?«

»Ach, nur weibliche Intuition. Aber ich kann mir denken, dass das für dich nicht infrage kam.«

»Nie und nimmer verlasse ich Langeoog«, sagte Jürgen, »dafür fühle ich mich hier einfach viel zu wohl und der Job in der Touristinfo, sowas krieg ich doch kein zweites Mal geboten.«

Wenn solche Dinge überwogen, dann war die Liebe wohl nicht allzu groß, dachte Eva bei sich. Laut sagte sie:

»Weißt du, ich glaube ja langsam an das Schicksal, das für uns sowieso schon alles durchgeplant hat. Da kann man gar nichts machen.« Sie zog ihren Teller wieder zu sich heran und begann zu essen.

»Vielleicht hast du recht. Aber du hast es ja ganz gut mit Robert getroffen, dank Schicksal.« Er zwinkerte ihr zu.

»Doch, Robert ist wirklich lieb«, sagte sie. »Ich meine, er ist eben ... ach, ich weiß auch nicht.« Sie hatte Angst, etwas gesagt zu haben, dass Jürgen in den falschen Hals bekommen konnte.

»Schon gut«, sagte er. »Ich verstehe, was du meinst. Ich war auch lieb, aber Robert ist eben noch ein bisschen lieber.«

»Du Esel«, sagte sie und lachte.

»Aber wenn du Hilfe bei den Ermittlungen brauchst, dann immer gerne«, wechselte er das Thema.

»Ja, Hilfe brauche ich immer. Du kannst ja mal diskret die Ohren offenhalten bei den Insulanern, ob man hinter vorgehaltener Hand über Stillers Ermordung tuschelt und am Ende sogar der eine oder andere ganz froh darüber ist.«

»Na ja, froh glaub ich zwar nicht. Aber er war eben nicht nur nett, sondern auch ein Geschäftsmann. In der Regel haben die immer irgendwo Dreck am Stecken.«

»Wenn du das sagst ...«, sagte Eva.

Sie bestellten sich noch eine Flasche Rotwein und der Abend wurde locker und durch Anekdoten aus der Vergangenheit gelöster. Sie waren noch gute Freunde, auch wenn sie als Liebespaar nie vielleicht wirklich eine Chance gehabt hatten. Jürgen brachte sie am Ende noch bis zu ihrer Wohnung, wo sie sich mit einer herzlichen Umarmung verabschiedeten mit dem Versprechen, so einen Abend so bald als möglich zu wiederholen.

Jetzt saß Eva auf ihrem Sofa im Wohnzimmer und weinte das erste Mal. Es war schon weit nach Mitternacht und sie fühlte sich einsam. Warum war Robert denn nicht hier, um sie in die Arme zu nehmen? Sie wischte sich mit dem Ärmel übers Gesicht und die letzten Tage liefen im Zeitraffer vor ihrem inneren Auge vorbei. Schweden. Katharina. Eine Mörderin als Mutter. Ein Vater, der Frauen vergewaltigte. Ein guter Freund tot. Alles drehte sich plötzlich im Kreis. Sie konnte gar nicht mehr aufhören zu weinen und wusste selber nicht warum.

Irgendwann musste sie eingeschlafen sein, denn als sie erwachte, ging die Sonne schon wieder auf. Ihr tat der Nacken weh, weil sie in recht unbequemer Haltung seitlich auf dem Sofa lag. Eine Decke lag über ihren Füßen, kalt war es ihr nicht. Als sie auf ihr Handy sah, war es halb fünf. Sie kroch langsam vom Sofa und schlich ins Bad. Dann legte sie sich in ihr Bett, um die restlichen Stunden bis zum Dienstbeginn zu schlafen.

Der Fisch stinkt vom Kopf

Zwei Aspirin zum Frühstück hatte sie schon lange nicht mehr gebraucht. Sie schob es auf die fettige Pizza und den günstigen Rotwein. Sie frühstückte nur mit starkem Kaffee und machte sich dann auf den Weg in die Dienststelle, um sich auf den Besuch des Journalisten vorzubereiten.

In ihrem Mailpostfach fand sie den Bericht von Ole. Sie druckte ihn aus und las, dass natürlich der scharfe Messerstich die Todesursache gewesen war. Stiller hatte nicht leiden müssen, schrieb Ole und Evas Augen wurden feucht. Außerdem hatte Stiller ziemlich viel getrunken gehabt. Die Blutprobe ergab selbst am nächsten Tag noch 1,7 Promille. Außerdem musste ein Kampf stattgefunden haben, da es blaue Flecken und Abschürfungen an den Handrücken und an den Armen gab. Der Tod musste zwischen zwei und vier Uhr nachts eingetreten sein.

»Mit wem hast du da eine Auseinandersetzung gehabt?«, fragte Eva für sich. »Was ist das große Geheimnis in deinem Leben?«

Dann ging die Tür auf und ein junger Mann mit Parka und einer Tasche über der Schulter steckte den Kopf herein.

»Eva Sturm?«, fragte er.

»Der Journalist?«, entgegnete Eva.

»Ganz genau«, sagte er und kam unaufgefordert weiter herein und schloss die Tür hinter sich. »Der Job ist ja nicht schlecht, so auf einer Insel.«

»Hat Vor- und Nachteile«, sagte Eva. »Kommen Sie, setzen Sie sich zu mir an den Schreibtisch, dann spricht es sich leichter.«

Er streifte seinen Parka ab, wobei Eva sich fragte, ob Journalisten immer so froren, schließlich waren es fast fünfzehn Grad draußen. Dann stellte er seine Tasche neben dem Stuhl ab, setzte sich und sah sie durch eine kleine runde Brille aufmerksam an.

»Nett, dass Sie hergekommen sind«, sagte Eva. »Sie wissen ja, warum ich Sie sprechen möchte.«

»Sicher«, erwiderte er. »Aber ich sagte ja schon am Telefon, dass es sich um eine doch recht heikle Angelegenheit handelt, bei der im Prinzip noch alles in der Schwebe ist. Namen werde ich Ihnen nicht nennen können.«

»Informantenschutz«, sagte Eva, »auch das habe ich mir gemerkt. Wir können es ja andersherum machen. Ich erzähle Ihnen von dem Mordfall und Sie geben mir mit einem Nicken oder Kopfschütteln zu verstehen, ob es einen Zusammenhang geben könnte oder auch nicht.«

»Das klingt, als wären Sie nicht bei der Polizei, sondern bei der Mafia«, lachte der junge Mann.

»Manchmal fühle ich mich auch so«, seufzte Eva. »Aber mal im Ernst, Sie haben den weiten Weg ja nicht auf sich genommen, um hier die schöne

Aussicht zu genießen. Wir müssen einen Weg finden, der uns beiden weiterhilft.«

»Einen Deal, verstehe. Aber was können Sie mir denn bieten?«

»Tja, vermutlich nichts, was Sie nicht sowieso schon über die Pressestelle erfahren haben«, sagte Eva gedehnt.

»Es gibt also noch unveröffentlichte Details?«, wurde der Journalist hellhörig.

»Wer weiß ...«.

»Also, ich war der Erste, der über die Story mit den schmutzigen Geschäften geschrieben hat. Damit kann man seinen Chef immer für sich einnehmen, wenn Sie verstehen. Wenn ich jetzt auch noch mit Details zum Mord auf Langeoog aufwarten kann, dann habe ich einen superdicken Stein im Brett.«

»Das würde mich für Sie freuen«, sagte Eva und überlegte, womit sie ihn ködern könnte, ohne Stiller ins moralische Abseits zu stellen. Der Alkoholeinfluss und die Schlägerei fielen schon mal flach. Sie setzte ein Pokerface auf, um nicht verunsichert zu wirken.

»Okay«, sagte er, weil er sich am Zug sah, »es handelt sich im Groben bei der Sache, an der ich arbeite, um Fisch.«

»Fisch?«, wiederholte Eva gedehnt. »Was soll ich denn jetzt damit anfangen?«

»Der Fisch an sich ist nicht das Problem«, fuhr er fort, »aber Fisch ist eben nicht immer gleich Fisch, wenn Sie verstehen.«

Wollte er sie jetzt veräppeln?

»Im Moment verstehe ich nicht allzu viel«, gab sie zu und verschränkte die Arme vor der Brust. »Aber wenn ich Ihnen etwas Interessantes erzählen soll, dann müssen Sie mir schon mehr als stinkenden Fisch bieten.«

»Ich sehe, wir verstehen uns«, sagte er mit leuchtenden Augen. »Der Fisch stinkt nämlich immer zuerst am Kopf.«

Eva zog die Lippen kraus bei dem Gedanken.

»Und die Story, an der ich arbeite, da geht es um Fisch im weitesten Sinne und den Handel damit.«

»Lassen Sie mich raten«, sagte Eva, »jemand verkauft den minderwertigen Fisch über Preis. Richtig?«

Er nickte. »So könnte man es grob sagen.«

»Also Betrug mit überteuertem Fisch und falschen Versprechungen. Und er wurde auch hier auf die Insel geliefert?«

Er nickte wieder.

»Okay. Und Sie glauben, dass unser Mordopfer hier auf Langeoog etwas damit zu tun haben könnte?«

»Das glauben Sie«, korrigierte er, »denn Sie haben mich wegen des Artikels und Ihrer Leiche angerufen.«

Wo er recht hatte, hatte er recht. Doch wenn sie so darüber nachdachte, dann konnte es durchaus sein, dass an der Sache was dran war. Hendrik war der Manager des Hotels und natürlich auch für den Einkauf von Waren zuständig. Und wenn er in einen schmutzigen Deal mit schlechter Ware zu überteuerten Preisen verwickelt war, dann hatte er vielleicht versucht, die Sache zu beenden, und die Fischmafia räumte ihn aus dem Weg.

»Über welche Summen reden wir hier?«, fragte Eva.

»Millionen«, sagte er mit wichtigem Blick.

Ja, dann konnte es wirklich ein Grund für Mord sein. Bei Geld hörte der Spaß auf. Aber was um Himmels willen sollte sie dem jungen Mann jetzt als Gegenleistung bieten?

»Mir ist schon klar, dass Sie mir nicht die Exklusivrechte an der Story geben können«, sagte er, als Eva weiter schwieg. »Doch es wäre schon nett, wenn ich der Erste sein könnte, der über die Überführung des Täters schreiben darf.«

Eva stutzte. »Kommt das denn nicht aufs Gleiche raus?«

»Na ja, vielleicht schon irgendwie. Aber ich meine ja nicht, dass ich ausschließlich darüber schreibe, sondern nur ein paar Stunden eher. Wir haben ja auch einen Online-Auftritt und wenn ich da der Erste wäre, das hätte schon was.«

»Das könnte Ihre Karriere befördern, verstehe«, sagte Eva. Und irgendwie hatte sie große Lust, ihm den Gefallen zu tun. Er war so jung, und voller Ziele. Aus ihm würde vielleicht noch ein ganz großer bedeutender Journalist werden. »Na gut, sagte sie, wir haben einen Deal. Sobald ich weiß, wer Hendrik Stiller umgebracht hat, erfahren Sie es als Erstes.«

»Danke«, sagte er. »Wollen wir noch irgendwo einen Kaffee trinken gehen?«

»Oh, ich denke, das lassen wir lieber«, erwiderte Eva lachend, »es ist besser, man sieht uns nicht zusammen, wenn Sie verstehen, was ich meine.«

»Alles klar.« Er griff nach seiner Tasche und stand auf.

»Aber ein bisschen mehr könnten Sie mir doch schon erzählen«, sagte Eva und sah ihn schief an. »Ich meine, wer handelt da mit dem minderwertigen Fisch? Das würde mir schon verdammt weiterhelfen.«

Er nahm seine Jacke, um Zeit zu schinden, während er angestrengt überlegte. »MANTILA, das steht für Mansholt, Tierel und Landsberg ... aber von mir haben Sie den Namen nicht.«

»Alles klar«, sagte sie, »ich rufe Sie an, sobald ich etwas habe.«

Eva wartete, bis die Tür hinter dem jungen Mann zuging. Dann schnappte auch sie sich ihre Jacke und machte sich auf den Weg zum Büro von Stiller.

Über eine Stunde kramte sie dann in den Ordnern herum, doch ohne Ergebnis. Der Name MANTILA tauchte nirgends auf. Was ja auch irgendwie klar war, dachte sie. Der Handel wurde bestimmt über eine Drittfirma abgewickelt, wenn die schlau waren.

Eva ging nach unten in die Lobby und fragte nach dem Hotelchef. Er war auch diesmal wieder nicht erreichbar.

»Wann ist der Chef denn mal da?«, fragte Eva, »könnten Sie mal im Terminkalender nachsehen?«

Die junge Angestellte zog die Schultern hoch. »Da habe ich keinen Zugriff. Herr Bechthold macht seine Termine immer selber. Eigentlich weiß keiner, wann er im Haus ist, oder auch nicht. Tut mir leid.«

»Aber eine Telefonnummer haben Sie schon von ihm, oder?«

Die junge Frau nickte. »Ja, für den Notfall. Aber von mir haben Sie die nicht.«

»Nein, natürlich nicht«, versicherte Eva und nahm den Zettel mit der Nummer von Bechthold entgegen.

Jürgen, dachte sie, als sie draußen vor dem Hotel stand. Er konnte etwas über die Firma mit dem Fisch wissen.

»Eva?«, fragte er erstaunt, als sie dann vor ihm stand.

»Bist du alleine?«, fragte sie.

Er sah sich um. »Ja, irgendwie schon. Was ist denn los?«

»Ich müsste dich etwas fragen. Aber das ist verdammt vertraulich. Du darfst mit niemandem darüber sprechen.«

»Sag nicht, du bist schwanger?«, flüsterte er schelmisch.

»Sehr witzig. Damit würde ich bestimmt nicht zu dir Tratschtante kommen.«

Beide mussten lachen.

»Nein, aber mal im Ernst«, fuhr Eva dann fort, »sagt dir der Name MANTILA in Verbindung mit Fisch etwas?«

Jürgen verzog das Gesicht. »Erinnert mich an eine Fischvergiftung, die ich mal vor zig Jahren hatte.

»Tatsächlich?«

»Quatsch«, sagte er, »nein, der Name sagt mir nichts. Müsste ich den kennen?«

»Das frage ich ja gerade«, sagte Eva enttäuscht. Denn wenn jemand die Leute kannte, dann doch Jürgen.

»Und es geht um Fisch?«, fuhr er fort.

Sie nickte.

»Komisch, wenn ich so darüber nachdenke, dann habe ich den Namen vielleicht doch schon einmal gehört. Aber nicht in der Kombination mit Fisch.«

»Sondern?«

»Nun wart doch mal, ich denk ja schon angestrengt nach.«

»Das seh ich.« Sie zeigte auf das Smartphone, mit dem er schon die ganze Zeit nebenbei herumgefummelt hatte.

»Hier hab ich's«, sagte er und hielt ihr das Gerät hin. »MANTILA. Anwälte in Esens.«

»Eine Anwaltskanzlei?«, fragte Eva irritiert. »Jetzt verstehe ich gar nichts mehr.«

»Konnte ich dir denn wenigstens helfen?« Er zog die Brauen hoch und machte große Augen.

»Ja, danke«, sagte sie und ärgerte sich, dass sie die Kanzlei in Esens nicht entdeckt hatte. War aber auch irgendwie kein Wunder, da sie ja immer in Zusammenhang mit Fisch gesucht hatte.

»Immer wieder gerne. Und wenn du mal wieder Lust auf Pizza hast ...«

»Nein, heute nicht. Aber sonst hast du noch nichts weiter gehört?«

»Eva, ich kann meine Ohren nicht überall haben«, lachte Jürgen. »Aber ich verspreche dir, dass ich mich gleich auf die Pirsch machen werde.«

Irgendwie wirkte er überdreht, dachte sie. »Ich geh dann mal wieder. Mach's gut.«

Der Verräter

In der Kanzlei MANTILA in Esens saß ein junger Mann mit gut sitzendem Anzug am Schreibtisch und schwitzte. Schon drei Anrufe an diesem Tag von Kunden, denen der Hintern auf Grundeis ging. Ob man denn noch sicher sei nach dem Bericht in der Zeitung. Und wie das überhaupt alles habe durchsickern können, nachdem es sich doch angeblich um ein wasserdichtes Geschäft mit Fisch handeln sollte. Wenn das so weiterging, dann konnte er einpacken, dachte er und wischte sich über die Stirn.

Jetzt hieß es Schadensbegrenzung. Sollte er die anderen, die sich noch nicht gerührt hatten, von sich aus anrufen? Den Wind quasi aus den Segeln nehmen? Auf der anderen Seite könnte er auch schlafende Hunde wecken. Es war zum Verzweifeln. Alles lastete auf seinen Schultern. Er war zuständig für die windigen Verträge, die man mit dem größten Zulieferer aus den Niederlanden geschlossen hatte. Alles legal. Jedenfalls nach außen hin. Natürlich stand von den weiteren Lieferungen, die verdeckt mit irgendwelchen fremden Booten mitten in der Nacht über das Wasser kamen, nichts auf dem Papier.

Das Telefon schrillte schon wieder und er schrak zusammen. Er brauchte drei Anläufe, bis er endlich abnahm.

»Hallo?«

»Eva Sturm hier, Polizei auf Langeoog«, kam es vom anderen Ende.

Ihm brach schon wieder der Schweiß aus.

»Hallo? Bin ich da verbunden mit der Kanzlei MANTILA?«

»Ja sicher«, sagte er und schluckte, »was kann ich denn für Sie tun? Polizei, sagten Sie?« Er tat geschäftig, als habe er nur mit halbem Ohr hingehört und raschelte mit einem Haufen Papier.

»Ich müsste Sie persönlich sprechen«, sagte Eva, »wäre es möglich, dass ich Sie noch heute aufsuche?«

»Sprechen? Heute noch?«, fragte er und spielte den Gestressten. »Im Grunde bin ich eigentlich mit Terminen voll bis zum Ende der Woche.«

»Es geht um Mord«, sagte Eva kalt, »ich denke, da werden Sie wohl ein paar Minuten freischaufeln können. Ich bin dann gegen fünfzehn Uhr bei Ihnen.«

Sie legte auf, ohne eine Antwort abzuwarten.

Jetzt sind wir geliefert, dachte er. Aufgeflogen. Alles im Eimer. Wie sollte er jetzt so schnell die ganzen gefakten Papiere verschwinden lassen? Und wer verdammt nochmal hatte etwas an die Presse durchsickern lassen? Mord hatte die Beamtin gesagt. Was für ein Mord denn überhaupt? Sicher, er hatte von einem Toten auf Langeoog gehört. Aber was hatte das denn mit dem Fisch zu tun? Die glaubten doch wohl nicht etwa ... wie hieß der Tote nochmal? Er konnte sich gar nicht mehr an den Namen erinnern, der vor einiger Zeit durch die Medien gegeistert war. Auf jeden Fall arbeitete er in einem Hotel. Und womöglich hatte dieses Hotel auch den gepanschten Fisch gekauft. Doch eigentlich wäre ihm das doch aufgefallen, als er von dem Toten gelesen hatte. Verdammter Mist. Er sah auf die Uhr. Ihm blieben gerade noch einmal vier Stunden, um einigermaßen gefasst und routiniert auf den Besuch der Polizistin zu reagieren.

Er googelte Mord und Langeoog und im nächsten Moment ploppte ein Bericht in der Zeitung auf, wo von einem Hendrik Stiller die Rede war, der am Strand von Langeoog brutal ermordet mit einem Messer in der Brust aufgefunden worden war. Stiller also, dachte er. Das Hotel, in dem er gearbeitet hatte, gehörte definitiv nicht zu den Kunden von MANTILA. Also doch alles im grünen Bereich? Er atmete tief durch. Wenn er jetzt keinen Fehler machte, dann würde er Fragen beantworten, sie würde wieder verschwinden. Alles konnte weitergehen wie bisher.

Doch es blieb die Frage, wie sie überhaupt zu seiner Kanzlei gekommen war? Wer hatte ihr den Tipp gegeben, dass es bei den möglichen krummen Geschäften, von denen die Zeitung vor Kurzem geschrieben hatte, um Geschäfte mit der Firma MANTILA ging? Denn davon hatte nichts in der Zeitung gestanden. Wem konnte er noch trauen? Im Grunde genommen nur noch sich selbst.

Er drückte auf eine Taste und bat seine Sekretärin, ihm einen Kaffee und einen kleinen Salat zu besorgen.

Eva fand das Verhalten des Anwalts am Telefon merkwürdig. Und wenn an der Sache mit dem Fisch was dran war, dann war es auch kein Wunder, dass er zusammengezuckt war, als sie sich meldete. Sie hatte es an seiner Stimme gehört. Er war erschrocken gewesen. Verunsichert. Und dass sie ihn noch heute besuchen würde, das passte ihm nicht. Umso besser, dachte sie. Vielleicht komme ich endlich einen Schritt weiter in der Sache um Stiller.

Sie konnte es sich zwar nicht vorstellen, dass er in schmutzige Geschäfte verwickelt war, doch das hieß ja nichts. Auch nicht, dass man in seinen Unterlagen keine Hinweise auf eine Verbindung zu MANTILA fand. Und am Ende war vielleicht gar nicht Stiller direkt das schwarze Schaf in dem Hotel, sondern der Manager, von dem sie immer noch nichts gehört hatte bisher. Auf ihre mehrmaligen Anrufversuche hatte er nicht reagiert. Die Sache stank einfach. Und so langsam wurde sie wütend auf den Manager. Man konnte ja eine Menge um die Ohren haben, aber wenn ein direkter Mitarbeiter ermordet wurde, dann stand man der

Polizei verdammt nochmal zur Verfügung. Sie hatte noch Zeit, bis die nächste Fähre ging. Also beschloss sie, noch einmal zum Hotel zu gehen.

»Sagen Sie mir nicht, dass der Chef nicht da ist«, blaffte sie den jungen Mann an, der jetzt am Empfang stand.

»Wie bitte?«, fragte dieser verdattert.

»Ich möchte zu Ihrem Chef«, beharrte Eva und lehnte sich auf.

»Sicher, ich sage ihm Bescheid.« Der junge Mann griff zum Telefon und ließ sie nicht aus den Augen. »Er kommt nach unten. Wenn Sie bitte einen Augenblick warten möchten.«

Eva kam sich in diesem Moment dumm vor. Was konnte denn der ahnungslose Angestellte dafür, dass ihr der Kragen platzte. »Danke«, sagte sie und ging ein paar Schritte in der Lobby auf und ab. Dann endlich kam ein äußerst schlanker hochgewachsener Mann im Anzug die Treppen herunter.

»Frau Sturm«, sagte er, kam auf sie zu und reichte ihr galant die Hand.

»Herr Bechthold, Sie sind sehr schwer zu erreichen«, sagte Eva und dachte gar nicht daran, ihm ihre Hand zu geben.

»Oh, das tut mir leid. Es gab ein paar auswärtige Termine. Sie sind sicher wegen des tragischen Unfalls von Herrn Stiller hier, nehme ich an.«

»Unfall würde ich das nicht gerade nennen, wenn einem jemand ein Messer in die Brust rammt«, murrte Eva.

Bechthold sah sich schnell um. Niemand von den Gästen hatte etwas mitbekommen. »Vielleicht sollten wir in mein Büro gehen«, schlug er vor.

»Gerne.«

Eva folgte ihm durch eine schwere dunkle Tür ein paar Flure weiter.

»Wieso haben Sie nicht auf meine Anrufe reagiert?«, fragte Eva, als sie ihm gegenüber an seinem Schreibtisch saß.

»Oh, wie gesagt, es gab viele Termine. Meine Anrufliste quillt über. Ich werde sie in den nächsten Tagen abarbeiten.«

»Soso. Ich werde dann auch gleich zum Punkt kommen. Stiller war Ihr engster Mitarbeiter, richtig?«

Bechthold nickte. »Ja, so könnte man es formulieren. Wobei er natürlich in vielen Dingen freie Hand gehabt hat. Will sagen, ich musste nicht alles sehen, wissen oder gar unterschreiben.«

»Dann sind Sie nicht über alle Geschäfte informiert, die sich um Ihr Hotel drehen?«

Bechthold stutzte. »Wie meinen Sie das?«

»Eigentlich so, wie ich es gesagt habe. Sind Sie nicht, da Sie Herrn Stiller ja freie Hand gegeben haben, über alles informiert, was in Ihrem Hotel für Geschäfte laufen?«

»Geschäfte laufen ... hören Sie, wir führen hier ein angesehenes Hotel und keine Spelunke. Hier laufen keine Geschäfte, hier werden Geschäfte geführt. Oder wollen Sie etwa unterstellen, dass hier nicht alles mit rechten Dingen zugeht? Dann würde ich es allerdings vorziehen, meinen Anwalt hinzuziehen.«

»Wenn Sie das für nötig halten, können Sie das gerne tun«, sagte Eva.

»Sie drehen mir die Worte im Mund herum, liebe Frau Sturm. Das gefällt mir ganz und gar nicht.«

»Wo waren Sie, als man Stiller ermordet hat?«

»Dazu müsste ich wohl wissen, wann das war.«

Eva nannte ihm die fragliche Nacht.

Bechthold blätterte in seinem Terminkalender herum. »Da war ich in Bad Zwischenahn«, sagte er. »Hier, lesen Sie selbst.«

Eva warf einen Blick in den Kalender. »Papier ist geduldig«, antwortete sie. »Es wäre gut, wenn Sie Zeugen dafür hätten.«

Er nickte. »Die habe ich. Es dürfte sich ein gutes Dutzend Menschen daran erinnern, dass ich in der Nacht zwanzigtausend Euro gewonnen habe.«

»Sie spielen?«

»Ich war mit guten Freunden unterwegs«, blieb er standhaft. »Wir haben auch das Spielkasino in Bad Zwischenahn besucht. Ich denke, das ist legitim.«

»Ich bräuchte die Namen ihrer guten Freunde.«

»Nur, wenn Sie sie diskret behandeln.«

»Bei Mord hört die Diskretion auf, das wissen Sie.«

Er gab ein paar Unmutslaute von sich und schrieb Namen auf ein weißes Blatt Papier. »Sie irren sich, wenn Sie glauben, dass ich etwas mit dem Mord an Stiller zu tun habe.«

»Wir werden sehen. Ich bräuchte übrigens auch eine Übersicht über Ihre Vermögensverhältnisse«, fügte sie hinzu.

»Das werde ich wohl nicht verhindern können«, maulte er. »Aber nur, weil ich ins Spielkasino gehe, heißt das nicht, dass ich in krumme Geschäfte verwickelt bin. Sie sollten Ihre Vorurteile überarbeiten.«

Es herrschte eine eisige Stimmung zwischen den beiden.

»Liefern Sie mir Ihre Unterlagen bis morgen Nachmittag in meine Dienststelle«, sagte Eva, »wenn Sie sich nichts vorzuwerfen haben, dürfte das doch kein Problem sein.«

»Mein nächster Termin wartet«, sagte er frostig.

Eva stand auf und verließ sein Büro.

Es geht doch immer nur ums Geld, dachte sie, als sie wieder draußen stand. Die Sonne tat ihr gut. Es blieb nicht mehr viel Zeit, bis die Fähre ging. Also machte sie sich gleich auf den Weg zur Inselbahn.

Während der Überfahrt ließ sie sich das Gespräch mit Bechthold noch einmal durch den Kopf gehen, als ihr Handy plötzlich klingelte.

»Robert«, rief sie freudig aus, als sie abnahm.

»Oh, du erinnerst dich also noch an mich?«, fragte er.

»Sicher. Ach, ich vermisse dich so sehr.«

»Bist du auf der Fähre?«

»Ja, ich habe gleich einen Termin in Esens.«

»Und da sagst du gar nichts? Ich könnte dich doch am Anleger abholen und zu deinem Termin fahren. Hinterher könnten wir zu mir gehen und es uns gemütlich machen.«

»Du hast Nerven. Ich muss doch den Mord an Stiller aufklären«, sagte sie mit Wehmut in der Stimme. Denn auch ihr war es nach einem gemütlichen Abend in Roberts Armen zumute.

»Also soll ich dich nicht abholen?«

»Doch, natürlich. Ich möchte dich unbedingt sehen. Aber lass es uns so machen, dass ich dich nach dem Termin anrufe und dann holst du mich ab. Einverstanden?«

»Sicher, wenn du es so möchtest, liebe Eva. Ich kann es kaum erwarten.«

Sie legten auf.

Es war so schön gewesen, seine Stimme zu hören, dachte sie. Sie freute sich mit Herzklopfen auf den Abend. Und das in deinem Alter, schimpfte sie mit sich. Wie ein alberner Teenager. Und doch tat es gut, dass es nicht mehr nur die Arbeit in ihrem Leben gab. Doch Robert hatte recht, sie hätte ihn niemals angerufen. Sie fand, über diese Tatsache musste sie unbedingt noch einmal nachdenken. Prioritäten setzen im Leben und so. Dann legte die Fähre an.

Sie nahm sich ein Taxi, weil Robert sie ja später abholen würde.

Die Anwaltskanzlei in Esens befand sich in einem recht schmucklosen in die Jahre gekommenen Haus, an dem vorne an der Straße ein

Schild mit der Aufschrift MANTILA an einer groben Kette baumelte. Ob es sich hier vielleicht sogar nur um eine Scheinkanzlei handelte?, fragte sich Eva.

Sie drückte auf die Klingel und es summte kurz darauf.

Eine junge Frau schließlich brachte sie in das Büro des Anwalts, mit dem sie am Morgen telefoniert hatte.

»Ich habe wirklich nicht viel Zeit«, sagte er, als er ihr umständlich einen Stuhl anbot. »Das sagte ich ja bereits bei unserem Gespräch am Morgen.«

»Oh, das habe ich nicht vergessen«, flötete Eva, »umso schöner ist es doch, dass wir uns jetzt unterhalten werden. Und wenn Sie kooperieren, halte ich Sie nicht länger auf als unbedingt nötig, versprochen.«

Sie ließ ihn nicht aus den Augen und sah, dass seine Hände leicht zitterten und er rote Flecken am Hals hatte. Dieser Typ hatte eindeutig etwas zu verbergen.

»Kaffee?«, fragte er, als er hinter seinem Schreibtisch Platz nahm.

»Nein, danke«, erwiderte Eva. »Kaffee schlägt mir immer sehr schnell auf den Magen.«

»Na gut. Worum geht es denn jetzt eigentlich?«, fragte er und rückte nervös auf seinem Stuhl hin und her.

»Im Großen und Ganzen geht es um Fisch«, sagte Eva und sah, dass es jetzt auch noch um seine Augen herum zuckte.

»Und weiter?«, fragte er und zog an seiner Krawatte herum, als ob er Gefahr liefe, zu ersticken.

»Eigentlich nichts weiter«, sagte Eva betont ruhig. »Ich müsste nur von Ihnen wissen, wie das mit dem Fischhandel bei Ihnen so abläuft.«

»Ich verstehe nicht, Sie befinden sich hier in einer Anwaltskanzlei ...«.

»Es trifft also nicht zu, dass es auch einen Fischhandel unter dem gleichlautenden Namen gibt?«

Sie sah, wie er sich wand und um eine passende Antwort rang.

»Doch, den gibt es. Es ist aber nur ein kleiner Teil des Unternehmens.«

»Wie groß der ist, ist mir eigentlich egal«, sagte Eva trocken.

»Aber ich verstehe jetzt ehrlich gesagt immer noch nicht, warum Sie hier sind«, sagte er und sah nervös auf seine Armbanduhr.

»Ich bin hier«, sagte Eva, »weil es Hinweise darauf gibt, dass der Mord auf Langeoog an einem leitenden Angestellten in einem Hotel mit dem Fischhandel MANTILA in Verbindung stehen könnte.«

Er schluckte. »Dazu ist mir nichts bekannt«, sagte er.

»Aber von dem Mord haben Sie schon gehört, oder?«

»Natürlich. Ich lese Zeitung und sehe fern.«

»Könnten Sie dann bitte so freundlich sein und nachsehen, ob der Name Hendrik Stiller, so heißt nämlich das Opfer, ob dieser Name in irgendeinem Zusammenhang mit dem Fischhandel in Verbindung steht.«

»So einfach ist das nicht ...«.

»Weshalb nicht? Ich bin mir sicher, dass Sie auch mit den Geschäften des Fischzweiges betraut sind. Das sehe ich Ihnen an.«

Seine Gesichtsfarbe wurde noch blasser.

»Hören Sie«, sagte er, »ich weiß nicht, wie Sie gerade auf unser Unternehmen gekommen sind. Aber ich versichere Ihnen, dass wir nichts mit dem Hotel dieses Herrn Stiller zu tun haben.«

»Das hätte jetzt etwas mit Vertrauen und Glauben zu tun«, sagte Eva, »darauf möchte ich mich lieber nicht verlassen. Deshalb bitte ich Sie, in aller Ruhe zu prüfen, ob es eine Verbindung gibt. Ich werde morgen früh gegen zehn Uhr wieder hier sein. Ihnen bleiben also noch ein paar Stunden. Besser, Sie machen sich gleich an die Arbeit.«

Sie stand auf und nickte ihm zu. Dann verließ sie sein Büro und ging nach draußen. Dort rief sie Robert an, der bereits in Esens war und ihr seinen Standort in einem netten Café am Marktplatz nannte.

In der Redaktion

Sven Bittner fand den Besuch auf Langeoog eigenartig und auch aufregend. Schon oft hatte er im Fernsehen Krimis gesehen, wo Journalisten mit den ermittelnden Beamten zusammenarbeiteten und zu ihren engsten Vertrauten wurden. Aber dass es ihn selber einmal im wahren Leben treffen würde, damit hätte er nie gerechnet. Er musste sich diese Eva Sturm warmhalten, dachte er und kaute auf seinem Bleistift herum. Sie war clever, das hatte er sofort an der Art, wie sie ihn ausfragte, gemerkt. Der Kontakt zu ihr durfte auf keinen Fall abreißen.

Noch immer arbeitete er an der Sache mit dem Fischhandel. Sein Informant war jedoch nicht bereit, in Gänze auszupacken. Noch nicht. Gleich würde er noch einmal ein Treffen mit ihm haben. Und irgendwie fühlte er sich unbehaglich bei dem Gedanken, gleich mit dem Mann alleine im Wagen in einem fast verlassenen Parkhaus zu sitzen. Was war, wenn an der Sache, dass der Mord auf der

Insel etwas mit dem Fischhandel zu tun hatte, etwas dran war? Dann konnte er auch in Gefahr sein, weil er schon viel zu viel wusste. Ob er das Treffen einfach platzen lassen sollte? Sein Chef würde ihm den Hals umdrehen, wenn er seine Gedanken lesen könnte.

Gleich war es neunzehn Uhr. Er musste sich langsam auf den Weg machen. Er schnappte sich seinen Parka und seine Tasche und verließ die Redaktion. Keiner der anderen Kollegen nahm Notiz von ihm. Sie arbeiteten fieberhaft an den nächsten Ausgaben. In einer Tageszeitung musste jeden Tag etwas Interessantes drinstehen, wenn man die Abonnenten nicht verlieren wollte. Wie gerne hätte er jetzt einen Termin mit dem Vorsitzenden des Kaninchenzüchtervereins in Aurich-Egels gehabt. Einfach so. Mal ein bisschen Schnacken und übers Rammeln schreiben.

Eine halbe Stunde später stand er in der Tiefgarage am vereinbarten Platz. Alles war dunkel. Er ließ die Seitenscheibe runter und zündete sich eine Zigarette an. Dabei wollte er doch eigentlich aufhören. Als er einen Wagen hörte, schnippte er die Zigarette weg.

Das war sein Informant. Der silberne Audi parkte ein paar Reihen weiter. Niemand stieg aus. Nach ein paar Minuten öffnete Sven die Fahrertür, nahm seine Tasche und ging zu dem Audi. So war es vereinbart, wenn alles glattlief. Sein Herz klopfte bis zum Hals, als er die Beifahrertür der Limousine öffnete.

»Was ist los?«, fragte eine nervöse Männerstimme. »Komm endlich rein, damit das Licht ausgeht.«

Sven machte, was der Mann sagte.

»Sind die Bullen etwa hinter dir her?«, fragte der Mann mit Bart.

»Nein, wo denken Sie hin?«, fragte Sven und versuchte, ruhig zu atmen. »Man kann nur nicht vorsichtig genug sein.«

»Das stimmt allerdings. Deshalb ist dieses hier auch unser letztes Treffen. Ich muss die ganze Sache abblasen. Die Story ist gestorben.«

»Aber warum? Ist denn etwas passiert?«

»Wie man's nimmt. Aber die Chefetage hat den Deckel drauf gemacht. Ich komme an nichts mehr ran. Wir müssen das Ganze vergessen.«

»Aber ich habe doch schon darüber geschrieben«, erinnerte Sven.

»Ach ja? Was hast du denn geschrieben? Da stand doch im Grunde nichts drin in deinem Artikel. Und das ist auch gut so.«

»He, so geht das nicht. Erst die Pferde scheu machen und dann das. Wir sind ein seriöses Blatt.

Mein Chef wartet darauf, dass ich die ganze Story aufdecke.«

»Das ist sein Problem.«

»Und auch meins«, sagte Sven. »Das ist schlechter Journalismus, nur mit vagen Vermutungen zu arbeiten. Das habe ich nur Ihretwegen getan, weil Sie mir versprochen haben, dass die ganze Sache bald auffliegen wird.«

»Es ist ja noch nicht gesagt, dass nichts mehr läuft«, lenkte der Informant ein. »Doch im Moment komme ich an nichts mehr ran, wie ich schon sagte. Irgendjemand da oben hat kalte Füße gekriegt.«

»Hängt das etwa mit dem Mord auf Langeoog zusammen?«

»Dazu sage ich jetzt nichts mehr. Steig aus und fahr nach Hause. Ist besser für dich, Junge.«

Sven wusste, dass es keinen Sinn mehr machen würde, noch weiter nachzubohren. Also stieg er aus dem Wagen, der sofort, nachdem er die Tür zugeworfen hatte, mit quietschenden Reifen davonfuhr.

Ein gemütlicher Abend

Robert hatte bereits für den Abend eingekauft, so dass sie direkt von Esens nach Tannenhausen fahren konnten.

»Du bist ein Schatz«, sagte Eva, als sie den guten Käse und den Wein im Kühlschrank sah.

»Mach's dir bequem«, bot Robert an, »ich decke für uns den Tisch.«

»Das ist gut, dann kann ich nochmal telefonieren«, sagte Eva und setzte sich aufs Sofa. Sie suchte in ihrer Liste nach Sven Bittner und drückte die grüne Taste. Es dauerte lange, bis er endlich abnahm.

»Ja?«

»Herr Bittner?«

»Ja.«

»Was ist los? Sie klingen, als hätten Sie einen Geist gesehen.«

»Ja, vielleicht. Was gibt es denn?«

»Ich bin auf dem Festland und würde mich gerne noch einmal mit Ihnen treffen. Sagen wir morgen Nachmittag.«

»Ach ja?«

»Ja. Sagen Sie, ist wirklich alles in Ordnung?« Eva machte sich langsam echte Sorgen.

»Doch. Alles gut. Wo wollen wir uns denn treffen?«

»Vielleicht in einem Café in Esens?«

»Von mir aus gerne.«

Eva schlug ihm eines vor und sie vereinbarten, sich um vierzehn Uhr dort zu treffen. Dann legten sie auf. Er hat nicht einmal gefragt, worum es geht, dachte Eva. Da stimmte doch etwas nicht. Sie hatte den jungen Mann ganz anders in Erinnerung. Er schien vor etwas Angst zu haben, das spürte sie bis durchs Telefon.

»Hier kommt schon mal der Wein«, sagte Robert und hielt ihr ein Glas Weißwein hin.

»Danke«, sagte Eva und sie stießen an.

Danach nahm er ihr das Glas ab, stellte beide auf den Tisch, kam zu ihr aufs Sofa und sie küssten sich lange.

»Ich liebe dich«, sagte er.

»Ich dich auch«, erwiderte sie. »Soll ich dir beim Käse helfen?«

»Na, Liebeserklärungen üben wir noch«, lachte Robert. »Aber ich bin soweit fertig. Ich stelle alles auf den Tisch. Du hast ja deine Schuhe immer noch an.«

»Oh, stimmt.« Eva streifte sie ab und ließ sie achtlos neben das Sofa plumpsen. »Ich mache mir Sorgen um Katharina«, sagte sie und rieb über ihre Füße, die sie aufs Sofa gezogen hatte.

»Warum?«, fragte Robert, während er die Käseteller auf den Tisch stellte. »Sie machte doch einen guten Eindruck, als wir dort waren.«

»Ich glaube, sie tut sich etwas an«, sagte Eva und plötzlich war es ihr hundeelend zumute. Sie hatte Robert bisher nichts von dem Gespräch mit Katharina und allem, was sie erfahren hatte, erzählt.

Robert zog die Stirn kraus. »Bitte Eva, warum sollte sich deine Mutter denn etwas antun? Sicher siehst du Gespenster.«

»Ich habe dir noch nicht alles erzählt«, sagte sie und plötzlich musste sie alles loswerden. Endlich mit jemandem darüber reden, was damals wirklich passiert war. Er hörte die ganze Zeit nur zu, nahm ab und zu sein Weinglas und sah sie finster an.

»Es tut mir leid«, sagte Robert, als Eva geendet hatte. Ihre Wangen glühten und ihr Weinglas war leer.

»Du kannst ja nichts dafür«, sagte Eva.

»Nein, sicher nicht. Doch glaubst du wirklich, dass Katharina sich etwas antun wird? Vielleicht hast du sie missverstanden. Das könnte doch sein.«

»Ich wünschte, es wäre so. Aber mein Gefühl sagt mir, dass ich es schon richtig verstanden habe. Sie kann nicht mehr damit leben, habe ich den Eindruck.«

»Hätte sie dir bloß nichts davon erzählt«, sagte Robert.

»Das würde es doch auch nicht besser machen.«

»Manchmal ist es einfach besser, nicht die ganze Wahrheit zu kennen. Was bringt es dir denn jetzt, dass du weißt, was du für Eltern hast. Eine Mörderin und einen Vergewaltiger. Du hast doch auch so schon genug durchgemacht im Leben. Nein, ich finde, sie hätte es ruhig für sich behalten können.« Er kam ganz dicht zu ihr heran und nahm sie in den Arm. Eva liefen Tränen übers Gesicht.

»Danke«, hauchte sie, »du bist der einzige Mensch, mit dem ich wirklich reden kann.«

»Glaub mir Eva«, flüsterte er in ihre dunklen Haare, »du wirst es nicht ändern können, wenn Katharina nicht mehr leben möchte. Es ist alleine ihre Entscheidung. Und leicht war es sicher auch nicht, mit dem Wissen ein ganzes Leben lang zu leben.«

»Mein Mitleid hält sich in Grenzen«, sagte Eva, zu tief saß der Schmerz von dem, was eben wieder in ihr hochgekommen war. »Es gibt viele Frauen, die vergewaltigt werden, leider. Doch sein Kind dann auch noch zu belügen, wenn es endlich zu ihm findet, das ...«. Ihr fehlten die Worte und sie wischte sich übers Gesicht.

»Du hast recht, sie hätte es dir bereits bei deinem ersten Besuch in Schweden sagen müssen.«

»Eben. Vielleicht könnte ich dann besser damit umgehen. Aber so, da fühle ich mich schon wieder belogen, weißt du. Mein ganzes Leben lang bin ich belogen worden. Im Grunde hat mir vermutlich nie jemand die Wahrheit gesagt. Mein Leben ist ein einziger Scherbenhaufen.«

Robert schenkte ihr noch einmal Wein nach.

»So darfst du nicht denken, Eva. Aber natürlich kann ich verstehen, wie du dich fühlen musst. Verrat und Lügen, wohin man sieht. Fast bekomme ich ein schlechtes Gewissen, weil ich dir den Hinweis gegeben habe, wo du deine Mutter finden könntest.«

»Robert, nein. Dich trifft nun wirklich nicht die geringste Schuld. Du hast es nur gut gemeint. Und dafür liebe ich dich.«

Sie nahmen sich wieder in die Arme. Eva brauchte das jetzt einfach. Sich endlich mal nicht mehr alleine fühlen. Gerade jetzt.

»Weißt du eigentlich, wer dieser Mann ... ich meine, dein Erzeuger. Weißt du, wer er war?«

»Du meinst, ob ich den Namen des brutalen Vergewaltigers kenne, dem ich mein verkorktes Leben zu verdanken habe? Nein, den kenne ich nicht. Und daran möchte ich auch nichts ändern«, sagte Eva bestimmt.

»Nur zu verständlich.«

»Ich werde keine Recherchen diesbezüglich anstellen«, versicherte Eva noch einmal. »Es ist auch so schon alles schlimm genug. Wahrscheinlich ist er auch schon tot. Er müsste weit über siebzig sein.«

Sie hatten gar nicht gemerkt, wie die Zeit vergangen war und die Käseteller waren auch schon leer.

»Sollen wir ins Bett gehen?«, fragte Robert.

Eva nickte. »Ja, ich möchte einfach nur in deinen Armen liegen und mich endlich sicher fühlen.«

Eva war ziemlich schnell eingeschlafen und träumte von Händen, die nach ihr griffen. Und immer, wenn sie nah genug an sie herankamen, dann zerfielen sie zu Staub. Wilde Fratzen tanzten über ihrem Bett und lachten sie aus. Lachten darüber, wie hilflos sie war. Immer wieder versuchte Eva, ihre Waffe zu ziehen und diese üblen Gestalten zu vertreiben. Doch sie schaffte es einfach nicht, abzudrücken. Die Kugel blieb im Lauf stecken und gab nur verzerrte Geräusche von sich. Schweißgebadet wachte sie auf, als es draußen schon hell wurde. Robert lag neben ihr, die Schultern frei, das Gesicht zu ihr gewandt. Er sieht aus wie ein Engel, den man mir geschickt hat, dachte Eva, schlich sich leise aus dem Bett und stellte sich unter die Dusche.

Dann kochte sie Kaffee und deckte den Tisch. Als sie hörte, dass Robert ins Bad gegangen war, holte sie die Zeitung von draußen.

Auf Seite drei stand ein Bericht mit der Überschrift Richtigstellung: Bericht zu unlauteren Geschäften auf Langeoog entbehrten jeglicher Grundlage. Die Redaktion bezog sich bei ihrer Berichterstattung auf nicht nachgewiesene Quellen.

Das ist ja ein Ding, dachte Eva. Sie wusste, dass es um die Fischsache von Sven Bittner ging. Erst am Nachmittag war sie mit ihm verabredet, hätte ihn aber am liebsten jetzt schon angerufen.

»Guten Morgen«, sagte Robert und wuschelte sich noch mit einem Handtuch durch sein graumeliertes Haar.

»Guten Morgen«, erwiderte Eva und dachte, er sieht aus wie ein kleiner Junge. Ich will ihn nicht verlieren. Ich muss endlich vernünftig werden und keinen Hirngespinsten aus der Vergangenheit mehr nachjagen.

»Steht was Wichtiges drin?«, fragte er und zeigte auf die Zeitung in ihrer Hand.

»Ach, nichts Besonderes. Komm, lass uns frühstücken. Wie hast du geschlafen?«

»Wie ein Murmeltier«, antwortete Robert. »Und du?«

»Auch«, log sie.

»Du hast dich aber ganz schön hin und her gewälzt heute Nacht, ich dachte, du hättest Alpträume.«

»Ach nee, ich doch nicht.«

»Du musst mir nichts vormachen, Eva.« Er küsste sie auf die Wange und setzte sich mit an den Tisch.

»Bin ich so durchschaubar?«, fragte sie und wich seinem Blick aus.

»Wie ein offenes Buch. Aber wirklich Eva, du musst mir nicht die starke Frau vorspielen. Ich dachte, das wüsstest du endlich.«

»Tut mir leid, sowas legt man nicht so leicht ab.«

»Schon gut.«

»Kann ich gleich deinen Wagen nehmen? Ich habe noch ein paar Termine in Esens.«

»Sicher. Das heißt also, du bleibst auch heute noch hier?«

»Wenn du magst.«

»Gut, dann werde ich uns etwas Schönes kochen.«

»Du bist ein Schatz.«

Sie frühstückten zu Ende und schließlich machte Eva sich auf den Weg nach Esens zur Kanzlei MANTILA.

Dieses Mal wirkte der junge Anwalt in keinster Weise mehr nervös. Im Gegenteil. Fein säuberlich schichtete er ein paar Mappen vor Eva auf, in denen alles drin stehen sollte, wonach sie gefragt hatte, meinte er. Es seien Kopien, sie könne diese ruhig alle mitnehmen.

»Danke«, sagte Eva und fragte sich, ob diese plötzliche Wandlung mit dem Dementi in der Tageszeitung zu tun haben könnte.

»Ach, bevor ich es vergesse«, sagte er, und hielt ihr die Tür auf. »Der Name, nach dem Sie gestern gefragt haben, er taucht nicht in den Unterlagen auf.«

»Sie meinen Hendrik Stiller?«

»Genau den. Wir hatten keinerlei Geschäftsbeziehungen zu ihm oder seinem Hotel auf Langeoog.«

»Na dann«, sagte Eva, »wenn ich dennoch weitere Fragen haben sollte, dann melde ich mich wieder bei Ihnen.«

»Machen Sie das«, sagte er und schloss die Tür hinter ihr.

Jetzt stehe ich hier draußen mit einem Packen Papier, der mir nicht weiterhelfen wird, dachte Eva und ging zum Wagen. Bis zu dem Treffen mit Sven Bittner blieb ihr noch ein wenig Zeit. Doch es lohnte sich nicht, noch nach Tannenhausen zurückzufahren. Also beschloss sie, ein wenig durch die Stadt zu bummeln. Irgendwie hatte sie Lust auf einen neuen Pullover oder eine Jacke. Oder auch beides. Es kam selten vor, dass sie shoppen ging. Das meiste bestellte sie sich online, hängte es in den Schrank und lief dann doch in ihren gewohnten Outfits durch die Gegend. Einfach, weil es bequem war. Doch sie hatte jetzt Lust auf etwas Neues. Auch wegen Robert. Sie wollte gut für ihn aussehen. Doch sie wusste auch, dass ihn Äußerlichkeiten nicht beeindruckten. Doch dass sie ein wenig abgenommen hatte, das gefiel ihm schon. Sie hatte es in der letzten Nacht gespürt, als er mit seiner Hand erst an ihrem Rücken und dann an ihrer Vorderseite entlanggestrichen war. Sie hatte sich gut dabei gefühlt. Sie würde keinen Kuchen essen, schwor sie sich, wenn sie sich gleich mit Bittner im Café traf.

Endlich war es dann soweit und sie saß vor einem Glas grünen Tee und wartete. Erst war er eine Viertelstunde drüber, und sie wunderte sich. Dann wurde daraus eine halbe Stunde und sie wurde sauer. Sie zog ihr Handy aus der Jackentasche, um ihn zur Rede zu stellen, als er dann plötzlich auf ihren Tisch zugelaufen kam.

»Sorry«, sagte er, »ich hab's nicht eher geschafft.«

»Ich wollte gerade die Polizei rufen«, flachste Eva. Ihr Ärger war im Nu verflogen. »Was war denn das für eine Sache mit der Richtigstellung heute Morgen in der Zeitung?«, hielt sie sich nicht lange mit Vorreden auf.

»Mein Chef hat darauf bestanden«, sagte er und setzte sich. »Die Story ist tot. Mein Informant will nicht mehr reden und so können wir die Sache nicht im Raum stehen lassen.«

»Der Informant will nicht mehr reden? Warum denn nicht?«

»Keine Ahnung.« Sven zog resigniert die Schultern hoch. »Vielleicht ist die Sache zu heiß geworden.«

»Komisch«, sagte Eva, »da ist doch etwas faul. Ich war nämlich zufällig heute Morgen in der Kanzlei MANTILA, wo man mir ohne Murren sämtliche Unterlagen zu dem Fischhandel ausgehändigt hat.«

»Tatsächlich?«

»Ja. Und das, obwohl es gestern noch danach aussah, als sei das eine ziemlich verzwickte Angelegenheit.«

»Haben Sie die Unterlagen hier?«

»Im Wagen. Aber ich denke nicht, dass da der Schlüssel zu den ganzen Schweinereien zu finden sein wird. Die Unterlagen sind frisiert, da bin ich sicher.«

»Aber Sie haben doch nicht gesagt, dass Sie den Tipp von mir bekommen haben, oder?«

Eva spürte, dass er wirklich Angst hatte.

»Aber nein«, sagte sie schnell. »Es geht doch immer noch um Hendrik Stiller. Deshalb war ich dort.«

»Okay.« Er atmete hörbar aus.

»Und Sie wollen jetzt komplett die Finger von der Sache lassen?«

Er zog die Schultern hoch. »Was bleibt mir denn anderes übrig?«, fragte er. »Ohne eine Quelle sind mir die Hände gebunden.«

»Das stinkt doch alles zum Himmel«, sagte Eva und nippte wieder an ihrem Tee. »Bestellen Sie sich was, ich lade Sie ein.«

Er nahm einen schwarzen Tee mit Zitrone.

»Aber jetzt, wo Sie nicht weiter recherchieren«, sagte Eva, »als die Bedienung den Tee für ihn gebracht hatte, »da können Sie mir doch alle Informationen geben. Ich meine, auch den Namen des Informanten.«

Sven schüttelte mit dem Kopf. »Nein, natürlich nicht. Quellen schützt man auch weiterhin, wenn sie versiegt sind. Sorry, aber wenn ich den Namen preisgebe, das spricht sich rum. Dann redet nie wieder jemand mit mir.«

»Verstehe«, sagte Eva. »Aber dann könnten Sie vielleicht noch etwas anderes für mich tun.«

»Und was?« Er machte große Augen.

»Finden Sie alles über einen gewissen Reiner Bechthold für mich heraus.«

»Aber das können Sie doch auch selber«, sagte er und sah sie misstrauisch an.

»Sicher«, erwiderte sie, »aber nicht den Tratsch. Und der interessiert mich am meisten. Er ist jemand, der ins Spielkasino geht. Was ja im Grunde erst mal nicht schlimm ist. Aber ich möchte wissen, mit wem er dahingeht und ob er deshalb vielleicht in finanziellen Schwierigkeiten ist. Würden Sie das für mich tun?«

Sven rührte in seinem Tee herum. »Ich weiß nicht«, sagte er gedehnt. »Wenn das rauskommt, dass ich für die Polizei spioniere.«

»Also wirklich, Sven, was für ein böses Wort. Sie spionieren doch nicht. Sie sind mir nur ein wenig behilflich. Das klingt doch gleich viel besser. Und im Gegenzug winkt Ihnen ja immer noch der Erstzugriff auf den Bericht über den Täter.«

»Wenn Sie ihn gefasst haben ...«.

»Oh, ich werde ihn fassen, darauf können Sie sich verlassen«, sagte Eva. »Wir bleiben in

Kontakt.« Sie stand auf. »Rufen Sie mich an, wenn Sie etwas haben. Oder besser noch, kommen Sie dann einfach rüber auf die Insel.«

Worauf habe ich mich da bloß eingelassen?, fragte sich Sven, als er ihr nachsah.

Stillers Büro

Natürlich war Eva noch am selben Tag zurück nach Langeoog gefahren. Robert hatte es schon geahnt, als sie am Nachmittag zu seinem Haus zurückgekommen war.

»Du hast da diesen Blick«, hatte er gesagt, »du willst schon fahren, richtig?«

Sie hatte genickt. »Aber nicht böse sein, doch ich muss wieder rüber. Wegen Stiller.«

»Verstehe ich doch. Ich werde dich zur Fähre bringen. Du musst den Mörder von unserem guten Freund finden. Ich werde am Wochenende auf die Insel kommen, wenn es dir recht ist.«

»Aber sicher«, hatte sie gesagt. »Tut mir leid wegen des Abendessens, das du vorbereiten wolltest.«

»Ach, das war doch nur dahingesagt«, lächelte Robert, »irgendwie habe ich geahnt, dass du heute schon wieder fährst.«

»Du kennst mich zu gut«, lachte sie. »Aber Angst macht mir das nicht.«

Zwei Stunden später kam sie in der Dienststelle an. Den Packen aus der Kanzlei unter dem Arm schloss sie auf. Es roch muffig. Sie machte die Fenster auf und setzte sich einen Kaffee an.

Dann checkte sie ihr Mailpostfach. Es gab nichts Neues zum Fall Stiller. Im Grunde kann ich auch von Zuhause aus arbeiten, dachte sie dann. Stellte die Kaffeemaschine ab, schloss die Fenster, und machte sich auf den Weg zu ihrer Wohnung. Und irgendein Gefühl ließ sie dann noch einen Schlenker zum Hotel machen. Sie wollte noch einmal in das Büro von Stiller gehen. Auch wenn sie nicht genau wusste, was sie da noch hätte finden können.

Der junge Mann an der Rezeption sah ihr neugierig nach, als sie einfach an ihm vorbei marschierte.

Das Deckenlicht war grell. Sie fühlte sich sofort unwohl. Und eigentlich hatte sie doch Stillers Akten alle schon durchgesehen. Sollte sie doch wieder gehen? Doch sie blieb. Breitete die Unterlagen aus der Anwaltskanzlei MANTILA auf Hendriks Schreibtisch aus und blätterte alles durch. Alles lupenrein, wie man so schön sagte. Jedenfalls auf den ersten Blick nur biedere Geschäftskontakte mit passenden Abrechnungen. Alles legal. So wirkte es. Und nicht ein einziges Mal fiel der Name dieses Hotels oder der von Stiller. Er hatte offensichtlich wirklich nichts mit dem Fischdeal zu tun gehabt. Schon allein aus dem Grunde fiel ihr irgendwie ein Stein vom Herzen. Sie hätte es nur schwer verkraftet, wenn einer ihrer besten Freunde in krumme Geschäfte verwickelt gewesen wäre.

Aber was war mit Bechthold? Der Chef vom Ganzen. Auch sein Name tauchte natürlich nicht auf. Doch er konnte durchaus einen Mittelsmann gehabt haben, Stiller war dahintergekommen und musste sterben. Der gute Ruf des Hotels war in Gefahr, wenn die Gäste mitbekamen, dass sie hier minderwertigen Fisch für horrende Preise verzehrt hatten. Sowas merkte man sich für alle Ewigkeit.

Aber um überhaupt eine Verbindung zwischen MANTILA und dem Hotel herzustellen, musste sie einen Namen finden, der sowohl in den Unterlagen der Kanzlei als auch in denen des Hotels auftauchte. Eine Mammutaufgabe, die sie gerne an irgendjemanden abgeschoben hätte. Aber an wen? Bittner ging ihr durch den Kopf. Er recherchierte doch so gerne. Warum also nicht auch in dieser Sache. Es könnte sogar für ihn eine Story dabei herausspringen. Also kramte sie ihr Handy heraus und rief ihn an. Zunächst zögerte er.

»Ich weiß nicht, ich kann doch nicht schon wieder nach Langeoog fahren. Was soll ich denn meinem Chef sagen?«

»Ach, Ihnen fällt schon was ein«, sagte Eva, »wir sehen uns morgen früh.«

»Na gut«, sagte er schließlich. Und irgendwie klang er neugierig, fand sie.

Das wäre erledigt, dachte Eva. Und jetzt?

Sie legte die Füße auf den Schreibtisch und verschränkte die Arme vor der Brust. Hier hatte er also tagein tagaus gearbeitet. Er war ihr Freund gewesen und doch hatte sie ihn im Grunde gar nicht gekannt. Neben den vielen schwarzen Ordnern standen auch drei Bücher im Regal. Hatte er wirklich die Zeit gehabt, hier auch noch zu lesen? Oder war es nur Dekoration? Doch das hätte nicht zum Rest des Büros gepasst. Eva war neugierig geworden und zog eines der dicken Bücher heraus. Es steckte in einem Schuber und war eine uralte Ausgabe von Wilhelm Busch. Feine dünne, ja fast transparente Seiten mit viel Humor. Sie ließ die Seiten durch ihre Finger gleiten und hätte dabei fast eine kleine Notiz übersehen, die jemand auf Seite 357 hinterlassen hatte. Eine Zahl, 297. Ob Stiller das geschrieben hatte? Akribisch ging Eva Seite für Seite durch, um eventuell noch mehr dieser Notizen zu entdecken. Dafür setzte sie sich sogar wieder an den Schreibtisch. Doch es blieb bei dieser einen Zahl, 297. Was sollte das sein? Ein Schließfach? Eine Hausnummer? Eine Glückszahl? Sie musste herausfinden, ob Stiller diese Zahlen geschrieben hatte, wenn sie nicht ins Leere laufen wollte. Also suchte sie nach seinen handschriftlichen Notizen, wo auch Zahlen vorkamen. Nach einer halben Stunde war sie sich sicher. Stiller hatte die Zahl 297 in das Buch geschrieben. Aber warum? Wollte er sich die Zahl unbedingt merken und niemand sonst durfte davon wissen? Natürlich war es so. So machten Leute das eben, wenn sie ein Geheimnis hatten. Stiller, was ist dein Geheimnis?, fragte sich Eva. Sie musste herausfinden, was hinter dieser Zahl steckte. Ihr brannten die Augen schon, doch sie holte auch noch die beiden anderen Bücher zum Schreibtisch. Doch in den alten Ausgaben von Dr. Schiwago und Anna Karenina fand sie keine weiteren Notizen von Stiller.

Wenn diese Zahl zu einem Schließfach führt, dann muss es auch einen Schlüssel geben, dachte Eva. Und hätte man einen ominösen Schlüssel gefunden, dann wüsste sie davon. Also musste der Schlüssel noch irgendwo hier sein. Sie zog die Schubladen des Schreibtischs auf und fingerte unter dem Holz herum. Fehlanzeige. Doch natürlich waren die Kollegen nicht so einfältig gewesen, dort nicht auch selber schon gesucht zu haben.

Wo konnte der Schlüssel noch sein? Sie sah zum Fenster. Ob er ihn draußen deponiert hatte? Dann fiel ihr Blick auf den Gardinenkasten. Er sah verlockend aus. Genau passend für ein Versteck. Und dort hatten die Kollegen sicher nicht gesucht. Männer und Gardinen. Also schob sie einen Stuhl zum Fenster, kletterte hinauf und zog die Gardinen zur Seite, um so einen freien Blick auf den Gardinenkasten zu haben. Er war hohl. Sie langte nach oben, kam aber nicht richtig ran. Mist, dachte sie, mir fehlen mindestens zehn Zentimeter. Suchend sah sie sich um. Der Schreibtisch war zwar höher, doch bestimmt viel zu schwer.

»Kann ich Ihnen irgendwie helfen?«, hörte sie plötzlich eine männliche Stimme hinter sich und stieß einen spitzen Schrei aus.

»Was soll das?«, blaffte sie, »Sie haben mich zu Tode erschreckt.«

»Entschuldigung«, sagte der junge Mann, der am Empfang gestanden hatte. »Ich habe gesehen, dass Sie da oben nicht rankommen. Von da drüben.«

Erst jetzt sah Eva, dass gegenüber ein hell erleuchteter Raum war, in dem auch andere Mitarbeiter Kaffee tranken.

»Na gut«, knurrte sie, »es wäre gut, wenn ich eine Trittleiter hätte.«

»Kein Problem«, sagte er schnell, »ich hole eine.«

Umständlich kletterte sie vom Stuhl herunter, während man von drüben neugierig zu ihr herübersah. Bestimmt hielt man sie für verrückt. Und vielleicht war sie das mittlerweile ja auch. Der junge Mann kam mit der Leiter.

»Danke«, sagte sie, als er sie direkt beim Fenster aufstellte. »Wäre nett, wenn nicht alle zu mir herübergaffen würden.«

Er nickte. »Wenn Sie sonst noch etwas brauchen, sagen Sie einfach Bescheid.«

»Danke.«

Er verschwand und kurz darauf sah sie ihn gegenüber wild gestikulierend und die Meute löste sich auf.

Auf ein Neues, dachte Eva, und stieg die fünf Stufen hinauf. Es war eine wackelige Angelegenheit und Jürgen kam ihr in den Sinn. Damals, ja, damals ... Dann stand sie sicher auf der letzten Stufe und fingerte an dem Gardinenkasten herum. Sie stieß auf etwas. Klebestreifen. Sie fummelte so lange herum, bis sich die klebrige Angelegenheit löste und sie etwas zwischen den Fingern hielt. Es war ein Schlüssel. Sie hatte Recht gehabt. Sie stieg die

Stufen zurück und hielt den Schlüssel unter das Licht. Eindeutig ein Postfach. Daran hatte sie gar nicht gedacht. Und es war bestimmt nicht hier von Langeoog, dachte sie. So viele gab es hier gar nicht. Oder doch? So genau wusste sie es nicht. Aber es wäre unlogisch, dachte sie. Wenn Stiller etwas zu verbergen hatte, dann machte er das nicht auf der Insel. Schon gar nicht, weil er sie kannte. Das Nächste, was ihr einfiel, war die Postfiliale in Esens. Also würde sie am nächsten Tag wieder rüberfahren.

Instinktiv wusste sie, dass sie jetzt hier fertig war. Alles, was sie nun noch brauchte, war der Inhalt von Postfach 297 in Esens. Sie zog die Gardinen zu, ließ die Leiter stehen, kramte die Papiere vom Schreibtisch zusammen und löschte das Licht.

Zu viele Informationen

Eva wachte auf und stand neben sich. Es waren so viele Informationen auf sie eingeprasselt in den letzten Tagen, dass sie diese erst einmal ordnen musste. Und ja, auch das Gespräch mit Robert über ihre Mutter hing ihr noch nach. Was war, wenn Katharina sich einfach umbrachte in Schweden? Sie konnte doch nicht tatenlos zusehen, nachdem sie diese Andeutung gemacht hatte. Aber was sollte sie machen? Sie konnte Katharina nicht zwingen, weiterzuleben. Und sie konnte auch nicht ständig bei ihr in Schweden sein und auf sie aufpassen. Im Grunde wollte sie das auch gar nicht. Katharina war ihr fremd geworden nach dem letzten Besuch. Ja, das war es. Die Gefühle von damals, als sie mit Jürgen das erste Mal in Schweden gewesen war und ihre Mutter endlich wiedergefunden hatte, diese schönen Gefühle des Glücks, endlich eine richtige Mutter zu haben, sie hatten sich in Rauch aufgelöst. Plötzlich war Katharina zu einer Belastung geworden, weil sie eben nicht der wunderbare Mensch war, den Eva immer gerne in ihr gesehen hatte. Eine junge Frau, die mit ihrer großen Liebe vor den wirren Umständen flieht, denen sie nicht entkommen kann. Eine wunderbare Geschichte. Doch sie war eben erstunken und erlogen. Eva musste jetzt damit klarkommen, dass sie Verbrecher als Eltern hatte. Wobei sie den Vater nicht einmal kannte. Und das sollte auch so bleiben. So jemand hatte den Titel Vater nicht verdient. Er war ein Schwein. Und was war Katharina? Irgendwie blieb sie doch das Opfer. Das stimmte schon irgendwie. Doch es hätte auch andere Wege gegeben, dachte Eva. Nicht jedes Vergewaltigungsopfer wird zwangsläufig zur

Mörderin. Das musste schon in Katharina gesteckt haben. Würde sie ihr die Lügen und auch den Mord jemals vergeben können? Fragte Katharina überhaupt danach? Sie hatte sich damals für die Rache entschieden und ihr Kind war ihr im Grunde völlig egal gewesen, als sie Deutschland mit dem schwedischen Anwalt verließ, der dann zu ihrer großen Liebe wurde. Ach, wie schön für sie, dachte Eva frustriert.

Sie schob die Decke zur Seite und stieg aus dem Bett.

Nach einer langen Dusche fühlte sie sich schon besser und machte sich ein Frühstück mit Tee und frischem Orangensaft.

Der Schlüssel zum Postfach lag noch immer auf dem Tisch. Nur zu dumm, dass sie den Journalisten für heute auf die Insel bestellt hatte, sonst könnte sie sofort losfahren nach Esens.

Ob sie den jungen Mann auch dorthin mitnehmen sollte? Sie schuldete ihm eine fette Story. Und vielleicht war der Inhalt des Postfachs ja viel interessanter als gedacht. Womöglich klärte sich damit alles auf. Es konnten wichtige Unterlagen sein, die belegten, dass auch das Hotel von Stiller in den schmutzigen Handel mit billigem Fisch verwickelt war, auch wenn der Anwalt in Esens dies vehement verneint hatte. Am Ende hatten doch alle Dreck am Stecken. Und vielleicht sogar Stiller.

Es wurde Zeit, in die Dienststelle zu gehen.

Nach einer halben Stunde traf dann auch Sven Bittner ein.

»Guten Morgen«, begrüßte ihn Eva und gab ihm die Hand.

»Ja, Morgen«, sagte er und erwiderte ihren Händedruck. »Aber zur Gewohnheit kann das nicht werden, dass Sie mich hierher zitieren.«

»Keine Angst, das wird es nicht. Was haben Sie denn für mich?«

Er zog seinen Parka aus und setzte sich mit an den Schreibtisch. »Also«, begann er und kramte in seiner Tasche herum, »zu dem Hotelchef gibt es nicht viel zu sagen. Er scheint eine weiße Weste zu haben. Jedenfalls sieht es momentan noch so aus. Es stimmt, dass er ins Spielkasino geht. Das ist gar kein großes Geheimnis. Er hat Kontakte zu Geschäftsleuten auf dem Festland, die sich regelmäßig dort treffen. Darüber redet halb Esens.«

»Und wer gehört zu diesen Geschäftsleuten? Auch die Kanzlei MANTILA?«

Sven nickte. »Ja, die auch. So ist das eben in den Kreisen.«

»Verstehe«, sagte Eva, »und trotzdem hätten wir dann ja die Verbindung zu dem Fischgeschäft und dem Hotel hier auf Langeoog.«

»Sicher. Aber die Verbindung können Sie zu zig anderen Firmen auch ziehen«, gab Sven zu bedenken.

»Schon. Aber ein Mord steht eben im Moment nur mit einem Hotel hier auf Langeoog in Verbindung.«

Sven schob seine Brille hoch. »Ich denke nicht, dass die etwas mit dem Mord an dem Stiller zu tun haben«, meinte er. »So dumm sind die nicht. Sie verstehen es sehr gut, ihre Geschäfte zu verschleiern. Die bringen niemanden um und damit sich selbst so unnötig in Gefahr.«

»Wenn Sie meinen«, sagte Eva, »aber trotzdem gab es einen Informanten, dem die ganze Sache wohl zu heiß geworden ist. Sonst hätte er sich ja wohl nicht an Sie gewandt, oder?«

Sven nickte zustimmend. »Da gebe ich Ihnen recht.«

»Aber Sie wollen mir immer noch nicht sagen, wer dieser Informant ist?«

»Nein, auf gar keinen Fall.«

»Und jetzt will er nicht mehr reden ... das ist doch komisch. Wird er vielleicht bedroht?«

»Kein Kommentar.«

Eva spürte, dass es zwecklos war, noch weiter zu insistieren. Und irgendwie imponierte ihr der junge Mann, dem man offensichtlich vertrauen konnte. So jemanden konnte sie gut an ihrer Seite gebrauchen.

»Okay«, sagte sie, »ich muss heute Nachmittag noch einmal nach Esens rüber. Wir können die nächste Fähre zusammen nehmen, wenn Sie wollen.«

Sven wirkte erleichtert. »Sicher, kein Problem. Und in dem Mordfall sind Sie selber noch kein Stück weiter gekommen?«

»He, nun werden Sie mal nicht frech, junger Mann«, lachte Eva, »denn ich habe gestern etwas gefunden, das mich durchaus weiterbringen könnte.«

»Tatsächlich? Was denn?«

»Einen Schlüssel. Deshalb muss ich ja heute rüber aufs Festland.«

»Sie machen mich neugierig. Darf ich dabei sein?«

Sie nickte.

In der Kanzlei

Es schien genug Gras über die Sache gewachsen zu sein. Niemand hatte ihn bisher behelligt. Die Zeit spielte ihm in die Hände. Wenn man bis jetzt nicht herausgefunden hatte, dass er es gewesen war, der Stiller das Messer in die Brust gerammt hatte, dann konnte die Sache doch noch glimpflich für ihn ausgehen.

Im Grunde hatte er so gleich zwei ungebetene Beteiligte auf einen Schlag beseitigt. Wenn er die Sache in der Presse richtig verfolgt hatte, dann tappte diese Landpolizistin immer noch im Dunkeln. Und das war gut so.

Er nahm sich vor, noch zwei Monate zu warten, bis er endlich an das Geld ranging. Er würde das Haus verkaufen, in dem der Alte gewohnt hatte. Wen interessierte das alles denn noch. Das war Vergangenheit. Und im Grunde war er auch bereit, jetzt endlich alles hinter sich zu lassen. Er konnte sein Büro schließen und sich irgendwo ins Ausland absetzen. Ein neues Leben anfangen. Seine Scheidung vor zwei Jahren hatte ihn ganz schön heruntergezogen und bisher hatte er keine andere Frau gefunden, die ihn mehr als für vierundzwanzig Stunden interessierte.

Es war komisch, dachte er, wie sehr man doch menschlich abstumpfen konnte. Vielleicht war der Mord an Stiller nur das i-Tüpfelchen für sein insgesamt beschissen verlaufenes Leben gewesen. Der Alte hatte ihn schon als kleinen Jungen gehasst. Warum, das wusste er eigentlich gar nicht. Immer hatte er was auf die Finger gekriegt. Da musste er nicht einmal etwas ausgefressen haben. Als er älter wurde, da keimte in ihm der Verdacht, dass der Alte einfach alles hasste, was um ihn herum war. Jeden Menschen und jedes Tier. Ja, besonders auf Tiere hatte es der Alte abgesehen. Er versteckte in der Vorratskammer eine Schrotflinte, mit der er immer auf die unschuldigen Vögel im Garten schoss, einfach, weil sie da waren. Es gab keinen Grund dafür. Der Alte brauchte keinen Grund, um sich an anderen abzureagieren.

Ja, er hatte den Alten gehasst. Schon sein Leben lang. Und es kam gar nicht infrage, dass er jetzt, wo der Alte endlich ins Gras gebissen hatte, auch noch dafür büßen sollte, was er alles in seinem Leben verbrochen hatte. Das kam gar nicht infrage.

Auf dem Festland

»Es ist komisch«, sagte Eva, als sie mit Sven Bittner auf der Fähre Richtung Bensersiel unterwegs war, »aber es gibt so gar keinen Anhaltspunkt für den Mord an Stiller.«

»Vielleicht sehen wir die Anhaltspunkte nur nicht«, meinte Sven. Er hatte für sich und Eva einen Kaffee besorgt und verzog das Gesicht, als er einen Schluck nahm.

»Mit dem Schlüssel kommen wir hoffentlich ein Stück weiter«, sagte Eva. Sie hielt ihn zwischen ihren Fingern und spielte damit herum.

»Was denken Sie denn, was Sie in dem Postfach finden werden?«

»Ganz ehrlich, ich habe keine Ahnung. Aber irgendetwas wollte Stiller verstecken. Er hatte ein Geheimnis.«

»Aber was hätte es ihm genützt, irgendwelche Geheimnisse in Postfächern zu verstecken, wenn in der Kanzlei MANTILA sowieso alles ans Licht kommen würde?«

»Vielleicht hatte er entscheidende Beweise, die ihn das Leben gekostet haben. Wer sagt uns denn, dass die Sache mit dem Fischhandel schon alles ist? Es könnte doch auch sein, dass noch viel größere Geschäfte bei MANTILA vertuscht wurden. Zum Beispiel Drogenhandel.«

»Hm ... das könnte sein.«

»Wieso haben Sie sich eigentlich entschlossen, Journalist zu werden?«, fragte Eva. Der junge Mann wurde ihr immer sympathischer.

»Ach, das fing schon in der Schule an«, antwortete Sven. »Da habe ich in der Schülerzeitung mitgeschrieben und überhaupt mochte ich schon immer gerne Geschichten erzählen.«

»Sie sind noch sehr jung, und trotzdem wissen Sie schon genau, was Sie wollen. Das gefällt mir.«

»Na ja, ich bin achtundzwanzig. Da sollte man schon wissen, was man den Rest seines Lebens tun möchte.«

»Tatsächlich? Ist das so? Also, ich bin zwar schon ewig Polizistin, aber ob das wirklich das Richtige für mich ist, weiß ich immer noch nicht so genau«, sagte Eva und zog die Stirn in Falten.

»Dann macht Ihnen der Job wohl keinen richtigen Spaß, nehme ich an.«

»Spaß ist sicher das falsche Wort«, meinte Eva, »wie kann es einem Spaß machen, ständig auf Leichen zu treffen und Verbrecher zu jagen. Es ist vielleicht eher eine Verpflichtung, die ich eingegangen bin.«

»Interessanter Gedanke. Und Sie wissen nicht, warum Sie das getan haben?«

Eva zog die Schultern hoch. »Nicht genau jedenfalls. Doch eines war für mich immer klar, ich wollte auf der richtigen Seite stehen.«

»Aha. Und wo sehen Sie mich und meinen Job? Bin ich auf der richtigen Seite?« Sven sah sie herausfordernd an. »Ich meine, immerhin treffe ich mich mit windigen Typen, um an gute Storys heranzukommen. Ist man da noch auf der richtigen Seite?«

»Ich denke, wenn Ihre Motivation dahinter die ist, dass Sie die Tatsachen ans Licht befördern wollen, Dinge aufdecken und dafür sorgen möchten, dass diejenigen, die zu den Schwarzen Schafen in unserer Gesellschaft zählen, ihre gerechte Strafe bekommen und aus dem Verkehr gezogen werden, ja, ich denke, dann sind Sie auf der richtigen Seite.«

»Wow. Sie könnten recht haben. Und natürlich will ich mich nicht mit Verbrechern verbünden. Aber manchmal muss man eben mit ihnen sprechen, um an die Wahrheit heranzukommen.«

»Wem sagen Sie das«, seufzte Eva, »ich denke, unsere Jobs unterscheiden sich gar nicht so sehr voneinander. Wir sind ein gutes Team.«

»Sind wir das?«

»Doch, das sind wir«, bekräftigte Eva. »Sie können mir helfen und ich kann Sie unterstützen. Dagegen spricht doch nichts.«

»Man könnte mir Befangenheit vorwerfen, wenn ich ständig mit der zuständigen Polizistin unter einer Decke stecke«, meinte Sven und grinste.

»Ach, es muss doch niemand erfahren, was wir beide so austüfteln. Ich denke, Sie wissen genau, wann Sie schweigen müssen.«

Sven nickte. »Ja, darauf können Sie sich verlassen. Hundertprozentig.«

»Wir legen gleich an. Haben Sie einen Wagen in Bensersiel?«

»Ja, das habe ich. Aber es ist nur eine alte Möhre.«

»Das macht nichts«, lachte Eva, »solange wir mit der alten Möhre bis nach Esens kommen, ist alles in Ordnung.«

Als sie schließlich in einem größeren Einkaufscenter in Esens nach Postfächern fragte, musste Eva einsehen, dass sie es sich zu einfach vorgestellt hatte. »Nein, sagte der Angestellte der Filiale, »Postfächer haben wir hier nicht. Da müssen Sie weiter fahren.«

»Und der Schlüssel hier? Haben Sie eine Ahnung, zu welcher größeren Filiale er gehören könnte?«, fragte sie.

»Moment«, sagte der Mann hilfsbereit, »ich seh mal nach, ob ich in unserem internen Netz etwas finden kann.«

»Schöner Mist«, sagte Eva zu Sven, der sich die Auslagen ansah.

»Hätte man sich ja denken können«, meinte er lakonisch. »Sie haben da Nummer 297, wo sollen denn hier in dem Laden so viele Postfächer stehen?«

Schlaumeier, dachte Eva zerknirscht. Doch er hatte natürlich recht.

»Ich fürchte, Sie müssen nach Aurich in die Innenstadt fahren«, sagte der Angestellte der Post, der wieder aus seinem Verschlag zurückgekehrt war.

»Aurich? Sind Sie sicher?«, fragte Eva entsetzt.

»Ja, da bin ich ganz sicher«, erwiderte der Mann, der nicht verstand, wo jetzt das Problem sein sollte. Aurich war schließlich nicht auf dem Mars.

»Na gut«, sagte Eva, »vielen Dank trotzdem.«

Sie ging mit Sven zum Wagen.

»Ich hoffe, Ihre Möhre schafft auch den Weg bis nach Aurich«, sagte sie.

»Sicher«, erwiderte er, »schließlich wohne und arbeite ich dort.«

»Ach ja, hatte ich ganz vergessen.«

Eva wusste nicht, warum sie so verwirrt war. Eigentlich hatte der Angestellte doch recht. Was war so schlimm daran, nach Aurich zu fahren? Und doch bereitete ihr der Gedanke Unbehagen. Es mochte daran liegen, dass sie langsam die Vorahnung beschlich, dass sie es lieber gar nicht wissen wollte, was sie da in dem Postfach von Stiller erwartete.

Die Fahrt nach Aurich verlief dann auch überwiegend schweigend. Sven war ähnlich, wie sie, und ständig in irgendwelche Gedankengänge verstrickt. Manchmal murmelte er sogar vor sich hin. Als sie merkte, dass er gar nicht sie meinte, sondern mehr sich selber, unterließ sie es, darauf zu reagieren.

Schließlich stellte er seinen Wagen auf dem Marktplatz in Aurich ab.

»So«, sagte er, »da wären wir.«

»Sie wussten, dass ich mit dem Schlüssel in Esens nicht weit kommen würde, oder?«, fragte Eva.

Sven nickte.

»Und warum haben Sie dann nichts gesagt?«

»Weil ich den Eindruck habe, dass Sie es nicht mögen, wenn man Ihnen widerspricht«, antwortete er mit ernster Miene.

Eva blieb die Luft weg. Sie hätte jetzt gerne losgepoltert. Doch irgendwie kam sie sich auch veräppelt vor. Schließlich prusteten beide los vor Lachen.

»Los jetzt«, sagte sie, als sie wieder Luft bekam, »lassen Sie uns das Geheimnis um meinen guten Freund Stiller lüften.«

»Okay«, sagte er und sie stiegen aus.

Ein bisschen klopfte ihr Herz dann schon, als sie schließlich vor einer Wand mit den Postfächern standen und sie den Schlüssel mit zitternden

Fingern in das Postfach 297 schob. Er passte. Sie drehte um. Als sie die Tür aufzog, lag nur ein weißer Umschlag in dem Fach. Sie zog ihn heraus.

»Der Brief ist an Hendrik Stiller gerichtet«, sagte sie fast flüsternd.

»Was haben Sie erwartet?«, fragte Sven zurück, »es ist doch sein Postfach.«

»Ja sicher«, sagte Eva. »Aber warum schreibt er sich denn selber einen Brief? Es ist seine Handschrift.«

»Er ist ziemlich dick«, meinte Sven, der auch langsam neugierig wurde. »Machen Sie ihn doch einfach auf.«

»Ich weiß nicht, ob das wirklich in Ordnung ist«, meinte Eva plötzlich unsicher. »Ach was, Sie haben recht.« Im nächsten Moment schob sie ihren Finger in den Brief und fuhr an der Kante entlang. »Es steckt ein weiterer verschlossener Umschlag darin ...«

»Und an wen ist der Brief?«, fragte Sven, als sie nicht weitersprach.

Eva schluckte. »Der Brief ist für mich«, sagte sie mit bebender Stimme.

»Für Sie? Also wollte dieser Stiller offensichtlich, dass Sie den Brief erhalten. Aber warum hat er ihn denn nicht direkt an Sie geschickt?«

»Ich weiß es nicht«, sagte Eva. Der Brief in ihrer Hand wog tonnenschwer. Sie wusste, dass es etwas ganz Besonderes mit ihm auf sich hatte. Und wenn sie ihn jetzt las, dann würde Sie auch erkennen, warum man Stiller ermordet hatte. Und irgendwie wurde sie das Gefühl nicht los, dass alles in ganz engem Zusammenhang mit ihr selber stand.

»Machen Sie den Brief doch einfach auf«, empfahl Sven, »so erfahren Sie am schnellsten, um was es eigentlich geht.«

Eva lehnte sich an die Wand mit den Postfächern. »Würde es Ihnen etwas ausmachen, wenn ich den Brief zunächst alleine lese? Schließlich ist er an mich direkt gerichtet.«

»Nein, oh sorry, natürlich nicht. Ich wollte nicht unnötig neugierig erscheinen. Wir könnten zu meinem Wagen gehen und sie setzen sich hinein und lesen den Brief für sich alleine.«

»Ja, das ist eine gute Idee«, sagte Eva und verstaute den Brief in ihrem Rucksack. »Was mache ich denn jetzt mit dem Schlüssel?«

»Sie könnten ihn einfach in das Postfach legen. Sie brauchen ihn doch jetzt nicht mehr.«

»Ja, stimmt«, sagte Eva. »Eigentlich ist es jetzt egal, was mit dem Postfach wird.«

Sie legte den Schlüssel hinein.

»Aber so lässt sich das Postfach nicht abschließen. Das kann ich auch irgendwie nicht machen.«

»Dann geben Sie ihn doch einfach am Schalter ab«, meinte Sven. Ihre Hilflosigkeit konnte er in diesem Moment kaum einordnen. So hatte er sie bisher nicht kennen gelernt. »Oder warten Sie, ich mache das. Hier haben Sie meinen Autoschlüssel und ich kümmere mich um den Rest.«

»Danke«, sagte Eva, fuhr sich durchs Haar und ging nach draußen.

Dann saß sie endlich alleine im Wagen. Sie atmete tief durch und zog den Brief aus ihrem Rucksack. Für Eva Sturm - persönlich - hatte Stiller darauf geschrieben. Mehr nicht. Persönlich. Dieses Wort löste Beklemmungen in ihr aus. Wenn jemand etwas persönlich machte, dann war die angesprochene Person natürlich auch persönlich von dem Inhalt betroffen. Alles andere machte keinen Sinn. Also ging es in dem Brief nicht um stinkenden billigen Fisch. Es ging nicht um irgendwelche ominösen Geschäfte in Hinterzimmern. Es ging um Eva Sturm persönlich. Es ging um sie. Und das machte ihr Angst.

Trotzdem musste sie den Brief jetzt öffnen, ob sie wollte, oder nicht. Niemand konnte ihr das abnehmen. Sie schluckte, las noch einmal die Anrede. Dann fingerte sie an dem Brief herum, bis er schließlich geöffnet war. Sie zog drei Seiten dicht mit Hand geschriebene weiße Bögen heraus. Stiller hatte das geschrieben, da gab es keinen Zweifel. Als sie Liebe Eva las, wurde es ihr schwarz vor Augen. Alles in ihr wehrte sich, den Brief zu lesen. Und doch musste sie es tun. Sie musste es jetzt tun. Sie lehnte sich zurück und begann, zu lesen. Die ersten Tränen sammelten sich nach kurzer Zeit in ihren Augenwinkeln. Zu unfassbar war, was dort stand. Stiller war nicht nur ein guter Freund gewesen. Er war ihr Halbbruder. Unfassbar, dachte sie. Das konnte doch nicht sein. Doch er schrieb es hier schwarz auf weiß. Und warum sollte er deshalb lügen? Tausend Gedanken flogen durch ihren Kopf. Stiller ihr Halbbruder. Warum hatte er denn nichts gesagt? Und warum erzählte er es hier in diesem Brief? Hatte er gewusst, dass er sterben würde?

Sie riss sich zusammen und las den gesamten Brief bis zum Schluss. Und dann wurde ihr auch klar, warum er diesen Weg gewählt hatte.

Stiller hatte auch von seinem Vater geschrieben. Einem gewissen Eduard Fischer aus der Nähe von Göttingen. Auch er, Stiller, habe erst jetzt erfahren, wer sein Vater war. Und zwar, weil besagter Eduard Fischer verstorben war.

Alleinstehend in seinem alten Haus mit neunundsiebzig Jahren war er einfach umgefallen. Stiller hatte die Nachricht von seinem Halbbruder Stefan Fischer, einem Anwalt in Göttingen erfahren. Doch er hatte ihn nicht freiwillig informiert, sondern nur, weil Eduard Fischer ein Testament gemacht hatte, das von einem Notar kurz nach dem Ableben seinem Sohn Stefan eröffnet worden war. Dieser war aus allen Wolken gefallen, weil er das Erbe plötzlich teilen sollte. Und dann auch noch mit zwei wildfremden Menschen, von denen er bisher nichts gehört hatte. Und beide lebten auf Langeoog. Welch aberwitziger Zufall, hatte er da noch gedacht. Hendrik Stiller und Eva Sturm. Sie beide waren Abkömmlinge seines Vaters. Mit der Mutter von Stiller hatte er eine außereheliche Beziehung unterhalten, von der damals nur eine Handvoll Menschen überhaupt etwas wusste. Die Frau war dann großzügig abgefunden worden und mit dem Balg von der Bildfläche verschwunden. So wollte es damals Eduard Fischers Frau Helene.

Eduard Fischer lebte also weiter mit einer Frau und einem Sohn. Erst durch das Testament, dem auch ein langer Brief des Alten beigefügt war, erfuhr Stefan Fischer also, dass er das Erbe durch drei teilen musste. Natürlich schmeckte ihm die

Sache nicht. Also rief er Stiller an, um mit ihm zu reden.

Stiller, dem sowieso nichts an dem Erbe lag, weil er den alten Fischer gar nicht gekannt hatte, hätte sogar noch eingewilligt, auf das Erbe zu verzichten. Doch er sah nicht ein, diese Entscheidung auch für Eva Sturm zu treffen.

Stiller schrieb, dass er sich mit Stefan Fischer getroffen habe. Er erzählte davon, dass er auf sein Erbe zugunsten von Eva verzichten wollte. Denn schließlich war auch er geschockt gewesen von der Nachricht, plötzlich mit Eva über tausend Ecken verwandt zu sein, weil sie den gleichen Vater hatten.

»Mein Gott«, sagte Eva laut. Die Scheiben des Wagens waren beschlagen, so sehr hatte sie emotional mit dem Inhalt des Briefes zu kämpfen gehabt. Sie drehte den Schlüssel in der Zündung und ließ das Beifahrerfenster nach unten gleiten. Einige neugierige Passanten sahen verstohlen zu ihr herüber. Es kümmerte sie nicht, was andere dachten.

Sie kannte jetzt den Namen des Vergewaltigers ihrer Mutter. Eduard Fischer. Und sie hätte vieles dafür gegeben, diesen Namen niemals erfahren zu haben. Nichts hätte sie wissen wollen. Auch nicht, dass Stiller ihr Halbbruder gewesen war. Nicht auszudenken, wenn zwischen ihnen beiden wirklich einmal mehr entstanden wäre als nur gute Freundschaft.

Sie wollte wahrlich nichts von dem Erbe haben. Wie konnte Stiller sich da so in ihr täuschen? Er hätte sich nicht die Mühe machen müssen, mit dem Stefan Fischer herumzudiskutieren, wahrlich nicht. Doch Stiller musste sie zugutehalten, dass er natürlich nicht wissen konnte, dass Eva nur durch eine Vergewaltigung entstanden war. Er hatte es nur gut gemeint.

Ihr Innerstes fühlte sich an wie Watte. Sie fühlte sich plötzlich nicht mehr. Alles war so leer in ihr. So leblos. Doch sie musste sich jetzt zusammenreißen, um Stillers willen. Denn es war klar, wer sein Mörder war. Es konnte nur dieser Stefan Fischer sein, der nicht bereit gewesen war, sein Erbe zu teilen. Er musste Stiller am Strand von Langeoog ermordet haben. Jetzt musste sie ihn nur noch finden.

Es wurde sachte aufs Dach geklopft.

»Frau Sturm? Alles in Ordnung?«

Das war Sven. Sie hatte ihn schon fast vergessen.

»Ja, geht schon«, sagte sie matt.

Er machte die Fahrertür auf und stieg ein.

»Schlimme Nachrichten?«

»Noch schlimmer«, flüsterte sie. »Wir müssen nach Göttingen fahren.«

»Göttingen?«, fragte Sven.

»Ja, es ist wichtig. Schafft ihre Möhre das?«

»Aber sicher«, sagte er und ahnte, dass jetzt nicht die Zeit für unnötige Fragen war.

In Göttingen

Es war schon fast neunzehn Uhr, als sie endlich in der Göttinger Innenstadt ankamen. Unterwegs hatte Sven noch einmal gehalten, damit sie einen Kaffee trinken konnten. Essen wollte Eva nichts.

»Und jetzt?«, fragte er, als er den Wagen ausstellte.

»Jetzt müssen wir die Kanzlei von einem gewissen Stefan Fischer ausfindig machen«, sagte Eva.

»Und wer ist das?«

»Das ist der Mörder, über den Sie schreiben werden«, sagte Eva trocken. Und er wusste, dass das kein Scherz gewesen war.

»Okay«, sagte er und kramte sein Smartphone aus seiner Tasche. »Das mit der Adresse dürfte kein Problem werden. Aber er wird um diese Zeit wohl nicht mehr in seinem Büro sein.«

»Da haben Sie allerdings recht«, gab Eva zu. »Trotzdem würde ich mir das Gebäude gerne einmal ansehen.«

»Sicher.« Er googelte kurz, dann machte er den Wagen wieder an. »Ist gar nicht weit von hier. Vielleicht zwanzig Minuten Fahrzeit.«

Sie nickte.

Dann standen sie vor einem großen weißen Haus, in dem mehrere Parteien ihr Geschäft eingerichtet hatten. Eine Versicherung, ein Hautarzt und der Anwalt Stefan Fischer.

»Und wenn er abhaut«, meinte Sven und drehte sich zum ersten Mal an diesem Tag eine Zigarette.

»Warum sollte er das tun?«, fragte Eva, »er weiß ja nicht, dass ich ihm auf den Fersen bin.«

»Sind Sie da so sicher?« Sven stieg aus und zündete die Zigarette an.

Eva stieg ebenfalls aus dem Wagen und sah dem Rauch dabei zu, wie er sich mit der Luft vermengte.

»Er hat Stiller umgebracht, doch er weiß ja nicht, dass ich das weiß«, wiederholte Eva. »Von dem Brief aus dem Postfach kann er nichts wissen. Sonst hätte er ihn selbst geholt.«

»Das ist wahr. Das hätte er getan«, bestätigte Sven. »Er muss sich seiner Sache wohl ziemlich sicher sein. Ich meine, er geht davon aus, dass Sie niemals auf ihn kommen werden. Wieso eigentlich?«

»Weil er nicht weiß, dass ich es weiß«, sagte Eva.

»Aha«, machte Sven und warf die Zigarette auf den Boden und trat sie aus.

»Ich schulde Ihnen wohl eine Erklärung«, sagte Eva und dann erzählte sie endlich von dem Inhalt des Briefes. Dabei ließ sie nichts aus.

»Das ist ja krass«, entfuhr es Sven, als sie geendet hatte. »Sie sind die Halbschwester des Mörders.«

»Und des Opfers«, fügte Eva hinzu.

»Verdammte Schei ... sorry, ich meine, das ist ja wirklich krass.«

»Das ist eine verdammte Scheiße, sagen Sie es ruhig«, erwiderte Eva und lachte jetzt sogar ein wenig.

»Und Sie haben nichts davon gewusst? Überhaupt gar nichts?«

»Nein, habe ich nicht. Es ist kompliziert. Ich meine, mein ganzes Leben ist kompliziert, wissen Sie. Und in den letzten Jahren erst kommt immer mehr ans Licht. Und diese Scheiße hier, auf die hätte ich wirklich verzichten können, das dürfen Sie mir gerne glauben.«

»Aber eines verstehe ich immer noch nicht«, meinte Sven, »wenn dieser Stefan Fischer den Stiller so bedrängt hat, dass er doch auf sein Erbe verzichten soll und Sie erst gar nicht davon erfahren sollten, warum ist der Stiller denn nicht darauf eingegangen, wenn er selber nichts von dem Erbe haben wollte?«

»Tja, so war Stiller eben. Für sich wollte er nie etwas haben, aber das ich auch leer ausgehen sollte, das konnte er wohl nicht ertragen. Dabei hätte ich wirklich darauf verzichten können. Doch das konnte Stiller ja nicht wissen.«

»Meine Güte, eine wirklich verworrene Story, wenn Sie mich fragen.«

»Ich weiß. Wollen Sie trotzdem noch darüber schreiben?«

»Sicher. Aber ich denke nicht, dass Sie große Lust darauf haben, darin vorzukommen.«

»Natürlich nicht. Aber lässt sich das wirklich vermeiden?«

»Ich hab keine Ahnung«, sagte Sven langgezogen. »Aber ich werde mein möglichstes tun, damit Ihr Name draußen bleibt, versprochen.«

»Danke, das ist wirklich nett von Ihnen. Sagen Sie, ob wir es schaffen, die Privatadresse von diesem Vogel rauszukriegen?«

»Stefan Fischer? Oh, ich denke schon. Ich habe hier ein paar Kontakte, die ich anzapfen könnte.«

»Super, dann zapfen Sie mal«, sagte Eva und setzte sich wieder in den Wagen.

Es dauerte nicht lange und auch Sven stieg ein. »War kein Problem«, sagte er und sah zu ihr herüber. »Sicher, dass Sie da jetzt alleine hinwollen?«

Sie nickte. »Ich hoffe, Sie haben Ihre Kamera dabei. Sie wollen doch sicher ein gutes Foto vom Täter in die Zeitung setzen.«

»Alles klar, dann geht es jetzt los.« Er startete den Wagen und fuhr los.

Dann standen sie vor einem Haus, von dem sie zunächst dachten, dass sie hier falsch wären.

»Sind Sie sicher?«, fragte Eva, als sie den verwilderten Garten sah.

»Doch«, sagte Sven, »das ist die richtige Adresse. Mein Informant kennt sich hier aus.«

»Informant«, wieder holte Eva, »na, dann wollen wir mal.« Sie stieg aus dem Wagen und Sven folgte ihr.

Der rote Klinkerbau war bestimmt aus den Fünfzigern und hätte dringend ein neues Dach gebraucht. Einzig der schicke BMW vor dem Haus passte nicht ins Bild. Wohl aber zu der Tatsache, dass Fischer als Anwalt arbeitete.

Mittlerweile war es schon nach zwanzig Uhr und die ersten Lichter brannten im Haus. Eva stand vor der Klingel und wagte nicht, sie zu drücken.

»Soll ich?«, fragte Sven.

»Ach was«, erwiderte Eva und drückte die Klingel durch.

Es dauerte gar nicht lange, bis ein Mann um die Fünfzig in einem dunkelblauen Hausanzug öffnete und sie beide fragend ansah.

»Stefan Fischer?«, fragte Eva.

Er schien sofort zu wissen, wer sie war.

»Frau Sturm, wie haben Sie mich gefunden?«

»Können wir reinkommen?«, fragte sie zurück.

Er nickte und gab den Eingang frei. Im Haus sah es ähnlich aus wie draußen. Alles alt und abgewetzt.

»Das ist das Haus Ihres Vaters, habe ich recht?«, fragte Eva und konnte das Gefühl nicht abschütteln, dass es letztlich auch das Haus ihres eigenen Vaters oder zumindest ihres Erzeugers war.

»Ja, das ist es«, gab Fischer zu. Er fragte nicht, wer der junge Mann an Evas Seite war. Es schien ihm egal. »Nach meiner unschönen Scheidung bin ich hier erst mal eingezogen. Und wie das manchmal so ist, habe ich den Absprung dann nicht mehr geschafft. Der Alte ist krank geworden, wissen Sie. Da zieht man nicht so einfach mehr aus.«

»Verstehe«, sagte Eva. Und es war ihr völlig gleichgültig, woran der Alte gelitten hatte. Deshalb fragte sie auch nicht nach. »Können wir uns irgendwo setzen und in Ruhe reden?«

Stefan Fischer ging in das Wohnzimmer voraus, das einigermaßen hell und freundlich eingerichtet war. »Möchten Sie etwas trinken?«

»Nein danke«, sagte Eva und Sven wie aus einem Mund.

»Aber ich schenke mir einen Cognac ein, wenn Sie erlauben.«

»Von mir aus«, sagte Eva. Sie ertrug es kaum, die gleiche Luft zu atmen wie es der Mann getan hatte, der einmal ihre Mutter vergewaltigte. »Sie wissen, warum wir hier sind«, fuhr sie fort. »Sie haben Stiller ermordet. Ich meine, Hendrik Stiller, Ihren Halbbruder.«

»Respekt«, sagte Fischer und setzte das Cognacglas an seine Lippen. »Wie haben Sie das herausgekriegt?«

»Durch einen Brief, den Stiller hinterlassen hat«, sagte Eva wahrheitsgemäß.

»Aber den können Sie doch gar nicht haben, den habe ich doch mitgenommen, als ...«.

»Ach so? Sie haben einen Brief mitgenommen? Nun, vielleicht ist es der gleiche Brief, den ich von Stiller bekommen habe. Er war in einem Postfach in

Aurich deponiert. Vermutlich hat er den gleichen Inhalt, wie der, den Sie vom Tatort entfernt haben. Stiller wusste wohl, was Sie für ein Mann sind, deshalb hat er sich rückversichert und noch einen Brief an mich hinterlegt.«

Jetzt lachte Fischer bitter auf. »Ja, es war Hendrik zuzutrauen, dass er soweit dachte. Es ist schade um ihn.«

Mieses Schwein, dachte Eva. »Denken Sie wirklich, dass dieses heruntergekommene Haus es wert ist, dass Sie ihren eigenen Halbruder umgebracht haben?«, fragte sie laut.

»Nein, ganz sicher nicht. Aber es gibt noch Vermögen.«

»Und Sie waren nicht bereit, zu teilen. Aber Stiller hat Ihnen doch unmissverständlich erklärt, dass er gar nichts von dem Erbe haben möchte.«

»Nein, er wollte nichts, da haben Sie recht. Doch er war nicht damit einverstanden, dass auch Sie leer ausgehen, Frau Sturm.«

»Hätten Sie mich nur gefragt«, murmelte Eva, »ich hätte Ihnen hier bestimmt nichts weggenommen.«

»Schon erstaunlich, wo der Alte überall herumgevögelt hat«, sagte Fischer und ahnte nicht, auf welch dünnes Eis er sich gerade begab.

Eva ballte die Hände zu Fäusten, um nicht aus der Haut zu fahren. Es ging Fischer nichts an, dass sie das Ergebnis einer brutalen Vergewaltigung war. Diesen Triumph, den wollte sie ihm nicht gönnen.

»Da Sie alles zugeben, ist es jetzt wohl an der Zeit, die Kollegen vor Ort zu informieren, damit man Sie festnimmt«, sagte sie.

»Ja, machen Sie das«, sagte Fischer. »Es ist doch jetzt sowieso alles egal. Aber eines müssen Sie wissen, ich habe das nicht gewollt. Ich wollte nicht, dass Stiller stirbt. Er war doch mein Bruder.«

»Darüber hätten Sie eher nachdenken müssen«, fauchte Eva. »Jetzt ist es zu spät.«

»Aber immerhin habe ich noch meine Halbschwester«, grinste er und es lief ihr eiskalt über den Rücken.

Eva und Sven gingen vor die Tür, während sie auf die Kollegen warteten. Fischer hatten sie vorsichtshalber an einen Stuhl gebunden, damit er nicht versuchte, abzuhauen.

»Tut mir echt leid für Sie«, sagte Sven, »so eine Familienzusammenführung wünscht man wirklich keinem.«

»Danke«, sagte Eva, »und jetzt machen Sie endlich Ihre Fotos, bevor die anderen kommen.«

Sven ließ sich nicht zweimal bitten und das Blitzlicht flammte auf. Auch, als Fischer dann in

Handschellen zum Polizeiwagen geführt wurde, schoss er eine Aufnahme nach der anderen.

»Was ich verspreche, das halte ich auch«, sagte Eva, als sie wieder mit Sven im Wagen saß. »Jetzt haben Sie ihre Story.«

Sie fuhren noch am gleichen Abend zurück nach Esens und kamen weit nach Mitternacht in Aurich an.

»Wollen Sie bei mir übernachten?«, fragte Sven.

»Nein danke«, sagte Eva. »Aber es wäre nett, wenn Sie mich zu dem Haus meines Freundes fahren könnten.«

Bei Robert brannte noch Licht, als sie in Tannenhausen ankamen. Er hatte den Wagen gehört und stand kurz darauf in der Tür und traute seinen Augen nicht.

»Eva, was machst du denn hier mitten in der Nacht?«, fragte er und ging ihr mit ausgebreiteten Armen entgegen.

»Ach, das ist eine lange Geschichte«, sagte sie.

Sven hatte verstanden, setzte sich wieder in seinen Wagen und fuhr davon.

Roberts Haus

Robert hatte einen schwarzen Tee gekocht und legte jetzt eine Decke über Eva, die sich aufs Sofa gelegt hatte.

»Hier«, sagte er, »der wird dir guttun.«

»Danke«, erwiderte sie. »Du bist lieb.«

Er spürte, dass sie auf der einen Seite total erschöpft war, doch auf der anderen Seite etwas in ihr brodelte, sie einfach nicht zur Ruhe kommen ließ.

»Dieser Journalist scheint ein feiner Kerl zu sein«, sagte Robert. »Dass er ganz mit dir nach Göttingen fährt, ist keine Selbstverständlichkeit.«

»Ja, da hast du sicher recht«, bestätigte Eva. »Er schreibt bestimmt schon an der Story des Jahres. Exclusivbericht zur Aufklärung des Mordes an Hendrik Stiller auf Langeoog. Man wird denen morgen die Zeitung aus der Hand reißen.«

»Und alles hing mit einem Brief zusammen, den du gefunden hast?« Er setzte sich zu ihr aufs Sofa und tätschelte ihre Hand.

Sie nickte. »Ja, alles hängt mit dem Brief zusammen.«

Sicher, dachte Robert, es war spät. Doch das war doch kein Grund, dass Eva derart neben sich stand und er ihr alles aus der Nase ziehen musste.

Die Eva, die er kannte, die hätte ihm jetzt in den schillerndsten Farben von der Festnahme berichtet. Stattdessen lag sie teilnahmslos auf dem Sofa.

»Eva«, sagte er, »irgendwie habe ich das Gefühl, dass du mir noch nicht die ganze Story erzählt hast.«

Sie sah ihn aus großen dunklen Augen an. »Ja, du hast recht«, gab sie zu. »Es fehlt noch ein wichtiges Detail.«

»Und das wäre?«, fragte er, der sich nicht vorstellen konnte, was jetzt das große Geheimnis sein sollte.

»Es geht um diesen alten Fischer«, sagte Eva.

»Wie? Wen meinst du damit?«

»Na, den Vater von dem Mörder. Den Vater von Stefan Fischer.«

»Okay. Und was hat er mit der ganzen Sache zu tun? Wenn ich es richtig verstanden habe, dann ist der doch tot, oder?«

Sie nickte.

»Oder hat dieser Stefan Fischer am Ende auch seinen Vater umgebracht?«

Sollte das die irre Nachricht sein? Robert konnte es sich beim besten Willen nicht vorstellen.

»Das weiß ich ehrlich gesagt nicht«, gab Eva zu. »Es geht auch nicht darum, wie oder warum er gestorben ist. Es ist ...«. Ihre Stimme versagte.

»Mein Gott Eva, du musst mir jetzt sagen, was los ist. Ich mache mir ernsthafte Sorgen.«

Sämtliche Farbe war aus ihrem Gesicht gewichen, das sah er selbst im fahlen Licht der Lampe, die über dem Tisch hing.

»Es ist«, setzte Eva erneut an, »also, Stiller ... er war mein Halbbruder.«

Jetzt war es raus.

»Was sagst du da? Halbbruder? Ich verstehe nur Bahnhof ...«. Robert hatte ihr den Tee abgenommen, weil sie die Tasse kaum noch gerade halten konnte.

»Ja, Stiller war mein Halbbruder ... und dieser ... dieser Fischer, also der junge Fischer, der auch irgendwie.«

»Wie bitte?« Robert fuhr sich wild durchs Haar. »Eva, ich fürchte, ich verstehe nicht ganz. Wie kann das sein?« Noch hegte er die Hoffnung, dass sie einfach wegen der fortgeschrittenen Uhrzeit überdreht war und wild fantasierte im Halbschlaf.

»Doch, Robert. Es stimmt alles, was ich sage. Dieser alte Fischer, also Eduard Fischer, er ist ... er ist der Vergewaltiger meiner Mutter.«

»Oh mein Gott«, entfuhr es Robert. Das war selbst für ihn zu viel auf einmal. Er stand vom Sofa auf und lief wild im Zimmer hin und her. »Und da bist du dir ganz sicher?«, fragte er noch einmal nach, als er schließlich vor ihr kniete.

Eva liefen Tränen übers Gesicht, sie konnte nicht mehr sprechen. Stattdessen nickte sie jetzt nur.

»Himmel, das darf doch alles nicht wahr sein«, sagte Robert. »Es tut mir so leid für dich.« Er schlang beide Arme um sie und plötzlich weinte Eva wie ein Schlosshund. Sie wurde von einer Erschütterung in die nächste geschickt. Sie konnte gar nicht mehr aufhören zu weinen.

»Ja, so ist es gut«, sagte Robert beruhigend, »lass alles raus.« Auch er musste weinen und kroch schließlich zu ihr aufs Sofa, wo sie Arm in Arm lagen, bis keiner von ihnen mehr in der Lage war, etwas zu sagen.

Eva tat alles weh, als sie am Morgen vom hereindringenden Sonnlicht geweckt wurde. Sie realisierte, wo sie war. Und sie war alleine. Robert war nicht da. Panik kroch in ihr hoch. Doch schnell war es ihr klar, dass er keine Dummheiten machen würde. Was sollte er auch tun? Dann ging die Tür vom Flur her auf und er kam mit der Zeitung zurück in die Küche.

»Es steht auf Seite eins«, sagte er und gab ihr die Zeitung.

Eva las den Artikel von Sven Bittner. Er hatte Wort gehalten, ihren Namen ließ er raus. Aber sonst sparte er nicht mit Details. Von einer unendlich perfiden Familientragödie war die Rede. Rachsucht und Erbschaftsstreitigkeiten, die schlussendlich zum Tod von einem angesehenen Bürger von Langeoog geführt hatten, der nichts als die gute Sache im Blick hatte. Ganz im Gegensatz zu seinem Halbbruder aus Göttingen, der von niederen Motiven geleitet auf die beschauliche Insel gekommen war, um dann Hendrik Stiller brutal mit einem Messer zu ermorden.

»Er schreibt gut«, sagte Eva matt, als Robert ihr einen Kaffee hinstellte. »Ich glaube, ich muss gleich erst mal duschen.«

Als sie in die Küche zurückkam, nachdem sie sich dreimal übergeben und geduscht hatte, hatte Robert schon alles aufgeräumt. Nur die Zeitung lag noch immer auf dem Tisch. Das Bild von Stefan Fischer prangte groß auf der Titelseite.

»Ich kann nicht wieder auf die Insel zurückgehen«, sagte Eva leise. »Das war einfach zu viel.«

»Wie meinst du das?«, fragte Robert und drehte die Zeitung um, damit sie den Mann nicht mehr sehen musste.

»Ich meine es genauso, wie ich es gesagt habe. Ich kann nicht nach Langeoog zurückgehen. Es geht einfach nicht.«

»Aber Eva, wie stellst du dir das vor? Ich meine, dort ist dein Leben, deine Arbeit, die du so liebst.«

»Ach ja? Tu ich das?«, fragte Eva gereizt zurück.

»Lass uns nicht streiten«, bat Robert sofort, »natürlich entscheidest du, was du tust.«

»Entschuldige«, sagte sie, »du kannst ja nichts dafür. Dich trifft keine Schuld. Es ist mein Leben, das im Arsch ist.«

»Du bist zu hart zu dir«, sagte Robert. »Es ist nicht deine Schuld, was mit deiner Mutter passiert ist.« Aber ihm war auch klar, dass solche Umstände einen Menschen ziemlich aus der Bahn werfen konnten.

»Es geht ja nicht nur um meine Mutter«, fuhr Eva fort, »was Katharina erlebt hat, ist schrecklich. Aber es ist auch schrecklich, was sie mir angetan hat. Von dem Mord, den sie begangen hat, mal ganz zu schweigen ...«. Plötzlich stand Eva auf und ging zum Fenster. »Aber Moment mal«, sagte sie, und fasste sich plötzlich mit Schwung an den Kopf. »Wie kann es denn sein, dass sie eine Mörderin ist, wenn der Vergewaltiger erst jetzt gestorben ist? Das passt doch gar nicht zusammen. Sollte sie mich etwa wieder einmal angelogen haben, als sie gesagt hat, dass sie geflohen ist, weil sie den Mann, der sie geschwängert hat, ermordete?«

»Mein Gott, du hast recht«, fiel es jetzt auch Robert auf, dass an der ganzen Sache etwas faul war.

»Sie hat damals gar nicht meinen sogenannten Vater umgebracht«, sagte Eva und runzelte die Stirn. »Aber wer war es dann?«

»Vielleicht hat sie ja niemanden umgebracht«, schlug Robert vor, »das könnte doch auch sein.«

»Und warum erzählt sie mir dann so eine Geschichte?«, fragte Eva. »Das macht doch keinen Sinn. Wer bezichtigt sich denn selber des Mordes, wenn er gar keinen begangen hat? Das macht doch keiner.«

»Es ist komisch, da gebe ich dir recht.«

»Ich muss noch einmal nach Schweden«, sagte Eva entschlossen. »Ich muss jetzt endlich die Wahrheit erfahren.«

»Ich komme mit«, sagte Robert. »Da lasse ich dich auf keinen Fall alleine hinfahren in deinem Zustand.«

Wenige Stunden später war alles für einen erneuten Aufbruch nach Schweden organisiert.

Bereits am nächsten Abend würden sie auf der Fähre sein.

Schweden, ein letztes Mal

Die Überfahrt auf der Fähre war schön. Die Sonne schien und spiegelte sich auf der ruhigen See. Von alldem bekam Eva aber kaum etwas mit, weil sie die meiste Zeit in den Himmel starrte, während Robert ihre Hand hielt und hin und wieder etwas in ihr Ohr flüsterte.

Er liebt mich wirklich, dachte sie ab und an. Und manchmal weiß ich gar nicht, womit ich das eigentlich verdient habe. Ich bin das Kind von Verrückten. Da muss ich doch selber auch verrückt sein. Das geht doch gar nicht anders. Niemand kann mich so lieben, wie ich bin. Nicht bei den Eltern. Immer wieder drehte sich bei ihr alles im Kreis. Hin und wieder nickte sie ein und fiel in einen kurzen unruhigen Schlaf, der sie mit den Wellen in dunkle Träume führte.

Was musste eigentlich noch alles passieren, damit sie endlich zusammenbrach?, fragte sie sich. Was würde noch alles passieren? Davor graute ihr noch viel mehr. Katharina, eine Mutter voller Lügengeschichten. Was würde sie ihr als Nächstes auftischen, wenn sie wieder vor ihrer Tür standen?

Dann endlich, nach einer gefühlten Ewigkeit kamen sie in Schweden an. Robert mietete einen Wagen und schweigend fuhren sie durch die schöne Landschaft, die Eva gar nicht mehr wahrnahm.

»Lass mich bitte alleine reingehen«, sagte Eva, als sie schließlich vor Katharinas Haus angekommen waren.

Robert nickte. »Ich warte hier, bis du mich rufst.«

Mit Blei in den Beinen ging Eva auf das kleine Holzhäuschen zu. Ganz anders als das letzte Mal, wo sie sich noch gefreut hatte. Dieses Mal hingen dunkle Wolken über ihrem eigenen Horizont.

Katharina musste sie gesehen haben, denn sie machte die Tür ohne Aufforderung auf.

»Eva?«, fragte sie erstaunt, »so schnell hätte ich dich jetzt aber nicht zurück in Schweden erwartet.«

»Das geht mir auch so«, sagte Eva, »können wir reingehen und reden?«

»Sicher. Aber Eva, was ist denn los mit dir, du klingst so ernst.«

Eva sagte nichts mehr und folgte Katharina in die schöne kleine Stube, die, vom Sonnenlicht durchflutet, aussah wie eine erwachsen gewordene Puppenstube. Es stand Tee auf dem Tisch und Katharina holte eine zweite Tasse dazu.

»Katharina«, begann Eva dann zügig, »als wir das letzte Mal hier gewesen sind, da hast du mir erzählt, dass du damals vergewaltigt worden bist und deinen Peiniger, der mein Erzeuger war, nun, du hast gesagt, dass du ihn ermordet hast.«

Katharina sah sie mit wachem Blick an. Dann nickte sie. »Ja, das habe ich gesagt. Warum fragst du danach? Bist du deshalb etwa noch einmal nach Schweden gekommen, um mich das noch einmal zu fragen?«

Eva nickte. »Ja, das bin ich. Denn du musst mich angelogen haben«, sagte sie ohne Umschweife.

Katharina schüttelte den Kopf. »Eva, ich habe dich nicht angelogen. Warum sagst du so etwas? Die ganze Sache war doch wirklich schon schlimm genug, warum sollte ich mir so eine schreckliche Geschichte ausdenken und sie dir erzählen? Das würde keine Mutter tun.«

»Oh, sei vorsichtig, was du sagst«, meinte Eva, »Mütter scheinen zu vielen Dingen fähig zu sein.«

»Eva, ich ...«.

»Du musst mich angelogen haben, Katharina, denn der Mann, den du angeblich ermordet haben willst, der ist erst vor kurzem gestorben. Und wahrscheinlich auf ganz natürliche Weise.«

Katharina entglitten sämtliche Gesichtszüge. »Eva, das kann nicht sein ...«, sagte sie tonlos. »Ich habe ihn doch ermordet. Ich spüre doch jetzt noch das Messer, wie es in seinen Rücken fährt. Glaubst du etwa, ich habe das alles erfunden? Dass es so eine schöne Geschichte ist, die ich am liebsten sofort meiner Tochter erzählt hätte. Glaubst du das wirklich?«

»Ich weiß nicht mehr, was ich glauben soll«, sagte Eva, die über die Reaktion Katharinas ein wenig erstaunt war. Wenn sie gelogen hatte, dann hätte sie es doch einfach zugeben können. »Doch Tatsache ist, dass Eduard Fischer erst vor rund zwei Monaten laut Aussage seines Sohnes Stefan einfach tot in seinem Haus in Göttingen umgefallen ist.«

»Nein«, sagte Katharina und ihre Lippen bewegten sich mechanisch auf und zu. »Das kann nicht sein. Ich habe ihn doch getötet ...«. Ihr ganzer Körper zitterte plötzlich. Sollte sie wirklich die Wahrheit sagen?, fragte sich Eva.

Und dann konnte es nur noch einen Grund geben, wie es zu diesem Missverständnis gekommen war.

»Du hast ihn damals gar nicht umgebracht«, sagte Eva tonlos, »er ist nicht gestorben. Das muss es sein.«

Katharina schüttelte sachte den Kopf hin und her. »Aber meine Mutter, sie hat doch dafür gesorgt, dass ich durch die Hilfe des Anwalts Deutschland verlassen konnte. Warum hätte sie das tun sollen, wenn der Mann gar nicht tot war.«

»Dafür kann es nur einen Grund geben«, sagte Eva. »Man wollte dich einfach ein für alle Mal loswerden. Und zwar für immer. Wahrscheinlich haben sie den Anwalt gut dafür bezahlt, damit er dich mitnimmt. Und du hast dich auch noch in ihn verliebt. Die perfekte Lösung. War doch klar, dass du so niemals wieder nach Deutschland gehen würdest.«

»Mein Gott«, sagte Katharina, »dann bin ich ja gar keine Mörderin.«

»Nein«, pflichtete Eva bei, »das bist du dann wohl nicht.«

»Eva ... ich weiß nicht, was ich sagen soll.« Katharinas Stimme brach.

»Du musst nichts sagen«, schluchzte Eva und im nächsten Moment hielten sich die Frauen in den Armen. »Du musst nichts sagen, Mama. Und du musst dir jetzt auch nichts mehr antun, du hast doch nichts getan.«

Als sie sich wieder gefangen hatten, da erzählte Eva alles um den Mord an Hendrik Stiller. Und wie sie überhaupt zu all den neuen Erkenntnissen und zwei weiteren Halbbrüdern gekommen war.

»Dieser alte Fischer ist immer ein schlechter Mensch gewesen«, sagte Katharina. »Es tut mir leid, was du alles wegen ihm durchmachen musst.«

»Wir sind beide seine Opfer«, sagte Eva und griff nach Katharinas Hand.

»Wo ist eigentlich Robert?«, fragte Katharina.

»Ach Gott, den hab ich ja ganz vergessen. Er sitzt draußen im Wagen und hat sicher einen Mordshunger.«

»Dann hol ihn mal lieber schnell herein«, lächelte Katharina. »Ich werde uns ein schönes Abendbrot bereiten und natürlich bleibt ihr beide ein paar Nächte hier. Ich dulde keinen Widerspruch.«

Eva wischte sich ein paar Tränen weg und ging nach draußen, um Robert ins Haus zu holen.

»Sie ist keine Mörderin«, flüsterte sie ihm ins Ohr, »wenigstens das.«

Am Ende blieben sie dann eine Woche in Schweden und Eva mochte eigentlich gar nicht mehr weg.

»Ich könnte hier leben, glaube ich«, sagte sie, als sie sich von Katharina verabschiedeten.

»Du wirst es erben«, sagte Katharina, »das Haus gehört dir. Und vielleicht wirst du eines Tages wie ich eine schrullige Alte, die den ganzen Tag nur an ihren Kräutertee denkt.«

»Dann aber bitte nicht so bald«, lachte Robert und drückte Eva einen dicken Kuss auf die Wange. »Wir fangen unser gemeinsames Leben doch gerade erst an.«

»Ihr seid ein schönes Paar«, sagte Katharina. »Ihr müsst mich bald wieder besuchen.«

Und dieser Satz, der machte Eva zu dem glücklichsten Menschen in dem Moment, weil es ein Versprechen ihrer Mutter war, dass sie sich wiedersehen würden.

Wieder auf Langeoog

Eva ging alleine am Strand spazieren. So wie damals, als sie Stiller begegnet war. Wäre alles anders gekommen, wenn ich mit ihm länger gesprochen hätte?, fragte sie sich. Wir einen Kaffee zusammen getrunken hätten? Würde er dann noch leben? Sie wusste es nicht. Und wahrscheinlich, so tröstete sie sich, hätte er ihr nicht erzählt, was ihn damals bewegt hatte. Dass er sich mit dem Wissen herumschlug, dass sie seine Halbschwester war. So etwas erzählte man niemandem bei einem gemütlichen Kaffee.

Er war ihr guter Freund gewesen. Hätte er doch nur was gesagt. Eva ging in die Knie und wühlte mit den Händen im Sand.

»Hendrik, du alter Dickschädel, warum hast du nichts gesagt?«

Das Meer gab ihr auf diese Frage keine Antwort.

Erst zwei Wochen später war sie wieder in der Lage, mit der Arbeit zu beginnen. Es hatten sich Nachrichten in ihrem Mailpostfach angesammelt. Man machte Stefan Fischer bereits den Prozess, die Staatsanwaltschaft forderte wegen Totschlags fünfzehn Jahre Haft. Die Aussichten, dass er mit nicht weniger davonkam, standen bei der Heimtücke und dem Motiv Raffgier sehr gut. Er war ihr egal, dachte Eva. Und wenn sie ihn auch für immer einsperrten, sie selber wollte jedenfalls nie wieder etwas mit dem Mann zu tun haben.

Das Erbe, das man ihr von Rechts wegen noch einmal offerierte, schlug sie selbstverständlich aus.

Sie sah, dass auch Sven Bittner ihr eine Mail geschrieben hatte. Er wünschte ihr, dass sie alles gut überstehen würde, und freute sich schon auf weitere gute Zusammenarbeit. Post Scriptum hatte er geschrieben, dass er wieder an der Sache mit dem Billigfisch dran sei. Der Informant habe sich wieder gemeldet und wollte nun doch reden.

Eva lächelte in sich hinein, als sie ihm antwortete, dass er doch gerne mal zum Kaffee auf die Insel kommen solle. Aber bitte ohne Leiche.

ENDE

Gebrochenes Herz - Band 14

Zum Inhalt

Eva ist voller Zweifel und hadert mit sich. Und das, obwohl sie bei Robert in Tannenhausen Urlaub macht. Ihre Krise führt sie schließlich zurück nach Braunschweig. Sie möchte der Sache auf den Grund gehen und besucht die Kollegen dort. Und Eva wäre nicht Eva, wenn sie nicht gleich wieder ihre Finger bei einem ominösen Fall im Spiel hätte. Wolfgang Geerdes, Anfang sechzig und im Rollstuhl, ist spurlos verschwunden. Seine Frau Elvira meldet die Sache bei der Polizei. Der Braunschweiger Kollege Dieter, der sowieso überfordert ist in der Urlaubszeit, ist froh über Evas Unterstützung. Denn plötzlich liegt Wolfgangs Ehefrau Elvira mit einem Fleischhammer erschlagen in der Küche ihres Hauses. War es ihr eigener Ehemann? Hatte er eine Geliebte? Und auch die Nachbarin Marianne Fiedler sagt nicht immer die Wahrheit.

Eva, einfach Eva

Arme schlangen ineinander, Hände fanden sich, gaben das Gefühl von Wärme und Nähe.

»Liebst du mich?«, fragte Eva und drückte ihren Körper ganz dicht an den von Robert heran.

»Oh ja«, flüsterte er und spürte ihren warmen Atem in seinem Nacken.

»Wird das immer so bleiben? Was meinst du?«

»Eva, also wirklich«, sagte er lachend und drehte sich zu ihr um. »Wenn man solche Dinge vorhersagen könnte, wäre das Leben dann nicht viel zu langweilig?«

Sie dachte einen Moment nach. Sah ihn an. »Ich weiß nicht. Wäre mein Leben langweilig, wenn ich schon zu Beginn, oder sagen wir mal, gleich nach der Schule gewusst hätte, dass ich für den Rest meines Lebens Polizistin bleiben würde?«

»Ganz sicher. Ich glaube, niemand möchte wirklich wissen, was in zwanzig Jahren ist. Wir alle brauchen das Abenteuer, Geheimnisse und Überraschungen.« Robert fuhr ihr mit seinem Zeigefinger über die Nase.

»Hast du Geheimnisse vor mir?«, fragte Eva und grinste.

»Sicher. Hast du keine?«

»Doch ...«, gab sie zu. Und irgendwie war plötzlich die schöne Stimmung dahin. Eva hätte nicht sagen können, woran es lag. Dieses kleine Geplänkel eben, und dass Robert Geheimnisse vor ihr hatte, das konnte doch wohl nicht der Grund sein.

»Ist etwas?«, fragte er instinktiv.

»Nein.« Eva schüttelte mit dem Kopf. »Ich glaube, wir sollten jetzt wirklich langsam aufstehen. Sie griff nach ihrem Morgenmantel, der am oberen Ende lag, und drehte sich aus dem Bett. Fast verschämt schlang sie den Mantel um sich und schlich ins Bad.

Es nagte noch an ihr. Das Desaster des letzten Falles hatte sie wieder komplett aus der Bahn geworfen. Sie hatte Wochen gebraucht, um sich wieder in den Arbeitsalltag einzufinden und jetzt war sie in Tannenhausen bei Robert, weil sie es auf der Insel einfach nicht mehr aushielt. Vielleicht hatte sie deshalb so empfindlich reagiert, als er es für ganz selbstverständlich gehalten hatte, Dinge vor ihr zu verheimlichen. Und sie hatte sich in ihr Schneckenhaus zurückgezogen, weil sie immer wieder von einer Ohnmacht in die nächste fiel, wenn Dinge aus ihrem Leben ans Tageslicht kamen, mit denen sie nicht gerechnet hatte. Eine Mutter, die vergewaltigt worden war. Ein Vater, der so grausame Dinge tat. Ohne diese Vergewaltigung hätte es Eva gar nicht gegeben. Und als sie in den Spiegel sah, da fragte sie sich, ob das nicht vielleicht wirklich besser gewesen wäre.

»Eva?« Robert klopfte an die Badezimmertür. »Ich hab das Frühstück fertig, kommst du?«

Er schien zu spüren, dass sie sich vor ihm verkroch. Am liebsten wäre sie jetzt aus dem Haus geschlichen. Aber wohin hätte sie gehen sollen? Zurück nach Langeoog? Danach stand ihr nicht der Sinn. Freunde hatte sie keine. Es war verrückt. Eine Frau von fünfzig Jahren stand praktisch alleine da. Und zu ihrer Mutter nach Schweden wollte sie nicht schon wieder reisen. Sie musste endlich erwachsen werden.

»Eva?«, fragte er noch einmal und stand noch immer vor der Tür.

»Ich komme gleich«, rief sie. »Gib mir noch einen Moment.«

»Okay.«

Für Robert schien alles so leicht. Doch sie wusste, dass auch er mit Dingen haderte. Er trug es aber lieber mit sich selber aus. Warum sonst lebte er hier alleine in der Abgeschiedenheit? Sie mochte diesen alten Hof. Sie liebte ihn sogar, wenn sie abends vor dem bollernden Ofen saßen und Wein tranken. Dann überkam sie immer das Gefühl, nach Hause gekommen zu sein.

Doch ich wäre eben nicht Eva, wenn ich nicht auch jetzt wieder nach dem berühmten Haar in der Suppe suchen würde, dachte sie bekümmert, als sie in den Spiegel sah. Warum mache ich das? Warum kann ich nicht einfach glücklich sein?

Sie wollte Robert nicht noch länger warten lassen, fuhr sich mit den Händen durchs Haar und ging in die Küche.

»Alles in Ordnung?«, fragte er und klang besorgt.

»Doch, alles gut ... der Kaffee riecht wunderbar.«

»Eigentlich habe ich Tee gemacht«, sagte er und schenkte ihr ein.

»Oh.«

»Hör mal, Eva. Ich will dich nicht drängen, aber ich spüre, dass dich etwas beschäftigt. Du musst es mir nicht sagen, aber wenn ich dir irgendwie helfen kann, dann bin ich für dich da.«

Jetzt bekam sie ein schlechtes Gewissen, weil sie so in sich selbst versunken war. »Danke«, sagte sie, »ich weiß das wirklich zu schätzen. Ich kann aber gar nicht so genau sagen, was mich eigentlich umtreibt. Ehrlich gesagt stehe ich in letzter Zeit irgendwie neben mir.«

»Ist es immer noch wegen Stiller?«

Sie zog die Schultern hoch. »Keine Ahnung. Nein, eigentlich nicht. Diesmal ist es anders. Vielleicht sogar schlimmer, weil ich mir ständig Gedanken über mich selber mache.«

»Und was genau macht dir Sorgen? Liegt es an mir? Bist du mit mir nicht mehr glücklich?«

Typisch, dachte Eva. Alles musste sich immer um den Mann drehen. Aber sie war unfair. Robert war nicht das Problem, sie war es selbst.

»Doch, ich bin mit dir glücklich. So glücklich, wie ich es noch nie vorher mit einem Mann gewesen bin. Das ist es nicht. Vielleicht liegt es daran, dass ich fünfzig geworden bin. Diese Zahl gibt mir zu denken. Ich werde alt.«

Robert lachte. »Also wirklich, du bist doch nicht alt, Eva. Wie sagt man heutzutage so schön, mit fünfzig starten Frauen doch noch einmal so richtig durch.«

»Ach ja? Und wo ist mein Startknopf?« Sie machte ein betrübtes Gesicht und schmierte sich einen Toast. »Ich habe einen Job, der mich manchmal langweilt, ich habe keine Freunde und auch gar keine Hobbys. Wie definiere ich mich eigentlich als Mensch? Wer bin ich überhaupt?«

»Ich glaube, das fragt sich jeder hin und wieder«, meinte Robert, »das ist völlig normal.

Aber ich habe nicht den Eindruck, dass du der Typ bist, der ständig Menschen um sich braucht.«

Sie sah ihn nachdenklich an. »Da hast du sicher recht. Ich bin eine Eigenbrötlerin, genau wie du. Vielleicht passen wir deshalb auch so gut zusammen.«

»Und doch fehlt dir etwas?«

»Ich weiß nicht. Wahrscheinlich ist es doch der Job. Irgendwie habe ich das Gefühl, dass da die Luft raus ist, verstehst du, was ich meine?«

»Hm ...«, machte Robert. »Du machst das ja schon eine ganze Weile. Hast eine Menge Verbrechen aufgeklärt, doch im Grunde läuft alles immer nach dem gleichen Muster ab, wenn ich es als Nichtfachmann in der Sache mal so ausdrücken darf.«

»Du denkst, ich langweile mich?«

»Wäre doch möglich. Jeder, egal welchen Beruf er hat, langweilt sich doch, wenn es Routine wird. Deshalb wechsle ich auch ständig und mache nur Gelegenheitsjobs. Und viel Geld braucht man zum Leben eigentlich nicht, wenn man sich mal auf die wirklich wichtigen Dinge konzentriert.«

»Tja, vielleicht fehlen mir wichtige Dinge im Leben. Ich habe sie für mich noch nicht definiert.« Eva rührte in ihrer Teetasse herum.

»Soll ich doch lieber einen Kaffee machen?«, fragte Robert.

»Das wäre schön«, antwortete Eva, »morgens brauche ich einfach Koffein.«

Er nahm ihre Teetasse und stellte sie auf die Spüle. Dann befüllte er die Kaffeemaschine.

»Weißt du, Robert«, sagte Eva, als sie ihn hantieren sah. »Du wirkst so unglaublich ruhig und zufrieden. Neben dir fühle ich mich irgendwie unfertig, nur halb durchdacht.«

Er war wieder an den Tisch gekommen.

»Das hört sich nicht gut an«, erwiderte er, »Nach allem, was du durchgemacht hast in der letzten Zeit, wäre vielleicht mal eine kleine Auszeit von allem das Richtige.«

»Auszeit?«

»Ja, um mal zu dir selber zu finden, wie man so schön sagt. Einige gehen dafür ins Kloster, wo sie von nichts abgelenkt werden.«

»Kloster? Nein, das wäre nichts für mich. Manchmal ist es auf Langeoog ja schon ähnlich, wenn nicht gerade Saison ist. Ich brauche eher das Gegenteil.«

»Eine Großstadt? Die dich schön wieder von deinen Gedanken ablenkt?«

»Es muss ja nicht gleich Berlin sein«, lachte Eva, »nein, das wäre mir zu laut und viel zu viele

Menschen. Ein Besuch vor vielen Jahren hat mir da gereicht. Da war ich noch in Braunschweig, und wir sind mit der Dienststelle ...«. Plötzlich hielt sie inne. »Ja, ich glaube, das ist es. Ich muss nach Braunschweig.«

»Okay, dann Braunschweig«, sagte Robert und holte den Kaffee und zwei Tassen.

»Du bist mir nicht böse, wenn ich alleine fahre?«, fragte Eva.

Er schüttelte mit dem Kopf. »Nein, ich verstehe das. Wenn du nach Braunschweig musst, dann auf jeden Fall alleine, wenn du etwas für dich mitnehmen willst. Ich bleibe lieber hier auf meinem schönen Hof. Gerade der Sommer mit den vielen wilden Blumen ist ein Fest für mich, da würde ich niemals wegfahren.«

In der Stadt

In den nächsten Tagen hatte Eva eine kleine Ferienwohnung in der Nähe der Innenstadt gemietet, Klaras alten Opel gegen einen neueren BMW eingetauscht und die nötigsten Sachen gepackt.

Die Vertretungsregelung auf Langeoog hatte sie mit den Kollegen in Wittmund geklärt mit dem Versprechen, dass es wohl nicht länger als drei

Wochen dauern würde, dass sie weg war. Sie hatte eine dringende familiäre Angelegenheit als Begründung genannt. So war das eben. Einen Selbstfindungstrip erzählte man nicht jedem.

»Wundere dich nicht, wenn ich mich nicht täglich melde«, hatte Eva beim Abschied zu Robert gesagt. Er hatte Verständnis dafür gezeigt und sie sogar ermuntert, einfach einmal alles hinter sich zu lassen.

Jetzt war sie endlich auf der Autobahn und hatte noch gute zwei Stunden Fahrt vor sich. Schon nach der ersten halben Stunde waren sie Zweifel überkommen, ob es nicht zu egoistisch sei, was sie da tat. Oder einfach nur albern. Was glaubte sie denn, in Braunschweig zu finden, was es nicht auch auf Langeoog oder in Tannenhausen bei Robert gegeben hätte? Sie hatte alles, was man zum Glücklich sein brauchte. Einen tollen Job, in dem sie schalten und walten konnte, wie sie wollte. Niemand sagte ihr, was sie zu tun hatte. Und sie machte ihren Job gut. Sie hatte einen Mann, der sie offensichtlich wirklich liebte. Was also suchte sie in Braunschweig? Es hätte nicht viel gefehlt, und sie hätte die nächste Abfahrt genommen und wäre wieder nach Hause gefahren. Nach Hause, hatte dann den Ausschlag dafür gegeben, dass sie weiterfuhr. Denn zuhause fühlte sie sich weder auf

Langeoog noch in Tannenhausen. Sie war eine Frau ohne Anker. Ohne festen Haltepunkt. Sie konnte heute auf Langeoog arbeiten und am nächsten Tag versetzt werden in die nächstbeste Stadt. Es hätte ihr nichts ausgemacht. Sie würde die Insel nicht vermissen, war sie sich sicher.

Die Kilometer flogen weiter dahin, ohne dass sie wirklich registrierte, wo sie gerade war. Viel zu sehr war sie in ihren eigenen Gedanken versunken. Und das tat gut. Niemandem sagen müssen, was man gerade dachte oder vorhatte.

Am frühen Nachmittag kam sie in Braunschweig an und stand vor einem ländlich wirkenden Haus, in das sie sich eingemietet hatte. Schon, als sie den Wagen auf dem dazugehörigen Parkplatz abstellte, wurde sie von einer Frau etwa in ihrem Alter mit einem herzlichen Lächeln begrüßt.

»Herzlich willkommen«, sagte diese, als Eva ausstieg. Und in dem Moment hätte Eva doch lieber ein Hotelzimmer gehabt.

»Guten Tag«, sagte sie und reckte sich. »Sieht nett aus, hier.«

»Ich zeige Ihnen gleich mal die Wohnung. Reisen Sie alleine?«

Eva überging die Frage, indem sie sich in den Wagen verkroch und ihre Reisetasche herauskramte.

Die Wohnung war wirklich schön. Große Fenster ließen viel Licht herein und die Möbel waren dezent geschmackvoll. Nachdem die Hauswirtin ihr alles gezeigt hatte, gab sie ihr endlich den Schlüssel und verzog sich.

Warum bin ich so abweisend?, fragte sich Eva, als sie ihre Sachen ins Bad brachte. Sie hat es bestimmt nur gut gemeint. Und was würde ich denken, denn sie mir so wortkarg und unfreundlich den Schlüssel überreicht hätte? Nein, die Frau traf keine Schuld. Es liegt an mir, dachte Eva. Doch es war ihr auch klar, dass sie selber eben nie so herzlich gegenüber Fremden sein würde. Es wirkte auf sie eben gespielt. Und sie spielte niemandem etwas vor.

Auf dem Tisch in der Küche lag Infomaterial zu Braunschweig und seinen Sehenswürdigkeiten und der näheren Umgebung, wo man sich versorgen konnte. Als Eva in den Kühlschrank sah, standen dort eine Flasche Weißwein und ein Gericht mit einem Schildchen »Guten Appetit«. Ein Kartoffelauflauf mit Käse und Gemüse. Also, wenn das nicht nett war.

Und doch wollte Eva unbedingt noch raus in den nächsten Ort, um sich mit den Dingen einzudecken, die sie in den nächsten Tagen brauchen würde. Einmal einkaufen und dann nie wieder. Denn auch dazu hatte sie keine Lust. Das kam gleich nach dem Punkt »ich hasse Smalltalk«.

Nach dem Einkauf entschloss ich Eva, noch einen Spaziergang durch die Stadt zu machen. Das Wetter war schön und sie fand schnell einen passenden Parkplatz. Es waren noch jede Menge Menschen unterwegs, wobei Eva davon ausging, dass es sich bei den meisten um Touristen handelte wie bei ihr. Paare in den mittleren Jahren, wo sie ständig vor Schaufenstern stehenblieb, während er sich eine Bank suchte oder einfach stehenblieb und blöd in die Menge glotzte. Eva konnte sich nicht vorstellen, so mit Robert hier zu flanieren. Es würde ihm keinen Spaß machen und sie verstand langsam, warum es ihn nicht reizte. Da konnte man besser beim Hof im Garten sitzen und dem Sonnenuntergang entgegensehen bei einem schönen Glas Rotwein.

Sie musste bei dem Gedanken an Robert lächeln. Es stieg ein schönes Gefühl in ihr auf. Sie vermisste ihn und dachte plötzlich nur noch daran, bei ihm zu sein. Doch wenn sie gleich morgen wieder losfuhr, dann sähe es nach Kapitulation aus.

Nein, sie musste durchhalten und das, was auch immer es hier war, versuchen zu genießen.

An einem Biergarten mit gemütlichen Tischen im Außenbereich machte sie Halt und kehrte ein. Die Plätze um sie herum waren mit zwei oder mehr Personen besetzt und sie spürte Blicke von einigen Männern an den Nebentischen, als sie alleine Platz nahm. Sollte ihr das jetzt schmeicheln?, fragte sie sich. Auf jeden Fall bestärkte es sie darin, noch recht ansprechend auszusehen für ihr Alter. Sie hatte noch mehr abgenommen, was ihr selber auch sehr gut gefiel. Das machte die Liebe zu Robert.

Sie bestellte sich ein paar belegte Brote mit Käse und dazu ein Weizenbier. Während sie wartete, ließ sie ihren Blick in die Fußgängerzone wandern. Nein, es waren nicht nur Touristen unterwegs. Eine kleine ältere Dame zog einen Handwagen hinter sich her und sah nur auf den Boden vor sich. Sie interessierte sich nicht für Auslagen in Schaufenstern oder die Gastronomie. Vielleicht konnte sie sich so eine Brotzeit, wie Eva sie gerade serviert bekam, nicht einmal leisten. Ihre Kleidung sah sauber und doch irgendwie aus der Zeit gefallen aus. Die grauen Haare verschwanden unter einer weißen Strickmütze, und das im Sommer. Sie hätte ohne weiteres in einen dieser Nachkriegsfilme gepasst, dachte Eva und hätte große Lust gehabt, sie an ihren Tisch zu bitten und mehr über das Leben, das sie führte, zu erfahren. Doch so etwas machte man ja nicht. Aber warum eigentlich nicht? Diese alte Dame hätte sie interessiert. Bevor Eva allen Mut zusammennehmen konnte, um zu ihr rüberzugehen, verschwand die Frau hinter einer Hausecke. In Eva blieb ein leeres Gefühl zurück. Sie trank ihr Bier und aß das Brot. Dann bezahlte sie und ging weiter.

Als sie keine Lust mehr hatte, steuerte sie einen kleinen Kiosk an, um sich eine Zeitung zu kaufen. Vor ihr war eine ältere Dame, die Zigaretten holte. Eva musste sie wohl leicht irritiert angesehen haben, denn die Frau sagte: »Die sind nicht für mich, sondern für meinen Mann.« Perplex sah Eva ihr nach, bis sie bei einem Rollstuhl stehenblieb und die Zigaretten in einer Tasche verschwanden.

Der Mann nickte ständig mit dem Kopf, sagte aber nichts. Aber rauchen, dachte Eva und wandte sich jetzt wieder dem Kioskverkäufer zu und bezahlte für die Zeitung nur noch die Hälfte, weil er sie sowieso bald wegschmeißen würde, wie er sagte.

Als Eva es sich später in ihrer Ferienwohnung mit dem Weißwein und ein wenig Käse und Oliven gemütlich machte, strich sie den ersten Tag als gemeistert ab. Doch irgendwie hatte sie sich ihren

Selbstfindungstrip anders vorgestellt. Es war schon beinahe deprimierend, jetzt hier alleine zu sitzen und sich vorzumachen, dass es ich gut anfühlte. Nein, das tat es ganz und gar nicht. Vermutlich war wieder einmal alles eine Schnapsidee von ihr gewesen. Um auf andere Gedanken zu kommen, würde sie morgen die Kollegen in der Dienststelle aufsuchen, nahm sie sich vor. Vielleicht gab es ja noch das eine oder andere bekannte Gesicht.

Eva Sturm? Unbekannt.

Der Geruch auf dem Flur war noch der Gleiche. »Moin«, sagte Eva zu dem Mann am Empfang, woraufhin er fragte:

»Was kann ich für Sie tun?«

Sie kannte ihn nicht, was sie nicht weiter verwunderte, immerhin war sie schon vier Jahre von Braunschweig weg.

»Mein Name ist Eva Sturm«, erklärte sie, »ich bin eine Kollegin. Früher habe ich hier gearbeitet.«

Sein Gesicht hellte sich auf. »Oh, das ist schön. Wollen Sie einen bestimmten Kollegen besuchen?«

Die Frage zielte wohl daraufhin ab, ob sie mit jemandem hier befreundet war.

»Nein, eigentlich nicht. Nur mal einen Blick in alte Räume werfen. Ich war zufällig in der Gegend, deshalb ...«.

»Verstehe. Aber ich darf Sie nicht einfach so hereinlassen, sorry. Sie müssten mir schon Ihren Dienstausweis geben.«

»Sicher«, sagte Eva und schob diesen kurz darauf durch einen Schlitz in der Glaswand.

Der Kollege sah kurz darauf. »Alles in Ordnung.« Dann drückte er auf einen Knopf und die nächste Tür summte.

»Danke«, sagte Eva und ging weiter.

Es hatte sich nicht viel geändert. Selbst die alten Poster zur Gewaltprävention hingen noch leicht vergilbt an den Wänden. Polizisten hatten wohl keinen Sinn für Ästhetik, sondern andere Sorgen. Ein paar Bürotüren standen offen, und als Eva im Vorbeigehen hineinsah, erkannte sie niemanden. Und auch sie beachtete man nicht.

Dann schließlich stand sie vor dem Büro, in dem sie einmal gearbeitet hatte. Jetzt stieg ihr Puls sachte an. Auf dem Schild, wo früher ihr Name gestanden hatte, war jetzt »Dieter Krauser - Mordkommission« zu lesen. Sie klopfte sachte an die Tür.

»Ja«, kam es brummig von innen und am liebsten wäre Eva einfach weggerannt. Doch dann drückte sie die Klinke runter.

»Hallo«, sagte sie zu dem fremden Mann, der nicht so alt war, wie seine Stimme eigentlich hätte vermuten lassen. »Eva Sturm, Kripo Langeoog.«

»Aha? Sind meine Gebete erhört worden und gibt es endlich die nötige Verstärkung?« Interessiert sah er sie an.

»Nein, ganz so ist es wohl nicht«, korrigierte Eva und schloss die Tür hinter sich. »Ich habe bis Ende 2014 hier gearbeitet, in diesem Büro.«

Er muss dich spätestens jetzt für verrückt halten, dachte sie.

»Und dann ging's ab nach Langeoog? Das ist ja eine traumhafte Karriere, würde ich sagen.« Hilflos sah er auf den Stapel Akten vor sich und dann wieder zu ihr. Es war klar, dass er sich von ihr gestört fühlte.

»Ich will Sie auch gar nicht lange aufhalten«, sagte sie schnell. »Wie gesagt, ich war zufällig in der Nähe.«

Jetzt klopfte das schlechte Gewissen wohl an seine Tür. »Kaffee?«, fragte er und war schon im Begriff, sich vom Stuhl zu erheben.

»Gerne«, sagte sie schnell, bevor er es sich wieder überlegen konnte. Und noch immer trieb sie die Frage um, was sie eigentlich hier wollte.

Er verschwand auf dem Flur und sie hatte jetzt Gelegenheit, sich in aller Ruhe umzusehen. Es war unglaublich, an der Pinnwand hing neben vielen Notizzetteln noch immer eine Karte, die sie einmal von ihrem Vorgesetzten aus New York bekommen hatte, als dieser dort mal in Urlaub war. Heute war er längst in Rente gegangen. Oder vielleicht sogar schon tot. Sie war kurz davor, die Karten von der Pinnwand zu nehmen, als der Kollege mit zwei Kaffeebechern zurückkam.

»Danke«, sagte sie und räusperte sich.

»Hat sich wohl viel verändert, seitdem Sie hier waren«, sagte Krauser.

»Nein, eigentlich erschreckend wenig«, sagte Eva und das erste Mal mussten beide lachen. Das Eis war gebrochen.

»Und das hier war also Ihr Büro?«

Sie nickte. »Sie können mich ruhig Eva nennen«, schlug Sie vor.

»Okay Eva, ich bin der Dieter.« Er lehnte sich entspannt auf seinem Stuhl zurück. »Wie sind die Mörder denn so auf der Insel?«

»Ach, eigentlich nicht anders als hier«, seufzte Eva. »Aber an das Inselleben musste ich mich erst gewöhnen. Man kann ja nirgends hin.«

»Wäre auch nichts für mich«, sagte Dieter, »da würde ich wohl Platzangst bekommen.«

»So ging es mir am Anfang auch«, stimmte Eva zu. »Man ist so abhängig von den Fährzeiten. Doch irgendwann gewöhnt man sich wohl an alles. Außerdem ist Langeoog eine wirklich schöne Insel, das muss ich zugeben. Lange Spaziergänge am Strand haben auch ihren Reiz.«

»Und trotzdem bist du jetzt hier«, sagte er, als hätte er einen sechsten Sinn, »und das nur wegen eines dummen Zufalls?«

Jetzt saß sie in der Falle. Es gab zwei Möglichkeiten, entweder, sie sprang vom Stuhl auf, knallte die Tür hinter sich zu und verschwand auf Nimmerwiedersehen, oder sie erzählte ihm von ihren Frauenproblemen. Das eine war so peinlich wie das andere. Es musste ihr schnell etwas Plausibles einfallen.

»Mein Vater ist kürzlich gestorben«, sagte sie, »ich musste zur Beerdigung.«

Das war wenigstens nur teilweise gelogen.

»Oh, das tut mir leid«, sagte Dieter.

»Schon gut, wir hatten uns viele Jahre nicht gesehen. Aber am Ende muss man dann wohl doch noch einmal hin.«

»Da hab ich's besser«, sagte er, »meine Eltern sind schon eine Weile tot. Unfall auf der A7, schreckliche Sache. Aber langsam bin ich drüber weg.«

»Tut mir leid ...«.

»Ach, sterben wir nicht alle irgendwann?«, meinte Dieter lakonisch. »Und wir müssten es wohl am besten wissen.«

»Ja, das stimmt.« Eva nippte an ihrem Kaffee, der noch genauso furchtbar schmeckte wie damals. »Woran arbeitest du denn zurzeit?«, fragte sie, um aus dem privaten Geplänkel herauszukommen.

»Ach, dies und das«, antwortete er ausweichend. »Aktuell habe ich einen Vermisstenfall hereinbekommen.«

»Tatsächlich? Bist du nicht die Mordkommission?«

Er lachte auf. »Ganz richtig«, stimmte er zu, »doch manchmal landet einfach alles bei mir. Urlaubszeit eben.«

»Verstehe. Worum geht es denn da? Wird ein Kind vermisst?«

»Nein, nur ein alter Mann.«

Eva gefiel dieses »nur« in seiner Antwort nicht. Sie musste an den gestrigen Abend denken. An die alte Frau mit dem Handwagen, an den alten Mann im Rollstuhl, dem seine Frau Zigaretten geholt hatte. Es waren Menschen, die für viele unsichtbar waren.

»Was ist denn da passiert?«

»Keine Ahnung. Seine Frau hat gestern Abend angerufen und gesagt, dass ihr Mann weg ist.«

»Weg?«

»Ja, einfach weg. Sie habe sich um irgendwas im Haus gekümmert, und als das Abendbrot fertig gewesen sei, da war er nicht mehr da.«

»Sowas kommt sicher öfter vor, als man denkt«, meinte Eva und verlor praktisch schon das Interesse an der Sache. Doch Dieter hatte jetzt offenbar Lust, noch mehr zu erzählen und fuhr fort.

»Das Makabre an der Sache ist, dass der Mann im Rollstuhl sitzt«, sagte er und kicherte. »Also, unter uns gesagt, meine Frau geht mir manchmal auch auf die Nerven, aber wenn ich im Rollstuhl säße, würde ich schon die Füße stillhalten.«

»Wohl zwangsläufig«, sagte Eva mehr zu sich selbst. »Wie konnte er denn mit dem Rollstuhl abhauen? Dazu gehört eine Menge Mut. Aber sicher wird man ihn bald finden. War er verwirrt oder so?«

Dieter schlug die oberste Akte auf dem Haufen auf und schüttelte kurz darauf den Kopf. »Verwirrt war er wohl nicht, sondern nur gelähmt. Motorradunfall steht hier.«

»Aber er war schon älter, oder?«

»Ja, dreiundsechzig. Als es passierte, muss er Mitte fünfzig gewesen sein.«

»Und seine Frau pflegt ihn seitdem?«

Dieter zog die Schultern hoch. »Keine Ahnung, das steht hier ja nicht.«

»Und was passiert jetzt damit?«

»Was soll passieren? Also, ich habe keine Zeit dafür.« Er zog entschuldigend die Arme hoch.

»Kann ich verstehen.« Es kribbelte Eva in den Fingern, die Akte einfach an sich zu reißen. Ihr Gefühl sagte ihr, dass mehr dahinter steckte. »Soll ich mir den Fall vielleicht mal ansehen?«, schlug sie wie beiläufig vor. »Es ist schon ganz schön langweilig in der Ferienwohnung, die ich noch für eine Woche gemietet habe. Solange wird es wohl dauern, um den Nachlass zu organisieren, deshalb ...«.

Dieter schnalzte mit der Zunge und fuhr sich anschließend mit der Hand um den Mund. »Ich weiß nicht«, sagte er schließlich, »du bist hier ja nicht zuständig, wenn das rauskommt.«

»Es muss ja niemand erfahren«, beschwichtigte sie, »und wie du schon sagst, sicher ein Bagatellfall, wo der reumütige Ehemann bald nach Hause gerollt kommt. Sicher brauchte er einfach mal das Gefühl, dass er das noch kann.«

Dieter trommelte mit den Fingern auf dem Tisch herum. »Ach Gott«, sagte er dann und schob ihr die Akte rüber, als handele sich um ein vertrauliches Geheimdokument. »Aber es darf niemand davon erfahren, versprochen?«

»Großes Ehrenwort«, sagte Eva und ließ die Akte in ihrem Lederbeutel verschwinden.

Die Akte

Eva war wieder in ihrem Element. Gleich, nachdem sie in ihrer Ferienwohnung angekommen war, verschanzte sie sich mit einer Fertigpizza und einem Kaffee darin und begann, die Akte zu lesen.

Was zugegebenermaßen schnell erledigt war, da der Fall ja gerade erst aufgerollt wurde. Und doch. Beim ersten Lesen bereits spürte sie das Gefühl von vorhin, als sie die Akte an sich genommen hatte. Dieser Fall war komisch. Um nicht zu sagen suspekt.

Die Ehefrau des Mannes hatte zu Protokoll gegeben, dass sie am Nachmittag mit ihrem Mann einen kleinen Spaziergang unternommen hatte, was so aussah, dass sie ihn mit dem Rollstuhl vor sich herschob. Es sei schönes Wetter gewesen, die Stimmung auch gut wie immer. Es habe keinerlei Anzeichen gegeben, die darauf hätten hindeuten können, dass ihr Mann im Verlauf der weiteren Stunden, wo sie wieder zuhause waren, noch einmal rauswollte. Pläne in der Richtung habe er nicht geäußert. Und eigentlich besprach das Ehepaar alles gemeinsam, seitdem der schreckliche Unfall passiert sei und er auf die Hilfe seiner Frau angewiesen.

Soweit so gut, dachte Eva. Und doch war der besagte Ehemann jetzt weg. Einfach verschwunden, ohne, dass die Ehefrau es bemerkt hätte, hatte er in der Zeit zwischen siebzehn und achtzehn Uhr das Haus verlassen. Sie selber war nach ihren Angaben in dieser Zeit mit den Vorbereitungen für das Abendbrot beschäftigt gewesen und hätte außerdem die Wäsche sortiert und in den Schrank gepackt. Ihren Mann wähnte sie währenddessen im Esszimmer an seinem Lieblingsplatz, wo er immer las oder fernsah.

Und dann, als sie nach ihm gerufen hätte, habe er nicht geantwortet. Sie fand das Esszimmer leer beziehungsweise ohne ihren Mann vor sowie auch den Rest des Hauses, nachdem sie jedes Zimmer nach ihm abgesucht hatte. Selbst die, die im ersten Stock lagen, was sie auf eine Art ersten Schock zurückführte. Es war das erste Mal, dass ihr Mann auf diese Weise das Haus verlassen habe. Natürlich sei er öfter auch mal alleine rausgegangen. Das Haus war behindertengerecht gestaltet und er hatte durchaus die Möglichkeiten, alleine vor die Tür zu gehen. Und als sie ihn im und ums Haus nicht fand, da habe sie zunächst bei ein paar Freunden angerufen und dann schließlich, nach erfolgloser Suche in der näheren Umgebung, die Polizei alarmiert.

Eva musste unwillkürlich an die vielen Männer denken, die Zigaretten holen gingen und nie wieder auftauchten. Und dann fiel ihr auch das Pärchen ein, das sie am Vorabend beim Kiosk gesehen hatte. Die Frau hatte für ihren Mann Zigaretten geholt und er saß im Rollstuhl. Saßen eigentlich öfter Männer im Rollstuhl und wurden von ihren Frauen geschoben, oder war es umgekehrt?, fragte sich Eva und fand keine Antwort darauf. Man vergaß viel zu schnell, was man gesehen hatte. Nur in diesem Fall wurde sie überhaupt erneut an die Begegnung erinnert, weil jetzt ein Mann im Rollstuhl vermisst wurde.

Es konnte sicher nicht schaden, der in Sorge befindlichen Ehefrau mal einen kleinen Besuch abzustatten.

Ihr Handy piepte. Es war eine SMS gekommen und Eva vermutete, dass sie von Robert war. Dies bestätigte sich kurz darauf, als sie las »Die Katze und ich vermissen dich«. Das fand sie rührend und doch entschied sie, nicht gleich darauf zu antworten. Sie wollte Robert nicht belügen, der sie auf ihrem Selbsterfahrungstrip vermutete, während sie schon wieder auf Verbrecherjagd ging. Und das konnte sie ihm unmöglich erzählen. Schweren Herzens steckte sie das Handy wieder in ihren Rucksack und wandte sich wieder der Akte zu.

Doch jetzt, wo Robert ihre Gedanken gekreuzt hatte, war sie sich nicht mehr so sicher, ob sie das Richtige tat. Eigentlich lenkte sie sich wieder einmal gekonnt von sich selber ab. Kümmerte sich jetzt sogar lieber um Dinge, die sie im Grunde gar nichts angingen, anstatt über sich und ihr Leben zu grübeln. Sich selber zu fragen, wer sie eigentlich war.

Doch eigentlich kannte Eva die Antwort längst. Sie war eine Frau in den mittleren Jahren, die ihren Job über alles liebte. Die darin aufging, kniffelige Fälle zu lösen. Die tagelang darüber nachgrübeln konnte, warum Menschen diesen und keinen anderen Weg eingeschlagen hatten, wenn sie jemanden töteten. Ja, genau das war ihr Hobby. Der Blick in die tiefsten Abgründe der menschlichen Seele. Das subtile Verbrechen. Der Mord aus Leidenschaft. Die Tat im Affekt, einfach, weil Dinge kollidierten.

Im Grunde hätte sie jetzt ihre Sachen packen können und wieder nach Hause fahren, denn ihr Selbstfindungstrip war hiermit zu Ende. Wenn da nicht dieser Mann im Rollstuhl gewesen wäre. Sie hatte Dieter gekonnt überreden können, ihr die Akte anzuvertrauen. Wie hätte sie dagestanden, wenn sie ihm diese jetzt mit fadenscheiniger Begründung wieder in die Dienststelle brachte? Nein, das ging auf gar keinen Fall. Sie sah auf ihre Armbanduhr. Es war erst kurz nach siebzehn Uhr. Durchaus die richtige Zeit, um der Ehefrau auf den Zahn zu fühlen.

Trautes Heim

Elvira Geerdes hätte mit allem gerechnet, jedoch nicht mit einer Kriminalbeamtin, als sie die Haustür öffnete.

»Ich kümmere mich um den Fall Ihres verschwundenen Ehemannes«, sagte Eva, nachdem sie sich vorgestellt hatte.

»Tatsächlich?«, erwiderte Elvira Geerdes erstaunt, »das hätte ich nicht gedacht, dass deswegen extra jemand von Ihnen persönlich herkommt. Und dann auch noch Kriminalpolizei? Oh Gott, Sie haben meinen Mann doch nicht etwa ...«

»Nein«, korrigierte Eva schnell den Gedankengang der Ehefrau. »Es geht lediglich darum, dass ich weitere Informationen zusammentragen möchte, damit wir Ihren Mann schneller finden.«

»Gut, kommen Sie herein. Ich wollte eigentlich gerade das Abendbrot vorbereiten, aber, wenn Sie schon einmal da sind, können Sie ja auch gleich mitessen.«

Geregelte Mahlzeiten schienen der Frau wichtig zu sein, merkte sich Eva. Ob auch sonst ihr Tagesablauf einem bestimmten Muster folgte, das man besser nicht durchkreuzte? War sie überkorrekt und passte ein lädierter Mann nicht mehr so richtig ins Bild? Machte er ihr unnötig Arbeit? Behinderte sie bei dem, was sie gerne tat? Denn es war klar, dass sie zunächst einmal die Ehefrau ins Visier nahm, wenn dem Mann etwas zugestoßen sein sollte. Schließlich kam er ja kaum noch unter Fremde. Wer hätte also sonst ein Interesse daran haben können, ihm etwas anzutun?

»Danke«, sagte sie, als sie der Frau in ein hell eingerichtetes Esszimmer folgte.

Auf dem Tisch stand bereits ein Teestövchen, in dem eine Kerze brannte.

»Sie trinken Tee?«, fragte Eva erstaunt.

»Sicher. Sie nicht?«

»Doch. Ich hätte nur erwartet, dass man hier in Braunschweig mehr Kaffee trinkt.«

Elvira Geerdes schmunzelte, als sie sagte: »Das ist ja eigentlich auch so. Aber mein Mann kommt ursprünglich aus Ostfriesland, und seitdem ich ihn kenne, habe ich meine Liebe zum Tee entdeckt.«

»Ostfriesland? Von wo denn da?«

»Den Ort kennen Sie sicher nicht. Bensersiel.«

Und ob ich Bensersiel kenne, dachte Eva und sofort kamen allerlei Erinnerungen in ihr hoch.

»Doch, Bensersiel kenne ich sehr gut. Ich wohne und arbeite auf Langeoog.«

»Wirklich? Langeoog? Eine wunderschöne Insel. Aber warum sind Sie dann hier in Braunschweig und arbeiten an dem Fall?«

»Das ist eine lange Geschichte«, sagte Eva gedehnt und ärgerte sich, dass sie so viel von sich preisgegeben hatte. Auf der anderen Seite baute sie so ein Vertrauensverhältnis auf und konnte Elvira Geerdes in aller Ruhe ausfragen. »Zurzeit bin ich hier, weil mein Vater vor Kurzem gestorben ist. Es geht um den Nachlass.«

»Ach, das tut mir leid.«

Muss es nicht, dachte Eva, er war ein Schwein. Doch sie sagte es nicht, sondern: »Danke. Er hatte sein Alter. Wie das Leben eben so ist.«

»Ja, da sagen Sie was«, erwiderte Elvira Geerdes und goss kochendes Wasser in die Teekanne und stellte sie auf das Stövchen. »Bei uns sterben die Verwandten mittlerweile auch weg wie die Fliegen. Oh, Entschuldigung ...« Sie hielt verlegen die Hand vor den Mund.

»Schon in Ordnung«, sagte Eva.

Elvira Geerdes schenkte Tee ein und bat, beim Brot zuzugreifen.

»Ich muss jetzt doch noch einmal auf Ihren verschwundenen Mann zu sprechen kommen«, sagte Eva nach einer Weile. »Da ich gerade vor Ort bin, sind die Kollegen hier ganz froh, dass ich aushelfe, weil viele Urlaub haben. Können Sie mir bitte noch einmal genau schildern, was in den letzten Stunden, bevor er verschwand, geschehen ist?«

Elvira Geerdes biss in ein Käsebrot und sagte dann, während sie kaute: »So viel ist da gar nicht passiert. Eigentlich war es ein Tag wie jeder andere auch. Ich habe mich um das Abendbrot gekümmert und die Wäsche gemacht. Wolfgang war im Esszimmer und hat ferngesehen. Jedenfalls glaubte ich das.«

»Und wann haben Sie das erste Mal registriert, dass er nicht da ist?«

»Das muss kurz nach sechs gewesen sein. Ich hatte das Wasser für den Tee aufgegossen und nach Wolfgang gerufen. Als er nicht kam, bin ich dann ins Esszimmer. Er war nicht da. Na ja, so viele Möglichkeiten gibt es ja nicht für ihn als Rollifahrer. Als er auch nicht im Bad oder Wohnzimmer war, da habe ich den ersten Schrecken bekommen.«

»Erinnern Sie sich, ob die Tür nach draußen offenstand?«

Elvira Geerdes dachte einen kurzen Moment nach. »Nein, die war zu. Sonst hätte ich ja auch sofort daran gedacht, dass er nicht im Haus ist, nehme ich an.«

»Ja, das könnte sein. Was haben Sie dann gemacht?«

»Als ich mich wieder beruhigt hatte, habe ich bei seinen besten Freunden angerufen, mit denen er manchmal Schach spielt und so. Doch niemand wusste etwas. Dann bin ich nach draußen gelaufen und habe die nähere Umgebung abgesucht, wobei ich auch bei den Nachbarn geklingelt habe. Doch Wolfgang war wie vom Erdboden verschwunden.«

»Und dann haben Sie die Polizei gerufen?«

»Ja.«

»Und warum?«

»Warum?«

»Ja, warum? Wieso kam Ihnen der Gedanke, dass Ihrem Mann etwas zugestoßen sein könnte? Es hätte doch sein können, dass er tatsächlich nur unterwegs ist, nur eben dort, wo Sie ihn nicht vermuteten. Warum also haben Sie bereits eine halbe Stunde später die Polizei gerufen? Immerhin ist Ihr Mann kein kleines Kind mehr.«

»Ich verstehe nicht so ganz, worauf Sie eigentlich hinauswollen, Frau Kommissarin«, entgegnete Elvira Geerdes plötzlich frostig. »Es ist doch wohl völlig natürlich, dass ich Hilfe geholt habe. Schließlich ist mein Mann behindert.«

»Er kann nicht laufen, das ist richtig. Aber wir haben Hochsommer und vielleicht wollte er nur einfach noch einmal ein bisschen raus. Kam so etwas etwa nie vor? War er nie alleine unterwegs?«

»Wollen Sie noch Tee?«

Eva nickte und sah sie weiterhin fragend an.

»Sicher ist Wolfgang auch mal alleine unterwegs gewesen«, sagte Elvira Geerdes versöhnlicher, als sie einschenkte. »Doch dann wusste ich immer Bescheid. Ja, genau, das war es eigentlich, was mich so in Sorge versetzt hat. Er hat nichts gesagt und war einfach weg. Meine Güte, da macht man sich doch Sorgen. Hätten Sie das etwa nicht getan?«

Etwa setzte ihre Teetasse an, pustete und trank, so wie sie es von Klara gelernt hatte, den Tee nur mit spitzem Mund einsaugend auf.

»Doch«, entgegnete sie dann, »sicher wäre es mir genauso ergangen wie Ihnen. Könnten Sie mir bitte alle Namen von Freunden und Bekannten geben, zu denen Ihr Mann in der Regel Kontakt hatte. Und natürlich auch denen, die er länger nicht mehr gesehen hat.«

»Sicher. Das kann ich machen. Aber ich habe dort doch schon angerufen.«

»Trotzdem wäre ich Ihnen für die Namen dankbar. Nur für den Fall, dass mir selber noch Fragen einfallen.«

Elvira Geerdes stand auf und holte einen Zettel und einen Kugelschreiber aus einer Schublade und setzte sich wieder. Dann schrieb sie Namen und Telefonnummern auf und Eva wunderte sich, dass sie sogar alle Mobilnummern auswendig kannte. Wo sie sich selber doch kaum ihre eigene merken konnte.

»Der Unfall Ihres Mannes ... wie lange ist das jetzt her?«

»Fast acht Jahre«, antwortete Elvira Geerdes. »Ein schrecklicher Tag. Eigentlich wollte Wolfgang mit zwei Kumpels an dem Wochenende einen Kurztrip mit dem Motorrad machen. Vorher wollte er noch einmal zur Werkstatt, um seine Maschine durchchecken zu lassen. Ein Laster hat ihn übersehen, als er links abbiegen wollte. Wir waren froh, dass Wolfgang überlebt hat.«

»Das war sicher eine schwere Zeit für sie beide«, sagte Eva mitfühlend.

»Ja, das war es. Man wird völlig aus seinem gewohnten Alltag gerissen. Wolfgang war wochenlang im Krankenhaus und anschließend zur Reha. Wir wussten ziemlich schnell, dass es nie wieder etwas werden würde mit dem Laufen. Während er weg war, habe ich das Haus hier entsprechend umbauen lassen. Zum Glück hatten wir sowieso schon weiter gedacht, als wir es vor fünfzehn Jahren gekauft haben. Man wird ja nicht jünger. Alle Zimmer sind unten. Oben habe ich einen Hobbyraum für mich eingerichtet und ein zweites Schlafzimmer.«

»Arbeiten Sie noch?«

»Jetzt wieder seit vier Jahren. Am Anfang habe ich mich nur um Wolfgang gekümmert. Doch als er immer besser alleine zurechtkam, da habe ich bei meinem alten Arbeitgeber nachgefragt, ob ich nicht halbtags wieder anfangen könnte. Das ging problemlos und ich glaube, Wolfgang war ganz froh darüber, auch mal ein bisschen alleine zu sein.«

»Was machen Sie beruflich?«

»Ich bin Friseurin. Wollte mich sogar einmal selbständig machen, nachdem ich den Meister gemacht hatte. Doch wie das im Leben so ist, wurde nichts daraus. Aber ich trauere dem nicht nach.«

»Haben Sie Kinder?«

»Nein, leider nicht. Es hat sich nie ergeben. Und irgendwann haben wir uns damit abgefunden.«

»Was hat Ihr Mann gemacht, bevor der Unfall passierte? Ich meine beruflich?«

»Er war Fliesenleger. Hatte ständig zu tun und war immer auf Baustellen unterwegs. Manchmal die ganze Woche. Deswegen hat es ihn wohl besonders hart getroffen, als er plötzlich nur noch zuhause war. Aber ich habe immer zu ihm gesagt, dass er froh sein soll, überhaupt noch zu leben. Aber ob ihn das getröstet hat ...«.

»Ich denke, in so einer Situation sieht man sicher nur, was man alles nicht mehr kann. Es dauert.«

»Stimmt. Aber so langsam hat er sich glaube ich an die Situation gewöhnt. Wir kommen zurecht, wie man so schön sagt. Es ist ja auch fast alles möglich. Wir haben einen umgebauten kleinen Van und Wolfgang kann sogar selber fahren, wenn wir es planen.«

»Dann sind Sie also viel gemeinsam unterwegs gewesen?«

Elvira Geerdes sah zum Fenster. »Ehrlich gesagt, nein. Wolfgang war eben ein Biker. Wir haben es ein paar Mal mit dem Van versucht. Einmal sind wir sogar zu seiner Bikerclique gefahren, als die sich zum Frühstück in einem Lokal verabredet hatten. Doch das hat Wolfgang nur heruntergezogen, weil er eben selber nicht mehr fahren konnte.«

»Hm, vielleicht verständlich, aus seiner Perspektive betrachtet, auch wenn Sie es sicher nur gut gemeint haben.«

»Doch, das habe ich. Immer wieder habe ich versucht, ihn aufzumuntern und auf andere Gedanken zu bringen. Doch nichts von dem, was ich vorschlug, gefiel ihm wirklich. Also habe ich es irgendwann aufgegeben.«

Das hört sich kompliziert an, dachte Eva. Was war mit der Ehe von Elvira und Wolfgang? Waren sie wirklich glücklich miteinander gewesen? Oder fühlte der sich so freiheitsliebende Mann durch seinen Rollstuhl an seine Frau gekettet und hatte jetzt die Gelegenheit wahrgenommen, ihr zu entkommen? Steckte eine andere Frau dahinter? Vielleicht sogar ein Verhältnis, das er bereits während seiner Zeit als Biker begonnen hatte?

»Wie würden Sie ihre Beziehung beschreiben?«, fragte Eva.

»Beziehung? Wir sind seit über zwanzig Jahren verheiratet und kannten uns vorher auch schon einige Jahre. Ich weiß nicht, ob da Beziehung die richtige Formulierung ist.«

Aber eben auch keine Antwort auf meine Frage, registrierte Eva. Also lag da was im Argen.

»Wie würden Sie es nennen, wenn zwei Menschen alles miteinander teilen, den ganzen Tag und die Nacht?«

»Was weiß ich. Zusammenleben vielleicht.«

»Gut. Dann würde ich Sie gerne fragen, wie Ihr Zusammenleben sich gestaltet hat. Lebten Sie in Harmonie, oder gab es Streit oder Meinungsverschiedenheiten?«

»Streit gibt es doch wohl überall. Den hatten wir vor dem Unfall und danach genauso. Man ändert sich doch nicht grundlegend, nur weil man im Rollstuhl sitzt.«

»Das betrifft dann Ihren Mann. Und Sie haben Ihr soziales Umfeld, also Ihre Arbeit und die Kollegen aufgegeben für ihn. So etwas kann eine Beziehung, ach, nun sage ich das Unwort schon wieder, so etwas kann das Zusammenleben sicher stören oder beeinträchtigen.«

»Ich habe das alles gerne für Wolfgang gemacht. Schließlich ist er mein Mann.«

»Und, gesetzt den Fall, es wäre umgekehrt gewesen. Hätte er das auch für Sie getan? Alles aufgegeben?«

Elvira Geerdes fiel die Kinnlade runter. »Das weiß ich nicht. Männer ticken da doch ganz anders. Wahrscheinlich hätte er vorgeschlagen, eine Pflegekraft einzustellen. Aber nein, seinen Job als Fliesenleger, den hätte er bestimmt nicht aufgegeben und ich hätte das auch gar nicht von ihm erwartet.«

»Ja, so ist das wohl. Wir Frauen opfern uns ganz selbstverständlich auf.«

»So habe ich das nicht empfunden. Doch vielleicht haben Sie recht, das ist eben der Mutterinstinkt in uns, wenn man so will.«

»Ja, vielleicht. So, jetzt möchte ich Sie auch gar nicht länger aufhalten. Aber wenn Sie mir noch ein neueres Foto von Ihrem Mann geben könnten, dann wäre ich Ihnen wirklich dankbar.«

Elvira Geerdes stand auf und ging ins Nebenzimmer, wo Eva sie herumkramen hörte. Die ist bestimmt sauer auf mich, dachte sie. Doch es war wichtig, ihr auf den Zahn zu fühlen. Eines war nämlich deutlich zu erkennen, bei den Geerdes handelte es sich um alles andere als ein glückliches Ehepaar, wo sich einer um den andern sorgte.

»Hier«, sagte Elvira Geerdes und hielt Eva, die bereits aufgestanden war, einige Bilder hin. »Da sind auch Fotos dabei, wo Wolfgang noch Motorrad gefahren ist. Und hier eins im Rollstuhl, das ist etwa ein halbes Jahr her.«

Eva sah zwei Bilder mit zwei völlig unterschiedlichen Männern. Auf dem ersten Foto einen starken Mann mit muskulösen Oberarmen in einem ärmellosen Shirt auf einer Honda, die blitzblank geputzt war. Er grinste braungebrannt in die Kamera und Eva fand, dass er verdammt attraktiv gewesen war. Auf dem zweiten Foto ein in sich zusammengefallener Mann, mindestens zwanzig Kilo leichter mit grauer Gesichtsfarbe und dunkelblauem Jogginganzug. Zwischen diesen beiden Bildern lagen Welten. Und da redete Elvira Geerdes davon, dass sie eigentlich ganz gut zurechtkamen?

Sie verabschiedete sich mit dem Versprechen, sich sofort zu melden, wenn es etwas Neues gab. Was sie umgekehrt natürlich auch erwartete.

Leerlauf

Weitere zwei Tage waren vergangen, und Eva hatte sich noch immer nicht bei Robert zurückgemeldet. Ihr schlechtes Gewissen wuchs zu einem riesigen Berg an. So etwas machte man nicht mit jemandem, den man liebte. Und doch waren ihre Knochen auch heute wieder schwer wie Blei. Sie hatte sich in den letzten achtundvierzig Stunden praktisch ausschließlich Gedanken darum gemacht, wohin ein Mann mit einem Rollstuhl gehen konnte, ohne großartig aufzufallen. Sicher, die meisten Hotels waren behindertengerecht eingerichtet. Doch spätestens, als die Vermisstenmeldung in der Zeitung gestanden hatte, hätte sich jeder Angestellte in einem Hotel an einen Rollstuhlfahrer, der ein Zimmer ohne vorherige Reservierung genommen hatte, gemeldet.

Am Ende blieben zwei Varianten übrig. Oder auch drei. Erstens konnte Wolfgang Geerdes entführt worden sein, was mehr als fraglich war, da er ja freiwillig das Haus verlassen hatte. Und doch, möglich wäre es, weil es ja bei einem seiner allein unternommenen Spaziergänge passiert sein konnte. Aber dagegen sprach, dass er von seinem Spaziergang nichts gesagt hatte, dass es keinen plausiblen Grund gab, einen Rollstuhlfahrer zu entführen und drittens, dass sich bisher niemand mit einer Lösegeldforderung gemeldet hatte.

Dann hätte es auch sein können, dass Wolfgang Geerdes das Ganze von langer Hand geplant und nur noch auf die richtige Gelegenheit gewartet haben konnte. So wäre die Hotelbuchung wesentlich früher möglich gewesen, ohne dass es jemandem auffiel. Wahrscheinlich sogar per Telefon unter falschem Namen. Doch wozu hätte das gut sein sollen? Welche Pläne hätte Geerdes verfolgt haben können? Wenn er sich von seiner Frau hätte trennen wollen, hätte es wesentlich einfachere Wege gegeben. Außerdem waren der Van und alle seine Sachen noch da.

Und zu guter Letzt kam die berühmte Geliebte ins Spiel, mit der Wolfgang Geerdes durchgebrannt war. Er hatte sich heimlich aus dem Haus geschlichen und diese hatte ihn in ihren vorbereiteten Wagen geschleppt und sie waren davongebraust. Doch auch das war mehr als an den Haaren herbeigezogen. Wolfgang Geerdes war kein Teenager mehr. Und so ordentlich und korrekt Elvira Geerdes auch wirkte, er hätte bestimmt mit ihr darüber reden können, dass ihre Ehe am Ende war. Elvira Geerdes wirkte nicht wie eine Frau, die deshalb am Boden zerstört zurückbleiben würde.

Es war gleich elf, und Eva lag noch immer im Bett. Neben sich verstreut tausend Zettel, auf denen sie sich Notizen gemacht hatte. Und bemerkenswert, aber natürlich nicht verwunderlich, sie hatte sich noch nicht einen einzigen Gedanken über sich selber und das Leben, das sie gerne führen würde, gemacht. Wahrscheinlich würde es darauf hinauslaufen, dass sie, was diese Sache betraf, wieder mit leeren Händen nach Hause fahren würde. Und das konnte sie Robert nicht antun, nachdem er so viel Verständnis gezeigt hatte.

Die Vermieterin wunderte sich bestimmt auch, warum sie gar nicht mehr aus der Wohnung kam. Doch das Problem war vernachlässigbar.

Sie quälte sich aus dem Bett, wobei ein Großteil der Notizen sachte zu Boden glitt, ging ins Bad und stellte sich unter die Dusche.

Als das warme Wasser über ihren Rücken perlte, fragte sie sich, ob vielleicht Schwimmen ein schönes Hobby sein könnte. Grundsätzlich ja, doch immer dieses ständige an- und ausziehen würde ihr furchtbar auf die Nerven gehen. Und außerdem hasste sie den Chlorgeruch. Auf Langeoog schließlich konnte sie nicht schwimmen gehen, weil sie da im Prinzip ständig im Dienst war. Schwimmen schied also aus, beschloss sie, und drehte das Wasser ab.

Vor dem Spiegel beim Zähneputzen schoss ihr Aquarellmalerei in den Sinn, als sie die kleinen weißen Spritzer sah. Doch das war völlig abwegig. Eine künstlerische Ader hatte noch nie in ihr geschlummert. Nur manchmal, wenn sie kochte, musste die Tomatensoße für ein abstraktes Motiv beim Fingerpainting herhalten, wenn sie über die Spüle damit herumspielte. Aber das hätte auch jeder Schimpanse genauso gut hinbekommen. Also flog Malen auch von der Liste.

Beim anschließenden Frühstück ging sie nur noch beiläufig die Bildhauerei, das Schreiben und das Basteln mit irgendwelchen Materialien, von denen sie nicht einmal die korrekte Bezeichnung kannte, durch und schloss das Thema Hobby ein für alle Mal ab. Nein, sie gehörte eben nicht zu den Frauen, die sich mit Nonsens beschäftigen mussten, weil sie sonst nichts zu tun hatten oder weil ihr seelisches Gleichgewicht sonst aus dem Lot kam. Nein, so eine war sie nun einmal nicht. Und warum um Gottes willen konnte man denn nicht dazu stehen, dass man seinen Job liebte und dieser einen voll und ganz erfüllte? Und für die begrenzte

Freizeit, da hatte sie Robert. War das denn nicht genug im Leben?

Bevor sie es sich noch einmal anders überlegen konnte, griff sie zu ihrem Handy und drückte auf die Kurzwahltaste »Hallo Robert«, sagte sie, als er sich nach dem dritten Klingeln meldete, als sie schon fast wieder aufgelegt hätte.

»Eva, wie schön, dass du anrufst«, sagte er liebevoll in den Hörer.

»Robert ... tut mir leid, dass ich mich jetzt erst melde«, erwiderte sie.

»Kein Problem, so war es ja auch vereinbart. Du solltest dich um dich selber kümmern und nicht ständig deine Gedanken an mich verschwenden.« Er lachte herzlich. Sie musste ihm jetzt die Wahrheit sagen.

»Robert?«

»Ja?«

»Ich muss dir etwas gestehen.«

Es blieb still am anderen Ende.

»Also, die Sache ist die«, fuhr sie deshalb fort, »ich bin einfach nicht der Typ für Hobbys.« Jetzt war es raus.

»Wie meinst du das?«, fragte er mit Verblüffung in der Stimme.

»Ach, es liegt mir einfach nicht, an irgendeinem sinnlosen Zeugs herumzuwerkeln. Wofür soll das gut sein? Die Sachen liegen nachher irgendwo herum und verstauben. Man sollte doch wirklich etwas Besseres mit seiner Zeit anzufangen wissen ...«. Sie war in einen regelrechten Redeschwall verfallen.

»Eva«, hörte sie ihn sagen, »nun warte doch mal. Niemand sagt, dass du herumbasteln sollst. Wie kommst du denn darauf? Habe ich etwa so etwas angedeutet? Dann tut es mir furchtbar leid. Nein wirklich, die Vorstellung, dass du dir eine Macrameetasche bastelst, ist einfach zu komisch.« Er kicherte.

Im ersten Moment war sie pikiert, im Zweiten jedoch lachte sie auf. »Sichst du, das meine ich. Einfach lächerlich.«

»Eva, es ging doch eher darum, dass du ... ach, wie soll ich sagen, dass du mit dir selber wieder ins Reine kommst, nach allem, was passiert ist. Darüber hatten wir uns doch auch unterhalten, bevor du gefahren bist.«

»Dann bist du mir also nicht böse, wenn ich zukünftig nicht nach Farbe und Klebstoff rieche?«

»Nein, ganz bestimmt nicht. Aber sag mal, was treibst du denn so den ganzen Tag? Shoppen ist doch auch nicht dein Ding.«

»Ach, eigentlich weiß ich das gar nicht so genau, die Tage plätschern so dahin. Und dann habe ich noch meine alte Dienststelle aufgesucht.«

»Pah, wusste ich's doch«, lachte Robert. »Ich habe mit der Katze um ein schönes Steak gewettet, dass du es nicht ohne Arbeit aushalten wirst.«

»Sehr witzig, dann könnt ihr euch das Steak ja teilen.«

»Und wie war das so für dich?«, wurde Robert jetzt wieder ernster. »So an die alten Zeiten zurückerinnert zu werden?«

Eva seufzte auf. »War schon komisch, wieder in meinem alten Büro zu sein«, gab sie zu, »doch der Kollege, der dort jetzt arbeitet, scheint ganz nett zu sein. Er heißt Dieter Krauser und ist heillos überfordert, weil die Hälfte der Kollegen in Urlaub ist.«

Robert ahnte sofort, worauf es hinauslief. »Lass mich raten, du greifst ihm unter die Arme?«

»Ähm …«.

»Gib es ruhig zu«, frotzelte Robert, »ich seh dich schon wieder an einem Fall arbeiten, oder?«

»Na ja, eigentlich ist das gar kein richtiger Fall. Ein Mann wird vermisst. Aber noch ist nicht klar, ob wirklich ein Verbrechen dahintersteckt.«

»Worum geht es denn da?«

»Willst du das wirklich wissen?«

»Sonst hätte ich nicht gefragt.«

Eva schilderte ihm kurz die Sachlage, über die sie seit Tagen grübelte.

»Interessant«, meinte Robert, »hört man auch nicht alle Tage, dass ein Rollifahrer verschwindet.«

»Siehst du. Deshalb kümmere ich mich jetzt darum. Ich meine, solange ich hier bin, kann ich die Zeit doch sinnvoll nutzen und den Kollegen unter die Arme greifen.«

»Natürlich. Das finde ich gut. Du bist eben eine Ermittlerin mit Leidenschaft und Herz.«

Eva fiel ein Stein vom Herzen, weil er das sagte. »Ja, ich kann nicht anders ...«.

»Ich weiß. Es gibt doch wirklich nichts Schöneres, als wenn einen der Job ausfüllt.«

»Aber bevor ich weggefahren bin, da hast du gesagt ...«

»Ich weiß, was ich gesagt habe. Du musstest schon selbst zu der Erkenntnis kommen, deshalb. Aber wenn das so ist, dann kannst du doch auch eigentlich wieder nach Hause kommen, oder?«

»Hm, im Prinzip schon.«

»Aber?«

»Na ja, ich habe bereits mit der Ehefrau des Vermissten gesprochen. Und die Kollegen hier sind unterbesetzt und ich habe meine Hilfe angeboten.

Wie sieht das denn aus, wenn ich jetzt einfach abhaue.«

Sie hörte, wie Robert mit Porzellan hantierte. »Du hast recht«, sagte er dann, während Wasser lief, »den Fall wirst du jetzt wohl abschließen müssen.«

»Und wenn das noch Wochen dauert? Das geht doch nicht.«

»Nein, wahrscheinlich nicht. Ach, ich weiß auch, aua.«

»Was ist?«

»Mist, ich hab mir den Finger verbrannt, als ich heißes Wasser eingegossen habe.«

»Dann lass uns jetzt auflegen. Ich melde mich wieder.«

»Ich liebe dich.«

»Ich dich auch.«

Dann war es wieder still um sie. Robert war so ein guter Mann, ein Freund. Und eigentlich stimmte es, was er gesagt hatte, sie konnte wieder nach Hause fahren. Sie brauchte nur in die Dienststelle zu gehen und Dieter Bescheid sagen, dass die Nachlassangelegenheiten schon eher erledigt waren. Ihm die Akte von Geerdes wieder rüberschieben und losfahren. Das wäre so einfach gewesen. Doch einfach, das ging bei Eva eben nicht.

Der Mord

Als Eva dann endlich doch soweit war, ihre Sachen gepackt hatte, um am nächsten Tag abzureisen, ging sie mit der Akte unter ihrem Arm zum Wagen. Wenn sie zurückkam, dann würde sie die Vermieterin über ihren Entschluss, früher abzureisen, informieren.

Hinter dem Glastresen stand derselbe Kollege wie beim ersten Mal und nickte nur mit einem Lächeln, als er sie erkannte und den Knopf drückte, damit sie weiterkam.

Doch, es stimmte, Eva vermisste in gewisser Weise auch das Flair, das Kollegen, offen stehende Bürotüren und der Geruch nach Kaffee auf den Fluren verbreitete. Sie hatte gerne hier gearbeitet. Doch so langsam hatte sie den Schock überwunden, als ihr ehemaliger Chef ihr an den Kopf geknallt hatte, dass sie nach Langeoog versetzt wurde.

Sie klopfte kurz an Dieter Krausers Tür und trat sofort ein. Er telefonierte und winkte sie heran.

»Ja, ist gut«, sagte er, notierte sich etwas, »wir sind gleich da.« Dann legte er auf und kam vom Stuhl hoch.

»Es passt wohl gerade schlecht«, sagte Eva, »aber schon gut, ich wollte sowieso nur die Akte von Geerdes zurückbringen. Ich fahre ...«.

»Das trifft sich gut. Du kannst gleich mitkommen.«

Eva verstand nicht.

»Es gab einen Mord, ich muss los.«

»Mord?«, fragte Eva, als sie hinter Dieter herlief. »Hat man Wolfgang Geerdes etwa tot gefunden?«

»Schön wär's«, antwortete Dieter und zog sich eine Zigarette aus einer Schachtel, die er anschließend wieder in seine Hemdtasche steckte. »Nein, es ist nicht der Mann, sondern die Ehefrau.«

»Du meinst, Elvira Geerdes ist tot?«, fragte Eva.

»Exakt. Eine Nachbarin hat sich Sorgen gemacht und sie dann in der Küche gefunden. Man hat ihr den Schädel eingeschlagen.«

»Mein Gott.«

»Na, ob der damit zu tun hat.« Dieter drückte die Tür nach draußen auf.

In Eva wirbelten die Gedanken. Sie hatte mit Elvira Geerdes vor zwei Tagen gesprochen. Und jetzt war sie tot. Ob es etwas mit ihrem Besuch bei der Frau zu tun hatte? Hätte sie etwas wissen oder sagen können, dass mit Wolfgang Geerdes` Verschwinden in Zusammenhang stand?

»Komisch«, sagte sie, als sie in den Sitz gedrückt wurde, als Dieter Gas gab. »Erst verschwindet der Mann und dann wir die Frau ermordet.«

Er murmelte etwas, das sie nicht verstand. Was zum einen auch daran lag, dass er seine Zigarette in seinen Mundwinkel geklemmt hatte, ohne sie anzuzünden.

Eva beschloss, vorerst den Mund zu halten und krallte sich in den Sitz.

Nach drei überfahrenen roten Ampeln und einem fast erwischten Fuß eines wütend mit den Armen winkenden Mannes am Zebrastreifen hielt Dieter mit quietschenden Reifen vor Elvira Geerdes Haus.

»Ich dachte, die Frau sei tot«, sagte sie trocken, als sie schweißgebadet ausstieg. »Da muss man doch nicht wie der letzte Henker fahren.«

Er hörte es nicht, weil sie es ziemlich leise sagte.

Es standen bereits die Wagen von der Spurensicherung vor dem Haus. Alles war mit Absperrband gesichert und Dieter meinte, es sei schon in Ordnung, wenn sie mit ins Haus ging.

Ein Kollege sprach beruhigend auf eine Frau mit einer hellgrünen Strickjacke ein. Sie war vermutlich diejenige, die die Tote entdeckt hatte. Eva hätte jetzt gerne mit ihr gesprochen, wagte aber nicht, Dieter darum zu bitten. Und außerdem war sie neugierig, was mit Elvira Geerdes passiert war.

»Ach du lieber Gott«, rief ein Mann im weißen Overall aus, als er Dieter und Eva sah. »Ist das hier ein Abitreffen oder was? Da kann doch auch gleich noch der Kegelclub Blauweiß einmarschieren. Echt ...«.

»Sorry, Kollege«, sagte Eva, die aus Erfahrung mit Ole wusste, wie ungern ein Gerichtsmediziner seine Arbeit mit anderen teilte.

»Sie kenn ich nicht«, sagte er und sah sie interessiert an. Offenbar war es neu für ihn, dass überhaupt jemand auf seine Tiraden reagierte.

»Das kann sein, ich bin schon lange nicht mehr in Braunschweig«, erwiderte sie mit einem Lächeln, das sie sofort einstellte, weil es ihr in der Angelegenheit hier nicht passend erschien.

Dieter kümmerte sich nicht um solche Floskeln und trampelte um das Opfer, das blutüberströmt am Boden lag, mit ernster Miene herum. »Erschlagen also«, murmelte er und die Zigarette wippte auf und ab.

»Sie hat sich jedenfalls nicht beim Tee einschenken den Kopf gestoßen«, grummelte der Gerichtsmediziner und Evas Blick wanderte zum Tisch, wo zwei Teetassen und eine Kanne auf einem Stövchen standen, worin keine Flamme brannte.

»Wann?«, grunzte Dieter.

»Schätzungsweise zwölf Stunden, eher weniger«, antwortete der Fachmann und Eva hatte den Eindruck, dass die beiden Männer diesen etwas harschen Umgangsstil pflegten, ohne wirklich böse aufeinander zu sein.

»Vergewaltigung?«

»Nein, ist wohl eher auszuschließen.«

»Fehlt was?«

»Müsste man die Nachbarin fragen. Sie wird draußen versorgt, Schock halt.«

»Okay. Den Bericht wie immer.«

»Geht klar.«

Der Gerichtsmediziner beugte sich wieder über die Tote und zog an ihr herum, machte Fotos und störte sich nicht mehr um die Menschen um ihn herum.

Dieter nickte Eva kurz zu und ging aus dem Zimmer. Sie folgte ihm, sah, dass er ins nächste Zimmer ging. Doch darauf hatte sie jetzt keine Lust. Sie wollte mit der Zeugin sprechen und meinte, ein stillschweigendes Einverständnis von Dieter zu vernehmen und ging nach draußen.

Doch sie hatte Pech. Die Frau und der Beamte standen nicht mehr vor dem Haus. Sie fragte einen anderen Kollegen, der ihr erklärte, dass die Frau, er zeigte auf das Nachbarhaus, dort von einem Arzt versorgt wurde. Aber er denke schon, dass sie befragt werden könne.

Da die Tür des Nachbarhauses offen stand, ging Eva hinein. Sie hörte Stimmen und folgte der Richtung. Die Nachbarin saß in einem Sessel und schluckte gerade etwas mit Wasser herunter.

»Entschuldigung«, sagte Eva, als die Frau sie erschrocken ansah. »Eva Sturm, Kripo. Wäre es möglich, dass ich Ihnen ein paar Fragen stelle?«

Der kleine hagere Mann neben der Frau schob seine runde Brille hoch und nickte.

Eva setzte sich in den zweiten Sessel am Tisch.

»Eine schlimme Sache«, begann sie.

»Ja«, sagte die Frau und Eva spürte, dass sie reden wollte. »Ich sehe Elvira sonst jeden Tag. Entweder am Briefkasten oder wenn sie irgendwo hinfährt oder den Vorgarten in Ordnung bringt. Deshalb fand ich es gestern schon komisch, dass ich sie überhaupt nicht gesprochen hatte. Und gerade jetzt, wo Wolfgang doch weg ist.« Sie schniefte in ein Papiertaschentuch und wischte sich anschließend damit unter den Augen entlang.

»Und heute haben Sie sie auch nicht gesehen und sind dann ins Haus gegangen?«

Die Frau nickte. »Ja. Ich hab doch einen Schlüssel für alle Fälle und so. Ich hab ja auch vorher geklingelt, bevor ich ihn benutzt habe.

Sowas mache ich sonst nämlich nicht, einfach so in das Haus von Elvira gehen. Das möchte ich auch nicht, dass einfach jemand hier hereinkommt.«

Eva zog die Stirn kraus, weil sie sich fragte, ob sie gemeint sein könnte.

»Ist Ihnen da bereits etwas aufgefallen?«, fragte sie, »ich meine, als sie die Tür aufgeschlossen haben und in den Flur kamen.«

»Was meinen Sie?«

»Na ja, irgendwelche fremden Gerüche oder Geräusche?«

»Gerüche? Nein, nicht dass ich wüsste. Ich habe nach Elvira gerufen, doch ich bekam keine Antwort. Es war so still, das war richtig unheimlich.«

»Still? Anders als sonst?«

»Ja. Elvira hat immer irgendwo ein Radio an, wenn sie zuhause ist. Doch als ich reinkam, war alles still. Deshalb dachte ich auch, sie ist nicht da und wollte schon wieder gehen. Ich kam mir auch wie eine Einbrecherin vor, es war komisch.«

»Aber das haben Sie nicht getan, sondern sind weiter bis in die Küche gegangen. Warum?«

Die Frau sah sie irritiert an, als fragte sie es sich gerade selber. »Ich weiß nicht«, erwiderte sie, »etwas war anders.«

»Was? Bitte denken Sie genau nach. Das könnte wichtig sein.«

»Das Licht«, sagte sie. »Das Licht in der Küche brannte, und dabei war es doch schon spät am Vormittag.«

Aha, dachte Eva. Dann war der Täter im Haus, als es noch dunkel war.

»Danke«, sagte sie, »das war sehr hilfreich. Schildern Sie bitte, was dann geschah.«

Die Frau fasste Mut, vielleicht auch, weil sie spürte, wie ernst Eva sie nahm. »Ja, ich bin dann also weitergegangen, eher geschlichen, könnte man sagen. Weil doch das Licht an war. Sowas machte Elvira nicht, Strom und Geld verschwenden, so war sie nicht. Sie hätte nicht vergessen, es auszumachen, wenn sie das Haus verlassen hätte. Als ich in die Küche kam, habe ich als Erstes die Teetassen gesehen. Und dann die Schuhe auf dem Boden, so quer und verdreht. Da wusste ich gleich, dass etwas Schreckliches geschehen war ...«. Nun war es wieder vorbei und sie wurde von einem Weinkrampf ergriffen.

»Schon gut«, sagte Eva beruhigend, »ich verstehe, dass das ein großer Schock für Sie gewesen sein muss.«

»Ja«, jammerte sie, »ich hatte Angst und doch bin ich weitergegangen und dann sah ich Elvira da liegen. Alles war voller Blut, so viel Blut ...«.

»Bitte«, mischte sich der Arzt, der still in einer Ecke gestanden hatte, jetzt ein. »Wir sollten Frau Fiedler jetzt etwas Ruhe gönnen.«

»Sicher«, sagte Eva und nickte. Sie entschloss sich, es für heute gut sein zu lassen und später noch einmal wiederzukommen. Aber auf keinen Fall mit Dieter dem Polizeirambo.

»Ach, hier treibst du dich rum«, sagte er und stand plötzlich vor ihr, als sie wieder nach draußen kam.

»Ich habe die Zeugin befragt, wenn das in Ordnung ist«, entgegnete sie.

»Sicher. Und? Was Brauchbares dabei?«

»Wie man's nimmt«, sagte Eva, »auf jeden Fall kann man davon ausgehen, dass Elvira Geerdes der Schädel eingeschlagen wurde, bevor die Sonne aufging.«

»Hä?«

»Das Licht in der Küche brannte, als die Nachbarin ins Haus kam. Und sie sagte aus, dass Elvira Geerdes so etwas niemals gemacht hätte, Strom und Geld vergeuden.«

»Aha. Na dann hast du den Fall sicher bald gelöst«, sagte Dieter und zog an seiner Zigarette, die ziemlich aufgeweicht und schlapp aussah, und warf sie ins Gebüsch vor dem Haus. »Sag mal, wieso warst du heute eigentlich zu mir ins Büro gekommen? Vorhin bei der Hektik ...«.

»Ach, nicht so wichtig«, sagte Eva, »was machen wir jetzt?«

»Jetzt fahren wir zurück in die Dienststelle, würde ich sagen. Die Akte Geerdes wird jetzt um ein paar Einträge erweitert.«

Im Zwiespalt

»Ich komme jetzt doch wohl noch nicht nach Hause«, sagte Eva kleinlaut, als sie mit Robert telefonierte. Sie hatte drei Anläufe genommen, in denen sie zunächst überlegt hatte, ihm nur eine SMS zu schicken, denn sie ahnte, was er sagen würde.

»Aber ich dachte ...«.

»Ja, ich weiß. Doch es gibt jetzt einen Mord in meinem Fall.«

»Deinem Fall?«, echote Robert.

»Ja, jetzt wurde die Ehefrau ermordet in ihrem Haus aufgefunden. Du weißt schon, die Frau von dem Mann im Rollstuhl, der immer noch verschwunden ist.«

»Aha. Aber du weißt schon, dass es im Grunde genommen nicht dein Fall ist«, sagte Robert und klang skeptisch. »Gehst du da jetzt nicht wirklich ein bisschen zu weit? Was sagt denn der zuständige Kollege dazu? Stört es ihn nicht, wenn ...«.

»Wenn sich eine Ermittlerin aus Langeoog einmischt? Nein, es stört Dieter nicht«, sagte Eva und klang streitlustig.

»Okay, ich mein ja nur.«

»Es tut mir leid, wirklich. Ich hätte mich ja auch gefreut, wieder bei dir zu sein«, lenkte Eva ein.

»Nein, mir tut es leid«, entgegnete Robert und sie hörte, wie er lächelte. »Ich weiß doch, wie du bist, hartnäckig und stur. Und deshalb liebe ich dich ja auch. Mach dein Ding, egal wie lange es dauert. Ich kann warten.«

Da war es endlich wieder. Dieses gute Gefühl. Eva war den Tränen nahe, als er das sagte.

»Danke«, presste sie hervor. »Ich liebe dich.«

»Ich liebe dich auch, Eva, genauso, wie du bist.«

»Robert?«

»Ja?«

»Ich leg jetzt auf, sonst hörst du, wie ich heule.« Schnell drückte sie das Gespräch weg.

Kurz drauf ging eine SMS von Robert ein »Tränen sind kein Ausdruck von Schwäche, sondern Herz« schrieb er und ein Herzchen blinkte auf. Jetzt heulte sie wirklich. Mensch, ich bin wirklich verrückt, dachte Eva, wenn ich es mir mit diesem Traummann verderbe. Zunächst wollte sie ihm antworten, doch sie wusste, dass er gar nicht damit rechnete. Also legte sie das Handy weg, wischte sich übers Gesicht und streckte die Schultern nach hinten. Jetzt konnte die Arbeit endlich so richtig losgehen.

Kleinstarbeit

Pünktlich um acht Uhr saß Eva am nächsten Morgen in Dieters Büro, um das weitere Vorgehen zu besprechen.

»Und es ist wirklich in Ordnung, wenn ich hier mitmische?«, fragte sie vorsichtshalber noch einmal nach, während sie auf die vielen Tatortfotos schielte, die auf seinem Schreibtisch verteilt lagen.

»Klar«, sagte Dieter, dem schon wieder eine kalte Zigarette im Mundwinkel hing. »Ehrlich gesagt bin ich für jede Hilfe dankbar.« Er zeigte auf einen dicken Aktenstapel. »Ich weiß gar nicht, wie wir jemals wieder auf dem aktuellen Stand sein wollen.«

»Ist die personelle Situation hier wirklich so schlimm?«

»Schlimmer. Und deshalb sind auch viele ausgepowert und können einfach nicht mehr. Einige sind krankgeschrieben, fahren zur Kur oder sonst was.«

»Und du?«

»Ich? Danach fragt keiner. Ich am wenigsten. Ich bin ein Arbeitstier und schiebe noch Urlaub aus drei Jahren vor mir her.«

»Dann lebst du wohl alleine, nehme ich an«, wagte Eva sich ins Private vor.

»Nein, wie kommst du denn darauf?«

»Ach, nur so ...«.

»Verstehe schon. Und bei dir? Sitzt da jemand zuhause und wartet?« Er schob die Fotos hin und her und studierte sie, während sie sprachen.

»Ja, es wartet tatsächlich jemand auf mich«, antwortete Eva und es wurde ihr ganz warm ums Herz. Sie war nicht mehr alleine.

»Wie schön. Da wir das jetzt geklärt haben, was denkst du zu dem Mord?«

»Tja«, sagte Eva und zog sich ein Foto von Elvira Geerdes` blutverschmiertem Gesicht heran. »Da ist jemand wohl ziemlich wütend auf sie gewesen.«

»Sieht so aus. Die Tatwaffe ist übrigens ein Fleischklopfer gewesen, den wir im Vorgarten gefunden haben. Vielleicht war der Täter Vegetarier.«

Eva musste schmunzeln, sie mochte Dieters Humor.

»Ob es der gleiche Täter ist, der mit dem Verschwinden von Wolfgang Geerdes zu tun hat?«, fragte sie.

»Macht das Sinn?«, stellte Dieter eine Gegenfrage, »ich meine, wenn jemand das Ehepaar hätte ermorden wollen, dann hätte er es doch auch gleich im Haus in einem Rutsch erledigen können.«

»Da hast du recht«, stimmte Eva zu. »Es macht keinen Sinn, Wolfgang Geerdes zunächst zu entführen.«

»Eben. Und dann auch noch die Umstände mit dem Rollstuhl.«

»Ob er seine Frau ermordet hat?«

»Im Rollstuhl? Da müsste er wohl über besondere Überredungskünste verfügen, wenn die Alte so lange stillgehalten hat, bis er sich den Fleischklopfer genommen und sie sich so weit gebückt hatte, damit es kracht.«

»Sie wäre weggelaufen«, sagte Eva und nahm das nächste Bild, das die ganze Leiche des Opfers zeigte. »Es sieht so aus, als habe der Täter von vorne angegriffen, sie liegt auf dem Rücken.«

»Von Angesicht zu Angesicht.«

»Aber dann hätte sie doch auch wegrennen können. Oder sich zumindest vehement wehren.«

»Wegrennen war wohl nicht mehr drin, sie war praktisch mit dem Rücken zur Wand oder besser gesagt zur Küchenzeile gedrängt. Ich gehe schon davon aus, dass sie wenigstens versucht hat, sich zu wehren. Wenn der Bericht des Gerichtsmediziners endlich da ist, finden wir vielleicht was unter ihren Fingernägeln, das uns weiterhilft.«

»Oder sie wurde doch nicht von vorne angegriffen, sondern von hinten. Dann hatte sie keine Chance mehr.«

»Und warum liegt sie auf dem Rücken?«

»Der Täter könnte sie umgedreht haben, um ihr noch einmal ins Gesicht zu sehen«, schlug Eva vor.

»Makaber.«

»Aber denkbar. Wann kommt der Bericht denn in der Regel?«

»Hm, das kann dauern. Da ist ja auch Urlaubszeit.«

»Kannst du nicht ein bisschen Druck machen?«

»Dann dauert es noch länger. Aber wenn du nach Hause musst, ist das kein Problem für mich.

Wir sind es hier gewöhnt, dass sich Fälle hinziehen«, sagte Dieter und meinte es auch so. »Läuft das in Ostfriesland etwa anders?«

»Ein bisschen schon, aber dafür haben wir auch wohl nicht so viele Morde.«

»Egal. Wir müssen mit dem hier klarkommen, wie es ist. Und wie gesagt ...«.

»Ich bleibe bis zum Schluss«, unterbrach ihn Eva sofort. »Wenn ich eine Sache anfange, dann bringe ich sie auch zu Ende.«

»Das ist ein Wort. Dann rufe ich jetzt mal in der Gerichtsmedizin an.« Seine Zigarette fiel auf den Schreibtisch, während er zum Telefon griff.

Sie hörte zu, wie er in seiner typischen Art Dampf machte. Ja, sie könnte sich daran gewöhnen, mit ihm zu arbeiten, dachte sie, als sie ihn beobachtete, während er sprach. Er war ein Raubein. Auf den ersten Blick. Doch sie war sich sicher, dass unter der harten Schale ein weicher Kern ruhte. So ähnlich, wie bei ihr auch. Dieter legte auf.

»Und?«, fragte Eva.

»Er beeilt sich«, entgegnete er, »und dabei hat er sich nicht einmal sauer angehört.«

»Gut. Ich schlage vor, dass ich noch einmal in das Haus der Geerdes` gehe und anschließend mit der Nachbarin spreche.«

»Aha«, sagte Dieter und zog die Brauen hoch. »Und was mache ich?«

»Du könntest dich mit dem näheren familiären Umfeld des Ehepaares beschäftigen. Gibt es Anzeichen für einen Geliebten oder eine Geliebte? Hatte Wolfgang Geerdes bereits Freunden gegenüber geäußert, dass er es zuhause nicht mehr aushielt und solche Sachen eben.«

Sie sah, wie es hinter Dieters Stirn arbeitete. Er nahm die Zigarette, die auf dem Schreibtisch lag, und klemmte sie sich wieder in den Mundwinkel. »Ich werde das Gefühl nicht los, dass du hier die Leitung übernimmst«, sagte er und sah sie mit schiefgelegtem Kopf an.

»Ach, das meinst du nur«, grinste Eva, »bis nachher.«

Häuser, in denen Menschen ermordet worden waren, wirkten auf Eva immer irgendwie tot und unheimlich. Sie entfernte das Siegel und steckte den Schlüssel ins Schloss. Die Kollegen von der Spurensicherung waren mit ihrer Arbeit so weit fertig.

Es roch ein wenig muffig im Flur. Alle Fenster waren geschlossen, und das im Hochsommer. In der Küche gab es noch die vielen Blutflecken und Spritzer, weil der Tatort noch nicht gereinigt worden war. Auch das dauerte hier wohl immer länger als in Ostfriesland.

Eva setzte sich an den Küchentisch. Es war noch gar nicht so lange her, dass sie hier mit Elvira Geerdes gesprochen hatte. Ob da schon feststand, dass sie bald sterben würde? War es eine von langer Hand geplante Tat? Aber hätte der Täter dann nach dem nächstbesten Gegenstand wie dem Fleischklopfer gegriffen? Sicher nicht. Wer seine Tat plante, hatte sein Werkzeug dabei.

Die Frage war nun wohl, wer hier bei Elvira Geerdes zum Tee eingeladen war und dann plötzlich zum Mörder geworden war. Und warum?

Wenn sie doch nur endlich wüssten, wo Wolfgang Geerdes abgeblieben war. Noch immer hoffte man, ihn lebend zu finden. Denn Dieter hatte recht, wenn jemand das Ehepaar hätte umbringen wollen, dann wäre es logischerweise hier im Haus passiert. Und zwischen den Taten lagen Tage. Es war unwahrscheinlich, dass sich ein Täter so lange damit aufhielt, wenn er zwei Menschen töten wollte, die eigentlich unter einem Dach lebten. Das erhöhte nur sein Risiko, entdeckt zu werden. Nein, Eva war sich sicher, dass diese beiden Taten, das Verschwinden und der Mord, von zwei unterschiedlichen Tätern ausgeübt worden waren. Und noch war ja nicht einmal sicher, dass hinter

Wolfgang Geerdes` Verschwinden ein Verbrechen stand.

Eva hoffte, dass Dieter etwas herausfinden würde. Sämtliche Sachen aus dem Haus, die in irgendeiner Weise zur Aufklärung dienlich sein könnten, waren in der Dienststelle. Eva schätzte Dieter so ein, dass er gerne im Büro arbeitete. Warum auch immer.

Sie war sich sicher, dass man, wenn man denjenigen fand, für den Elvira Geerdes an ihrem Todestag Tee gekocht hatte, schon ein gutes Stück weiterkommen würde. Aber wie sollte sie es erfahren? Ob die Nachbarin etwas wusste? Bevor sie zu ihr ging, schritt sie noch einmal alle Räume ab. Nahm Dinge des Alltags von Elvira Geerdes in sich auf. Was gar nicht so leicht war, bei dem Geruch, der überall in den Wänden hing. Der Geruch des Todes, er wurde ihr immer unerträglicher.

Schließlich zog sie die Haustür hinter sich zu und atmete tief durch. Das erste Mal wünschte sie sich an den Strand von Langeoog zurück. Eine frische Brise vom Meer hätte ihr jetzt gut getan.

Dann klingelte sie bei der Nachbarin. Es dauerte nicht lange, und Marianne Fiedler machte auf.

»Guten Tag«, sagte Eva, »sicher erinnern Sie sich an mich.«

Die Frau nickte. »Kommen Sie herein.«

Eva folgte ihr ins Haus, das so schön nach frischen Blumen und Putzmitteln roch. So ganz anders, als nebenan.

»Ich könnte Ihnen einen Kaffee anbieten, wenn Sie wollen.«

»Gerne«, erwiderte Eva und setzte sich an den weißen Tisch mit einem bunten Tischläufer mit Blumenmuster. »Ich hoffe, es geht Ihnen schon etwas besser.«

»Na ja,«, sagte Marianne Fiedler, ohne sich umzusehen, »der erste Schock ist überwunden. Aber dass Elvira wirklich tot ist, kann ich immer noch nicht richtig glauben.«

»Sie waren wohl sehr eng mit ihr befreundet, nehme ich an.«

Jetzt drehte sich Marianne Fiedler, die an der Kaffeemaschine hantiert hatte, zu ihr um. »Befreundet«, wiederholte sie, »ich weiß nicht. Das wäre dann vielleicht doch zu viel gesagt. Doch wir haben uns gerne ab und zu unterhalten über dieses oder jenes, was eben so passierte in der Nachbarschaft.«

»Aber immerhin hat sie Ihnen den Haustürschlüssel anvertraut.«

»Ja, das stimmt. Und meinen hatte sie auch. Man hilft sich ja gegenseitig aus, wenn man nebeneinander wohnt. Heutzutage wird ja sehr viel eingebrochen, und wenn da den ganzen Tag die Jalousien geschlossen sind oder abends nie Licht brennt, dann ist das schon praktisch eine Einladung für die Verbrecher.«

»Da haben Sie sicher recht. An dem Tag, als Elvira starb, da hatte sie Teebesuch.«

»Ach ja? Nun, ich war jedenfalls nicht eingeladen, wenn Sie das fragen wollen«, antwortete Marianne Fiedler auf die indirekte Frage.

»Und Sie wissen auch nicht, wen sie da erwartet hatte?«

Die Frau schenkte jetzt Kaffee in kleine rosa Becher und stellte Milch und Zucker auf den Tisch. »Nein, leider nicht. Ich wusste ja wie gesagt nicht über alles Bescheid, was bei den Geerdes` los war.«

»Wie war es denn mit Wolfgang Geerdes, hatten Sie auch zu ihm Kontakt?«

Marianne Fiedler zog die Schultern hoch und rührte in ihrem Kaffeebecher herum. »Na ja, eigentlich weniger, obwohl er ja auch immer im Haus war, wenn ich mal bei Elvira Tee getrunken habe. Doch meistens war er dann im Esszimmer und hat da ferngesehen oder so. Schlimm, dass man immer noch nicht weiß, wo er ist. So erfährt er ja gar nicht, dass seine Frau tot ist.«

»Womöglich liest er es in der Zeitung«, meinte Eva, »es sollte ein Bericht erschienen sein.«

»Ja, heute Morgen habe ich's gelesen. Aber der Name stand ja nicht ausgeschrieben drin. Es war nur von einer Elvira G. die Rede.«

»Es würde mich wundern, wenn das ihren Ehemann nicht hellhörig machen würde«, meinte Eva, »zumindest sollte er dann wohl mal zuhause anrufen.«

»Sie hören sich an, als glaubten Sie gar nicht daran, dass er noch am Leben ist.«

»Fakt ist, dass wir es nicht wissen. Doch Sie haben recht, meine ganz persönliche Meinung geht eher in die Richtung, dass er auch einem Verbrechen zum Opfer gefallen ist.«

»Aber warum? Warum erst er und dann Elvira?«

»Das versuche ich gerade, herauszufinden. Sagen Sie, wer außer Ihnen ist denn sonst noch immer so bei den Geerdes` zu Besuch gewesen?«

»Mit Besuch meinen Sie wohl die Leute, die weder Postboten oder Ärzte sind«, stellte Marianne Fiedler klar und Eva nickte. »Nun, dann kann ich Ihnen da nicht wirklich weiterhelfen. So viel Besuch außer den Betreuern von Wolfgang gab es da meines Wissens gar nicht. Wobei ich natürlich nicht über jeden Gast informiert war.«

»Aber über die Betreuer sind Sie schon auf dem Laufenden?«

»Das bleibt nicht aus«, antwortete die Frau. »Ich bin ja den ganzen Tag zuhause. Da kriegt man schon einiges mit.«

»Wer kam denn regelmäßig ins Haus nebenan?«

»Wie gesagt, der betreuende Arzt, der alle vierzehn Tage vorbeikam.«

»Warum? Ist das üblich, wenn man im Rollstuhl sitzt?« Eva wusste es wirklich nicht, weil sie sich noch nie mit derartigen Themen beschäftigen musste.

»Ob das üblich ist, weiß ich nicht, aber Wolfgang brauchte regelmäßig irgendwelche Spritzen, hat Elvira mir mal beiläufig erzählt. Wofür, das kann ich nicht sagen. Interessierte mich ehrlich gesagt auch bisher nicht. Und dann kam noch die Physiotherapeutin, zuletzt wohl einmal wöchentlich und auch ein Masseur, wenn ich mich recht entsinne.«

»Klingt ganz schön aufwendig«, meinte Eva, die eigentlich erwartet hatte, dass diese Termine in der Regel in den Praxisräumen von Ärzten und Therapeuten abliefen. Doch bei Rollstuhlfahrern machte man vielleicht eine Ausnahme wegen des enormen Aufwands für die Betroffenen.

»Na ja, der Wolfgang wollte das ja alles gar nicht«, sagte Marianne Fiedler, »doch Elvira hat darauf bestanden.«

»Warum wollte er es nicht? Wissen Sie das?«

Die Frau zog die Schultern hoch. »Elvira sagte mal, dass er sich dann immer wie ein Krüppel vorkäme, wenn so viele Leute wegen ihm ins Haus kämen, um an ihm herumzufummeln. Genauso hat sie es gesagt.«

»Und doch war es sicher wichtig für ihn«, meinte Eva, »ich meine, für seine körperliche Verfassung.«

»Ach, die war eigentlich immer ganz gut. Einmal, da habe ich mit ihm alleine gesprochen, als er vor der Tür eine rauchte. Eher zufällig haben wir uns getroffen, als ich zum Einkauf losfahren wollte. Ich mochte ihn da nicht so einfach stehen lassen und bin kurz zu ihm rüber. Da hat er mir gezeigt, wie er sich selber aus dem Rollstuhl hieven kann und zurück. Er sagte, er hätte sich so Ringe an einen Türrahmen anbringen lassen, wo er sich bei stundenlangem Training hochzog, um seine Muskeln in den Armen nicht verkümmern zu lassen, wo die Beine schon nicht mehr wollten. Das sah wirklich beeindruckend aus, als er den Ärmel seines T-Shirts hochgeschoben hat.«

»Dann kann man nachvollziehen, dass er sich nur ungern hilflos fühlte. Und Sie denken, dass es deshalb zwischen den beiden Streit gegeben haben könnte? Ich meine, weil seine Frau darauf bestanden hat, dass die Therapeuten ins Haus kamen?«

»Doch, das denke ich schon. Eigentlich war oft dicke Luft da drüben, wenn ich es recht überlege.«

»Woran haben Sie das gemerkt? Hat Elvira Ihnen davon erzählt?«

»Das brauchte sie nicht. Es flogen dann immer die Türen ...«.

So langsam bröckelte die Fassade, dachte Eva.

»Wie oft kam das vor? Ich meine, dass die Türen flogen? Einmal die Woche, täglich?«

»Nein, täglich nun gerade nicht«, antwortete Marianne Fiedler, »warum hätten sie dann noch zusammenbleiben sollen?«

»Das stimmt. Doch es gibt Paare, die viel streiten und sich trotzdem nicht trennen«, meinte Eva, »gerade, wenn einer der beiden Partner relativ abhängig ist von dem anderen. Wie Wolfgang Geerdes in diesem Fall, weil er ja an den Rollstuhl gefesselt war.«

Marianne Fiedler lachte unwillkürlich auf. »Wolfgang war ganz bestimmt nicht abhängig von Elvira, es war wohl eher umgekehrt.«

»Tatsächlich?« Jetzt wurde Eva neugierig.

»Oh ja. Ich sagte ja schon, wie Wolfgang das Ganze auf die Nerven ging. Und ich bin mir sicher, dass er gut alleine zurechtgekommen wäre, wenn Elvira wieder arbeiten gegangen wäre. Doch das wollte sie nicht. Ich habe sie mal direkt danach gefragt. Da ist sie ziemlich sauer geworden.«

»Inwiefern?«

»Nun ja, ich habe gefragt, ob sie ihre Arbeit nicht vermisse. Da wurde sie dann etwas reserviert und meinte, ich ginge ja auch nicht arbeiten. Und sie hätte wenigstens noch einen guten Grund, weil sie sich um ihren querschnittsgelähmten Ehemann kümmern müsste.«

Eva registrierte, dass Elvira Geerdes sie angelogen hatte, als sie ihr erzählt hatte, dass sie halbtags in ihrem alten Beruf arbeiten würde.

»Warum arbeiten Sie nicht?«, fragte Eva.

»Ich bin Frührentnerin«, sagte Marianne Fiedler. »Man sieht es mir vielleicht nicht an, aber ich leide oft unter starken Schmerzen. Fibromyalgie, falls Sie schon davon gehört haben.«

»Ich glaube schon«, sagte Eva, »wusste Elvira Geerdes denn nicht davon, als sie mit ihr über Arbeit sprachen?«

»Doch, das wusste sie sehrwohl. Ich glaube, sie wollte mir damit weh tun, denn es fällt mir wirklich nicht leicht, immer zu Hause zu sein. Doch manchmal, wenn das Wetter so richtig schlecht ist mit Regen und Kälte, dann komme ich kaum aus dem Bett.«

»Da tut Ihnen der Sommer jetzt wohl richtig gut.«

Marianne Fiedler nickte. »Eine Wohltat. Manchmal denke ich schon darüber nach, das Haus zu verkaufen und in den Süden zu ziehen.«

»Sie leben alleine?«

»Ja, mein Mann starb vor drei Jahren an Krebs.«

»Tut mir leid.«

»Dinge sind so, wie sie sind. Aber das Haus mit dem großen Garten wird mir wirklich langsam zu viel.«

»Glauben Sie, dass die Ehe der Geerdes` trotz allem noch glücklich war?«, fragte Eva, um wieder zum Fall zurückzukehren.

»Puh, das kann ich wirklich nicht beurteilen. Wer kann bei einem Ehepaar schon hinter die Kulissen schauen. Vielleicht haben die beiden ihren

Weg gefunden, in dem sie sich ständig gestritten haben, um mit der Situation klarzukommen. Wer weiß das schon, was Menschen zusammenschweißt.«

Da hatte Marianne Fiedler wahrscheinlich sogar recht, dachte Eva und verabschiedete sich bald.

Dieter lag mit dem Kopf auf seinem Schreibtisch und war eingeschlafen, als Eva wieder in sein Büro kam. Sein Mund stand halb offen, die Zigarette fuhr mit jedem Atemzug rauf und runter. Sie räusperte sich. Seine Mundwinkel zuckten und er schlug kurz darauf die Augen auf.

»Scheiße«, sagte er, als er hochkam, »ich muss wohl eingeschlafen sein.« Er schüttelte seine Hände aus, die unter einem Stapel Akten gelegen hatten.

»Ist mir auch schon passiert«, sagte Eva obenhin und setzte sich ihm gegenüber an den Schreibtisch. »Das Gespräch mit der Nachbarin war ganz interessant«, wurde sie dann wieder sachlich. »Die Geerdes` hatten offenbar öfter Streit, weil sie ihn behandelte wie ein kleines Kind und nicht darauf einging, was er eigentlich wollte.«

»Also das übliche Problem wie bei allen Paaren«, meinte Dieter.

»Es muss schon etwas heftiger gewesen sein, als das, was üblich ist. Es flogen oft die Türen, wenn sie stritten, sagte Marianne Fiedler.«

»Tja, und was sagt uns das jetzt?«

»Es könnte auf jeden Fall die Theorie bestärken, dass Wolfgang Geerdes noch lebt und einfach abgehauen ist, weil er es zuhause nicht mehr ausgehalten hat.«

»Okay. Aber warum meldet er sich dann jetzt nicht? Seine Frau ist doch tot.«

»Vielleicht weiß er es noch nicht. Wäre doch möglich. Was hast du denn herausbekommen in der Zwischenzeit? Ich meine, als du noch wach warst.« Sie grinste und er verzog das Gesicht.

»Es gibt kaum Verwandte«, sagte er dann und gähnte. »Wenn, dann wohnen sie weit weg und können sich nicht daran erinnern, wann sie die beiden das letzte Mal gesehen haben. Kinder gibt es ja keine und die jüngsten waren sie ja nun auch nicht mehr.«

»Sie hatten dann wohl nur noch sich. Und Elvira war sogar noch ein paar Jahre älter als ihr Mann«, sagte Eva und fragte sich insgeheim, wo sie und Robert wohl in zehn Jahren stünden? »Und in den Sachen aus dem Haus? Da war doch bestimmt ein Laptop dabei, Notizbücher, Kalender, Briefe.«

»Was meinst du, worauf ich so wohlig geschlafen habe«, antwortete Dieter und schob ihr den Berg rüber. »Allerlei Krimskrams. Sie hat wohl Rezepte gesammelt, die gute Frau. Und bei ihm waren Motorräder an erster Stelle, immer noch. Und sein Laptop wird noch untersucht. Sie hatte wohl keinen eigenen. Allerdings wurde ihr Smartphone sichergestellt, doch bisher ohne nennenswerte Erkenntnisse.«

»Und trotzdem muss es da irgendetwas geben, was uns bisher entgangen ist«, meinte Eva nachdenklich. »Elvira Geerdes ist nicht zufällig der Schädel eingeschlagen worden. Und ihr Mann ist heimlich verschwunden. Wir wissen einfach noch nicht genug, um das Ganze richtig zu interpretieren.«

»Und was schlägst du vor?« Dieter rieb sich über die Augen und sein Blick wurde klarer.

»Ich hole uns mal einen Kaffee«, erwiderte Eva, »das kann sich ja niemand mit ansehen, wie du leidest.«

»Gute Idee«, sagte Dieter und klappte einen der vielen Aktendeckel auf.

Eva wunderte sich nicht, dass der Kaffeeautomat noch an der gleichen Stelle stand und auch nicht darüber, dass es noch derselbe war, der schon damals, als sie noch hier arbeitete, seine Macken hatte.

Auch jetzt verschluckte er ihren Euro und blieb stumm. Sie bückte sich, griff in das Münzfach und schüttelt den Kopf.

»Na, will er wieder nicht?«, hörte sie eine vertraute Stimme hinter sich und drehte sich um.

»Rüdiger«, sagte sie.

»Eva? Du?«, erwiderte er.

Dann fielen sie sich in die Arme. Rüdiger war einer der wenigen Kollegen gewesen, mit denen sie befreundet gewesen war die ganzen Jahre. Er hatte damals sogar versucht, mit dem Chef zu sprechen, als dieser sie nach Langeoog versetzte. Sie waren gute Freunde, aber nie mehr gewesen. Als Eva gegangen war, schlief der Kontakt ein. So war das eben im Berufsalltag.

»Mensch, du siehst verdammt gut aus«, sagte Rüdiger, als sie sich wieder voneinander lösten. »Was machst du hier?«

»Das ist eine lange Geschichte«, antwortete Eva, »doch die Kurzversion ist, dass ich mit an dem Fall arbeite, wo der Mann verschwunden ist und die Ehefrau nun ermordet wurde.«

»Quatsch«, sagte Rüdiger, »du bist doch wohl nicht freiwillig zurückgekommen?«

»Nein, das nicht«, sagte Eva, »ich war eher zufällig hier. Na ja, so ganz zufällig nun auch wieder nicht. Aber wie gesagt, das ist …«.

»Eine lange Geschichte«, vollendete Rüdiger, »und das wundert mich bei dir auch nicht. Hast du Zeit? Wir könnten irgendwo einen richtig guten Kaffee trinken gehen.«

»Hm, ich weiß nicht. Eigentlich wartet Dieter auf mich. Ich hatte versprochen, uns einen Kaffee zu holen.«

»Dieter? Der alte Quakkopf. Der soll ruhig warten.«

»Du magst ihn nicht?«

»Machst du Witze? Das ist der größte Stinkstiefel unter der Sonne. Es gibt niemanden, der mit ihm auskommt.«

»Verstehe ich gar nicht«, meinte Eva, »ich finde ihn eigentlich ganz nett.«

»Da bist du wohl die Einzige«, meinte Rüdiger. »Aber ich verstehe, wenn du jetzt nicht einfach abhauen willst. Wie wäre es, wenn wir heute Abend schön zusammen essen gehen. Ich weiß da ein nettes Restaurant, wo man hervorragende französische Küche genießen kann.«

»Das klingt gut«, stimmte Eva zu. Sie gab ihm die Adresse ihrer Ferienwohnung, weil er sie abholen wollte. Dann ging sie mit zwei

Kaffeebechern zurück zu Dieter, weil Rüdiger die Maschine mit Füßen getreten hatte, woraufhin diese sich erbarmte.

»Hat ganz schön lange gedauert«, meinte Dieter, als sie zurückkam.

»Oh, ich hab noch einen alten Kollegen getroffen auf dem Flur«, sagte sie.

»Na dann ... aber immerhin hast du einen Kaffee mitgebracht. Das klappt nicht immer bei dem alten Monster von Maschine.«

»Stimmt, leicht war es nicht. Wie gehen wir denn jetzt weiter vor?« Eva hatte sich gesetzt und nach hinten gelehnt. Es war nicht leicht, jetzt nicht mehr an Rüdiger zu denken. Er war alt geworden. Zu den grauen Schläfen, die ihm so gut gestanden hatten, war jetzt auch der Rest ergraut. Er musste Ende fünfzig sein. Sie freute sich auf den Abend.

»Trara«, sagte Dieter und reichte ihr einen weißen bedruckten Bogen Papier. »Der Bericht aus der Gerichtsmedizin. Diesmal hat sich der Kollege wirklich überschlagen.«

»Zeig her«, sagte Eva und las neugierig, was man herausgefunden hatte. Doch nach einer Weile legte sie den Bericht enttäuscht auf den Tisch. »Keine fremden Spuren unter ihren Nägeln«, sagte sie matt.

»Tja, das war`s dann wohl«, sagte Dieter. »Kein Kampf. Sie muss den Täter gekannt haben. Denn seien wir mal ehrlich, selbst, wenn er sie von hinten überrascht hat, da müsste doch irgendwas sein. Zerbrochenes Glas, Porzellan oder so. Heruntergeschmissene Zeitungen oder Schnickschnack. Selbst die Teetassen standen noch ordentlich auf dem Tisch.«

»Stimmt«, sagte Eva, »und warum hat der Täter sie eigentlich stehen lassen, frage ich mich? Schließlich wussten wir so doch sofort, dass jemand im Haus war.«

»He, das war doch sowieso logisch, sie schlägt sich ja nicht selber den Kopf ein.«

»Nein, das nicht. Aber so wussten wir, dass jemand zu Besuch gewesen war.«

»Dieser Besuch muss sie ja nicht erschlagen haben.«

»Stimmt auch wieder. Vielleicht war es dem Täter recht, dass dort Geschirr auf dem Tisch stand.«

»Oder er hat sich gar keine Gedanken um das Zeugs gemacht«, meinte Dieter. »Als er ins Haus kam, um Elvira umzubringen, da war ihm piepegal, ob da abgeräumt worden war oder nicht.«

»Siehst du«, sagte Eva, »und das glaube ich einfach nicht.«

»Was jetzt?«

»Dass Elvira Geerdes nicht abräumen würde, wenn sie mit jemandem Tee getrunken hat. Sie war außerordentlich akribisch, was solche Dinge betraf. Da stand nichts lange unnötig herum. Das sagte auch Marianne Fiedler aus. Sogar dem Ehemann ging diese Ordnungsliebe manchmal auf den Geist, weil er selber alles hinter sich liegen ließ und dann gab es wieder Streit.«

»Das heißt dann wohl, dass der Teetrinker doch der Mörder ist«, meinte Dieter lakonisch.

»Irgendwie sieht es verdammt danach aus«, meinte Eva, »wir müssen herausfinden, wer das gewesen sein könnte. Sind die Tassen schon auf Fingerabdrücke untersucht worden?«

»Klar«, meinte Dieter, »doch bisher haben wir nur die von Elvira Geerdes darauf identifiziert.«

»Aber es sind noch mehr darauf?«

»Nein, keine Brauchbaren jedenfalls.«

»Mist.«

»Du sagst es.«

»Und Geschirr wird ständig abgewaschen. Und es ist nicht klar, ob der Täter wirklich auch Tee getrunken hat.«

»Das kommt erschwerend hinzu. Vielleicht mochte er sowieso lieber Kaffee.«

»Sehr komisch«, meinte Eva und seufzte. »Wenn wir nur endlich wüssten, wo Wolfgang Geerdes ist.«

»Ja, wundert mich eigentlich auch, dass sich niemand meldet, der ihn irgendwo gesehen hat, nachdem er verschwand. So ein Mann, der fällt doch auf, wenn er alleine unterwegs ist.«

»Ja? Bist du da sicher? Wie viele Rollifahrer hast du denn in den letzten drei Tagen gesehen?«

Dieter kratze sich am Kinn. »Ist das jetzt eine Fangfrage?«

»Nein, das meine ich ganz ernst. Man erinnert sich doch nicht an jeden, den man im Vorbeigehen sieht. Und ich erinnere mich nur an den letzten Mann im Rollstuhl, den ich sah, weil er so traurig wirkte, während seine Frau ihm Zigaretten holte.«

»Und an wie viele Frauen, die ein rotes Kleid trugen, erinnerst du dich?«, stellte Dieter eine Gegenfrage.

»Hm«, machte Eva.

»Eben. Und bisher hat sich niemand gemeldet, der Wolfgang Geerdes kannte und sich darüber wunderte, ihn alleine auf den Straßen gesehen zu haben. Wobei das ja nicht einmal etwas Ungewöhnliches wäre. Seine Frau sagte doch, dass er durchaus auch mal alleine rausging, wenn ich mich recht erinnere.«

»Ja, das stimmt. Das hat sie gesagt, als ich sie befragt habe.«

»Na dann.«

»Ich denke, wir müssen die Suche nach Wolfgang Geerdes intensivieren«, schlug Eva vor.

»Was soll das bringen?«

»Aufmerksamkeit. Und daneben noch den Effekt, dass Wolfgang Geerdes vielleicht auch endlich mitbekommt, dass seine Frau tot ist. Wir müssen den Radius in den Medien über Braunschweig hinaus erweitern. Es gibt hier doch auch einen Regionalsender. Wir sollten mit der Suche auch ins Fernsehen gehen.«

»Spektakulär ist die Sache ja mittlerweile«, meinte Dieter und wirkte optimistisch. »Ich werde gleich mal da anrufen.«

Französische Küche

Eva freute sich auf den Abend mit Rüdiger und war schon eine halbe Stunde, bevor er sie abholen wollte, fertig.

Er war einer von der Sorte, mit dem man gerne Pferde stahl. Unauffällig, aber immer zur Stelle, wenn man einen guten Freund brauchte. Warum hatte sie eigentlich die letzten Jahre überhaupt nicht an ihn gedacht?, fragte sich Eva. Man merkte wohl immer erst zu spät, welche Menschen wirklich wichtig im Leben waren. Auf der anderen Seite, er hatte sich auch nie bei ihr gemeldet, obwohl sie es, bevor sie nach Langeoog gegangen war, sogar mit einer Einladung auf die Insel angeboten hatte, wenn er mal ausspannen wollte. Aber wann hatte ein echter Polizist überhaupt einmal Zeit dazu? Da musste man ja nur an Dieter denken, der einfach so über seinen Akten einschlief am helllichten Tag. Keine Frage, der Job wurde immer stressiger. Vielleicht war es doch ganz gut, dass sie jetzt auf ihrer sicheren Insel lebte.

Es klingelte an der Tür. Rüdiger war wirklich überpünktlich.

Doch Rüdiger stand nicht alleine vor der Tür, als sie öffnete.

»Dieter?«, fragte sie irritiert.

»Es gibt Neuigkeiten«, erwiderte dieser, ohne auf ihre Verblüffung einzugehen. »Man hat Wolfgang Geerdes gefunden.«

»Wirklich? Wo?«

»In einem Gewässer in den Rieselfeldern. Ich hab Rüdiger gleich mitgebracht. Der Angesprochene lächelte fast unmerklich, was Eva sagte, dass Dieter nichts von der eigentlichen Verabredung wusste.

»Okay«, sagte sie, »dann los.«

»Du solltest dir andere Schuhe anziehen«, sagte Dieter pragmatisch.

Kurz darauf saßen sie zusammen in seinem Wagen und fuhren los.

»Wer hat den Toten überhaupt gefunden?«, fragte Eva.

»Das war Zufall«, antwortete Rüdiger, »jemand vom NABU wollte die Vögel beobachten und ist da auf etwas gestoßen.«

»Auf was?«

»Der Rollstuhl ragte aus dem Wasser beziehungsweise die Räder. Er hat daran gezogen, weil er neugierig war.«

»Aha.«

Ein großes Polizeiaufgebot mit Blaulicht empfing sie dann am Fundort, der großräumig abgesperrt worden war. Männer in weißen Overalls, Blitzlichter, die aufflammten und jede Menge Fähnchen, die vermeintlich wichtige Stellen markierten, machten das doch eigentlich ruhige Naturschutzgebiet zu einem Szenario, das in einem Fernsehkrimi hätte bestehen können.

Ein junger Mann mit Vollbart und khakifarbenen Sachen wurde von einem Kollegen an einen Streifenwagen gelehnt befragt. Eva wusste sofort, dass es der Zeuge war, der den Toten entdeckt hatte.

Dann endlich kamen sie zu der Stelle, wo der Rollstuhl kopfüber aus dem Wasser geragt hatte.

»Mein Gott«, sagte Eva, »man hat Wolfgang Geerdes an den Rollstuhl festgebunden. Er muss elendig ertrunken sein.«

»Das wissen wir noch nicht«, mahnte Dieter. »Vielleicht sollte er nur den Rollstuhl beschweren, damit er nicht wieder hochkommt.«

»Dann hat der Täter wohl nicht den wechselnden Wasserstand, der hier herrscht, bedacht.«

»Hier kommen nicht viele Menschen hin«, meinte Rüdiger, »im Prinzip schon ein guter Ort, um eine Leiche auf nimmer wiedersehen verschwinden zu lassen.«

»Aber nicht gut genug. Es war anscheinend kein Profi am Werk«, sagte Dieter.

»Ob es sich um ein und denselben Täter bei den Morden handelt?«, fragte Eva mehr sich selbst.

»Die Brutalität betreffend ließe es sich schon vermuten«, meinte Dieter.

»Aber wer sollte ein Interesse daran haben, das Ehepaar Geerdes zu ermorden?, fragte Eva.

»Siehst du, jetzt weiß ich, welche Frage ich mir die ganze Zeit schon stellen wollte«, erwiderte Dieter und rollte mit den Augen.

»Ist ja schon gut, ich hab nur laut gedacht.«

»Ich werde mich mal bei den Kollegen umhören, ob es brauchbare Reifenspuren gibt«, knurrte Dieter, »kaum zu glauben, dass man Geerdes mit dem Rollstuhl bis hierher gerollt hat. Dafür ist der Boden viel zu uneben und manchmal auch nass.«

Jetzt war Eva mit Rüdiger alleine.

»Danke, dass du nichts gesagt hast«, meinte sie und steckte ihre Hände in die Jackentaschen.

»Dass wir eigentlich essen gehen wollten?«, entgegnete Rüdiger. »Geht den doch nichts an.«

»Wir holen das nach. Ich habe mich schon darauf gefreut, mal über die alten Zeiten zu plaudern.«

»Auf jeden Fall. Schon komisch, wieder mit dir zu arbeiten.«

»Ja, merkwürdig. Als wäre es gestern gewesen, dass ich hier in Braunschweig war. Damals bin ich ja eher widerwillig gegangen.«

»Das ist wohl die Untertreibung des Jahres. Der Chef hat dir praktisch das Messer an die Kehle gesetzt.«

»Er ist jetzt Chef in Osnabrück«, lachte Eva, »also habe ich ihn wieder am Hals. Aber viel weiter als Langeoog kann er mich eigentlich nicht schicken, da kommt nur noch Wasser.«

»Und? Hast du dich da gut eingelebt?«

»Doch, eigentlich schon ...«.

»Aber?«

»Ach, das führt jetzt zu weit. Wir sollten uns um das Opfer kümmern.«

»Hast recht. Fürs Plaudern bleibt uns beim Essen noch genügend Zeit.«

»Sieht das für dich nach einer Tat eines Mannes aus?«, fragte Eva und zeigte auf Wolfgang Geerdes, dem der Schlamm in den Haaren hing. Seine Haut war aufgedunsen und hatte den Schimmer eines vergammelten Fischs.

»Ich halte nicht viel davon, Leichen und Morde nach Geschlechtern der Täter zu katalogisieren«, meinte Rüdiger. »Im Grunde ist jeder zu so einer Tat wie dieser fähig, egal, ob Mann oder Frau.«

»Sicher«, sagte Eva, »so meinte ich das auch nicht. Aber würde ein Mann so vorgehen? So fehlerhaft?«

»Fehlerhaft?«

»Es ist doch offensichtlich, dass der Täter oder die Täterin nicht allzu viele Gedanken daran verschwendet hat, ob man die Leiche findet. Aber wenn man den Toten samt Rollstuhl hierher schafft, dann ist das ein großer Aufwand. Würde ein Mann so schlurig, will ich es mal nennen, mit der Entsorgung der Leiche umgehen?«

»Worauf willst du hinaus?«, fragte Rüdiger, »dass es sich um eine dumme Frau handelt, die Wolfgang Geerdes umgebracht hat?«

»Nein. Für dumm halte ich sie eigentlich nicht. Doch irgendwie ist das hier die Handschrift einer Frau, denke ich. Vielleicht war alles schon anstrengend genug, den Rollstuhl samt Opfer hierher zu schleppen. Und deshalb hat sie dann das Versenken im Wasser nur noch mit halber Kraft geschafft.«

»So gesehen gebe ich dir recht. Ein kräftiger Mann hätte auch noch den Rest bewältigen können, ohne schlappzumachen.«

Eva ging in die Hocke und sah auf Wolfgang Geerdes` Hände, die an den Rollstuhl gefesselt waren.

»Das ist gewöhnliches Paketband«, meinte sie. »An den Füßen dasselbe.«

»Sowas haben viele im Haushalt.«

»Stimmt. Ich verstehe nur nicht, warum der Täter, wenn er vorhatte, das Ehepaar zu ermorden, erst Wolfgang Geerdes so umständlich umbringt und dann seine Frau einfach in deren Haus erschlägt. Das ergibt überhaupt keinen Sinn.«

»Das hätte er wirklich leichter haben können, da gebe ich dir recht. Vielleicht sollten wir doch von zwei Tätern ausgehen«, schlug Rüdiger vor.

»Wäre aber schon ein gewaltiger Zufall, wenn ausgerechnet zwei Täter in ziemlich engen Abständen die Morde begangen hätten. Ob die sich abgesprochen haben?«

»Wer weiß. Es gibt die dollsten Dinge.«

Dieter kam wieder zu den beiden zurück.

»Und?«, fragte er, »habt ihr den Fall mit euren messerscharfen Analysen schon gelöst?«

»Fast«, antwortete Eva.

»Na, da bin ich ja mal gespannt.«

Eva schilderte ihm ihre Gedankengänge von eben.

»Okay«, sagte Dieter, »einiges leuchtet mir ein. Aber was schlägst du jetzt vor? Sollen wir ein Bewerberprofil für den Täter, die Täter oder gar die Täterin aufgeben?«

»Ganz so schwierig wird es wohl nicht werden«, sagte Eva, »ich hab da schon einen Plan, wie es jetzt weiter vorgehen werde.«

»Und da wundert sie sich noch, dass keiner mit ihr arbeiten wollte«, lachte Dieter und sah Rüdiger um Unterstützung bittend an. Doch dieser zog nur die Schultern hoch und schwieg.

Das Drumherum

Um kurz nach Mitternacht war Eva wieder zuhause gewesen, doch schlafen konnte sie nicht.

Das lag zum einen an dem recht spannenden Fall, den sie jetzt mit den Kollegen zu lösen versuchte und dann war ein ganz neues Gefühl in ihr hochgekommen.

Erst am nächsten Morgen, als sie ihren Kaffee im Stehen am Fenster in der Küche trank, da wusste sie es. Sie war wieder unter Menschen, mit denen sie sich wirklich reiben konnte. Dieter war ruppig, doch sie mochte ihn. Und auch wenn er manchmal den Eindruck erweckte, dass er nicht ganz bei der Sache war, so arbeitete sein Verstand analytisch und führte zu konkreten Ergebnissen. Rüdiger wiederzusehen, war sowieso schön gewesen.

Ja, sie fühlte sich wieder als eine von ihnen. Sie gehörte zu einem Team, das launig zusammenarbeitete und doch an einem Strang zog. Und das alles zusammengenommen, neben der Möglichkeit in Braunschweig, jederzeit in den Wagen steigen zu können und überall hinzufahren, wo man wollte, ließ sie in gewisser Weise wieder spüren, dass sie lebte.

Ihr erster Eindruck damals, als sie nach Langeoog kam, war gewesen, dass sie ans Ende der Welt versetzt worden war. Und eigentlich stimmte das auch. Sicher, sie hatte sich an das Inselleben gewöhnt, doch es blieb eben immer ein Leben auf einem Sandhaufen, den man nur mit einem Schiff verlassen konnte. Robinson Crusoe fiel ihr ein. Wie musste der arme Mann sich gefühlt haben.

Doch sie fragte sich auch, ob es wirklich ein zurück ins Leben, wenn man so wollte, würde geben können.

Und so schlug sie dann die Brücke zu Elvira und Wolfgang Geerdes. Für ihn hatte es nach dem Motorradunfall kein zurück in sein altes gewohntes Leben gegeben. Und Elvira hatte ihres praktisch für ihn aufgegeben, obwohl er es laut der Nachbarin Frau Fiedler nie verlangt hatte. Was machte das mit einem Menschen, wenn er mit Mitte fünfzig von vorne anfangen musste? Wie hatte das Zusammenleben des Ehepaares wirklich ausgesehen? Und wer hasste die beiden so sehr, dass er sie ermordet hatte? Getrennt voneinander und doch beide auf eine wirklich brutale Weise. War Wolfgang Geerdes gequält worden, bevor er ertrank? Bei Elvira war es eher schnell gegangen. Ein oder zwei Feste Schläge mit dem Fleischklopfer und sie musste das Bewusstsein verloren haben.

Wenn es stimmte, was Frau Fiedler erzählt hatte, dann war es bei den Geerdes` eher ruhig zugegangen. Nicht viele Besucher, sondern eher geschäftliche Kontakte, wenn man so wollte. Ärzte, Therapeuten, Briefträger und Paketboten. Viele Freunde schienen sie zusammen nicht gehabt zu haben. Und Wolfgang Geerdes war dann wohl lieber aus dem Haus gegangen, um sich abzulenken. War oft alleine unterwegs gewesen. Aber wo war er hingefahren? Was hatte er gemacht? Hatte er eine Geliebte, mit der er bald hätte zusammenziehen wollen? Man hätte allerdings annehmen können, dass es bei zwei erwachsenen Menschen im fortgeschrittenen Alter eine weniger blutige Lösung gegeben hätte, um sich zu arrangieren. Konnte eine Frau mit Anfang sechzig wirklich so eifersüchtig werden und ihren Mann wegen einer anderen Frau umbringen?

Eva stellte sich vor, dass sie erfuhr, dass Robert eine andere hatte hinter ihrem Rücken und schon alleine die Vorstellung machte sie traurig und wütend zugleich. Aber töten würde sie ihn deshalb nicht, da war sie sich ganz sicher. Doch sie hatte ja auch nicht ihr ganzes Leben für ihn geopfert.

Sie setzte sich an den Küchentisch und breitete alle Tatortfotos aus der Küche von Elvira Geerdes darauf aus. Sie rief sich das Gespräch, das sie mit ihr zuletzt geführt hatte, in Erinnerung. Alles, was sie über ihre Ehe gesagt hatte klang langweilig. Monotoner Alltagstrott. Sie kümmerte sich um ihn, während er sich grämte, nicht mehr Motorrad fahren zu können. Gemeinsame Interessen hatte es im Grunde nicht gegeben. Sie waren durch den Unfall aneinander gekettet, auf Gedeih und Verderb voneinander abhängig irgendwie. Wolfgang Geerdes hatte nach ihren Angaben das Haus etwa um achtzehn Uhr herum verlassen. Wohin, das wusste sie nicht. Auch hatte er ihr nicht Bescheid gesagt, dass er noch einmal weggehen würde. Das sei nicht üblich gewesen, hatte sie ausdrücklich betont. War es also eine Lüge gewesen? Hatte Wolfgang Geerdes gar nicht das Haus verlassen gehabt? Wenigstens nicht freiwillig. Hatte sie ihren eigenen Mann getötet und in den Rieselfeldern ertrinken lassen?

Und wenn ja, dann musste es einen triftigeren Grund als Langeweile in der Ehe dafür gegeben haben. Dann konnte alles nur darauf hinauslaufen, dass Wolfgang Geerdes ein Verhältnis gehabt hatte.

Eva war sich sicher, dass sie mehr dazu erfahren konnte, wenn sie noch einmal bei der Nachbarin vorbeischaute.

Sie stellte die Kaffeetasse in die Spüle und machte sich auf den Weg.

Marianne Fiedler machte nicht auf, als sie kurz darauf bei ihr klingelte. Eva setzte sich auf die Stufen zum Haus und reckte ihr Gesicht in die Sonne. Vielleicht hatte sie ja Glück und die Nachbarin kam gleich wieder zurück.

Sie zog ihr Handy aus dem Rucksack. Robert hatte sich nicht gemeldet. Und seitdem sie sich mehr mit dem Thema Eifersucht beschäftigte, kam ein komisches Gefühl in ihr hoch. War er vielleicht ganz froh, dass sie weggefahren war? Flirtete er gerade mit einer jungen hübschen Angestellten eines Cafés oder Buchladens? Hatte er ein Verhältnis mit einer anderen Frau und sie lagen noch im Bett und ... nein, weiter wollte sie ihre Wahnvorstellungen nicht treiben. Sie suchte seine Nummer in der Anrufliste und drückte die entsprechende Taste, um ihn anzurufen. Es klingelte lange. Robert ging nicht ran.

So fühlt es sich also an, dachte Eva enttäuscht. Ein Ziehen in der Magengegend, ein bitterer Geschmack im Mund. Eifersucht hatte sie so richtig noch nie kennen gelernt im Leben. Dafür war die Zahl der Männer, mit denen sie überhaupt engeren Kontakt hatte, einfach zu klein. Und meistens hatte sie Beziehungen beendet. Manchmal abrupt und ohne Vorwarnung. Sie war immer diejenige am längeren Hebel gewesen. Und jetzt spürte sie mal, wie es sich anfühlte, wenn man den Kürzeren zog.

»Frau Sturm?«

Vor Eva stand die Hausbesitzerin und sie kam umständlich hoch.

»Frau Fiedler, guten Tag. Entschuldigen Sie, dass ich so vor ihrem Haus campiere.«

»Schon gut«, erwiderte diese, »ich nehme an, dass Sie mich noch einmal sprechen möchten. Kommen Sie rein.«

Sie schloss die Haustür auf und Eva folgte ihr ins Haus.

In der Küche räumte Marianne Fiedler Sachen in den Kühlschrank.

»Wir haben Wolfgang Geerdes tot aufgefunden«, sagte Eva und sah einem Paket Magerquark dabei zu, wie es auf den Boden fiel.

»Nein!«, rief Marianne Fiedler aus und im ersten Moment war nicht klar, ob es um die Schweinerei auf dem Boden oder um den toten Nachbarn ging.

»Ich wollte Sie nicht so erschrecken«, sagte Eva entschuldigend und suchte im Gesicht von Marianne Fiedler nach Hinweisen, was ihr der Tod von Wolfgang Geerdes ausmachte.

»Schon gut.« Marianne Fiedler nahm das Spültuch und wischte damit über den Fliesenboden.

»Lässt sich alles schnell wieder in Ordnung bringen.«

»Tja, die Sache mit dem Ehepaar Geerdes leider nicht«, sagte Eva ungewollt ironisch.

»Was ist ihm denn geschehen? Ich meine, wo haben Sie Wolfgang gefunden?« Marianne Fiedler ließ Wasser über das Spültuch laufen und warf gleichzeitig die aufgesprungene Plastikverpackung in den Müll.

»Es sieht so aus, als sei Wolfgang Geerdes in den Rieselfeldern ertrunken«, sagte Eva, »doch die genaue Todesursache wird noch untersucht.«

»Ertrunken? Mein Gott.« Marianne Fiedler stellte das Wasser ab und trocknete ihre Hände mit einem Geschirrtuch ab. »Die Rieselfelder sind aber schon etwas raus. Wie ist er denn dahingekommen so alleine mit dem Rollstuhl?«

»Das ist es ja«, meinte Eva, »noch wissen wir darüber gar nichts.«

»Sind Sie deshalb zu mir gekommen? Also, ich kann Ihnen darüber leider auch nicht mehr sagen. Aber das habe ich Ihnen ja schon beim letzten Mal erzählt, dass ich kaum etwas über meine Nachbarn weiß.«

»Das stimmt«, sagte Eva, »aber manchmal ist es leider so, dass Menschen nicht die Wahrheit sagen.«

»Was soll das denn heißen?« Marianne Fiedler funkelte sie wütend an. »Wenn Sie mir so kommen, dann können Sie mein Haus auch gleich wieder verlassen. Das höre ich mir nicht an.«

»Ich werde gehen, Frau Fiedler«, sagte Eva ruhig, »doch eines wüsste ich gerne von Ihnen. Wie war Ihr Verhältnis zu Wolfgang Geerdes?«

»Verhältnis? Sind Sie jetzt völlig übergeschnappt?« Marianne Fiedler ließ sich auf einen Küchenstuhl sinken.

Eva setzte sich dazu und sagte: »Es sind nur ganz einfache Fragen, denen ich nachgehen muss.«

»Das verstehe ich ja auch«, erwiderte die Frau leise, »doch ich bin nun wirklich die Letzte, die etwas mit Wolfgang Geerdes gehabt haben könnte. Das ist eigentlich eher zum Lachen, wenn die Sache nicht so ernst und traurig wäre.«

»Haben Sie denn eine Idee, mit wem Wolfgang Geerdes ein Verhältnis gehabt haben könnte?«

»Wie kommen Sie denn eigentlich darauf? Der arme Mann saß im Rollstuhl. Wie sollte er denn noch anderen Frauen schöne Augen machen?«

»Männer finden immer einen Weg«, sagte Eva lax. Und das erste Mal lächelte Marianne Fiedler.

»Sie sind eine sehr merkwürdige Kommissarin, wenn ich das mal so sagen darf.«

»Oh, das dürfen Sie«, entgegnete Eva, »ich höre das nicht zum ersten Mal. Aber meistens liege ich mit meinen Methoden richtig.«

»Sind Sie eigentlich verheiratet?«

»Was denken Sie?«

Marianne Fiedler sah sie mit schräg gestelltem Kopf an. »Hm, ich glaube nicht.«

»Stimmt. Ich war es auch noch nie.«

»Sie sind nicht der Typ dafür«, meinte Marianne Fiedler.

»Nicht der Typ für was?« Jetzt wurde Eva doch neugierig. Auch wenn es albern war, worüber sie sich gerade unterhielten.

»Sie ordnen sich keinem Mann unter.«

»Muss man das denn, wenn man verheiratet ist? Also, dann hab ich ja noch mal Glück gehabt.«

»Nein, man muss es natürlich nicht. Ich habe es auch falsch ausgedrückt. Es war früher sicher so, dass eine Frau ihre eigenen Wünsche zurückzustellen hatte, aber heute machen die Frauen doch, was sie wollen. Und das ist auch gut so.«

»Dann gehörte Ihre Nachbarin Elvira Geerdes wohl noch zum alten Schlag, oder? Sie hat ihr Leben ja ganz nach den Wünschen von ihrem Mann eingerichtet.«

Marianne Fiedler lachte kurz auf. »Ach, Elvira. Man soll ja nicht schlecht über Tote reden, aber sie hat es manchmal wirklich ein wenig zu weit getrieben mit ihrer Bevormundung.«

»Ihres Mannes?«

»Ja. Wolfgang wurde auf Schritt und Tritt praktisch von ihr bewacht. Er konnte kaum atmen, ohne dass sie nicht dabei zusah.«

Das passte zu dem Ordnungs- und Kontrollzwang, der Eva bereits bei ihrem Gespräch mit Elvira Geerdes aufgefallen war.

»Das war sicher nicht leicht für ihn«, meinte sie nun, »da er ja im Rollstuhl kaum die Möglichkeit hatte, ihr zu entkommen.«

»Oh, ich möchte jetzt auch nicht zu schlecht über Elvira sprechen«, sagte Marianne Fiedler und wurde von ihrem Gewissen gestoppt. »Sie hat es bestimmt nur gut gemeint. Sie wollte einfach, dass es ihm an nichts fehlte.«

»Dafür hat sie ihm aber die Freiheit genommen«, sagte Eva lakonisch und dachte, dass er wahrscheinlich oft so weit gewesen war, ihr einen Fleischklopfer über den Schädel zu ziehen. Doch so, wie es aussah, war er vor ihr gestorben. Oder etwa nicht? Sie musste jetzt unbedingt in die Dienststelle, um zu erfahren, wann Wolfgang Geerdes gestorben war. »Ich muss mich jetzt leider verabschieden«, sagte sie und sah demonstrativ auf ihre Armbanduhr.

»Kommen Sie ruhig mal wieder auf einen Kaffee vorbei«, rief Marianne Fiedler ihr nach. »Es macht Spaß, mit Ihnen zu plaudern.«

Wer war zuerst tot?

Als Eva in die Dienststelle kam, war Dieter schon wieder in irgendwelche Akten vertieft und in ihr kam der Verdacht auf, dass er seinen Job irgendwie nicht mochte.

»Du kommst spät«, sagte er nur, als er kurz aufblickte.

»Ich war noch einmal bei der Nachbarin«, sagte Eva und setzte sich zu ihm an den Schreibtisch. »Was machst du da?«

»Arbeiten«, sagte er knapp und sie fand, er wirkte verärgert.

»Bist du sauer auf mich?«, fragte sie, weil sie glaubte, bei ihm nicht um den heißen Brei herumreden zu müssen.

Jetzt sah er interessiert auf und fragte: »Gäbe es denn einen Grund dafür?«

»Nein, eigentlich nicht. Aber ich merke, dass du sauer bist. Wenn nicht auf mich, auf wen denn dann?«

»Tut nichts zur Sache«, entgegnete er und sah wieder auf seinen Schreibtisch. »Der Gerichtsmediziner sagt, Wolfgang Geerdes ist ertrunken. Allerdings hat er davon wohl nicht allzu viel mitbekommen, weil er ein ziemlich starkes Betäubungsmittel intus hatte.«

»Ein netter und umsichtiger Mörder«, sagte Eva. »Und so war es sicher auch leichter, Geerdes ohne Widerstand zu den Rieselfeldern zu transportieren.«

»Was wolltest du bei der Nachbarin?« Jetzt zog Dieter eine Zigarette aus der Schachtel, die auf dem Tisch lag, und platzierte sie in seinem Mundwinkel.

»Ich werde das Gefühl nicht los, dass sie uns nicht alles gesagt hat«, antwortete Eva.

»Und? Hat sich der Besuch gelohnt?«

»Vielleicht. Sie ist alleinstehend.«

»Macht sie das automatisch verdächtig?«

»Wenn es darum geht, Wolfgang Geerdes ein Verhältnis nachzuweisen, dann vielleicht.«

Dieter lehnte sich auf seinem Stuhl nach hinten. »Nun mach mal nen Punkt, die Frau ist mindestens sechzig. Wenn der Geerdes ein Verhältnis hatte, dann doch wohl mit einer jüngeren Frau.«

»Kann sein«, sagte Eva. »Doch man weiß nie, wo die Liebe hinfällt. Nicht jeder Mann steht auf junges Gemüse.«

»Pah, da fällt mir aber keiner ein. Und außerdem hatte er eine Frau in dem Alter, es wäre ein schlechter Tausch gewesen.«

»Na ja, egal. Sie hat es ja auch nicht zugegeben«, lenkte Eva ein. »Und doch bleibe ich dabei, dass sie uns nicht alles gesagt hat, bisher.«

»Willst du jetzt täglich bei ihr vorbeisehen?«, fragte Dieter und grinste.

»Sie hat mich sogar eingeladen, weil sie gerne mit mir plaudert«, erwiderte Eva. »Insofern gebe ich die Hoffnung nicht auf. Was sagt der Gerichtsmediziner eigentlich zum Todeszeitpunkt von Geerdes? Starb er vor oder nach seiner Frau?«

»Konkrete Angaben zum Todeszeitpunkt gibt es noch nicht, leider. Da müssen noch weitere Untersuchungen gemacht werden. Ist das denn wichtig?«

»Sicher. Stell dir doch mal vor, Geerdes selbst hat seine Frau Elvira ermordet.«

»Und?«

»Das würde doch ein ganz anderes Licht auf die Sache werfen und würde die Theorie erhärten, dass er ein Verhältnis hatte.«

»Okay. Aber warum hat man ihn dann ermordet? Macht für mich keinen Sinn. Oder glaubst du, dass die Geliebte von Geerdes zunächst die Nebenbuhlerin um die Ecke bringt und dann auch ihn?«

»Die Nebenbuhlerin vielleicht nicht, aber es kann doch sein, dass sie einen eifersüchtigen Ehemann hat, der hinter die ganze Sache gekommen ist.«

»Hm ... das wird mir alles zu kompliziert. Da halte ich mich lieber an meine Akten, anstatt mich solchen Fantastereien hinzugeben.«

»Das habe ich mir schon gedacht bei dem Aktenberg«, sagte Eva und zeigte auf den Schreibtisch. »Ich habe Papierkram schon immer gehasst und trotzdem meine Fälle gelöst.«

»Jeder, wie er mag und kann«, sagte Dieter. Er schlug einen Aktendeckel auf. »Meine Akten sagen mir, dass Dieter Geerdes an dem Tag, als er starb, einen Massagetermin gehabt hätte.«

»In den Abendstunden?«

»Ja, um 18.30 Uhr.«

»Den hat er dann wohl nicht wahrgenommen.«

»Tja, das ist der Knackpunkt, den ich auch ohne Fantasie entdeckt habe«, sagte Dieter triumphierend. »Ich habe einfach ganz alte Schule in der Praxis angerufen und da hat man mir bestätigt, dass der gute Wolfgang um 18.30 Uhr durchgeknetet worden ist. Und zwar in seinem eigenen Haus.«

»Quatsch«, sagte Eva verblüfft, »das kann doch nicht sein. Elvira Geerdes hat ausgesagt, dass er bereits um achtzehn Uhr das Haus verlassen haben musste, als sie das Abendbrot vorbereitet hatte.«

»Dumdidum.«

»Ist ja schon gut, ich gönne dir deinen Triumph.« Eva machte eine wegwischende Handbewegung. »Hast du nur in der Praxis angerufen oder auch mit dem Therapeuten gesprochen, der die Hausbesuche erledigte.«

»Was für einen Unterschied macht das denn?«

»Einen gewaltigen. Wenn der Termin bei denen im Kalender steht, dann könnte es doch sein, dass sie ihn trotzdem abgerechnet haben, obwohl Wolfgang Geerdes gar nicht zuhause war.«

Dieter zog die Stirn kraus. »Hast recht.«

»Also? Hast du mit dem zuständigen Masseur gesprochen?«

»Keine Ahnung.«

»Dann gib mal her, ich fahr da gleich mal vorbei. Das will ich jetzt ganz genau wissen.«

»Warte, ich komm mit. Ich brauch mal frische Luft.«

In der Praxis erfuhren sie, dass der Masseur zwar bei dem Haus der Geerdes` gewesen war, doch es hatte niemand aufgemacht. Man entschuldigte sich dafür, dass es am Telefon so geklungen haben musste, als ob die Massage auch durchgeführt worden wäre. Doch zu dem Zeitpunkt des Telefonats sei der betreffende Kollege nicht vor Ort gewesen und die Kollegin, die die Information gegeben hätte, war davon ausgegangen, dass der Termin auch wirklich stattgefunden habe.

»Manchmal ist es doch hilfreich, wenn man mal hinter seinem Schreibtisch hervorkommt«, sagte Eva, als sie wieder im Wagen saßen.

»Eins zu null für dich«, sagte Dieter ohne Gram. »Sieht so aus, als sind wir zusammen ein gutes Team.«

»Das Gefühl habe ich auch. Was nun?«

»Lass mal deine Fantasie spielen«, unkte Dieter.

»Sehr witzig. Im Moment steht die aber ziemlich auf dem Schlauch. Wir könnten noch bei dem Arzt vorbeifahren, der Wolfgang Geerdes regelmäßig zuhause aufgesucht hat. Und dann wäre da noch eine Praxis für Physiotherapie.«

»Okay«, sagte Dieter, »die Adressen habe ich hier oben gespeichert.« Er tippte sich gegen die Stirn.

Die Sprechstundenhilfe in der Arztpraxis schob Eva und Dieters Gesprächswunsch zwischen zwei Termine. Sie erfuhren, dass der Arzt alle vierzehn Tage bei Wolfgang Geerdes vorbeisah. Was eigentlich nicht unbedingt nötig gewesen wäre, doch da er selber auch Biker sei und Schach spiele, hätte er die Zeit als kurzweilig empfunden. Allerdings, so schob er schnell hinterher, habe er es als Freizeit verrechnet, nicht, dass man etwas Falsches von seiner Moralvorstellung, was die Arbeit betreffe, denke. Außer diesem Geplänkel konnte der Arzt allerdings recht wenig Erhellendes zu dem Fall beitragen. Was die Ehe der Geerdes` betraf, konnte er nichts sagen, da er meistens mit Wolfgang alleine gewesen war. Auch hätten die Männer nun wirklich andere Gesprächsthemen als wesentlich erbaulicher empfunden.

Ähnlich lief es in der Praxis des Physiotherapeuten. Einmal die Woche jeweils am Dienstag wäre einer der Mitarbeiter bei Wolfgang Geerdes gewesen. Und bei den zwanzig Minuten Einsatz, da habe es keinerlei weiteren Kontakt darüber hinaus gegeben. Nein, man könne zu den Umständen dort eigentlich nichts sagen. Außer, dass Wolfgang Geerdes eben ein netter Mann gewesen sei und man seinen Tod außerordentlich bedauere. Den seiner Frau natürlich auch, doch mit ihr hätte man kaum zu tun gehabt.

»Mist«, sagte Eva, als sie wieder in Dieters Büro saßen. »Dabei fing der Tag so vielversprechend an.«

»Ich werde nochmal die persönlichen Sachen von Wolfgang Geerdes durchforsten«, sagte Dieter und schien froh, wieder hinter seinem Schreibtisch zu sitzen. »Vielleicht finde ich ja doch noch einen Hinweis auf weibliche Kontakte, von denen wir noch nichts wissen.«

»Ja, mach das«, antwortete Eva. »Ich werde in meine Wohnung fahren und dort grübeln.«

»Frauen«, sagte Dieter und sah ihr lachend nach.

Doch Eva hatte gar nicht vor, in ihrer Ferienwohnung zu hocken. Vielmehr klopfte sie kurz darauf an Rüdigers Bürotür.

»Eva, schön, dich zu sehen«, sagte dieser, als sie eintrat.

»Lust auf ein Abendessen?«, fragte sie.

»Klar. Ich hol dich gegen halb acht ab.«

»Okay, bis dann.«

Die Zeit bis dahin vertrieb Eva sich mit einer Exkursion in den Rieselfeldern. Es stimmte, hier gab es kaum eine Menschenseele. Dafür aber jede

Menge Vögel. Sie lief bis zu der Stelle, wo man Wolfgang Geerdes gefunden hatte. Bisher hatte sie noch keinen Kontakt zu dem jungen Mann vom NABU aufgenommen. Ob sie da noch einmal nachhaken sollte? Doch inwiefern er ihr weiterhelfen könnte, wusste sie nicht so recht.

Hier also war Wolfgang Geerdes ertrunken. Davon hatte er nichts mitbekommen. Wie um alles in der Welt hatte der Täter es geschafft, ihn bis hierher zu schleppen? Und dazu noch, wenn es eine Frau war. Sie selbst hätte es sich nicht zugetraut, einen Mann so weit zu tragen. Und dann immer noch die Angst, entdeckt zu werden.

Es war ein merkwürdiger Fall, dachte sie, als sie einem Schwarm auffliegender Vögel nachsah. Und dann sah sie auch, warum sie davonflogen. Es kam ein Mann in ihre Richtung gelaufen. Sie hielt ihre Hand vor der Sonne schützend über ihre Augen, um ihn besser sehen zu können.

War das nicht der junge Mann vom NABU? Sie lief ihm entgegen.

»Hallo«, sagte sie, »Eva Sturm, Polizei.«

»Ah«, erwiderte er. »Dachte ich's mir doch. Sonst verirrt sich kaum jemand hierher. Und wie eine Naturfreundin sehen sie nicht gerade aus.«

Die Bemerkung irritierte Eva, doch sie fragte nicht weiter nach.

»Sie haben den Toten entdeckt, oder?«

»Ja. Zunächst sind mir die Räder des Rollstuhls aufgefallen. Na ja und dann, als ich daran zog auch der Mann, der darin saß.«

»Sie sind wohl oft hier unterwegs?«

»Kann man so sagen. Ich mache ein Öko-Jahr beim Nabu. Schon faszinierend, was sich in der Natur so alles tut.«

»Sie sagten, dass sich nicht viele Menschen hierher verirren. Ist Ihnen denn sonst, außer dem Rollstuhl auch an anderen Tagen irgendetwas aufgefallen?«

»Hm ... was genau meinen Sie?«

»Na ja, Menschen, Pkw oder etwas Ähnliches?«

»Ich weiß nicht. Ich bin ja auch nicht immer an den gleichen Stellen hier unterwegs.«

»Verstehe«, sagte Eva leicht enttäuscht. Sie hatte gehofft, dass er gleich sagte, dass ihm ein Van aufgefallen sei vor gar nicht allzu langer Zeit. »Aber wenn Ihnen noch irgendetwas einfallen sollte, auch wenn es Ihnen noch so unwichtig erscheint, dann bitte, informieren Sie mich.«

»Klar, wird gemacht. Ich geh dann jetzt mal weiter ...«.

»Schönen Tag noch.«

Eva sah ihm nach. Wieso sehe ich nicht wie eine Naturliebhaberin aus?, fragte sie sich und blickte auf ihre Jeans und ihre Schuhe. Sowas trug er doch auch. Also musste es an ihrem ganzen Auftreten liegen. Aber wie sah man jemandem überhaupt an, wofür er sich interessierte? Wolfgang Geerdes hatte Schach gespielt. Sah er so aus, als ob er das täte? Okay, als Biker hätte man ihn schon eingestuft mit seinem männlichen Auftreten und den muskulösen Armen, die er auf diversen Fotos in Szene gesetzt hatte.

»Warten Sie!«, rief sie dem jungen Mann, der sich schon gute hundert Meter von ihr entfernt hatte nach und setzte sich in Bewegung. Er sah sich um, und blieb stehen.

»Können Sie sich an eine Frau erinnern, die sie hier mal ähnlich wie mich herumlaufen sahen, die aber auch nicht wie eine Naturliebhaberin aussah?«

Der junge Mann schob seine Schirmmütze hoch und wischte sich über die Stirn. »Hm ... kann sein. Wie gesagt, ab und zu sind hier schon Leute unterwegs.«

»Bitte denken Sie ganz genau nach. Es könnte enorm wichtig für mich sein.«

Er kratzte sich hinterm Ohr. »Doch, jetzt, wo Sie es sagen. Das ist aber schon eine ganze Weile her. Bestimmt zwei Monate, würde ich sagen.«

Evas Puls stieg an. »Erzählen Sie ...«.

»An dem Tag hat es geregnet«, fuhr er fort. »Ich habe mich noch gewundert, was so eine Frau bei dem Wetter hier draußen sucht.«

»So eine Frau? Bitte beschreiben Sie sie.«

»Jesses. Sie sah eben aus, wie eine Frau eben aussieht. Außerdem trug sie eine Regenjacke und einen Schal.«

»War sie jung oder älter?«

Er sah an ihr rauf und runter. »Ich würde sagen, so ähnlich wie sie vielleicht oder etwas älter.«

»War sie mit einem Wagen da? Haben Sie den auch gesehen?«

»Also, ich weiß nicht, ob das ihr Wagen war, doch als ich das Gelände betrat, da stand da so einer. Transporter oder so.«

Ich werde verrückt, dachte Eva und hüpfte innerlich vor Freude.

»Danke, Sie sind einfach wunderbar.« Am liebsten hätte sie ihn gedrückt.

»Schon gut. Hätte mir auch eher einfallen können«, meinte er leicht irritiert.

»Welche Farbe hatte der Wagen? Wissen Sie das noch?«

»Er war silber, daran erinnere ich mich genau.«

Ja ja ja, dachte Eva. Das musste einfach der Van von Wolfgang und Elvira Geerdes gewesen sein. Und sie wusste auch genau, wo sie jetzt noch einmal vorbeigehen würde.

Marianne Fiedler

»Ich wusste, dass Sie wiederkommen würden«, sagte Marianne Fiedler, als Eva neben ihr ins Haus lief.

»Werden Sie mir denn jetzt die ganze Wahrheit sagen?«, fragte Eva.

Die Frauen setzten sich ins Esszimmer, wo Marianne Fiedler einen Weißwein und zwei Gläser auf den Tisch stellte.

»Ich denke, den können wir beide jetzt wohl vertragen«, sagte sie.

Eva nickte und sie prosteten sich zu.

»Erzählen Sie vom Ehepaar Geerdes«, sagte Eva.

»Was soll man da sagen ... sie waren eben ein lang verheiratetes Ehepaar. Sie waren fast so lange zusammen, wie mein Mann und ich. Wir vier waren befreundet, doch als mein Mann starb, da ist das irgendwie eingeschlafen.«

»Warum?«

»Ach, es war wohl wegen Elvira, denke ich.« Marianne Fiedler nahm eine kleine Brezel aus der Schale, die auf dem Tisch stand.

»Sie war eifersüchtig auf Sie, habe ich recht?«

»Ich glaube schon«, sagte Marianne Fiedler gedehnt, »obwohl es nicht den geringsten Grund dazu gab, das schwöre ich bei allem, was mir heilig ist.«

»Wolfgang Geerdes war ein attraktiver Mann«, sagte Eva.

»Das stimmt. Doch das heißt ja nicht, dass man gleich verrückt spielen muss. Ich mochte ihn, er war locker und immer zu einem Scherz aufgelegt. Und das bei seinem Schicksal. Dafür habe ich ihn bewundert. Wir haben uns viel unterhalten, als mein Mann starb. Mit Wolfgang konnte ich darüber reden.«

»Mit Elvira Geerdes nicht?«

»Hm, nicht so wirklich. Ich glaube, sie sah, so komisch das auch klingen mag, immer eine Rivalin in mir. Und als mein Mann starb, da wurde es noch schlimmer.«

»Verstehe, sie glaubte, sie könnten ihr den Mann ausspannen, weil sie alleine waren.«

»Ja, das muss man sich mal vorstellen. Das ist doch verrückt. Ich hatte wirklich anderes zu tun, als verheirateten Männern nachzurennen. Es lag wohl an Elviras Minderwertigkeitskomplexen.«

»Hatte sie die?«

»Sicher, welche Frau um die sechzig findet sich schon noch wirklich attraktiv? Und Wolfgang war ja auch viel unterwegs, als er noch Motorrad fahren konnte. Elvira hat immer geglaubt, dass er fremdgeht. Sie hat ihm oft eine Szene gemacht, wenn er nach einer Tour wieder nach Hause kam.«

»Und? Hatte Wolfgang Geerdes andere Frauen?«

»Ehrlich gesagt, ich weiß es nicht. Doch wenn Sie mich danach fragen, was ich denke, dann würde ich sagen, nein. Es stimmt schon, er wollte Spaß haben. Er liebte das Motorradfahren über alles. Seine ganze Freizeit opferte er seinem Hobby. Er polierte das Ding, bis man sich darin spiegeln konnte. Er hat sein Motorrad sicher mehr geliebt als seine Frau, wenn man so will. Aber muss man deshalb eifersüchtig sein?«

»Manche Frauen können wohl nicht anders«, antwortete Eva und dachte an ihre eigenen miesen Gefühle, die sie hatte, wenn sie sich vorstellte, dass Robert sie betrog. »Wollen Sie mir noch etwas zu dem Tag sagen, als Wolfgang Geerdes verschwand?«

Marianne Fiedler schenkte noch einmal Wein nach und Eva schielte zu ihrer Armbanduhr. In einer halben Stunde würde Rüdiger vor ihrer Tür stehen. Sie sah jedoch im Moment keine

Möglichkeit, das Gespräch wegen eines Telefonats zu unterbrechen, um ihm Bescheid zu sagen, dass es eventuell später werden könnte.

»Ich werde Ihnen alles sagen, was ich weiß«, sagte Marianne Fiedler und leerte ihr Glas in einem Zug. »Elvira hat gelogen, als sie Ihnen erzählte, dass Wolfgang heimlich das Haus verlassen hat an dem Tag.«

Etwas Ähnliches hatte Eva sich schon gedacht. »Bitte, erzählen Sie weiter«, sagte sie.

»Sie sind gemeinsam weggefahren«, sagte Marianne Fiedler und schenkte sich noch einmal nach. Eva war klar, dass die Abende bei dieser einsamen Frau öfter so endeten, wenn sie alleine war. »Ich habe es vom Fenster aus gesehen. Elvira hat Wolfgang in den Van geholfen, was ich komisch fand, weil er es sonst immer alleine konnte. Doch irgendwie wirkte er kraftlos. Ich dachte, er müsste vielleicht zum Arzt oder so. Erst wollte ich noch nach draußen gehen und fragen, ob ich helfen könnte. Doch dann sah ich Elviras Gesicht. Sie sah total wütend aus. Da habe ich es lieber gelassen. Und heute frage ich mich, ob ich Wolfgang hätte retten können, wenn ich vor die Tür gegangen wäre. Das werde ich mir wohl nie verzeihen können.«

»Sie haben also beobachtet, wie Elvira Geerdes mit ihrem Mann weggefahren ist«, konstatierte

Eva. »Sahen Sie auch, wie die beiden zurückkamen?«

Marianne Fiedler schüttelte den Kopf. »Sie kamen nicht beide zurück. Elvira war alleine.«

»Alleine? Sie wollen sagen, Sie haben gesehen, dass Wolfgang Geerdes nicht im Wagen war, als Elvira zurückkehrte und Sie haben sich nicht gefragt, wo er wohl sein könnte?«

»Doch«, jammerte Marianne Fiedler und lallte leicht, »natürlich habe ich mich das gefragt. Ich habe mir eingeredet, dass sie ihn vielleicht ins Krankenhaus gebracht hat. Er war doch so schlapp, als sie mit ihm losfuhr. Er hätte ja krank sein können, mein Gott, ich konnte doch nicht ahnen, dass sie ihn umgebracht hat.« Tränen liefen über ihr Gesicht.

»Ich brauche Ihre Aussage«, sagte Eva, »wir werden gleich noch in die Dienststelle fahren, damit alles aufgenommen wird.«

Sie ging auf den Flur und zog ihr Handy aus dem Lederbeutel.

»Rüdiger«, sagte sie kurz darauf, »es wird wohl wieder nichts mit unserem Essen. Wir können davon ausgehen, dass Elvira Geerdes ihren Mann ermordet hat. Ich komme gleich mit der Nachbarin in die Dienststelle, um die Aussage aufzunehmen. Könntest du auch kommen?«

»Okay«, erwiderte er, »ich wollte gerade losfahren zu dir. Aber jetzt warte ich eben hier auf dich.«

»Gut. Ist Dieter auch noch im Büro?«

»Machst du Witze, der wohnt praktisch hier.«

»Dann bis gleich.«

Sie legten auf.

Marianne Fiedler hatte ihre Jacke bereits übergezogen und stand im Flur neben ihr.

»Bringen wir es hinter uns«, sagte sie und Eva fragte sich, ob diese Frau auch in der Lage gewesen war, Elvira Geerdes einen Fleischhammer über den Kopf zu ziehen. Und im Grunde fand sie keine Argumente, die dagegen sprachen. Nur deshalb wollte sie jetzt mit ihr in die Dienststelle fahren. Sie wollte ein Geständnis aus ihr herausquetschen, und zwar nicht in ihrem schönen gemütlichen zuhause, sondern dort, wo die Kollegen bereits auf sie warteten.

Rüdiger war zu Dieter ins Büro gegangen, als Eva eintraf. Marianne Fiedler war in einen Verhörraum gebracht worden.

»Von dir können wir noch eine Menge lernen«, sagte Dieter anerkennend, als sie eintrat.

»Ach was«, wehrte sie ab. Jetzt war nicht die Zeit für Lobhudeleien. »Ich schlage vor, dass Dieter mit reingeht und du, Rüdiger, siehst dir das Ganze von außen an, okay?«

Die Männer willigten in den Plan ein.

»Du denkst, dass sie Elvira Geerdes ermordet hat?«, fragte Dieter.

»Davon gehe ich aus«, meinte Eva. »Sie mochte Wolfgang Geerdes und sie muss geahnt haben, dass Elvira ihm etwas angetan hat, als sie alleine wieder nach Hause gekommen ist.«

»Aber da hatte man Wolfgang Geerdes noch nicht tot aufgefunden«, gab Dieter zu bedenken. »Warum hätte sie Elvira Geerdes töten sollen? Du sagtest doch, sie wähnte den Ehemann im Krankenhaus.«

»Das kann alles gelogen sein. Auch wenn sie das an dem gleichen Abend noch gedacht haben mochte, so wird sie sich spätestens am nächsten Tag erkundigt haben. Elvira Geerdes könnte ihr etwas vorgelogen haben, sie hat es nachgeprüft und peng. Als sie erfuhr, dass Wolfgang Geerdes nicht im Krankenhaus war, da hat sie eins und eins zusammengezählt, Elvira Geerdes zu Rede gestellt und ihr im Affekt mit einem Fleischhammer auf den Kopf geschlagen.«

»So könnte es gewesen sein«, meinte Dieter.

»Gut, dann lass uns jetzt zu ihr gehen. Desto eher können wir hier Schluss machen.«

Doch da hatte Eva sich ausnahmsweise einmal getäuscht. Auch nach weiteren zwei zermürbenden Stunden blieb Marianne Fiedler, die mittlerweile wieder völlig nüchtern geworden war, bei ihrer Aussage, dass sie zwar gesehen hätte, wie das Ehepaar Geerdes gemeinsam weggefahren sei, doch mit dem Mord an Elvira Geerdes hätte sie nicht das geringste zu tun. Das schwöre sie beim Andenken an ihren verstorbenen Ehemann, den sie über alles geliebt habe.

»Aber Sie werden sich doch nach Wolfgang Geerdes erkundigt haben am nächsten Tag?«, fragte Eva mehr als einmal, weil sie es einfach nicht wahrhaben wollte, dass Marianne Fiedler unschuldig war.

»Natürlich habe ich mich erkundigt«, gab Marianne Fiedler zu. »Aber mehr so über den Gartenzaun hinweg, als Elvira ihre Post reinholte.

»Und? Was hat Elvira Geerdes gesagt?«

»Ich habe ja nicht direkt gefragt, wo Wolfgang ist, sondern nur, wie es ihm so geht. Wie man eben so fragt.«

»Und?«

»Na ja, sie hat gesagt, es geht im bestens. Dann ist sie wieder ins Haus gegangen.«

»Aber Sie konnten sich mit so einer Antwort doch nicht einfach zufriedengeben«, polterte Eva und Dieter sah sie merkwürdig von der Seite an und gähnte.

»Was hätte ich denn machen sollen?!«, rief Marianne Fiedler aus, »hätte ich ins Haus einbrechen sollen? Hätte ich Elvira bedrohen sollen, damit sie mir die Wahrheit sagt?«

»Vielleicht hätten Sie auch einfach die Polizei rufen können nach der ominösen Beobachtung vom Vorabend«, sagte Eva am Ende resigniert. »Manchmal ist das die beste Lösung im Gegensatz zu falsch verstandenem Respekt vor dem Privatleben anderer.«

»Das weiß ich heute auch«, entgegnete Marianne Fiedler leise, »ich werde es mir nie verzeihen, dass ich Wolfgang nicht geholfen habe.«

Der Abend endete damit, dass sie ihre Aussage unterzeichnete und von Rüdiger nach Hause gefahren wurde.

Eva ist verzweifelt

Was war es nur, das sie falsch gemacht hatte?, fragte sich Eva und war frustriert. Sie saß in ihrer Ferienwohnung und trank Kaffee, nachdem sie die halbe Nacht nicht hatte schlafen können. Sie hatte etwas übersehen, ganz eindeutig. Was mussten die Kollegen von ihr denken? Sie mischte sich hier einfach ein und übernahm die Kontrolle. Ob es an ihr lag, dass Dieter nur noch in seinem Büro hockte, weil er sich von ihr überfahren fühlte? Vielleicht war er gar nicht so träge, wie sie es ihm unterstellte. Ach, aber dann hätte er schon was gesagt, sie ausgebremst, beruhigte sie sich im Stillen.

Jetzt war sie schon fast drei Wochen von zuhause weg und ewig konnte das nicht so weitergehen. Die Kollegen in Wittmund betreuten Langeoog mit während ihrer Abwesenheit. Doch irgendwann war auch der schönste Urlaub mal vorbei. Sie musste zurück. Und natürlich fehlte ihr Robert. Doch auf der anderen Seite, da hatte sich ein bisher unbekanntes Gefühl eingeschlichen, das ihr die Freude auf ihn irgendwie verhagelte. Dieser fiese Knoten in der Magengegend namens Eifersucht. Sie wusste selber nicht, warum er sich da so festgefressen hatte. Nie hatte er ihr einen Grund dafür gegeben, ihm nicht zu trauen. Im Gegenteil. Kein Mann bisher hatte sich ihr gegenüber so geöffnet, auch wenn er über viele Dinge lieber nicht sprach. Was war nur mit ihr los? Warum quälte sie sich mit diesen blöden Gedanken?

Was als Erkundungstrip in die eigene kleine Welt angefangen hatte, drohte schon wieder, in einem Desaster zu enden. Wenn sie so weitermachte, dann war sie ihren Job und auch noch ihre Beziehung los.

Sie schob den Teller mit dem Toastbrot unangerührt über den Tisch. Sie konnte jetzt nichts essen.

Sie hatte Marianne Fiedler gestern Abend ganz schön zugesetzt, das gab sie ja zu. Aber wie sonst sollte man jemanden zum Reden bringen? Sie war so fest davon überzeug gewesen, dass Marianne Fiedler ihre Nachbarin Elvira Geerdes umgebracht hatte aus Eifersucht, dass sie ihr am liebsten Daumenschrauben angelegt hätte, bis sie endlich gestand. Und das war das Problem. Sie überspannte die ganze Sache. Selbst Dieter hatte ihr hin und wieder irritierte Blicke zugeworfen. Er hatte ja von Anfang an auf recht unschmeichelhafte Art geäußert, dass er kaum davon ausging, dass Wolfgang Geerdes etwas mit einer so alten Frau wie Marianne Fiedler anfangen würde, wenn er schon fremdging. Tja, vielleicht hatte er damit sogar recht. Sie hatte es bisher nicht wahrhaben wollen, doch, es machte ihr etwas aus, dass er damit indirekt gesagt hatte, dass Frauen, selbst vielleicht in einem Alter wie ihrem, kaum noch interessant waren für Männer. Ja, das war eigentlich das Schlimmste an der ganzen Sache gewesen. Diese indirekte Beleidigung. Männer hatten es da leichter. Die konnten Affären haben, bis sie tot umfielen. Das war ungerecht. Und vielleicht wollte sie auch deshalb Robert so schnell nicht wieder unter die Augen treten. Warum war er eigentlich mit so einer alten Frau zusammen? Nein, sie wollte dem Biest in ihrem Bauch jetzt nicht wieder die Oberhand gewinnen lassen.

Sie goss den Rest Kaffee in die Spüle und beschloss, in die Dienststelle zu fahren, um nach dem Fehler zu suchen, den sie gemacht hatte.

Dieter saß an seinem Schreibtisch, wie er immer da saß.

»Morgen«, sagte er und sah kurz von einem Schriftstück auf. »Gut geschlafen?«

»Geht so«, sagte Eva, »aber dir ebenfalls einen guten Morgen.«

»Du hast sie gestern ganz schön hart rangenommen«, meinte er und lehnte sich jetzt auf seinem Stuhl zurück.

»Ich weiß, tut mir leid, aber ...«.

»Wieso entschuldigst du dich?«, fragte er verblüfft. »Ich fand's klasse. Ich wünschte mir, ich hätte auch solche Kollegen hier, die mal die Sau rauslassen.«

»Haha.«

»Nein, aber mal im Ernst. Wenn sie es gewesen wäre, dann hätte sie es auch zugegeben, da bin ich mir sicher.«

»Tja, soweit bin ich auch schon. Und ich frage mich, was wir übersehen haben. Das macht mich wirklich ratlos.«

»Ein bisschen mehr Optimismus stünde dir aber gut«, meinte Dieter. »Immerhin können wir jetzt dank deiner Hilfe davon ausgehen, dass Elvira Geerdes ihren eigenen Ehemann ermordet hat. Das ist doch auch schon mal was.«

»Danke, dass du das sagst. Aber es ist nicht alleine mein Verdienst.«

»Geschenkt, ich gönne dir den Erfolg«, erwiderte Dieter. »Und warum bringt eine Frau ihren Ehemann um?«

»Eifersucht«, antwortete Eva sofort. »Das älteste Motiv der Welt. Aber wenn sie nicht auf ihre Nachbarin eifersüchtig war, auf wen denn dann?«

»Da kommen wohl alle Frauen unter fünfzig infrage«, meinte Dieter lakonisch und grinste.

»Sehr witzig«, ging sie auf die kleine Anspielung ein. »Es könnte eine Frau aus seinem ehemaligen Motorradclub sein«, schlug sie vor, »um den haben wir uns bisher gar nicht gekümmert.«

»Kein Wunder, es ist ja auch acht Jahre her, dass er auf einem Bike unterwegs war. Ein bisschen viel Zeit für eine unentdeckte Affäre, findest du nicht?«

»Kommt darauf an. Vielleicht ist diese Liaison ja auch erst nach dem Unfall angefangen.«

»Nur können wir jetzt keinen mehr fragen, wer sich besonders intensiv um das Unfallopfer gekümmert hat.«

»Jedenfalls nicht Elvira Geerdes, das stimmt. Aber ob sie uns da einen Hinweis gegeben hätte, ist fraglich«, meinte Eva. »Und die Nachbarin hat auch nichts dazu ausgesagt. Obwohl sie wohl allen Grund dazu gehabt hätte, wo sie doch selber unsere Hauptverdächtige ist.«

»Stimmt. Wenn jemand etwas gewusst hat, dann die Nachbarin«, stimmte Dieter zu. »Also fischen wir mit unserer Annahme noch immer im Trüben?«

»Wahrscheinlich«, seufzte Eva. »Aber es gibt noch eine andere Möglichkeit, Frauen kennen zu lernen. Dafür muss man nicht einmal aus dem Haus gehen.«

»Du meinst wahrscheinlich das Internet«, sagte Dieter.

»Richtig. Und als Rollstuhlfahrer eine wirklich verlockende Versuchung.«

»Klar. Was soll so ein armes Schwein sonst auch machen den ganzen Tag. Allerdings haben die Kollegen von der Technik keine Hinweise auf Flirtlines oder Dating Portale gefunden. Weder auf seinem Rechner noch auf seinem Smartphone.«

»Und wenn er ein heimliches Notebook oder Handy hatte?«, fragte Eva.

»Hätten wir gefunden ...«.

»Nicht, wenn Elvira Geerdes es vor uns gefunden hat, so den Betrug entdeckte und das Ding mit dem Ehemann in den Rieselfeldern verschwinden ließ.« Der Gedanke beflügelte sie regelrecht und ihre gute Laune stieg wieder an.

»Wäre eine Möglichkeit, stimmt«, gab Dieter zu. »Aber wir haben in den Rieselfeldern nichts gefunden.«

»Es wurde ja auch nur die nähere Umgebung abgesucht. Sie kann es überall entsorgt haben. Sogar in dem nächstbesten größeren Container.«

»Mit anderen Worten, wir werden es niemals finden.«

»Ja, das fürchte ich auch. Aber es ist eine Möglichkeit, wie er Kontakt zu einer anderen Frau gehalten hat.«

»Klar, aber die werden wir doch niemals finden. Und letztlich, was bringt uns das?«

»Na ja, immerhin suchen wir noch den Mörder, der Elvira Geerdes auf dem Gewissen hat. Von mir aus auch die Mörderin.« Eva griff sich plötzlich in den Nacken und verzog das Gesicht.

»Was ist los?«, fragte Dieter, »falsch gelegen heute Nacht?«

»Ich weiß nicht«, meinte Eva, »mir schoss da gerade etwas durch den Kopf. Ich brauche vielleicht mal ein bisschen frische Luft.« Sie erhob sich vom Stuhl und ging zur Tür.

»He, wo willst du jetzt schon wieder hin?«, fragte Dieter.

»Ich bin in spätestens zwei Stunden wieder zurück«, sagte sie über die Schulter.

»Frauen«, murmelte Dieter und klappte die nächstbeste Akte auf.

Was Eva jetzt unternahm, hatte weniger mit frischer Luft, sondern mit Entspannung und Wohlbefinden zu tun. Nach kurzer Fahrt stellte sie ihren BMW vor der Massagepraxis ab.

»Guten Tag, was kann ich für sie tun?«, wurde sie von einer jungen blonden Frau mit Pferdeschwanz empfangen.

»Och ...«, Eva stellte den Kopf leicht schief. »Ich glaube, ich habe mir den Nacken verspannt.

Hätten Sie vielleicht jemanden frei, der mich massieren könnte?«

»Hm, eigentlich behandeln wir nur nach Termin«, meinte sie, »aber ich schau mal in den Kalender, ob sie jemand dazwischen schieben könnte. Moment bitte. Sie können auch dort drüben im Wartebereich Platz nehmen.«

Sie verschwand hinter dem weißen Tresen und Eva setzte sich in die ihr zugewiesene Ecke und tat so, als ob sie sich für die ausgelegten Zeitschriften interessieren würde.

»Sie haben Glück«, rief die junge Frau kurz darauf, »Sebastian hat seinen nächsten Patienten erst in vierzig Minuten.«

»Oh, wie schön«, sagte Eva und folgte der jungen Frau in Behandlungsraum vier.

»Sie können den Oberkörper schon freimachen«, sagte die Blondine.

Eva nickte, doch sie dachte nicht im Traum daran. Sie pokerte hoch, das wusste sie. Doch wer nicht wagt, der nicht gewinnt. Sie setzte sich auf den weißen Plastikstuhl und wartete. Und sie hatte Glück. Sebastian war der Masseur, den sie hinsichtlich des Termins von Wolfgang Geerdes am Tag seines Verschwindens befragt hatten. Er guckte leicht irritiert, als er in das Zimmer kam.

»Wie kann ich Ihnen helfen?«, fragte er, als er sie komplett angezogen vorfand. »Meine Kollegin sagte, sie hätten Schmerzen im Nackenbereich ...«.

»Ja manchmal«, sagte Eva und klopfte mit der Hand auf die Liege, »bitte, setzen Sie sich.«

»Sie kommen mir irgendwie bekannt vor«, sagte Sebastian und tat, worum sie ihn bat.

»Ja, wir kennen uns«, sagte Eva, »entschuldigen Sie bitte, dass ich mich mit einer kleinen Notlüge in den Behandlungsraum geflunkert habe, aber ich möchte sie noch einmal zu der Mordsache Wolfgang Geerdes befragen.«

»Aha. Und deshalb müssen Sie lügen?«

»Nicht unbedingt. Ich wollte es nur nicht so offiziell machen. Ist vielleicht auch für Sie besser.«

»Wie meinen Sie das?«, fragte Sebastian verunsichert und sah zur Tür, als ob er vorhätte, gleich zu flüchten.

»Ich will ab sofort ehrlich zu Ihnen sein, versprochen«, fuhr Eva fort. »Wir tappen noch etwas im Dunkeln. Sie wissen ja, dass man Wolfgang Geerdes` Leiche in den Rieselfeldern gefunden hat.«

Er nickte. »Und?«

»Nun, wir gehen mittlerweile davon aus, dass Elvira Geerdes, seine Frau, ihn ermordet hat.

Allerdings ist immer noch ungeklärt, wer sie auf dem Gewissen hat.«

»Wieso kommen Sie damit zu mir?«

»Aus einem ganz einfachen Grund. Wenn Elvira Geerdes ihren Mann ermordete, dann kann es nicht so viele Motive dafür geben. Wir tippen zurzeit auf Eifersucht. Also suchen wir nach jemandem, mit dem Wolfgang Geerdes eine außereheliche Beziehung unterhielt.«

»Ich glaube nicht, dass ich dieses Gespräch fortsetzen möchte«, sagte Sebastian und machte Anstalten, aufzustehen.

»Halt«, sagte Eva, »ich bin mir sicher, dass Ihnen diese hinter verschlossenen Türen gebeichtete Wahrheit wesentlich sympathischer sein wird.«

»Von welcher Wahrheit sprechen Sie da?«, fragte er unwirsch. »Ich habe Ihnen alles gesagt, was ich über Wolfgang Geerdes weiß. Er war mein Patient, mehr nicht.«

»Wenn Sie jetzt noch lauter werden, kommt vielleicht Ihre Kollegin ins Zimmer. Überlegen Sie gut, ob Sie das wirklich wollen.«

»Ich weiß nicht, wie ich Ihnen noch helfen kann. Es ist Ihre Aufgabe, den Mörder von Elvira Geerdes zu finden, nicht meine. Ich habe diese Frau kaum gekannt.«

»Das glaube ich Ihnen ja sogar«, beschwichtigte Eva, »es geht mir auch eher um den Ehemann.«

»Aber den Mörder von Wolfgang haben Sie doch schon, sagten sie eben.«

»Schon. Aber nicht das Motiv. Wer hätte etwas mit einem aufgeschlossenen sympathischen Mann wie Wolfgang Geerdes, der bedauerlicherweise an einen Rollstuhl gefesselt war, haben können?«

Jetzt langsam fiel der Groschen bei Sebastian. »Sie denken doch wohl nicht etwa ...«, sagte er mit trockener Kehle. »Nein, das ist jetzt wirklich völlig verrückt, was Sie da sagen. Ich bin nicht schwul. Wenn Elvira Geerdes eifersüchtig gewesen ist, dann bestimmt nicht auf mich.«

»Es ist verständlich, dass Sie diese Sache nicht zugeben möchten ...«, sagte Eva und sah ihm direkt ins Gesicht.

»Ich habe da nichts zuzugeben«, sagte Sebastian mit fester Stimme. »Beweisen Sie mir das Gegenteil.«

»Ich bin gerade dabei«, sagte sie ruhig. »Hören Sie, Sebastian, es ist keine Schande, einen Mann zu lieben. Ich bin doch nur an dem Motiv, das Elvira Geerdes gehabt haben könnte, ihren Mann zu töten, interessiert.«

»Sie halten mich wohl für ziemlich dumm«, sagte Sebastian und stand jetzt doch von der Liege auf. »Wenn ich etwas mit Wolfgang Geerdes gehabt hätte, sie ihn umgebracht hat, dann muss man doch wohl nur eins und eins zusammenzählen und ich hätte ein Motiv gehabt, ihr den Schädel einzuschlagen. Das ist es doch, was Sie eigentlich im Sinn führen, Sie wollen mich des Mordes überführen. Aber, ach Gott, es tut mir leid, da muss ich Sie enttäuschen. Ich bin weder schwul, noch bin ich ein Mörder. Und ich werde diesen Raum jetzt verlassen.« Er hatte die Klinke bereits in der Hand.

Eva hatte sein Gesicht, während er sprach, genauestens studiert. Er sagte die Wahrheit.

»Warten Sie«, bat sie mit halb gehobenem Arm.

»Warum?«

»Etwas ist faul an meiner Annahme, ich verstehe nur noch nicht, was es ist.«

»Das ist Ihr Problem.«

»Ich weiß jetzt, dass Sie nichts mit Wolfgang Geerdes hatten«, fuhr sie fort, »aber trotzdem verschweigen Sie mir noch etwas. Ich habe es an Ihren Augen gesehen.«

Sebastian schien hin und her gerissen. Noch immer hielt er die Türklinke in der Hand. Wahrscheinlich wartete schon sein nächster Patient auf ihn. Gleich würde die Kollegin sicher an die Tür klopfen. Was sollte sie denken, wenn sie die Situation hier sah?

»Reden Sie es sich doch endlich von der Seele«, sagte Eva milder. »Es wird Ihnen gut tun, vertrauen Sie mir.«

Sebastians Widerstand schien mit einem Mal gebrochen. Er ließ die Türklinke los und setzte sich wieder auf die Liege. »Es hilft ja doch nichts«, sagte er matt, »ich will nicht länger lügen.«

Gebrochenes Herz

Simone hatte ihr Leben gemocht, so wie es war. Zugegeben, besonders aufregend war es nicht gewesen. Sie lebte mit einer Katze und einem Goldhamsterpärchen zusammen. Ihre Scheidung war geräuschlos vonstattengegangen. Ihre Tochter hatte sich für ein Leben ohne sie und die Goldhamster entschieden. Es tat am Anfang ziemlich weh, so alleine zu sein. Doch Simone gewöhnte sich mit der Zeit daran. Fand den Weg in einen neuen Tagesrhythmus, der statt mit einem Frühstück mit der kleinen Familie damit begann, einem Radiomoderator bei seinen Versuchen zuzuhören, die Menschen aus dem Quark zu holen.

Simones Mutter ging davon aus, dass sie sich alles selber zuzuschreiben habe. Sie ließ keine Gelegenheit aus, es ihre Tochter auch spüren zu lassen. Was wohl auch daran lag, dass sie seit der Scheidung kaum noch Gelegenheit hatte, ihre Enkelin zu sehen. In ihren Augen hatte Simone auf ganzer Linie versagt und ihr obendrein auch noch das Herz gebrochen. Wie es ihrer Tochter eigentlich ging, danach fragte sie nie und sie hatte es wohl auch noch nie getan, wurde es Simone klar.

Simone hatte am Fenster gestanden und der Regen prasselte gegen die Scheibe an diesem verhängnisvollen Tag im September, der ihr ganzen Leben noch einmal komplett auf den Kopf stellen sollte. Es passierte immer, wenn man am wenigsten damit rechnete, würde sie hinterher sagen. Und dass es die schönste Zeit ihres Lebens würde, war ihr zu dem Zeitpunkt auch noch nicht klar, als sie sich schließlich fertigmachte, um zur Arbeit zu gehen.

Als sie in die Praxis kam, erfuhr sie, dass sie für einen Kollegen einspringen musste. Außerdem hatte einer ihrer Patienten abgesagt. Es passte also.

Simone machte sich auf den Weg zu einer Adresse in einer Straße, die sie nicht kannte. Eine Frau im dunkelblauen Hosenanzug öffnete ihr.

Später würde sie sagen, dass sie ihr vom ersten Augenblick an unsympathisch gewesen war. Diese Frau führte sie in ein helles freundliches Zimmer, in dem ein Mann in einem Rollstuhl saß. Simone hatte solche Situation schon oft im Fernsehen gesehen. Und jetzt passierte es ihr. Liebe auf den ersten Blick. Und das auf beiden Seiten. Doch erst viel später erfuhr sie, dass es Wolfgang genauso gegangen war.

Es dauerte dann noch über ein halbes Jahr, bis er nach ihren eingeölten Händen griff, die sanft über seinen Rücken fuhren, als sie zum wiederholten Male für ihren Kollegen eingesprungen war. Das alles hatte nichts mehr mit einer gewöhnlichen Massage zu tun. Sie seufzte leicht, als er sie zu sich herunterzog, ihre Haut sich gegenseitig berührte. Es brannte wie Feuer. Lichterloh stand ihr Herz in Flammen. Es ging dann alles ganz schnell. Sie waren sich einig. Es bedurfte keiner weiteren Worte.

Fortan übernahm Simone die Termine bei Wolfgang Geerdes und niemand wunderte sich groß darüber, da sie ja schon so oft dort eingesetzt worden war. Auch schien es wichtig, dass ein Patient sich an seinen Therapeuten gewöhnte. Ebenso in persönlicher Hinsicht. Das machte ihn lockerer. Und wie locker Wolfgang Geerdes wurde.

Seine Verkrampfungen ließen nach. Selbst Elvira, seine Frau, machte irgendwann große Augen, als er wie in einen Jungbrunnen gefallen sich mit leichter Hand vom Rollstuhl in den Van balancierte, als wäre es eine Art artistische Übung. Doch zu dem Zeitpunkt war es ihr noch nicht klar, dass Simone weit mehr als heilende Hände hatte.

Nach zwei Jahren konnte Simone nicht mehr. Nein, sie wollte nicht mehr die heimliche Geliebte sein. Und Wolfgang wollte auch mehr. Viel mehr. Er sah in ihr die Chance, sein Leben noch einmal von vorne zu beginnen. Den Schatten der Verstümmelung nebensächlich erscheinen zu lassen neben dem großen Glück, wieder verliebt zu sein. Doch sie mussten vorsichtig sein. Immer öfter ließ Elvira Geerdes die Tür zu dem Raum, in dem Wolfgang behandelt wurde, offen stehen oder platzte unter fadenscheinigen Gründen herein, wenn sie geschlossen war.

»Sie ahnt etwas«, hatte Simone eines Tages gesagt und Wolfgang hatte es ähnlich gesehen. Es war schließlich sein Vorschlag, endlich mit offenen Karten zu spielen, doch Simone, sie war noch nicht soweit.

Jetzt stand Simone in der Küche und sah aus dem Fenster. Ihre Kraft war dahin. Schon über zwanzig Pfund hatte sie abgenommen und bei der Arbeit fragte man besorgt, was los sei. Wie sollte sie auch erklären, dass sie an gebrochenem Herzen gestorben war und nur noch funktionierte?

Es klingelte an der Tür. Sie erwartete niemanden und sah zur Uhr. Es war kurz nach zwei am Nachmittag. Um fünfzehn Uhr musste sie bei ihrem nächsten Termin sein. Deshalb hatte sie die Mittagspause zu Hause verbracht, weil der Patient in der Nähe ihrer Wohnung wohnte.

Am liebsten hätte sie gar nicht aufgemacht, doch das Klingeln hörte nicht auf. Also ging sie zur Tür.

»Simone Schenk?«, fragte eine ihr fremde Frau.

»Ja«, sagte Simone matt und sie ahnte, dass es jetzt vorbei war. Und fast war sie froh darüber. Sie konnte einfach nicht mehr.

»Eva Sturm, Kriminalpolizei. Dürfte ich kurz hereinkommen?«

Simone nickte und sagte: »Sebastian hat nichts damit zu tun, das schwöre ich. Und ich bin auch nicht böse auf ihn, weil er jetzt alles gesagt hat.«

»Ich weiß«, sagte Eva, »kommen Sie, gehen wir in die Küche und Sie erzählen mir alles.«

Immer wieder musste Simone sich die Tränen aus dem Gesicht wischen, als sie alles gestand. Ja, sie hatte ein Verhältnis mit Wolfgang Geerdes gehabt. Und ja, ihr Kollege Sebastian wusste als einziger darüber Bescheid, weil er ständig, ohne, dass die anderen Kollegen in der Praxis davon wussten, am Anfang die Termine mit ihr getauscht hatte.

»Es war uns lieber so«, sagte Simone, »wie hätte ich denn erklären wollen, dass ich unbedingt zu dem Patienten will. Sowas ist nicht üblich. Und umgekehrt konnte Wolfgang diesen Wunsch auch nicht äußern, weil sonst seine Frau misstrauisch geworden wäre. Also blieb nur der eine Weg, Sebastian als den behandelnden Masseur in der Liste stehen zu lassen.«

»Da haben Sie aber ganz schön was auf sich genommen«, sagte Eva.

»Ich habe Wolfgang geliebt, wie ich vor ihm noch keinen Mann geliebt habe. Nicht einmal meinen Ehemann.«

»So etwas kommt vor ...«.

»Wir haben das alles nicht gewollt, es ist einfach passiert. Und dann gab es irgendwann kein zurück mehr.«

»Elvira Geerdes hat etwas gemerkt, habe ich recht?«, fragte Eva.

»Sicher. So etwas bleibt keiner Frau verborgen, denke ich. Und dabei haben die beiden wirklich keine schöne Ehe geführt, das können Sie mir glauben.«

»Sie meinen, es hätte ihr eigentlich egal sein können?«

»Eigentlich schon. Aber auf der anderen Seite reagiert wohl jede Frau so, wenn jemand sich erdreistet, nach ihrem Eigentum zu greifen.«

»Wohl wahr. Egal, wie schlecht die Ehen auch sind, Frauen halten daran fest.«

»Sie hatte sonst ja auch nichts, sagte Wolfgang immer. Wir haben es uns wirklich nicht leicht gemacht. Doch wir wollten zusammen sein, das wussten wir.«

»Wie sollte das aussehen? Was hatten sie vor?«

»Ich habe Wolfgang davon abgeraten, doch er hat nicht auf mich gehört.«

»Was meinen Sie?«

»Na ja, er hat es seiner Frau gesagt.«

»Was? Dass er ein Verhältnis mit Ihnen hat?«

Simone nickte.

»Und? Wie hat sie reagiert?«, fragte Eva neugierig.

»Ganz anders, als wir erwartet haben. Sie hat nur gesagt, dass wir das in Ordnung bringen sollten. Dann würde sie darüber hinwegsehen und nie wieder darüber sprechen.«

»Was genau hat sie damit gemeint?«

»Ganz einfach, wir sollten uns trennen. Ich sollte nicht mehr ins Haus kommen und die Finger von Wolfgang lassen.«

»Verstehe. Aber das konnten Sie nicht?«

Simone schüttelte den Kopf. »Nein, natürlich nicht«, sagte sie unter Tränen, »ich habe Wolfgang doch geliebt.«

»Was wissen Sie über den Tag, an dem Wolfgang Geerdes verschwand?«, fragte Eva und griff nach Simones Hand.

Simone holte tief Luft und erzählte dann.

»Wir haben es wirklich versucht«, sagte sie, »ich habe einige Termine ausfallen lassen, um von Wolfgang loszukommen. Sebastian hat die dann selber gemacht. Und dann wollte ich wieder einen übernehmen, weil Wolfgang mir so fehlte. Ich stand lange vor der Tür, weil ich zweifelte, ob das wirklich so weitergehen konnte. Und dann sah ich plötzlich, wie Wolfgang und seine Frau nach draußen kamen. Sie schob ihn in seinem Rollstuhl zu ihrem Wagen. Wolfgang wirkte irgendwie komisch. So schlapp, als schliefe er halbwegs.«

Das deckte sich mit der Aussage von der Nachbarin Marianne Fiedler, dachte Eva für sich.

»Und dann?«, fragte sie, »wo sind die beiden hingefahren? Sie haben sie doch sicher verfolgt, nehme ich an.«

Simone nickte. »Ja, das habe ich. Eine ganze Weile in sicherem Abstand, damit sie mich nicht entdeckte. Sie sind zu den Rieselfeldern gefahren und ich dachte, dass sie nur spazieren gehen wollten. Ich konnte doch nicht wissen, dass Elvira Geerdes dazu fähig sein würde, ihren eigenen Mann umzubringen.«

Simone wurde von einem Weinkrampf geschüttelt. Eva reichte ihr ein Papiertaschentuch aus einer Box, die auf dem Tisch stand. Sie reimte sich jetzt einiges zusammen, wollte es aber trotzdem aus Simones Mund hören.

»Aber sie hat es getan? Richtig?«

»Ja«, flüsterte Simone. »Das hat sie.«

»Sind Sie ihr bis dorthin gefolgt, ich meine, wo es passiert ist?«

»Nein, das nicht. Aber ich habe in der Nähe des Vans gewartet. Ich wollte einfach wissen, was mit Wolfgang ist, weil er doch so einen komischen Eindruck gemacht hat. Und dann kam Elvira Geerdes ohne ihren Mann zum Wagen zurück. Da wusste ich, dass etwas nicht stimmte. Ich habe gewartet, bis sie weggefahren war, und dann bin ich in die Rieselfelder gegangen, um nach Wolfgang zu suchen.«

»Sie haben ihn gefunden«, nehme ich an.

Simone nickte und konnte nicht mehr sprechen.

»War er tot?«

Sie nickte wieder. »Ich glaube schon. Ich habe ja nur die Räder vom Rollstuhl gesehen. Sie ragten nur ganz knapp aus dem Wasser heraus. Ich bin in Panik weggelaufen. Einfach nur noch gerannt, bis ich wieder bei meinem Wagen war.«

Eva beschloss, ihr jetzt die Details zum qualvollen Ertrinken von Wolfgang Geerdes zu ersparen. Es mochte sein, dass sie ihn noch hätte retten können, wenn sie den Rollstuhl aus dem Wasser gezogen hätte. Doch sicher war das nicht.

»Kommen Sie, Simone. Wir müssen jetzt gemeinsam in die Dienststelle fahren und dann erzählen Sie mir alles, was danach geschehen ist.«

Eva rief in der Dienststelle an, damit man einen Wagen schickte, der Simone abholte.

Als Eva dann alleine vor die Tür trat, sah sie Sebastian an seinen Wagen gelehnt in einiger Entfernung vor dem Haus stehen. Sie lief zu ihm rüber.

»Frau Sturm, was ist hier los?«, fragte er. »Wo bringen Sie Simone hin?«

»In die Dienststelle«, erwiderte sie.

»Aber warum? Sie hat doch sicher alles ausgesagt. Damit muss es doch eigentlich gut sein«, sagte Sebastian.

»Nicht so ganz, fürchte ich«, antwortete Eva. »Es ist wohl leider so, dass Ihre Kollegin die Frau von Wolfgang Geerdes umgebracht hat.«

»Was? Simone? Nein, das glaube ich einfach nicht.«

»Wirklich? Haben Sie sich denn nicht gefragt, was mit Elvira Geerdes passiert ist? Sie wussten doch, dass Simone und Wolfgang Geerdes ein Paar waren. Wenn Sie ehrlich zu sich sind, dann konnten Sie es doch ahnen.«

Sebastian fuhr sich mit der Hand übers Gesicht. »Nein, ich konnte es mir nicht vorstellen. Auch wenn vielleicht vieles dafür hätte sprechen können. Aber wenn man Simone kennt, dann ... nein. Zu so etwas hätte ich sie nie im Leben für fähig gehalten. Egal, ob Sie mir das nun glauben, oder nicht.«

»Wir können den Menschen nur vor den Kopf gucken«, sagte Eva, »und Sie haben in Simone eben nur die gute Kollegin gesehen. Sie würden sich wundern, wozu Menschen fähig sind, wenn man sie tief im Innersten verletzt.«

»Was soll das heißen? Was hat diese Elvira Geerdes Simone denn getan?«

»Ganz einfach, sie hat ihr die Liebe ihres Lebens gestohlen. Elvira Geerdes hat ihren eigenen Ehemann ermordet und Simone wusste es.«

»Aber davon hat sie nie etwas gesagt ...«.

»Sie hat es mit sich selbst ausgemacht, leider. Wahrscheinlich hätten Sie es verhindern können, dass sie zur Mörderin wird. Es wäre besser gewesen, Simone hätte sich Ihnen anvertraut. Doch nun sind die Dinge eben so, wie sie sind. Simone wird sich für den Mord verantworten müssen. Und dabei kann nun einmal keine Rücksicht auf ihre Gefühle genommen werden.«

»Mein Gott«, sagte Sebastian und lehnte sich auf das Wagendach. »Kann ich Simone denn gar nicht helfen?«

Eva schüttelte den Kopf. »Oder doch«, sagte sie dann, »bleiben Sie ihr weiterhin der gute Freund, der Sie immer waren. Sie wird nicht mehr viele Freunde haben, wenn alles an die Öffentlichkeit kommt.«

»Natürlich bleibe ich ihr guter Freund«, sagte Sebastian. »Ich weiß, sie würde dasselbe für mich tun.«

»Ich muss jetzt los«, sagte Eva, »wir müssen Simone jetzt verhören. Und auch auf Sie werde ich noch einmal zukommen wegen einer Zeugenaussage.«

Aufräumen

Es war eine lange Nacht geworden, wobei Simone ziemlich schnell alles gestanden hatte. Sie hatte sich unter einem Vorwand der Besorgnis über das Verschwinden von Wolfgang Geerdes in das Haus von Elvira Geerdes eingeschlichen. Elvira hatte ja nicht genau gewusst, dass sie diejenige war, mit der Wolfgang ein Verhältnis gehabt hatte. »Sie hat mir sogar Tee angeboten, die falsche Schlange«, sagte Simone. Und irgendwann, da hätte sie, weil sie dieses scheinheilige Schauspiel nicht mehr ausgehalten habe, zum nächstbesten Gegenstand gegriffen, der auf der Spüle lag und zugeschlagen. Elvira Geerdes habe ihr dabei überrascht in die Augen gesehen, weil sie damit nicht gerechnet hätte. »Ich dachte, ich würde mich dann besser fühlen«, sagte Simone emotionslos, »doch es hat nichts in mir ausgelöst, sie dann am Boden liegen zu sehen.«

Hinterher hatte Rüdiger für sich, Eva und Dieter noch eine Pizza und zwei Flaschen Chianti besorgt, um das Ganze zu feiern, wie er sagte.

»Makaber«, sagte Eva, »aber so ist das wohl in unserem Job.«

»Wirklich«, sagte Dieter, »ich ziehe meinen Hut vor dir und deiner Arbeit. Willst du nicht wieder nach Braunschweig kommen? Jemandem mit so einem Biss, den brauchen wir hier wirklich dringend.«

»Genau«, stimmte Rüdiger zu, »du gehörst einfach hierher. Sag deinem Sandhaufen da oben Adieu.« Er lachte.

»Ihr seid mir so zwei«, erwiderte Eva, als sie ihre Hände abwischte und die zweite Flasche Chianti öffnete, nicht, ohne sich über die Komplimente im Stillen zu freuen. »Doch ich glaube, daraus wird nichts.« Sie schenkte allen nach.

»Und wieso nicht?«, fragte Dieter und leckte seine Finger ab. Das machte er immer, weil er die Pizza nie mit Messer und Gabel aß. »Wo ist das Problem?«

»Das Problem ist erstens«, sagte Eva, »dass wir uns den Einsatzort selten aussuchen können. Ist hier denn überhaupt eine Stelle frei?«

»Keine Ahnung«, sagte Dieter und griff nach seinem Weinglas. »Aber das lässt sich in Erfahrung bringen.«

»Mir hat die Arbeit mit euch ja auch Spaß gemacht«, sagte Eva, »das gebe ich gerne zu. Obwohl du mir zu Anfang schon etwas verschroben vorkamst.« Sie stupste mit ihrem Fuß gegen den von Dieter. Beide hatten ihre Füße auf den Schreibtisch gelegt.

»Verschroben? Ich?«, wehrte Dieter ab, »wie kommst du denn darauf?«

»Na, wie kommt sie da wohl drauf«, mischte sich Rüdiger ein. »Ich glaube, das ist jetzt in drei Jahren das erste Mal, dass wir zwei beide den Feierabend gemeinsam ausklingen lassen.«

»Na und?«, meinte Dieter, »wir sind doch nicht verheiratet.« Sein Gesicht verdunkelte sich plötzlich, als er das sagte, doch nur Eva nahm es wahr.

»Was ist mit deiner Ehe?«, fragte sie ohne Umschweife. Sie Stimmung schien ihr richtig dafür.

»Mit meiner Ehe?«, echote Dieter, richtete sich auf und zog die Füße vom Tisch. »Was soll damit sein?«

»Entschuldigung«, sagte Eva, die spürte, dass sie wohl zu weit gegangen war. Plötzlich schien nichts mehr komisch hier im Raum. Auch sie setzte sich aufrecht hin und Rüdiger sah betreten zu Boden.

Dieter zog plötzlich eine Zigarette aus der Schachtel, die auf dem Schreibtisch lag, öffnete eine Schublade, nahm ein Feuerzeug heraus und zündete sie an.

»Du rauchst wieder?«, fragte Eva, um überhaupt etwas zu sagen.

»Warum denn nicht?« Dieter inhalierte tief und stieß den Rauch mit einer dicken Wolke wieder aus.

»Ich dachte ...«.

»Sorry Eva, war nicht so gemeint. Du hast ja recht. Eigentlich rauche ich nicht. Oder besser gesagt versuche ich seit über einem Jahr, es mir abzugewöhnen, indem ich mir kalte Zigaretten in den Mundwinkel stecke. Einfach lächerlich. Ich liebe den Geschmack des ersten Zuges.« Wieder inhalierte er tief.

»Und wieso willst du dann aufhören?«, fragte Eva. »Ich meine, es ist doch deine Entscheidung, ob du rauchst oder nicht. Du hast ein eigenes Büro.«

»Ach«, wehrte Dieter ab und mit seiner Antwort nebelte er sich ein. »Das mach ich doch nur wegen Ingrid.«

»Deiner Frau?«

Er nickte. »Ja, sie meckert ständig an mir herum, weil ich angeblich nach Qualm stinke. Ihr zuliebe habe ich dann den Versuch gestartet, es sein zu lassen.«

»Dann wird sie wohl ziemlich sauer sein, wenn du jetzt wieder aktiv rauchst«, meinte Eva, »und das alles wegen mir.«

»Wegen dir? Eva, nun überschätzt du aber wirklich deinen Einfluss auf mich«, lachte Dieter jetzt. »Es ist einfach so, dass wir hier, oder besser gesagt, ich mit euch, den schönsten Abend seit langem erlebe. Die Zusammenarbeit mit dir Eva, und dir Rüdiger natürlich auch, sie war so gut, wie ich es hier in Braunschweig schon lange nicht mehr erlebt habe. Die Wahrheit ist, ich fühle mich saugut und will einfach rauchen. Punkt. Und es ist mir scheißegal, was Ingrid denkt.«

»Es muss ja auch jeder selber wissen«, meinte Rüdiger. »Ich hab ja früher auch mal geraucht. Doch seit dem kleinen Aussetzer vor zwei Jahren ...«.

»Aussetzer?«, fragte Eva nach.

»Na ja, ein bisschen Herzinfarkt.«

»Ein bisschen Herzinfarkt gibt es nicht. Mein Gott, das ist ja furchtbar.«

»Eva, alles gut«, beruhigte Rüdiger. »Ich richte mich jetzt nach den Empfehlungen meines Arztes, meistens jedenfalls, und seitdem geht es mir blendend.«

»So, und jetzt wird nicht mehr Trübsal geblasen«, sagte Dieter, »lasst uns anstoßen. Jünger als heute werden wir nämlich nicht mehr.«

Auch später in der Nacht musste Eva die ganze Zeit daran denken, was Dieter gesagt hatte. Was seine Frau Ingrid dachte, interessierte ihn nicht. Bestimmt war die Ehe nicht mehr in Ordnung. Doch welche langjährige Ehe war das schon? Sie wusste es nicht und würde es auch nie erfahren. Dafür war sie einfach schon zu alt.

Am nächsten Morgen schrieb sie Robert eine SMS.

Komme heute wieder nach Hause. Tausend Küsse, Eva.

Sie las sie mehrmals, bevor sie auf Senden drückte, und korrigierte vorher noch einmal in:

Komme heute wieder zu dir nach Tannenhausen. Freue mich schon, Eva.

Dann schickte sie die Nachricht mit einem merkwürdigen Gefühl in der Magengegend ab. Warum hatte sie nicht geschrieben, was sie fühlte? Oder fühlte sie es am Ende gar nicht mehr so, wie damals, als sie nach Braunschweig losfuhr? Alleine, dass sie darüber nachdenken musste, verursachte ihr Bauchschmerzen. Es war immer so leicht und schön gewesen mit Robert. Was war nur passiert? Mir ihr? Mit ihnen beiden?

Dann stopfte sie ihre Sachen, wie sie ihr gerade in die Hände fielen, in ihre Reisetasche.

»Das geht jetzt aber plötzlich, oder?«, fragte die Hausbesitzerin, als Eva die Schlüssel abgab.

»Man muss flexibel im Leben bleiben, sonst wird man alt«, sagte Eva und danke ihr für den netten Aufenthalt.

Und eigentlich hätte sie dann in den Wagen steigen wollen, um zurück nach Ostfriesland zu fahren. Doch auf wundersame Weise steuerte ihr Wagen noch einmal die Dienststelle an.

Sicher, der Abend war dann doch harmonisch zu Ende gegangen. Sie hatten sich lange verabschiedet, als sie auf das Taxi warteten. Man würde in Kontakt bleiben, versicherten sie sich. Doch Eva wusste, wie so etwas in der Realität ablief. Nie wieder würde sie sich melden oder von den anderen hören. Da war es egal, ob sie drei intensive Wochen zusammengeschweißt hatten. Ein neuer Tag, ein neuer Fall, andere Kollegen, mit denen man den Täter jagte. Sicher, es ging immer weiter. Irgendwie.

Und es mochte an ihrem Alter liegen, dass sie fünfzig geworden war, oder auch daran, dass mit ein wenig mehr Ungerechtigkeit und Pech, sie

Rüdiger gar nicht mehr hätte antreffen können, wenn er seinem Herzinfarkt erlegen wäre. Alles kam irgendwie zusammen. Und auf jeden Fall konnte sie nicht einfach so losfahren.

Sie klopfte nicht. Dieter sah vom Schreibtisch auf.

»Eva? Ich dachte, du wärst schon weg«, sagte er und sie bemerkte, dass ihm die Zigarette wieder kalt im Mundwinkel hing. Als hätte es den gestrigen Abend gar nicht gegeben.

»Ja, wäre ich eigentlich auch«, sagte sie und schloss die Tür hinter sich. »Doch irgendwie wollte ich noch einmal tschüss sagen.«

»Mensch, das ist nett ...«. Verlegen kam er hinter seinem Schreibtisch hervor und legte eine Hand auf ihre Schulter. »Wie gesagt, du hast den Fall wirklich super gelöst.«

»Was ist wirklich los?«, fragte sie dann unvermittelt.

»Wie?« Er rückte wieder von ihr ab.

»Mit dir und deiner Frau?«

»Ich weiß nicht, was du meinst«, sagte er und wirkte verlegen, als er sich wieder auf seinem Bürostuhl verschanzte.

»Du weißt sehr genau, was ich meine«, erwiderte Eva und setzte sich ihm gegenüber an den Schreibtisch. »Mein Gott, wir sind alle schon so alt und machen uns immer noch etwas vor. Warum kannst du denn nicht einfach ehrlich sein?«

»Ehrlich? Bist du denn ehrlich gewesen, als du mir etwas von einer Beerdigung vorgelogen hast?«

Sie lief rot an. »Woher, weißt du es? Spionierst du mir etwa nach?«

»Bei so guten Freunden muss man das wohl«, sagte er schnippisch. »So viel zum Thema Ehrlichkeit.«

»Das kann man nicht vergleichen«, wich sie aus. »Die Umstände, die mich hierher geführt haben, sind … ich spreche nicht gerne darüber.«

»Das hätte ich ohne weiteres akzeptiert, wenn du ehrlich zu mir gewesen wärst. Glaub mir, ich bin der Letzte, der alles aus dem Privatleben seiner Kollegen erfahren will. Bis gestern wusste ich auch nichts von Rüdigers Herzinfarkt. Und soll ich dir was sagen, es wäre mir auch egal gewesen. Wir alle haben unser Päckchen zu tragen. Und nur, weil wir gestern guter Stimmung waren, vielleicht zu viel getrunken haben, heißt das noch nicht, dass wir hier gegenseitig einen Seelenstriptease hinlegen müssen.«

»Du hast recht«, sagte Eva kleinlaut, »mit allem, was du sagst, hast du recht. Vielleicht hätte ich nicht wieder hierher kommen sollen.«

Sie sahen sich an und irgendetwas passierte da zwischen ihnen.

»Meine Frau und ich«, sagte Dieter, »wir leben schon seit Jahren nur noch nebeneinander her. Warum, weiß ich eigentlich gar nicht. Ich hätte schon längst gehen sollen. Sie betrügt mich, weißt du.«

»Das tut mir leid ...«.

»Nicht so, wie man es üblicherweise kennt. Sie hat keinen anderen. Oh nein, sie hat viele. Sie wechselt sie wie ihre Unterwäsche. Und ich stehe hilflos daneben und kann nichts tun.«

»Aber warum trennst du dich dann nicht von ihr?«

»Ich weiß es nicht. Vielleicht bin ich einfach zu bequem. Und dann ... tja, dann fehlt mir auch irgendwie der Grund dazu. Seien wir doch mal ehrlich, meistens bin ich doch sowieso im Büro und komme erst sehr spät nach Hause. Entweder ist sie dann schon im Bett mit ihrem Lover oder unterwegs. Es kümmert mich schon lange nicht mehr. Unser Haus ist groß, ich habe mich oben eingerichtet.«

»Und trotzdem macht es dir was aus ...«, sagte Eva leise, »das merke ich doch.«

Dieter machte eine wegwischende Handbewegung. »Mein Gott, wem würde es wohl nichts ausmachen, wenn die eigene Frau ein Flittchen ist. Natürlich macht es mir was aus. Doch mir fehlt einfach die Kraft.«

»Und du denkst wirklich, dass es die Arbeit ist, die dich derartig auslaugt?«, fragte Eva skeptisch.

»Was denn sonst?«

»Ich könnte mir vorstellen, dass die ungeklärte persönliche Situation, die obendrein noch demütigend für dich ist, viel mehr in dir zerstört und dich klein und schwach macht.«

»Jetzt tun wir es doch«, sagte Dieter.

»Was?«

»Na, wir ziehen blank. Ich hab bisher noch mit niemandem darüber gesprochen, weißt du. Es kann natürlich sein, dass man schon hinter meinem Rücken über mich lacht. Mir egal.«

»Das glaube ich einfach nicht«, sagte Eva, »so etwas kann einem nicht egal sein. Du solltest etwas unternehmen. Um deinetwillen.«

Dieter legte sein Gesicht in beide Hände. »Oh Gott, ich weiß nicht, wie ich das alles schaffen soll.«

Eva stand auf und ging um den Schreibtisch herum und setzte sich neben ihm auf die Kante.

»Das ist es, was ich meine. Wir sind Freunde und können füreinander da sein«, sagte sie und strich ihm sachte über den Kopf. Fast hätte sie zurückgezuckt, als sie spürte, wie es sie elektrisierte. Nein, schrie etwas in ihr. Tu das nicht.

Er hob den Kopf und sah sie an. Seine stahlblauen Augen wirkten mit einem Mal sehr traurig. Wie von selbst griff er nach ihrer Hand, stand auf und beide sahen sich wie Ertrinkende an, die endlich ihren Retter im weiten Meer der Gefühle entdeckt hatten.

»Ich ...«, stammelte Eva, »ich sollte jetzt besser gehen.«

Er sagte nichts und fuhr mit seiner Hand sanft über ihr Gesicht.

»Nein«, sagte sie, »ich kann das nicht ...«.

Dann riss sie sich los und stürmte aus dem Zimmer.

Minutenlang saß sie im Wagen und spürte, wie ihr Herz in ihrem Brustkorb hämmerte. Was hatte sie da getan? Warum war sie nicht gleich losgefahren, als sie ihre Sachen in den Wagen gepackt hatte? Oh Gott, nie wieder würde sie nach Braunschweig fahren können. Was war nur losgewesen mit Dieter? Und mit ihr? War sie denn verrückt geworden, so weit zu gehen? Sie hatte doch Robert, der in Tannenhausen auf sie wartete. Und plötzlich wusste sie, warum sie die SMS vorhin noch einmal geändert hatte. Zuhause kam ihr wie eine große Lüge vor. Sie war in Tannenhausen bei ihm auf seinem Hof nicht zuhause. Sie hatte sich da etwas vorgemacht. Und jetzt das. Die Sache mit Dieter. Was musste er von ihr denken. Sie rannte weg wie ein Teenager nach seinem ersten heimlichen Kuss. Lächerlich.

Dieter. Alleine, wenn sie an ihn dachte, wurde es ihr ganz anders zumute. Hatte sie sich etwa in den knurrigen Polizisten, der lieber in Akten wühlte, anstatt Verbrecher zu jagen, verliebt? Ging das so schnell? Vor allem bei ihr?

Jemand klopfte an die Scheibe. Sie schreckte auf. Rüdiger. Auch das noch. Sie ließ das Fenster herunterfahren.

»He«, sagte er, »was machst du hier?«

»Ich?«

»Ja, du Eva. Was ist los? Geht es dir nicht gut?«

»Doch. Ich ... ich hatte noch etwas vergessen. Deshalb. Aber jetzt muss ich wohl langsam los. Du, ich melde mich, versprochen.« Sie ließ das Fenster hochfahren und startete den Wagen. Sie sah nicht mehr in den Rückspiegel, als sie vom Parkplatz rollte.

Was will das Herz?

Eva merkte gar nicht, wie die Kilometer nur so dahingeflogen waren. Und plötzlich fuhr sie von der Autobahn in Neermoor Richtung Timmel weiter.

Aurich, und damit Tannenhausen, rückte immer näher. Sie war ein Feigling, dachte sie, denn lieber wäre sie jetzt direkt nach Bensersiel gefahren und hätte nach Langeoog übergesetzt.

»Werde ich denn nie erwachsen?«, murmelte sie vor sich hin und stellte das Radio an, weil sie die Stille um sich herum plötzlich nicht mehr ertrug.

Was sollte sie sagen, wenn er sie in den Arm nahm? Wie würde es sich anfühlen nach dem Verrat, den sie begangen hatte? Und dabei war doch eigentlich gar nichts passiert. Da war ein Moment gewesen zwischen ihr und Dieter. Mehr aber doch auch nicht. Sie hatten so viel Zeit in den letzten Wochen miteinander verbracht, das schweißte eben zusammen. Und manchmal, da verrannte man sich in Gefühle, die aus der Ferne betrachtet nur noch lächerlich erschienen.

Doch halt, damit tat sie Dieter Unrecht, wenn sie ihn so wegwischte. Und sie belog sich obendrein. Sie empfand etwas für ihn, konnte nur noch nicht so genau einordnen, was das eigentlich für Gefühle waren. Hatte sie Mitleid mit einem Mann, der in einer quälenden Ehe gefangen schien? Brachen bei ihr wieder die üblichen Beschützerinstinkte durch? So wie bei Rüdiger, als sie von seinem Herzinfarkt hörte? Und dann hatte sie ihn ohne weitere Erklärung einfach auf dem Parkplatz stehen lassen, als sie abfuhr. Das hatte Rüdiger nicht verdient. Sie würde ihn anrufen in den nächsten Tagen, nahm sie sich vor.

Und dann rollte ihr Wagen plötzlich den kleinen Weg zu Roberts Hof in Tannenhausen entlang. Jetzt gab es kein zurück mehr.

Der Tacho zeigte nur noch zwanzig an, als der Wagen absoff und stehenblieb. Sie stieg aus und dann kam Robert ihr schon aus der Haustür entgegen.

»Eva, Liebes«, sagte er und kam auf sie zu und nahm sie in den Arm.

»Robert, ich hab dich so vermisst«, flüsterte sie in sein Hemd und fühlte sich erbärmlich.

»Komm erst mal rein, du musst ja echt geflogen sein. So früh hätte ich gar nicht mit dir gerechnet, das Essen ist noch nicht fertig.«

»Ich habe sowieso keinen Hunger«, sagte sie und küsste ihn flüchtig auf die Wange. »Aber es ist lieb, dass du dir so viel Arbeit gemacht hast wegen mir.«

»Eva, ich koche jeden Tag«, sagte Robert und nahm dann ihre Reisetasche von der Rückbank und trug sie ins Haus.

Halt, hätte Eva am liebsten gerufen, ich fahre sowieso gleich weiter zur Fähre. Doch stattdessen trottete sie jetzt hinter ihm her wie ein kleines Kind. Ich mache es immer wieder, dachte sie. Immer wieder bringe ich mich selber in Situationen, an denen ich verzweifle. Warum sage ich nicht einfach, was mich bewegt hat, als ich in Braunschweig war? Warum sage ich nicht, dass mich Eifersuchtsgedanken gequält haben, die er dann mit einem Lächeln hätte wegwischen können? Und wieso bin ich nicht in der Lage, ihm als erwachsene Frau zu gestehen, dass da ein Kollege ganz besonders nett war und mir ans Herz gewachsen ist? Es wäre nichts dabei gewesen. Robert hätte es verstanden. Sicher hätte er sie damit aufgezogen. Hätte ihr erklärt, dass Gefühle für andere Menschen völlig normal seien. Und letztlich waren sie das doch auch. Nur sie selber machte wieder mal einen Riesenpopanz um alles.

»Soll ich die Sachen gleich in die Waschmaschine tun?«, fragte er, als er im Flur stehen geblieben war.

»Was?«, fragte Eva, die nicht zugehört hatte.

»Bist in Gedanken wohl noch in Braunschweig«, entgegnete er lachend. »Ich stell die Tasche erst mal hier ab und wir trinken einen Kaffee zusammen.«

»Ist gut«, sagte sie, stellte ihren Rucksack auf einem Schränkchen ab und verschwand im Bad.

Was sie da im Spiegel sah, war scheinheilig, albern, grotesk und dumm. Sie schlug sich ein paar Mal Wasser durchs Gesicht und ging dann zu Robert in die Küche.

»Ich habe uns den Tisch draußen unter den Bäumen gedeckt«, sagte er, als sie die Arme von hinten um ihn schlang.

»Kann ich auch noch etwas mitnehmen?«, fragte sie.

»Nein, eigentlich nicht. Geh nur schon nach draußen.«

Sie löste sich von ihm, holte ihr Handy aus ihrem Rucksack und setzte sich dann an den Tisch im Freien. Dieter hatte sich nicht gemeldet.

Robert kam mit einer Kanne nach draußen, schenkte ein und setzte sich zu ihr in einen schweren alten Holzstuhl, den er immer draußen stehen ließ, egal ob Sommer oder Winter.

»Und?«, fragte er, »wie war es denn so in Braunschweig?«

»Ich habe mit den Kollegen einen Mordfall, oder nein, eigentlich könnte man besser sagen, zwei Mordfälle, oder noch besser, eine ganze Beziehungstragödie gelöst«, antwortete Eva und tat Milch in ihren Kaffee.

»Tatsächlich?«, fragte er. »Hörte sich gar nicht so dramatisch an, als wir mal telefoniert hatten.«

»Ich weiß. Sowas entwickelt sich eben im Laufe der Ermittlungen.«

»Dann warst du wohl wieder voll in deinem Element«, grinste er.

»Ja, ehrlich gesagt schon. Da war keine Zeit für Selbstfindung und so einen Kram.«

»Die Arbeit ist nun einmal dein Leben, Eva. Eigentlich hättest du das wissen können, bevor du abgefahren bist.«

»Und du wusstest das?«

Er sah sie liebevoll an und nickte. »Natürlich wusste ich das.«

»Dann hättest du mich auch zurückhalten können ...«, maulte Eva.

»Wenn du dir etwas in den Kopf gesetzt hast, dann bist du stur wie ein Esel. Auch das war mir bewusst.«

»Ja, du hast recht. Umgänglich kann man mich bestimmt nicht nennen.«

»Na, nun übertreib mal nicht. Aber Hauptsache, du weißt jetzt, was du wirklich willst«, meinte Robert. »Dafür sind solche Reisen auf jeden Fall hilfreich.«

Na, ob ich das weiß, dachte Eva, steht wohl noch in den Sternen.

Dann schilderte sie ihm, ohne weiter auf Dieter einzugehen, die ganze Story um den Fall Geerdes.

»Das hört sich wirklich tragisch an«, meinte Robert, »man muss sich wundern, was alles passiert, nur, weil die Menschen nicht vernünftig miteinander reden. Hätte dieser Wolfgang seiner Frau reinen Wein eingeschenkt, als er etwas mit seiner Masseurin angefangen hat, dann würde er heute noch leben. Und seine Frau übrigens auch.«

»Moment, er hat ja versucht, mit ihr zu reden.«

»Dann wohl nicht deutlich genug. Er hätte sich von ihr trennen müssen. Das wäre seiner Frau gegenüber und übrigens auch im Sinne seiner Geliebten das Beste gewesen.«

»Du sagst das, als ob das kinderleicht wäre«, meinte Eva.

»Das ist es auch. Man muss nur den Mund auf und zu machen und Worte sagen. Wirklich, die Menschen machen sich das Leben immer unnötig schwer mit ihren ganzen Heimlichkeiten. Ein klares

Wort, jeder weiß, woran er ist und schon sind alle glücklich.«

»Das glaubst du jetzt aber nicht wirklich«, sagte Eva und fühlte sich langsam verschaukelt.

»Nein«, gab Robert zu, »natürlich geht es nie so leicht. Unsere Gefühle sind uns im Weg. Darum kommt meistens nur Quark raus, wenn wir den Mund aufmachen. Wir lügen uns gegenseitig in die Tasche und denken, dass es keiner merkt.«

Was sollte das jetzt wieder bedeuten? Nahm er es ihr übel, dass sie sich kaum gemeldet hatte? Ahnte er, dass sich etwas an ihren Gefühlen zu ihm verändert hatte?

»Ich glaube, ich kann dir im Moment nicht ganz folgen«, sagte sie vorsichtig.

»Entschuldige«, sagte Robert, »mich ärgern solche Dinge manchmal nur eben. Aber ich wollte dir die Stimmung nicht verderben.«

»Das hast du nicht. Ich glaube, ich bin ein wenig müde von der Fahrt.« Sie stellte ihre Liege nach hinten und ihre Beine fuhren hoch.

»Wir könnten auch ins Bett gehen«, sagte Robert mit weicher Stimme.

»Oh ... ich glaube, dafür ist es mir im Moment wirklich zu warm«, wand sich Eva. »Und außerdem bin ich wirklich müde.«

»Schon gut«, sagte er, räumte die Sachen auf dem Tisch zusammen und gab ihr einen zärtlichen Kuss auf den Mund. »Ich kümmere mich um das Essen, während du dich ausruhst.«

Dann verschwand er im Haus.

Eva war fast eingenickt, als sie spürte, wie ihr Handy in ihrer Hosentasche vibrierte. Nur kurz. Also war eine Nachricht eingegangen. Von Dieter? Sie mochte gar nicht nachsehen. Doch ihre Neugier siegte.

Die Nachricht war nicht von Dieter, sondern von Sven Bittner, dem jungen Journalisten der Ostfriesischen Zeitung. Den hatte sie schon fast vergessen. Er schrieb:

Frau Sturm? Sind Sie schon wieder auf Langeoog zurück? Es gibt interessante Neuigkeiten.

Vielleicht war das die nötige Ablenkung, die sie jetzt brauchte, dachte sie und schrieb zurück.

Morgen bin ich wahrscheinlich wieder da. Was ist denn passiert?

Es dauerte nicht lange, und seine Antwort kam:

Der junge Anwalt, der die Firma mit dem stinkenden Fisch vertrat, ist ermordet worden.

Auch das noch, dachte Eva. Sie hatte jetzt keine Lust darauf. Und es war ja auch gar nicht ihr Fall, weil der Anwalt in Bensersiel praktiziert hatte.

Bestimmt waren die Kollegen in Wittmund schon mittendrin. Umso wichtiger war es, dass sie wieder nach Langeoog kam, um sie zu entlasten.

Klingt interessant, ist aber eindeutig nicht meine Sache. Die Kollegen in Wittmund sind zuständig.

Hoffentlich war das jetzt nicht zu böse gewesen, dachte sie. Er hatte es bestimmt nur gut gemeint, als er sie informierte. Jetzt schrieb er schon wieder:

Weiß ich doch. Ich dachte nur, es würde sie interessieren.

Ja, glaubte er denn, dass sie auf Langeoog nichts mitbekam? Sie hatte jetzt keine Lust mehr auf das Geschreibsel und steckte ihr Handy weg. Sie gähnte und reckte sich. Sie wollte in der Sonne liegen, stand auf, schob ihren Liegestuhl ein paar Meter weiter und schlief kurz darauf selig ein.

Robert weckte sie, indem er sachte über ihr Gesicht streichelte.

»Eva?«

Sie schlug die Augen auf. »Oh, ich muss eingeschlafen sein«, sagte sie.

»Das ist doch schön. Ich habe das Essen fertig. Wollen wir draußen bleiben?«

»Ja, das wäre nett. Es ist so ein schöner Tag. Ich mache mich nur kurz frisch und dann helfe ich dir beim Aufdecken.«

»Alles schon soweit vorbereitet, ich mache das.«

Er küsste sie noch einmal auf den Mund und ging wieder ins Haus.

Ein Traummann, dachte Eva, als sie ihm nachsah. Warum war man manchmal für die wirklich schönen Dinge, die man hatte, so blind?

Sie ging ins Bad, putzte sich die Zähne und zog sich etwas anderes an. Und als sie wieder nach draußen kam, brannten Kerzen auf dem schönen alten Holztisch. Außerdem stand dort ein bunter Strauß Blumen in einer alten Kristallvase, der vorher noch nicht da gewesen war.

»Mein Gott«, sagte sie ergriffen, »das ist wirklich wunderschön.«

»Du bist wunderschön, Eva«, sagte Robert, »komm, setz dich.«

Das silberne Besteck schimmerte im flackernden Kerzenlicht, während sich die Flammen in den Rotweingläsern wiederfanden.

Als sie fertig gegessen hatten, senkte sich die Sonne und verschwand hinter dem Tannenwald, der an Roberts Grundstück grenzte.

Selbst Eva hatte es geschafft, den Abend zu genießen, ohne wieder in sinnlose Grübeleien zu verfallen. Und jetzt mochte sie ihm gar nicht sagen, dass sie vorhatte, am nächsten Tag wieder nach Langeoog zu fahren.

»Worüber denkst du nach?«, fragte Robert und reichte ihr einen Grappa.

»Ach ...«.

»Du musst zurück auf deine Insel, stimmt's?« Er hielt ihr sein Glas entgegen.

»Na ja, mein Urlaub ist wohl langsam vorbei.« Sie stieß mit ihm an. »Doch leicht fällt mir das natürlich nicht.« Das war nicht einmal gelogen.

»Hauptsache, du weißt jetzt, was dir wichtig ist im Leben«, sagte Robert. »Das ist dir in den letzten drei Wochen sicher klarer denn je geworden.«

»Ja, ich bin ein hoffnungsloses Arbeitstier«, sagte sie und lächelte ihn an.

»Das ist doch schön, wenn es dich erfüllt.«

»Und du? Was ist dir wichtig im Leben?«

»Oh nein«, wehrte Robert ab, »ich werde nicht drei Wochen in eine Großstadt fahren, um das herauszufinden.«

Sie mussten lachen.

»Es war schön, wieder in Braunschweig zu arbeiten«, gab Eva zu. »Ich habe da wieder gemerkt, wie gut es tut, ein Team um sich zu haben.«

»Also, ehrlich gesagt kann ich mir dich gar nicht in einem Team vorstellen«, sagte er ernst.

»Na ja, ich habe schon einiges im Alleingang gemacht«, sagte sie. »Das stimmt schon. Aber auf der anderen Seite hatte man immer jemanden, mit dem man den Abend ausklingen lassen konnte, über den Fall sprechen und so. Wir haben uns da gut ergänzt. Dieter, der eine Kollege, ist so ein richtiger Schreibtischtäter, während ich ja lieber draußen unterwegs bin und die Leute befrage.« Es war das erste Mal, dass sie Dieters Namen laut aussprach. Und sofort erinnerte sie sich natürlich wieder an den peinlichen Auftritt, als sie aus seinem Büro gerannt war.

»Das alles kann dir Langeoog nicht bieten«, sagte Robert und sah sie eindringlich an. »Aber du willst dich doch wohl nicht wieder nach Braunschweig versetzen lassen, oder?«

Eva wusste nicht, was sie antworten sollte und schwieg eine Weile und lenkte ihren Blick in den Tannenwald, während sie an ihrem Rotwein nippte.

»Nein«, sagte sie schließlich, »Braunschweig ist für mich Geschichte.«

»Bist du sicher?«

»Doch, eigentlich schon. Außerdem sind dort gar keine Stellen frei, soweit ich weiß.«

»Du hast dich schon erkundigt?«

»Nein, natürlich nicht. Aber ich könnte vielleicht in Wittmund arbeiten, dann hätte ich wieder Festland unter den Füßen. Das hat mir auch irgendwie gefallen, nicht auf einem Sandhaufen eingesperrt zu sein.«

»Wittmund?«, fragte Robert ungläubig. »Also, ich glaube nicht, dass das was für dich wäre, so auf dem platten Land.«

»Aber da hätte ich ein Team. Und ich könnte hier bei dir ... nun ja, ich könnte öfter bei dir sein.«

»Du meinst, du würdest bei mir einziehen?«, fragte er.

Sie zog die Schultern hoch. »Wäre das so abwegig?«

»Sie mich bitte an, Eva«, bat Robert und sie wandte sich ihm zu. »Du weißt, dass ich dich liebe«, fuhr er fort, »aber ich kann nicht mit einem Menschen zusammenleben. Unter einem Dach, meine ich.«

»Mit einem Menschen?«, fragte Eva leise. »Wie meinst du das? Bin ich irgendein Mensch für dich?«

»Nein, natürlich nicht. Du bist die Frau, die ich liebe.«

»Aha.« Eva lief eine Gänsehaut über den Rücken. Plötzlich schmeckte der Wein schal.

»Bitte, ich will uns diesen Abend hier nicht kaputtmachen«, sagte Robert. »Es war doch so schön.«

Eva schluckte. »Ja, es war schön. Und es ist sicher immer noch ein schöner Abend. Es tut mir leid, dass ich mit so einer blöden Idee einfach hereinplatze in deine Welt. Es war dumm von mir.«

Es entstand eine unangenehme Stille. Ein Vogel kreischte und flog davon.

»Eva«, versuchte Robert erneut, die Wogen wieder zu glätten. »Ich meine es nicht böse. Es ist doch schön, so wie es ist. Wir lieben uns und können immer zusammen sein, wenn wir es wollen. Was ist daran verkehrt, dass du dein Leben hast und ich habe meins?«

In Eva loderte ein Vulkan. Sie hätte so viel sagen können. Doch sie sagte kein einziges Wort, weil sie Angst hatte, die Sache dann noch viel schlimmer zu machen, als sie sowieso schon war. Sie hätte im sagen können, dass sie ihr Leben so eben nicht mehr in Ordnung fand. Hatte er denn nicht verstanden, dass sie Nähe brauchte? Warum gefiel ihr die Arbeit im Team? Weil man dann einfach nicht mehr alleine war. Wieso verstand er denn nicht, dass sie bei ihm sein wollte, weil sie ihn liebte? Sie wollte ein ganz normales Leben führen und nicht immer die Frau sein, die alleine am Strand spazieren ging und jeder dachte, dass sie es so wollte. Nein, eigentlich wollte sie es nicht. Sie wollte nicht immer in eine leere Wohnung kommen, wo die Wände anfingen, zu ihr zu sprechen.

»Eva, nun rede doch bitte mit mir«, flehte Robert und schenkte ihr Rotwein nach. »Lass es nicht so im Raum stehen.«

Eva holte tief Luft. Dann trank sie ihr Rotweinglas in einem Zug leer. »Du hast recht«, sagte sie dann, »wir sind zwei einsame alte Wölfe mit einer ähnlichen Vergangenheit. Es gibt keine gemeinsame Zukunft für uns. Du weißt es schon lange und ich habe es jetzt endlich verstanden.« Sie wunderte sich selbst, wie gefasst sie geblieben war, als sie das sagte.

»Und was heißt das jetzt?«, fragte Robert.

»Keine Angst, ich habe nicht vor, mich von dir zu trennen«, sagte sie nüchtern, »es muss sich nichts ändern. Es kann alles so weitergehen, wie bisher. Ich werde morgen nach Langeoog zurück fahren und wieder meinen Job machen. Das ist eben das, was ich am besten kann. Und jetzt darfst du mir gerne noch einmal Rotwein nachschenken, und einen Grappa nehme ich auch noch. Jetzt, da die Dinge endlich geklärt sind, sollten wir den Abend genießen, solange er uns noch aushält.«

Robert beschloss, nicht noch einmal auf ihre Anspielungen einzugehen. Und nach ein paar Minuten, in denen jeder für sich noch einmal tief

Luft holen konnte, sich klar darüber war, dass alles doch ein bisschen schnell gegangen war, sie möglicherweise auch ein wenig zu viel Wein getrunken hatten, da gelang es ihnen, doch noch ein Gespräch über alles oder nichts zu führen. Einfach so zusammen sein. Das genießen, was man hatte.

In der Nacht lag Eva dann tatsächlich in seinen Armen und schlief, während er sich fragte, ob er jetzt alles zwischen ihnen kaputtgemacht hatte. Nun ja, das vielleicht nicht, dachte er bei sich. Doch irgendetwas war anders geworden zwischen ihnen. Seine Haut auf ihrer, und doch war jeder für sich alleine. Sicher war es gut, wenn Eva am nächsten Tag erst einmal wieder auf die Insel fuhr.

Die Insel ruft

Es war schwer, wieder in die leere Wohnung zu kommen. Eva hatte die zweite Fähre genommen und stand jetzt in der Küche, und wusste nicht, warum. Noch viel schlimmer als damals, als sie nach Langeoog versetzt worden war, fühlte es sich an. Fremd. Sie hatte ja gewusst, dass ihre Reise nach Braunschweig etwas verändern würde. Deshalb war sie ja gefahren. Aber dass es so endete, hätte sie nicht gedacht.

Es war ja nicht so, dass sie jemals geplant hätte, mit Robert zusammenzuziehen. Vor vier Wochen hätte sie noch über diese Idee gelacht und gesagt, dass man so ganz gut zurechtkomme. Heute lachte sie nicht mehr. Robert wollte nicht mit ihr unter einem Dach leben. Das hatte er gestern Abend eindeutig erklärt. Auch, wenn er versucht hatte, es ihr zu begründen, sie verstand es nicht wirklich. Es war doch nur eine Theorie gewesen, wie es hätte sein können. Doch nicht einmal das hatte er zugelassen. Und dabei hatte sie geglaubt, er sei der Mann, der sie wirklich verstand. Hatte sie sich so getäuscht?

Sie schleppte ihre Reisetasche ins Badezimmer und ließ sie vor der Waschmaschine stehen.

Dann öffnete sie sämtliche Fenster, damit der Geruch von Einsamkeit verschwand. Es würde dauern, bis sie sich hier wieder zurechtfand, das spürte sie.

Als Nächstes machte sie sich auf den Weg in die Dienststelle. Ablenkung würde ihr jetzt gut tun.

Der Schreibtisch lag voller ungeöffneter Briefe, überwiegend allerdings Werbung. Die Kollegen von Wittmund hatten wohl ab und zu ihre Nase hier hereingesteckt, sich aber sonst nicht darum gekümmert, was hier lief.

Sie ließ den Rechner hochfahren und überflog die vielen Nachrichten, die schon längst keine Aktualität mehr hatten. Und dann stieß sie auf eine Mail von Sven Bittner. Er fragte, ob sie schon angekommen sei und Lust auf einen gemeinsamen Kaffee auf Langeoog hätte. Sie musste schmunzeln. Irgendwie war er komisch. Was wollte er denn von ihr? Okay, der Anwalt in der Fischsache war tot. Na und? Wollte er etwa darüber mit ihr sprechen? Weil es bestimmt die Möglichkeit einer weiteren Ablenkung wäre, antwortete sie schließlich, dass sie sich freuen würde. Umgehend blinkte es wieder auf in ihrem Postfach und er versprach, gleich morgen die erste Fähre zu nehmen.

Meine Güte, dachte Eva. Und irgendwie wurde sie auch neugierig. Bittner war nicht der Typ für einen netten Kaffeeplausch. Irgendetwas war da im Busch.

Als sie den Schreibtisch von allem befreit hatte und das meiste im Papierkorb gelandet war, erlaubte sie sich das erste Mal, an Dieter zu denken. Was er jetzt wohl gerade machte? Ob er in seinem Büro saß und an sie dachte? Noch immer hatte er sich nicht hören lassen. Hatte ihm ihr letzter Auftritt gereicht und er hielt sie für eine verschrobene Frau? Wundern würde es sie nicht. Doch ihre Hoffnung ging in eine andere Richtung.

Er hatte sie so merkwürdig angesehen. Solche stahlblauen Augen hatte sie noch nie vorher gesehen. Sie wollte sich nicht zu viel einreden, doch ja, er hatte Gefühle für sie. Was auch immer das bedeuten mochte. Und sie? Ja, sie mochte Dieter. Schon vom ersten Augenblick an, als sie in sein Büro gekommen war und ihn dort über seine Akten gebeugt gesehen hatte, da war da etwas gewesen. Er war jünger als sie. Fast zehn Jahre, wenn man es übertrieben formulierte. Ein Mann mit Anfang vierzig hatte sicher Besseres zu tun, als sich mit einer Fünfzigjährigen abzugeben. Aber wenn es stimmte, was er gesagt hatte, dass er seine Frau Ingrid nicht mehr liebte und sie ihn nur noch betrog, dann war er vielleicht auf der Suche.

Ihr Telefon auf dem Schreibtisch klingelte und riss sie aus ihren Gedanken.

»Ja?«

»Ah, du bist wieder da.« Das war Okko in seiner unnachahmlichen Art. Und fast fühlte es sich gut an, wieder seine Stimme zu hören.

»Eben angekommen im Büro. Und bei euch? Alles gut?«

»Wie immer, würde ich sagen. Wir sind gerade an einem Mordfall in Bensersiel, ein junger Anwalt ist tot. Hat wohl irgendwie mit dem Fischgeschäft zu tun.«

»Davon habe ich schon gehört«, antwortete Eva.

»Aber du warst ja auch wohl ganz schön aktiv«, lachte Okko. »Habe gehört, dass du die Kollegen in Braunschweig ganz schön vorgeführt hast.«

»Wer sagt denn so etwas?«, entrüstete sich Eva. Das hatte ihr noch gefehlt, dass man ihre Kollegen jetzt in Verruf brachte.

»Ach, es wird halt viel geredet«, beschwichtigte Okko, der den Ernst in ihrer Stimmlage vernommen hatte. »Aber du warst doch dort?«

»Ja, das schon«, gab Eva zu. »Ich bin zufällig in einen Fall geraten, als ich die Kollegen in meiner alten Dienststelle besuchte. Na ja, da habe ich halt meinen Beitrag geleistet.«

»Schon klar. Sag mal, jetzt, wo du wieder da bist, da brauchen wir uns doch um Langeoog nicht mehr zu kümmern.«

»Stimmt. Mein Urlaub ist eindeutig vorbei.«

»Gut. Dann will ich mal weiter. Wir hören uns.«

Er legte einfach auf.

Wo war sie stehengeblieben, bevor Okko sie störte? Dieter. Doch war es wirklich klug, jetzt noch mehr Gedanken an ihn zu verschwenden? Vielleicht verrannte sie sich wieder in Dinge, so, wie es ihr mit Robert passiert war. Er musste sie für eine Klette halten. Eine Frau, die irgendwann klammerte und ihm keine Luft mehr zum Atmen ließ. Wie konnte sie nur so dumm gewesen sein und diese Frage stellen? Sie schämte sich, und dabei hatte sie doch nur eine ganz einfache Idee ins Spiel gebracht. Etwas, das tausende andere Paare auch taten. Was sie so wurmte, war, dass sie Schwäche gezeigt hatte. Jetzt wusste er, dass sie im Grunde genommen nicht zufrieden war mit dem Status quo ihrer Beziehung. Dass sie sich mehr wünschte, insgeheim. Und irgendwie war damit auch die Leichtigkeit ihrer Liebe dahin. Er würde sich immer fragen, ob er sie nicht zu sehr verletzt hatte und sie würde sich fragen, wie lange er es überhaupt noch mit ihr aushielt. Eine verfahrene Situation. Und nun drohte sie schon wieder den nächsten Fehler zu machen, in dem sie ständig an Dieter dachte. Das musste aufhören. Unbedingt.

Ihr Magen knurrte. Sie hatte heute überhaupt noch nichts gegessen. Dabei war es schon drei Uhr am Nachmittag. Wie man die Zeit vertrödeln konnte.

Sie beschloss, sich irgendwo in ein nettes Café zu setzen und einfach mal nichts zu tun. Weder nachdenken, noch arbeiten. Einfach erst einmal wieder ankommen.

Dieses Vorhaben gelang ihr besser, als gedacht. Es waren so viele Menschen auf der Insel, dass sie in der Masse unterging. Sie beobachtete junge Familien, die ihren Kindern das unter ihren Händen in der Hitze dahinschmelzende Eis von den Fingern wischten. Ältere Ehepaare, die sich nichts zu erzählen wussten und, ihren Kuchen essend, vor sich hinstarrten, ihre Blicke an vorbeischlendernde Touristen hefteten und dabei Kaffee tranken. Eva hatte noch nie verstanden, warum der Sommer für viele Menschen die schönste Zeit des Jahres war. Es war zu warm, man schwitzte, es war zu voll und zu laut. Doch heute, da sie keine Lust hatte, sich über sich selber Gedanken zu machen, da kam ihr diese Stimmung gerade recht.

Später, als der Abend nahte, ging sie alleine am Strand spazieren. Doch sie war nicht allein. Viele andere Menschen hatten das gleiche Bedürfnis wie sie. Sie setzte sich an den Rand einer Düne und spielte mit ihren Fingern im Sand. Alleine unter vielen, das war sie. Und sie wusste genau, warum sie hier in der Nähe der Fremden ihre Zeit verbrachte. Sie mochte nicht in ihre einsame Wohnung gehen.

»Eva?«

Eine zärtliche Stimme nannte ihren Namen. Er war da. Sie traute sich kaum, sich umzudrehen, weil sie befürchtete, dass böse Geister ihr einen Streich spielten. Sie sah auf.

»Robert?«

Er ging in die Knie und saß dann neben ihr. Nahm sie in den Arm und küsste sie zärtlich.

»Was machst du hier?«, fragte Eva, als sie sich wieder von ihm löste.

»Dasselbe könnte ich dich fragen«, erwiderte er. »Ich habe lange nach dir gesucht. Aber hier hätte ich dich eigentlich nicht vermutet.«

»Ach, es war so ein schöner Tag. Es ist ja immer noch so warm.«

»Aber eigentlich magst du es doch gar nicht, unter so vielen Menschen zu sein, wenn ich nicht irre.«

»Das stimmt. Aber du lenkst ab. Warum bist du hier? Ist etwas passiert?«

Er nickte. »Ja, es ist etwas passiert. Ich bin ein Esel.« Er grinste.

»Also, deshalb hättest du nicht hierher kommen zu müssen«, erwiderte sie sein Lächeln, »das wusste ich schon.«

»Du bist ja auch schlauer als ich. Mir ist es jetzt erst klar geworden, wie dumm ich war, so eine Beziehung zu so einer wunderbaren Frau wie dir aufs Spiel zu setzen, nur weil ich ein Eigenbrötler bin.«

»Wie meinst du das?«, fragte sie vorsichtig.

»Eva, wenn du es möchtest, dann kannst du natürlich bei mir einziehen. Du bist nicht nur irgendein Mensch für mich, du bist die Frau meines Lebens.«

Eva stockte der Atem. Wenn er das jetzt nur machte, damit sie sich besser fühlte, dann wäre es falsch. Und sie wollte jetzt auf keinen Fall zickig wirken, indem sie ihn abwimmelte. Doch einziehen bei ihm, diesen Gedanken hatte sie doch längst zu Grabe getragen.

»Das ist lieb, dass du das sagst«, rang sie sich ab.

»Es ist ehrlich gemeint«, bekräftigte Robert.

»Das glaube ich dir ja auch.«

»Aber?«

»Gib mir noch ein bisschen Zeit«, sagte sie und schmiegte sich in seine Arme.

Der Alltag hat sie wieder

Es war eine traumhafte Nacht gewesen mit echten Gefühlen. Gerade so, als wären Eva nie Zweifel gekommen an ihrer Beziehung zu Robert.

Jetzt saßen sie gemeinsam in der Küche und frühstückten.

»Ich treffe mich gleich mit dem Journalisten vom Festland«, sagte Eva, »tut mir leid, als ich gestern den Termin vereinbart habe, da wusste ich ja nicht, dass du kommst.«

»Kein Problem«, antwortete Robert. »Ich werde ein wenig an den Strand gehen und schönen jungen Frauen nachsehen.«

»Blödmann«, sagte sie und knuffte ihn am Arm. Ja, da war es wieder, dieses unbeschwerte Gefühl. Die Gewissheit, dass er sie neckte, weil er wusste, dass sie verstand und sich seiner sicher war. »Aber später können wir gemeinsam essen, wenn du magst.«

»Lieber nicht am Tag, wenn es so warm ist«, antwortete Robert. »Ich glaube, wir haben schon wieder dreißig Grad. Ich schlage vor, dass ich uns etwas Schönes vorbereite für heute Abend.«

»In Ordnung«, stimmte sie zu. »Dann gehe ich jetzt mal los.«

Bittner wartete bereits in dem kleinen Café auf sie, in dem sie sich verabredet hatten.

»Frau Sturm«, sagte er, stand auf und reichte ihr die Hand. »Schön, Sie zu sehen.«

»Gleichfalls«, entgegnete sie und sie setzten sich. »Sie sind wegen des ermordeten Anwalts hier, nehme ich an.«

Er schlug die Beine übereinander und fuhr sich mit der Hand über seinen Drei-Tage-Bart. »Teils teils«, sagte er. Dann kam die Bedienung an den Tisch und nahm Evas Bestellung auf. Sie wollte nur Wasser.

»Bedeutet was?«, fragte sie und wurde langsam neugierig.

»Nun ja, der Fall mit dem Anwalt wird, wie Sie schon sagten, von Ihren Kollegen in Wittmund betreut. Ich denke nicht, dass man den Täter finden wird.«

»Sagt das Ihr Informant von damals?«

»Dazu kann ich nichts sagen, das wissen Sie.«

»Dann nicken Sie doch einfach nur.«

Sein Kopf machte eine entsprechende Bewegung.

»Hm«, machte Eva, »also doch mafiöse Verstrickungen.«

Er nickte wieder.

»Die lassen sich nicht ans Bein pinkeln. In den Knast wandern immer nur die kleinen Fische.«

Wieder ein Nicken.

»Okay, das werden die Kollegen in Wittmund sicher auch schon gemerkt haben. Jetzt machen Sie mich aber wirklich neugierig, warum Sie mich unbedingt sprechen wollten.«

Das Wasser wurde an den Tisch gebracht. Bittner faltete die Hände vor dem Bauch.

»Ich möchte mit Ihnen zusammenarbeiten«, sagte er ohne Umschweife.

Sie sah ihn irritiert an. »In welcher Angelegenheit?«, fragte sie, »ich habe zurzeit keinen Fall, an dem ich arbeite.«

»Ich weiß. Deshalb ist es wohl genau der richtige Zeitpunkt, um darüber zu sprechen.«

»Und woran wollen Sie dann mit mir arbeiten?«

»Ich möchte Ihre rechte Hand werden«, sagte Sven Bittner selbstbewusst.

Eva musste schmunzeln. »Denken Sie, dass ich langsam tüdelig werde und jemanden brauche, der meinen Terminkalender führt?«

Er lachte übers ganze Gesicht. »Nein, ganz bestimmt nicht. Doch ich möchte Sie bei Ihren weiteren Fällen von Anfang an begleiten.«

Eva kam sich vor wie in einem schlechten Film. Was wollte dieser junge Mann von ihr? Was redete er da? Er war Journalist und bestimmt auch kein schlechter. Am besten, er fuhr einfach mit der nächsten Fähre zurück und duschte erst mal kalt.

»Hören Sie«, sagte sie, »ich bin mir nicht so ganz sicher, was Sie eigentlich gerade vorschlagen. Es gibt keine Kripobeamten, die eine rechte Hand im Gepäck haben. Ich weiß nicht, wie Sie sich das vorstellen? Wollen Sie immer das Vorrecht auf die Berichterstattung? Sorry, die kann ich Ihnen nicht auf Dauer versprechen. Die Polizei ist eben nicht die Mafia.«

Sein Gesicht nahm einen leicht gekränkten Zug an. Doch sie musste so deutlich werden, damit er endlich verstand.

»Man hat mich rausgeworfen«, sagte er lakonisch. »Ich bin arbeitslos.«

Das veränderte die Vorzeichen allerdings kolossal.

»Das tut mir leid«, entgegnete sie. »Warum denn?«

»Sparmaßnahmen«, sagte er nur und machte eine wegwischende Handbewegung. »Als Erstes werden immer die Jungen entlassen mit dem Hinweis, dass man bestimmt was anderes finden kann in dem Alter.«

»Das stimmt doch sicher auch. Sie sind nicht an Ostfriesland gebunden. Sie könnten in jede Großstadt gehen. Sogar bis nach München. Ihnen steht praktisch die Welt offen. Glauben Sie mir, wenn Sie erst einmal in meinem Alter sind, dann sieht die Sache nicht mehr so rosig aus. Dann ist man plötzlich froh, wenn man auf Langeoog arbeiten kann.«

Er schmunzelte. »Ich weiß, das muss sich alles ziemlich verrückt anhören für Sie«, sagte er jetzt mit leichterem Ton. »Doch ich habe lange darüber nachgedacht. Sie brauchen jemanden, der Ihnen bei der Recherche hilft. Sie sind hier alleine auf der Insel. Bestimmt wird man keinen zweiten Kollegen hier ansetzen.«

»Nein, natürlich nicht. Aber hier geschehen ja auch nicht täglich irgendwelche Verbrechen. Und überhaupt, wie stellen Sie sich das vor? Die Polizei wird Sie niemals bezahlen.«

»Das ist mir klar«, sagte er sofort, »damit rechne ich auch nicht. Ich suche mir einen Saisonjob in einem Eiscafé oder Restaurant. Es ist mir völlig egal, was ich da mache, um meine Miete zu verdienen. Aber in der restlichen Zeit, da möchte ich für Sie arbeiten. Es kostet Sie nichts. Ich stehe Ihnen nur zur Verfügung, wenn Sie mich brauchen.«

»Das klingt komisch«, sagte Eva.

»Stimmt. Und es kommt noch besser«, ereiferte er sich. »Niemand wird etwas davon erfahren. Ich arbeite praktisch undercover.«

Jetzt lachte Eva laut auf. »Sie sind verrückt, Sven Bittner, wissen Sie das.«

»Kann sein. Aber ich hätte Lust darauf. Nennen Sie es von mir aus mein Soziales Jahr.« Er grinste.

»Ein Jahr?«, fragte Eva jetzt ernst.

Er nickte. »Ein Jahr.«

»Na gut«, sagte sie schließlich, weil ihr der Gedanke im Grunde genommen gut gefiel. Sie mochte ihn, er war engagiert und intelligent. Und nur weil dieses Provinzblatt das nicht zu würdigen wusste, sollte er jetzt nicht verzweifeln. Was war schon ein Jahr, wenn man so jung war wie er?

»Echt? Sie sind einverstanden?« Er konnte sein Glück kaum fassen.

»Ja, abgemacht«, sagte Eva, »und es kommt nicht infrage, dass Sie für mich umsonst arbeiten. Mein Geld reicht auch für zwei, ich bin nicht verschwenderisch.«

Er hob abwehrend die Hände. »Nein, wirklich, ich mache das umsonst für Sie.«

»Ach ja? Und wer hilft mir dann bei der Arbeit, wenn Sie ständig hinter dem Tresen stehen? Das kommt gar nicht infrage. Entweder ganz, oder gar nicht.«

Er dachte einen Moment nach. Dann hielt er ihr seine rechte Hand hin. Sie schlug ein.

»Sie könnten in meiner Wohnung in Bensersiel wohnen, wenn Sie wollen«, schlug sie vor.

»Sie haben dort eine Wohnung? Wozu?«

»Ach, das ist eine lange Geschichte, die ich Ihnen irgendwann einmal bei einem Glas Wein erzählen werde.«

»Okay, dann irgendwann«, sagte er. »Aber im Sommer bleibe ich gerne auf der Insel. Ich liebe die Sonne, den Strand und das Meer.« Er machte eine begrüßende Geste mit den Armen.

Sie fand ihn albern, aber auch erfrischend. Er würde ihren Arbeitsalltag auf jeden Fall bereichern. Doch, dass er auch noch mit in ihre Wohnung zog, das würde sie auf keinen Fall vorschlagen. »Wo wollen Sie denn auf der Insel bleiben?«, fragte sie, »es ist Hochsaison, da finden Sie nicht mal mehr eine freie Parkbank.«

»Ach, da findet sich schon was. Ich habe einen Schlafsack eingepackt, vorsichtshalber.«

»Soso, vorsichtshalber«, äffte sie ihn nach. Er hatte also gewusst, dass sie einwilligen würde. »Fürs Erste können Sie bei mir im Gästezimmer unterkommen«, sagte sie dann. »Aber wirklich nur für eine Übergangszeit.«

»Das wäre mir unangenehm«, sagte er, »Sie sind doch nicht meine ...«.

Sie wusste, was er hatte sagen wollen. Dann fiel ihr etwas Besseres ein.

»Wie wäre es mit der Dienststelle«, sagte sie, »ich glaube, da steht sogar noch eine Notliege. Das

Büro ist groß genug, um dort zu übernachten, ich weiß, wovon ich rede.« Sie musste lächeln, als sie an die Zeit mit Jürgen zurückdachte. Es war wohl so, dass immer wieder Männer in ihr Leben traten, die sie ein Stück begleiteten.

Später am Abend saß sie mit Robert beim Essen auf der Terrasse bei ihrer Wohnung. Er hatte wunderbar gekocht und einen Weißwein gekühlt. Vorher gab es ein Glas Champagner zur Einstimmung.

»Du verwöhnst mich viel zu sehr«, sagte sie und konnte ihren Blick nicht von seinem gebräuntem Gesicht, das sie so sehr liebte, lösen.

»Ich weiß, für wen ich das mache«, sagte er und stieß mit ihr an.

ENDE

Mord in Zimmer 11 - Band 15

Zum Inhalt

Die dunkle Jahreszeit rückt heran. Der Wind pfeift über Langeoog und gemütliche Stunden warten auf Eva, denn es ist ruhig auf der Insel. Sie zerbricht sich den Kopf darüber, warum Robert sich nicht mehr meldet, als sie plötzlich ein Anruf aus einem Hotel erreicht. Ein Doppelmord in Zimmer 11. Schnell ist Eva zur Stelle. Es handelt sich um ein wohlhabendes Ehepaar aus Oldenburg. Doch dann sind die Dinge ganz anders, als sie scheinen.

Veränderungen

Der Journalist Sven Bittner hatte sich dann doch mit all seinen eigenen Ideen durchgesetzt und den Sommer über in der Strandhalle als Aushilfskellner gearbeitet. Außerdem fand er ein Zimmer bei einer Frau, die vor kurzem ihren Mann verloren hatte und sich irgendwie einsam fühlte. Er lernte sie kennen, als sie einen Kaffee mit Ausblick aufs Meer trank und mit ihr ins Gespräch kam.

Kurz darauf bezog er das Arbeitszimmer des Mannes und half ihr bei den täglichen Dingen, die sie zu erledigen hatte.

Eva war insgeheim froh, dass sein Aufenthalt in ihrem Gästezimmer wirklich nur von vorübergehender Dauer gewesen war. Es war nicht so, dass sie diesen jungen Mann, der immer etwas Geheimnisvolles im Augenwinkel mit sich trug, nicht mochte. Nein, dann hätte sie sich ja gar nicht auf den Deal, dass er ihre rechte Hand, wie er es nannte, wurde, eingelassen. Doch es war komisch, ständig jemanden im Haus zu wissen, der einem im Grunde genommen fremd war. Sie fühlte dieses Ungewisse, wenn sie morgens ins Bad ging und natürlich auch am Abend, wenn sie sich in ihr Schlafzimmer zurückzog.

Bittner war rücksichtsvoll in jeder Beziehung und verzog sich meistens, wenn er von der Schicht in der Strandhalle zurückkam, auf sein Zimmer, wenn es schon spät war.

Aber sie hörte es eben doch, wenn die Tür ging. Sofort schaltete ihre Aufmerksamkeit dann in den Aktivmodus. Er hatte zwar gesagt, dass er sie abends auf keinen Fall noch belästigen würde in ihrer Privatsphäre und doch schloss Eva das Schlafzimmer fortan ab. Ein Zustand, der auch von ihrer Seite nicht von Dauer zu ertragen gewesen wäre. Und so war es für alle Beteiligten das Beste, als er zur Witwe Hamel zog.

Die Tage wurden jetzt im November rapide kürzer und die Herbststürme fegten über die fast menschenleere Insel.

Eva mochte diese Stimmung. Gab es ihr doch Gelegenheit, sich auf Dinge zu besinnen, die im Trubel des Sommers verloren gegangen waren. Abende mit Kerzenlicht und einer schönen Tasse Tee. Sie hatte eine Sorte entdeckt, die ihr besonders gut schmeckte und Wohlgefühle entfaltete. Sie nannten ihn ihren »Eva Sturm Wellnesstee«, den sie am Abend immer öfter einem Gläschen Wein vorzog.

Und dann war da noch etwas anderes, über das sie mehr als ihr lieb war, nachdachte. Robert. Er hatte sich in den letzten Wochen rargemacht. Und sie hatten beide nicht darüber gesprochen bisher. Es war einfach so, dass er nicht mehr jedes Wochenende rüber auf die Insel kam. Und in der Woche sowieso schon lange nicht mehr. Er wich ihrem Blick aus, wenn er ihr sagte, dass es am nächsten Wochenende nicht klappen würde. Und sie fragte nicht weiter nach.

Eva trank noch einen Schluck Tee und starrte in die Flammen der fast abgebrannten Kerze, die auf ihrem Tisch stand. War sie bald wieder alleine? Ihr Herz zog sich zusammen bei dem Gedanken. Doch sie wusste auch, dass man Liebe nicht erzwingen konnte. Sie hatten sich aneinander gewöhnt. Vielleicht war es das. Und beide, sie und Robert, sie hielten den Alltag nur schwer aus. Sie machte ihm keine stillen Vorwürfe, dass er sich zurückzog. Sie selber brauchte ja auch immer wieder mal eine Auszeit, um sich ihren Dämonen, die sich ihr immer wieder in den Weg stellten, wenn sie glaubte, eine doch ganz normale Frau zu sein, entgegenzustellen. Sie war alles andere als normal.

Eva musste lächeln. Auch Robert hatte es nie leicht gehabt im Leben. Und wenn er jetzt eine kleine Pause von ihrer Beziehung brauchte, so wäre sie wirklich die Letzte, die ihm deshalb böse sein konnte.

Jetzt brauchte sie doch ein Glas Wein. Sie brachte die Teetasse in die Küche und schenkte sich dort einen Pinot Grigio ein. Im Stehen mit Blick aus dem Fenster trank sie den ersten Schluck. Es war stockdunkel, nur ein paar Lichter aus den Nachbarhäusern brannten noch. Wieder einmal war es kurz vor Mitternacht und sie fühlte sich überhaupt nicht müde. Es war so eine Sache mit dem Schlaf. Wenn sie erst einmal anfing zu grübeln, dann konnte sie auch gleich aufbleiben.

Sie wollte gerade mit dem Glas Wein ins Wohnzimmer gehen, als es bei ihr an der Tür klingelte.

Nanu, dachte Eva, wer konnte das um diese Zeit noch sein? Robert hätte einen Schlüssel gehabt, wenn er es gewesen wäre. Doch, dass er mitten in der Nacht bei ihr hereinschneite, hielt sie für mehr als   unwahrscheinlich. Es war nie ein gutes Zeichen, wenn sonst jemand an ihre Tür kam und so machte sie mit gemischten Gefühlen auf.

Vor ihr stand Sven Bittner.

»Sie?«, fragte Eva, die es nicht fertigbrachte, ihn zu duzen, obwohl er es mehrfach angeboten hatte.

»Tut mir leid, wenn ich Sie erschreckt habe.«
Er stand mit tief in die Taschen seines Parkas
versunkenen Händen da. Sein Gesicht war nur
durch einen schmalen Spalt zwischen Pudelmütze
und dickem Schal zu sehen.

»Ist etwas passiert?«

»Nein, nicht wirklich. Ich konnte nur nach der
Schicht nicht schlafen und bin noch mal los an den
Strand. Auf dem Rückweg, da hab ich hier Licht
gesehen. War sicher eine dumme Idee, nochmal zu
klingeln.«

Irgendwie schon, dachte Eva, sagte es aber
nicht. Sie hatte eigentlich den Wein auftrinken und
dann ins Bett gehen wollen.

»Kommen Sie schon rein«, sagte sie schließlich,
»es ist verdammt kalt da draußen. Ich habe mir
gerade einen Wein eingeschenkt, vielleicht möchten
Sie auch einen.«

»Danke«, sagte Bittner und schloss kurz darauf
die Tür hinter sich.

Eva wurde das Gefühl nicht los, dass er etwas
ganz Bestimmtes von ihr wollte. Sie holte ihm ein
Glas Wein aus der Küche, blies die Kerze auf dem
Tisch aus und machte die Stehlampe an.

Zunächst stießen sie an und schwiegen. Es war
nicht so, dass das ungewöhnlich für die beiden war.
Bittner war wie sie ein grüblerischer Typ, mit dem

es sich gut schweigen ließ. Doch dann hielt Eva es doch nicht mehr aus, auch, weil sie langsam tatsächlich müde wurde.

»Was ist los?«, sagte sie, »Sie kommen doch nicht ohne Grund mitten in der Nacht zu mir in die Wohnung.«

Bitter drehte das Glas in seiner Hand. »Stimmt«, erwiderte er dann, »einen Grund gibt es schon. Und natürlich hätte es auch bis morgen warten können, aber da ich ja Licht sah, dachte ich …«.

»Sven, Sie wissen, dass Sie mit mir über alles Mögliche reden können«, sagte Eva und fand die Situation sonderbar. Sie hatte sich schon oft vorgestellt, einen Sohn wie Bittner zu haben, mit dem sie abends manchmal Tee zusammen trank. Doch sie wollte jetzt auf keinen Fall den Eindruck einer Glucke auf ihn machen.

»Ach«, begann Bittner, »ich weiß gar nicht, wie ich es sagen soll, aber …«.

»Aber?«

»Aber ich habe das Gefühl, dass ich Sie nur ausnutze.«

»Inwiefern?«

»Na ja, ich habe zwar meinen Job in der Strandhalle, aber Sie bezahlen mich trotzdem, obwohl ich kaum etwas getan habe in den letzten Monaten.«

Eva lachte auf. »Aber Sven, also wirklich. Sie können doch nichts dafür, dass hier niemand umgebracht wird. Ich bekomme doch auch weiter mein Geld, einfach so fürs Teetrinken.«

Der Damm war gebrochen und Bittner lachte mit.

»Wenn man es so betrachtet, dann haben Sie natürlich recht.«

»Sehen Sie, man muss nur mal darüber reden. Und ich verspreche Ihnen, so lange wird es nicht mehr dauern, bis hier jemand über die Klinge springt. Man muss nur etwas Geduld mit den Verbrechern haben.«

Sie schenkte Wein nach und beide lachten wieder.

»Der Job ist irgendwie makaber«, stellte Bittner fest. »Ich meine, wir sitzen hier und warten darauf, dass ein Mörder zuschlägt.«

»Na ja, ganz so ist ja auch wieder nicht. Es ist nicht so, dass ich dringend darauf warte. Aber wenn es passiert, dann muss ich an die Arbeit und den Fall aufklären. So ist das nun einmal.«

»Eigentlich ganz schön easy«, meinte Bittner gelöster, »da war mein Job bei der Zeitung ein vergleichsweise harter Knochenjob. Jeden Tag auf der Jagd nach tollen Storys. Jeder wollte die Seite 3 ergattern oder am besten auf der Titelseite seinen Namen lesen. Das war ein ganz schönes Gerangel manchmal. Irgendwie vergisst man dabei oft, ein netter Mensch zu sein.«

»Hm«, machte Eva nachdenklich, »dann war es vielleicht gar nicht so schlecht, dass man Sie entlassen hat. Sie sind ein netter Mensch geblieben. Aber ehrlich gesagt bin ich langsam zu müde für diese Art der Lebensberatung.«

Bittner sah auf seine Armbanduhr. »Gleich eins, stimmt, jetzt sollte ich wirklich gehen. Frau Hamel macht sich bestimmt schon Sorgen, wo ich bleibe.«

»Bleibt sie etwa immer auf, bis Sie nach Hause kommen?«

Er nickte. »Ich habe ihr schon so oft gesagt, dass sie das nicht tun sollte, aber ich glaube, sie kann nicht schlafen, wenn ich nicht im Haus bin. Sie vermisst ihren Mann eben noch sehr.«

»Verständlich«, meinte Eva, »dann man los, damit die arme Frau endlich schlafen gehen kann.«

Als er weg war, fragte sie sich, ob sie auch einmal so eine Frau Hamel werden würde, wenn sie alt und grau war. Auf dem besten Weg dorthin schien sie wohl schon zu sein, wenn er nachts einfach an ihre Tür klopfte. Und Robert zog sich von ihr zurück. Lag es vielleicht tatsächlich daran, dass er sie langsam für zu alt hielt? Und sollte sie ihn danach fragen, wenn er wieder auf die Insel kam? Sie mochte gar nicht daran denken, wann sie beide das letzte Mal zusammen im Bett gewesen waren. Es musste eine Ewigkeit her sein. Eva schenkte sich den Rest des Weißweins ein und stürzte alles in einem Zug herunter. Sie hoffte, dass sie endlich würde schlafen können.

Der Plan

Sie hatte alles, wie man so schön sagte. Eine modern eingerichtete große helle Wohnung mitten in der Stadt. Sündhaft teuer, doch sie konnte es sich leisten. Ihr Job als gut bezahlte Immobilienmaklerin bei einem anerkannten Büro in Oldenburgs Innenstadt erlaubte ihr bereits mit Anfang dreißig die großen Sprünge, wo andere sich ihr Leben lang mühevoll hinzuarbeiten versuchten. Ihr war praktisch alles in den Schoß gefallen. Und daran waren natürlich auch ihre Eltern, ein gut situiertes Ärztepaar, nicht ganz unbeteiligt.

Tja, sie hatte alles. Sogar eine tolle Figur und viele Verehrer. Und so langsam tickte die Uhr. Was ihr nämlich fehlte, war ein verlässlicher Partner, mit dem man sich ein kuscheliges Zuhause mit

Kindern aufbauen konnte. Das hatte sie nicht und das nagte an ihr. Mit den Männern, die ihr scharenweise nachliefen, konnte sie nichts anfangen. Außer Sex lief da nicht viel. Es waren die typischen Aufreißer, die Frauen wie Betty nur als Trophäe in ihrer großen Sammlung betrachteten. Bis Ende zwanzig war ihr das gerade recht gewesen. Doch so langsam sehnte Betty sich nach mehr.

Sie wusste, dass sie den wirklichen Mann fürs Leben niemals unter ihren One-Night-Stands würde finden können. Also musste ein Plan her.

Gelangweilt blätterte Betty in einer Frauenzeitschrift, die sie aus dem Haus ihrer Mutter mitgenommen hatte. Oder besser gesagt hatte ihre Mutter ihr einen ganzen Stapel in den Arm gedrückt und gemeint, dass darin bestimmt auch etwas für Betty zu finden sei. »Was meinst du damit?«, hatte Betty gefragt. Ihre Mutter hatte daraufhin nur bedeutungsvoll die Hand gehoben und »du weißt schon« gesagt.

Oh ja, Betty wusste nur zu gut, was ihre Eltern von ihr erwarteten. Sie sollte endlich schwanger werden. Wenn schon nicht die eigene Tochter Interesse daran hatte, eine gutgehende Arztpraxis zu übernehmen, so bestand immerhin die Möglichkeit, dass ein Enkel oder eine Enkelin besser geraten würde.

Doch bevor Betty Kinder in die Welt setzte, musste sie erst einmal einen Mann finden, der sie liebte. Also so richtig und nicht nur im Bett. Und Betty wollte das ja auch. Aber wie trennte man die Spreu vom Weizen?

Als Erstes fiel ihr auf, dass die Frauen in der Zeitschrift mindestens schon vierzig waren. Das sah sie allein an dem Outfit, das sie trugen. Weite wallende Stoffe und Schuhe, mit denen Betty hintenübergekippt wäre, weil sie ihre High Heels praktisch Tag und Nacht trug. Dazu kurze Röcke und knappe Shirts und Pullover. Sie konnte es sich schließlich erlauben. Ihre Mutter hatte sie schon oft deswegen naserümpfend angesprochen und gemeint, ob das denn wirklich sein müsse, dass sie praktisch nackt auf die Straße gehe. Und wie das eigentlich ihr Arbeitgeber sah. Tja, da hätte Betty was erzählen können, denn ihr Arbeitgeber stand einmal die Woche vor Bettys Tür wie ein räudiger Hund. Und sie ließ ihn rein. Er war gute zehn Jahre älter als sie und verdammt attraktiv. Wäre er nicht verheiratet gewesen, vielleicht wäre er sogar Mister Right gewesen. Doch er hatte ihr von Anfang an klargemacht, dass es immer nur bei diesem für ihn einmalig tollen Sex bleiben musste, da er nun einmal verheiratet sei und zwei Kinder habe.

Betty hatte natürlich nicht vor, eine Ehe zu zerstören und Kindern ihren Vater zu nehmen. Dafür hatte sie ihren eigenen viel zu oft vermisst, als sie noch klein war. Sie wusste nicht, ob er in der Zeit, die er abends oder manchmal sogar nachts nicht zuhause gewesen war, fremdging, so wie jetzt ihr Chef mit ihr. Doch sie konnte es sich ab einem gewissen Alter durchaus vorstellen, weil andere Elternpaare ihrer Klassenkameradinnen sich scheiden ließen, aus genau diesem Grund.

Sie blätterte weiter in der Zeitschrift und plötzlich wusste sie, was sie vielleicht ändern sollte. Sie musste ja nicht gleich in diesen Entenschuhen durch die Gegend tapsen, aber ein etwas längerer Rock könnte ihr so manchen Kerl vom Leib halten, mit dem es sowieso nie eine Zukunft geben würde.

Betty klappte ihren Laptop auf und rief die Seite der Modefirma auf, die sich offensichtlich vorgenommen hatte, Frauen wie in den arabischen Ländern zu verhüllen. Nach rund zwei Stunden hatte sie eine Bestellung für über tausend Euro aufgegeben. Was tat man nicht alles, um den Mann fürs Leben zu finden.

Mord in Zimmer 11

Eva fühlte sich am nächsten Morgen, als habe sie schlecht geträumt. Und dann bemühte sie ihr Gedächtnis und alles fiel ihr wieder ein. Bittner war hier gewesen, mitten in der Nacht. Er hatte irgendwas von einem schlechten Gewissen erzählt. Junge Menschen konnten wirklich anstrengend sein.

Sie quälte sich aus dem Bett und ging unter die Dusche. Sie wusste noch nicht, wie sie den Tag verbringen würde, denn es regnete schon wieder Bindfäden. Vielleicht blieb sie auch einfach zuhause, dachte sie. Mittlerweile gab es kaum noch jemanden auf der Insel, der nicht wusste, wo sie wohnte. Wenn etwas passierte, dann würde man sie schon finden.

In der Küche beim Frühstück sah sie immer wieder auf ihr Handy. Nun waren es schon sieben Tage, in denen sie nichts von Robert gehört hatte. Ob sie ihn einfach mal anrief? Es sprach doch nichts dagegen. Doch da er sich in der Regel immer zuerst meldete und dieses jetzt nicht tat, da fühlte es sich komisch an, ihn jetzt anzurufen. Sein Schweigen bedeutete für sie, dass er sie nicht sehen oder sprechen wollte. Er hatte den Kontakt eingestellt, nicht sie. Der Kaffee brodelte in der

Maschine und war zu einem störenden Geräusch geworden bei ihren dunklen Gedanken. Was war, wenn Robert etwas zugestoßen war und er sich gar nicht melden konnte? Ihr wurde es ganz heiß im Gesicht. Oh mein Gott, dachte sie, und ich sitze hier und suche nach Schuldzuweisungen gegen ihn. Womöglich war er im Haus gestürzt und hatte sich den Kopf gestoßen und lag in der Küche. Vielleicht war er sogar schon tot, während sie sich hier wie ein eingeschnappter Teenager grämte und sich nicht um ihn kümmerte.

Sie wollte gerade nach seiner Nummer suchen, als ihr Handy plötzlich schrillte und ihr beinahe aus der Hand gefallen wäre vor Schreck.

Es war nicht Robert. Sie nahm ab.

»Ja? Eva Sturm hier.«

»Frau Sturm«, kam es vom anderen Ende, »wir brauchen hier Ihre Unterstützung im Hotel.«

»Ist etwas passiert?«

»Das kann man wohl sagen. Unsere Reinigungskraft hat zwei Tote gefunden.«

»Zwei Tote? Ich bin sofort da.«

Ohne weitere Informationen abzuwarten, drückte Eva das Gespräch weg und ging los. Im Hinterkopf schwirrte immer noch Robert. Und sie verschob das notwendige Gespräch auf den Abend. Oder irgendwann.

Draußen war es eisig kalt und das nicht nur, weil ihre Haare noch nicht ganz trocken waren. Eva zog ihre Jacke fester um sich, als sie die Barkhausenstraßen mit schnellen Schritten entlangging. Das Hotel lag etwas abseits des Ortskerns, und als sie endlich dort ankam, hatte sie sich wieder warmgelaufen.

Bereits am Eingang wurde sie vom Hotelchef in Empfang genommen.

»Das ist alles so unangenehm«, sagte er und hielt ihr seine Hand zur Begrüßung entgegen.

»Mord ist niemals schön«, sagte Eva frostig und ging einfach an ihm vorbei. »In welchem Zimmer liegen die Toten?«

»Zimmer 11«, sagte er, »gleich hier unten den Gang entlang und dann links.«

»Wer war denn schon alles in dem Zimmer? Ich meine, außer der Reinigungskraft und Ihnen, vermute ich.«

»Sonst niemand weiter«, ereiferte er sich, »wir haben das Zimmer verschlossen gehalten, obwohl es sicher genügend Gäste gegeben hätte, die gerne einen Blick hineingeworfen hätten. Sowas habe ich wirklich noch nicht erlebt.«

»Woher wussten die denn alle davon?«

»Na ja, die Angestellte hat wohl ziemlich laut geschrien, als sie die beiden entdeckt hat.«

»Hm«, machte Eva. Endlich war sie bei Zimmer 11 angekommen und drückte die Tür auf, nachdem sie sich Handschuhe übergezogen hatte. »Sie bleiben bitte draußen, damit nicht noch mehr Spuren verwischt werden.«

»Sicher«, sagte er in devotem Ton. Dann ging die Tür vor seiner Nase zu.

Eva hatte keine besondere Vorstellung von dem, was sie hier erwartete und sie hatte schon einiges gesehen. Doch dieser Anblick, der sich ihr jetzt bot, ließ selbst sie den Atem anhalten.

Auf dem augenscheinlich unbenutzten Doppelbett lagen zwei Menschen, komplett angezogen, sich bei den Händen haltend und jedem von ihnen war ein Messer tief ins Herz gebohrt. Sie hatten die Augen geöffnet und schienen immer noch an die Decke zu starren, als ginge sie das Ganze hier nichts an.

Sie wirkten praktisch unbeteiligt, und das fand Eva merkwürdig. Niemand würde sich einfach so ordentlich aufs Bett legen und warten, bis der Täter sein Werk vollbracht hatte. Sie hätten sich doch wehren müssen. Ein Messer ließ sich nicht so einfach in das Herz eines Opfers bohren. Nein, hier stimmte etwas nicht. Ole musste her. Sie zog ihr Handy aus der Tasche und wählte seine Nummer.

»Ein Doppelmord«, sagte sie bedeutungsvoll. »Ich glaube, da stimmt etwas nicht.«

»Ach Eva, dass bei dir aber auch immer alles so kompliziert sein muss«, maulte Ole.

»Was ist los? Hast du etwa noch geschlafen?«

Er prustete in ihr Ohr. »Die Grippe hat mich im Griff. Aber ich arbeite natürlich trotzdem.«

»Wieso meldest du dich denn nicht krank?«, fragte Eva jetzt besorgter.

»Weil schon zwei andere schneller waren als ich. Aber ich komm schon durch«, sagte er und sie hörte, wie er sich schnäuzte. »Rechne in gut einer Stunde mit mir.«

»Okay«, sagte sie und hatte plötzlich ein schlechtes Gewissen, weil sie ihn so angefahren hatte.

Sie wandte sich wieder den Opfern zu. Die Frau war jünger als der Mann und ziemlich hübsch. Selbst im Tod konnte man das noch erkennen. Ihr schmales Gesicht mit dem Porzellanteint ließ sie aussehen, wie eine Puppe. Ihre Garderobe schien teuer gewesen zu sein, und ein Blick auf das Etikett im inneren der kurzen grauen Jacke bestätigte ihre Vermutung. Selbst ihr sagte diese Marke etwas, auch wenn sie sie nur aus der Fernsehwerbung kannte. Eva schätzte die junge Frau auf höchstens Mitte dreißig. Der Mann war gute sechs bis vielleicht zehn Jahre älter, wenn sie richtig lag. Auch er sah ansprechend aus mit einem markant eckigen Kinn und Drei-Tage-Bart.

Als Erstes musste sie herausfinden, wer diese beiden waren. Die Namen hatte ihr der Hotelchef noch nicht genannt. Eva nahm sich die kleine dunkle Tasche, die auf dem Beistelltischchen stand, und fand darin den Personalausweis des Opfers. Sie hieß Victoria Siebenbrock und wäre in drei Wochen dreiunddreißig geworden. Neben dem Ausweis gab es noch einen Führerschein und mehrere Kreditkarten, die auf ihren Namen ausgestellt waren. Auf dem Nachttisch des vermeintlichen Ehemannes lag eine Herrentasche, in der Eva einen Ausweis mit dem Namen Alexander Siebenbrock fand. Er war acht Jahre älter als seine Frau und vor einem halben Jahr einundvierzig geworden. Ob sie Kinder hatten?, fragte sich Eva. Sie würde die Hintergründe zu dem Ehepaar durchleuchten müssen. Und dabei würde ihr Bittner sicher behilflich sein können. So wäre auch endlich sein schlechtes Gewissen beruhigt, dass er ihr nur auf der Tasche lag.

Eva sah sich noch die Garderobe, die im Kleiderschrank hing, an. Nur vom Feinsten. Es musste sich um ein ziemlich wohlhabendes Ehepaar gehandelt haben und so konnte vielleicht auch

Erpressung im Spiel sein. Warum sie ausgerechnet darauf kam, konnte sie gar nicht sagen. Aber wenn man viel Geld hatte, gab es immer welche, die versuchten, daran zu kommen. Vielleicht war es hier im Hotel zu einer Geldübergabe gekommen und der Täter war plötzlich ausgerastet und hatte sie ermordet. Doch war das wirklich logisch? Eva setzte sich auf den grauen Korbstuhl und sah auf die Toten. Nein, dachte sie, wenn diese beiden erpresst worden wären, dann machte ein Doppelmord in dieser Form eigentlich keinen Sinn. Wenn sie einmal gezahlt hatten, dann wäre doch noch mehr zu holen gewesen. Und kein Erpresser würde ein Ehepaar ermorden, wenn sie sich weigerten zu zahlen. Dann wäre es logischer gewesen, er hätte sich einen der beiden vorgeknöpft, um den anderen noch erpressen zu können. Die Messer in der Brust waren ein sehr brutales Vorgehen. Ob vielleicht sogar zwei Täter im Spiel gewesen waren? Denkbar wäre es auf jeden Fall, dachte Eva. Und irgendwie hatte sie plötzlich das Gefühl, nicht richtig bei der Sache zu sein. Ihre Gedanken kreisten hintergründig immer um Robert. Was er jetzt wohl gerade machte? Ob er auch an sie dachte? Wenn er sich nicht im Laufe des Tages meldete, dann würde sie ihn eben heute Abend anrufen, nahm sie sich vor.

Die Tür ging auf und Ole kam herein. Um den Hals trug er einen dicken Wollschal und auf dem Kopf eine Baskenmütze.

»Dich muss es ja wirklich schlimm erwischt haben«, sagte Eva.

»Dir auch einen schönen Tag«, murmelte Ole über den Schal hinweg. »Das sind sie also ...«.

Er ging einmal um das Bett herum und betrachtete die Opfer eingehend.

»Na, wie sieht das für dich aus?«, fragte Eva, die sich jetzt auf die gegenüberliegende Bettseite gestellt hatte.

»Merkwürdig«, sagte Ole, »kein Mensch legt sich hin und lässt sich abmurksen.«

»Genauso sehe ich das auch. Was denkst du, was passiert ist?«

»Tja ...«, Ole wickelte den Schal ab, weil ihm langsam warm wurde. »Ich würde sagen, entweder waren sie vorher schon tot, oder zumindest bewusstlos.«

»Ja, denke ich auch.«

»Ich werde das untersuchen und dir dann Bescheid geben.«

»Könnte es auch sein, dass sie gar nicht hier getötet worden sind?«, fragte Eva, weil ihr zum ersten Mal der Gedanke kam.

»Hm«, machte Ole, »wenn es sich hier um ein Privathaus handeln würde, könnte ich mir das schon vorstellen. Aber in einem Hotel? Da wäre der Täter doch viel zu viel Gefahren ausgesetzt, entdeckt zu werden. Eine Leiche hier ins Zimmer zu schleppen, wäre schon aufwendig genug. Aber gleich zwei? Nein, ich denke nicht, dass sie woanders ermordet worden sind.«

»Ja, da hast du sicher recht. Es ist hier in diesem Hotelzimmer geschehen«, stimmte Eva zu, »jetzt ist nur noch die Frage, woran sie vor dem Stich ins Herz gestorben sind.«

»Das kann ich dir sicher bald sagen«, meinte Ole und wurde von einem Hustenanfall erfasst.

»Mein Gott, Ole, du solltest nicht immer so viel Rücksicht auf die Kollegen nehmen und dich mal ordentlich auskurieren«, sagte Eva, weil sie sich wirklich Sorgen um ihn machte.

»Du meinst wohl, nachdem ich dir den Bericht geschickt habe«, krächzte er und zog ein Taschentuch aus seiner Hosentasche.

»So ungefähr ...«.

Sie mussten beide lachen. Er wusste, dass sie es ihm nicht übelnehmen würde, wenn er jetzt die Segel strich.

»Ich flieg dann mal wieder rüber«, sagte er, »bis die beiden hier in Oldenburg sind, hab ich dann sicher noch ein bisschen Zeit, mich um meine Grippe zu kümmern.«

»Mach das«, sagte Eva, »und wenn das alles hier vorbei ist, dann kommst du mal wieder rüber und wir machen uns ein schönes Wochenende bei Käse und Wein.«

Ole glaubte, sich verhört zu haben und blieb im Türrahmen stehen.

»Ja, das ist sicher eine gute Idee«, erwiderte er, runzelte die Stirn und ging von dannen.

Eva sah sich noch weiter in den Schränken des Hotelzimmers um und machte Fotos mit dem Handy von den Opfern und den Sachen, die dort lagen.

Zugeknöpft

»Was ist denn mit dir passiert?«, war die erste Reaktion von Bettys Chef, als sie das erste Mal in ihrem neuen Outfit ins Büro kam.

»Wieso?«, fragte sie zurück und spielte die Unbeteiligte.

»Komm, das ist doch jetzt nicht dein Ernst, ich kann nicht einmal dein Knie sehen, wie soll ich denn so zum Arbeiten inspiriert werden?«

Er lachte und kam um den Schreibtisch herum, fasste nach ihrem Hintern, den er durch den dicken Stoff kaum spüren konnte.

»Du wirst deine Fantasie wohl spielen lassen müssen«, sagte Betty und rückte von ihm ab. »Ab heute bin ich eben eine andere.«

»Ja, offensichtlich«, sagte er und setzte sich wieder an seinen Platz. »Aber wir müssen auch noch andere Dinge besprechen, setz dich bitte.«

Sie gingen ein paar Exposees der hochwertigen Häuser und Villen durch, die für vorgemerkte Kunden aufbereitet worden waren.

»Als Erstes solltest du dir die von Bernsteins vornehmen«, meinte er, »die suchen schon länger nach einer Gelegenheit, ihr Geld auszugeben. Diese weiße Villa hier«, er zeigte auf ein paar Fotos, »ist sicher genau das richtige dafür. Sie liegt in der Nähe der Innenstadt sowie des Theaters. Es sind Kulturfreunde, muss man wissen. Ich schlage vor, du vereinbarst einen Besichtigungstermin.«

»Klar, kann ich machen«, sagte Betty und erhob sich vom Stuhl.

»Ach ... schade«, murmelte er, »sonst konnte ich jetzt immer dabei zusehen, wie du deinen Rock wieder weiter runterziehst und dabei deine Hüften hin und her schobst.«

»Das ist jetzt wohl vorbei«, sagte sie und hatte im ersten Moment Schwierigkeiten, auf den flachen Schuhen zu stehen.

»Du wirkst irgendwie kleiner auf mich«, sagte er, »kann das sein?«

»Sehr witzig«, sagte sie und trampelte mehr als das sie ging zur Tür.

»Denk nochmal drüber nach, ob du nicht wenigstens zur Hausbesichtigung wieder etwas Vernünftiges anziehen kannst. Du weißt, dass der Geldbeutel bei Männern lockerer sitzt, wenn sie Einblick nehmen dürfen.«

Es ist für einen guten Zweck, beruhigte sie sich, weil sie sich nach dem Auftritt eben ziemlich albern vorkam. Nach einem halben Jahr hätte sie vermutlich Plattfüße und einen breiten Pferdehintern. Also musste sie versuchen, bis dahin den Mann fürs Leben gefunden zu haben, der nicht nur aufs Äußere achtete, sondern ihren guten Kern zu schätzen wusste. Denn den hatte sie ganz bestimmt. Doch das hatte bisher nie jemanden interessiert, wenn er mit seinen langen Fingern unter ihren engen Pulli gefahren war. Zugegeben, es hatte ihr gefallen, dass die Männer sabberten, während sie mit ihr sprachen. Doch irgendwann, da wollte doch jede Frau etwas mehr im Leben. Und Betty wollte Kinder, koste es, was wolle. Dafür nahm sie dann eben auch einen breiten Hintern in Kauf.

Eva braucht Klarheit

Bittner hatte sich über ihren Anruf gefreut, das hörte sie sofort, als er abnahm und sie begrüßte.

»Es gibt was zu tun«, sagte sie, »der Schlendrian ist jetzt vorbei.«

»Oh wie schön«, erwiderte er und bemerkte sofort die Diskrepanz. »Ich meine, es tut mir leid.«

»Ach, das muss es nicht. Es ist nicht unsere Schuld, dass Morde geschehen. Sehen wir uns in einer Viertelstunde in meiner Dienststelle?«

»Aber sicher«, sagte er und sie legten auf.

So jung und voller Elan möchte ich auch mal wieder sein, dachte Eva und seufzte auf. Sie stand jetzt in der Hotellobby und hätte eigentlich die Mitarbeiter hier befragen müssen. Doch sie hatte einfach keine Lust dazu. Ihr Plan war, Bittner gleich hierher zu schicken, damit er mal ein Auge auf alle warf.

Draußen pfiff ein kalter Wind um ihre Nase und sie machte sich schleunigst auf den Weg in die Dienststelle.

Da Bittner noch nicht angekommen war, setzte sie Wasser für einen Tee auf. Die dunklen Wolken am Himmel ließen heute keinen Sonnenstrahl durch und so hatte sie das Gefühl, dass der Tag im Grunde schon wieder zu Ende ging und es gemütlich wurde. Sie zündete sogar eine Kerze an, was ihr zwar gefiel, doch Bittner sollte auch keinen falschen Eindruck von ihrer Arbeit bekommen. Also pustete sie, bis sie wieder erlosch, und machte das Deckenlicht wieder an.

Der Wasserkocher klackte und sie goss den Tee auf. Bittner musste ja nicht erfahren, dass es ihr Wellnesstee war, den sie abends gerne zum Feierabend trank.

Dann ging auch schon die Tür auf und er kam vor Neugier strotzend auf ihren Schreibtisch zu.

»Ich hab mich beeilt, so schnell wie möglich hier zu sein. Es zählt sicher jede Sekunde, wenn ein Mord aufzuklären ist.«

»Sicher«, sagte sie und verkniff sich ein Lächeln. »Am besten, man fasst den Täter, solange der Tote noch warm ist.«

Bittner legte seinen Parka über einen Stuhl und schien über das eben Gesagte nachzudenken.

»Ich nehm Sie nur auf den Arm«, sagte Eva und lachte. Sie stellte zwei Tassen auf den Schreibtisch und ließ in jede einen Kandis fallen. Dann goss sie den dampfenden Tee ein und es knackte.

»Was ist denn genau passiert?«, fragte Bittner ungeduldig und fummelte an seinem Wollschal, den er anbehalten hatte, herum.

»Ein Doppelmord im Hotel«, sagte Eva, »ein Ehepaar, das mit einem Stich ins Herz getötet wurde.«

»Das gibt es doch nicht ...«. Bittner griff nach seiner Tasse.

»Nehme ich auch an. Deshalb untersucht Ole Meemken die Opfer bereits in der Gerichtsmedizin in Oldenburg. Wir vermuten, dass die beiden bereits tot oder zumindest betäubt waren, bevor man ihnen die Messer ins Herz gerammt hat.«

Bittner verzog das Gesicht, als sie ihm die Fotos auf ihrem Handy zeigte. »Sie sehen im Prinzip aus, als schliefen sie«, sagte er dann.

»Richtig. Ziemlich friedlich für so einen gewaltsamen Tod.«

»Wo setzt man in so einem Fall an?« Bittner legte jetzt auch seinen Schal ab.

»Tja, als Erstes werde ich wohl das Umfeld des Ehepaares unter die Lupe nehmen«, antwortete Eva.

»Wie heißen sie denn und wo kommen sie her?«

»Victoria und Alexander Siebenbrock aus Oldenburg.«

»Oldenburg? Tatsächlich?«

»Ja. Sehen sie für Sie nach einem anderen Ort aus?«

»Ich weiß nicht ...«, murmelte Bittner und sah sich noch einmal die Fotos an. »Aber ehrlich gesagt hätte ich auf Hamburg getippt.«

Eva runzelte die Stirn und sah auf das Bild, das er gerade betrachtete. Man konnte der Frau bis weit unter den Rock, der im Stehen vermutlich gerade einmal über den Po gereicht hätte, sehen. Auch, wenn es da eigentlich nichts zu sehen gab außer einem Slip, würde es sicher bei Männern seine Wirkung haben. »Sie meinen deshalb«, sagte sie und tippte auf den Unterleib im Bild.

»Ja«, antwortete Bittner, »irgendwie schon. Sie sieht aus wie eine ...«.

»Sagen Sie es ruhig. Eine Prostituierte.«

Er nickte.

»Und das nur, weil sie einen kurzen Rock trägt?«

Bittner räusperte sich. »Na ja, es ist ja auch nur eine Vermutung.«

»Die wohl in erster Linie von Männern angestellt wird«, sagte Eva nachdenklich. Und doch konnte er natürlich recht haben. Außerdem waren die Kleider, auch wenn sie reduziert gehalten waren, doch sehr teuer gewesen, was sie ja bereits an der Marke erkannt hatte.

»Kann wie gesagt nur ein Vorurteil sein«, ereiferte Bittner sich noch einmal.

»Schon gut«, sagte Eva, »ich verstehe ja, was sie meinen. Und manchmal, da heiraten Freier ihre Geliebten, weil sie sie nicht mehr mit anderen teilen wollen.«

»Soll vorkommen«, sagte er trocken.

»Bedauern Sie, dass Sie nicht mehr für die Zeitung arbeiten?«, fragte Eva, weil er seinen Blick nicht von den Bildern abwenden konnte. »Wäre sicher eine tolle Story für ihr Ex-Blatt gewesen.«

Bittner lachte höhnisch auf. »Dieses Provinzblatt wird keine Zeile mehr von mir bekommen, soviel steht fest«, sagte er. »Wenn ich jemals wieder schreibe, dann nur in einer Großstadt, wo wirklich was los ist.«

»Okay«, sagte Eva und ließ es dabei bewenden, auch wenn sie ihm ansah, wie es ihn in den Fingern juckte, der Erste zu sein, der über dieses skurrile Verbrechen schrieb. »Ist ja auch egal, wir lassen die Vergangenheit jetzt mal hinter uns. Meine erste Aufgabe für Sie in diesem Fall ist es, sich im Hotel unauffällig ein wenig umzusehen.«

Er zog die Brauen hoch. »Soll ich mich dort einmieten?«

»Hm«, machte Eva, »vielleicht gar nicht so eine schlechte Idee.«

»Ich könnte Frau Hamel ja sagen, dass ich für ein paar Tage aufs Festland muss.«

»Frau Hamel? Was um Himmels willen hat denn Frau Hamel damit zu tun? Sie müssen ihr doch wohl nicht über jeden Ihrer Schritte Bericht abgeben, oder?«

»Nein, das natürlich nicht. Aber Sie wissen ja, dass die alte Dame immer wartet, bis ich nach Hause komme. Eher geht sie nicht zu Bett.«

»Ach herrje«, seufzte Eva, »vielleicht sollten Sie einfach ein Doppelzimmer buchen und Frau Hamel mitnehmen.«

Er wusste, dass sie es nicht ernst meinte und lächelte. Das wiederum entlockte auch ihr einen versöhnlicheren Blick.

»Wie wäre es«, sagte sie, um die Sache nicht weiter aufzubauschen, »wenn Sie gegen zehn Uhr einfach mal zu Frau Hamel gehen und so tun, als hätten Sie Feierabend. Sie können sich ja wieder rausschleichen.«

Bittner dachte tatsächlich darüber nach, bevor er sofort einwilligte. Er war wirklich ein feiner Kerl, dachte Eva, wenn er sich so um die alte Dame sorgte. Irgendwie rührend, wenn man es genau betrachtete.

»Ja, das könnte ich machen«, sagte er zögernd. »Es ist ja nicht so, dass Frau Hamel mir verbieten würde, abends die Wohnung noch einmal zu verlassen. Aber sie fühlt sich einfach wohler, wenn sie nicht alleine im Haus ist. Seitdem ihr Mann verstorben ist, da hat sie es wirklich nicht leicht.«

»Tja, dann können Sie ihr auch kaum von Ihrem neuen Job erzählen«, stellte Eva fest. »Am besten, sie erfährt gar nichts von dem Doppelmord.«

»Das ist sicher leichter gesagt als getan, man kennt ja die Journalisten ...«.

»Allerdings«, sagte Eva und schenkte noch einmal Tee nach. »So, Frau Hamel hin oder her, Sie werden sich jetzt ein Zimmer mieten.« Sie reichte ihm ihr Festnetztelefon und las ihm kurz darauf die Nummer des Hotels vor, die sie im Internet gegoogelt hatte.

»Ich checke heute vor achtzehn Uhr ein«, sagte Bittner, als er aufgelegt hatte.

»Sehr schön, dann bleibt uns beiden ja noch ein wenig Zeit, zu dem Ehepaar Siebenbrock zu recherchieren.

Bittner setzte sich an den Besuchertisch, auf dem der Laptop stand, den Eva eigens für ihn angeschafft hatte.

Nach einer Stunde wussten sie, dass die Siebenbrocks ihr Geld im Immobiliengeschäft verdienten und in einer abgeschotteten Villa am Rande von Oldenburg lebten. Sie waren kinderlos und hatten zwei Golden Retriever, die auf der Firmenseite Werbung für ein behagliches Zuhause machten.

»Merkwürdig«, sagte Eva und wischte sich übers Gesicht, »es gibt überhaupt keine Fotos vom Ehepaar selbst im Netz.«

»Das könnte mit einem gesteigerten Sicherheitsbewusstsein zusammenhängen«, meinte Bittner. »Leute, die so viel Geld haben, werden ja leicht zur Zielscheibe von Erpressern und so.«

»Ja, darüber habe ich auch schon nachgedacht«, entgegnete Eva, »aber dann habe ich mich gefragt, warum ein Erpresser seine Opfer auf diese Weise ermorden sollte, wenn er sich Geld erhofft.«

»Das stimmt wohl«, sagte Bittner und schaukelte mit seinem Stuhl.

»Sind Sie eigentlich unfallversichert?«, fragte Eva und deutete darauf.

»Nein«, sagte er und stellte sich wieder auf vier Beine.

»Also, wo waren wir stehen geblieben?«, fragte Eva rhetorisch und gab sich die Antwort gleich selber. »Wir haben es mit einem wohlhabenden Paar zu tun, das hier offensichtlich auf Langeoog Urlaub gemacht hat. Jemand muss davon gewusst haben und ist ihnen nachgefahren, um sie hier zu töten. Klingt das für Sie logisch?«

»Hm«, machte Bittner, »ich könnte mir dafür wirklich unauffälligere Orte vorstellen«, sagte er. »Einen Mord in einem Hotel zu begehen, bringt unnötige Risiken mit sich.«

»Richtig. Auch darüber habe ich mich schon gewundert. Ole meinte auch, dass es einfacher gewesen wäre, sie in ihrem Haus zu töten.«

»Aber der Täter hat es auch hier auf Langeoog geschafft. Er scheint also ziemlich clever zu sein.«

»Und ganz gewiss ist er kein einfacher Erpresser«, fügte Eva hinzu. Sie sah in ihr Mailpostfach, doch Ole hatte immer noch nichts geschickt. Hoffentlich war er nicht doch nach Hause gefahren und lag jetzt im Bett.

»Irgendwie habe ich Hunger«, sagte Bittner, »soll ich uns was holen?«

Jung, rücksichtsvoll und auch noch hilfsbereit, dachte Eva amüsiert.

»Gerne«, sagte sie, »ich würde mich über einen riesigen Salat mit Schafskäse vom Restaurant Blied freuen.«

»Ist auch mein Lieblingssalat hier auf der Insel«, antwortete er, »aber ich weiß nicht, ob die jetzt überhaupt noch offen haben.«

»Da bekommt man immer etwas bis um fünfzehn Uhr«, sagte Eva, »jedenfalls habe ich das so in Erinnerung.«

»Okay, dann geh ich mal los«, sagte er und schnappte sich seinen Schal und seinen Parka.

Endlich hatte Eva wieder den Kopf frei, um an Robert zu denken. Sie vermisste ihn so sehr, dass es sie körperlich schmerzte, als sie sich jetzt sein Gesicht in Erinnerung rief. Sie vermisste seine warme weiche Stimme, seine Berührungen, wenn er sie in den Arm nahm. Ihn einfach nur bei sich zu wissen, ja das fehlte ihr wirklich sehr. Und auch wenn sie sich vorgenommen hatte, mit einem Anruf bei ihm bis zum Abend zu warten, so warf sie jetzt alle Vorsätze über Bord und suchte seine Nummer in ihrem Handy heraus. Dann drückte sie die grüne Taste und wartete, zählte die Rufzeichen mit und hatte schließlich die Mailbox, die ihr empfahl, doch eine Nachricht zu hinterlassen, da der Teilnehmer zurzeit nicht erreichbar wäre. Enttäuscht legte sie auf. Auf jeden Fall würde Robert jetzt sehen, dass sie angerufen hatte, und würde sich vielleicht melden. Doch in der nächsten halben Stunde, die sie damit vertrödelte, das Teegeschirr auszuspülen und im Internet nach Dingen zu surfen, die sie nicht brauchte, geschah nichts. Robert rief nicht an.

Ob sie Bittner rüber aufs Festland schicken sollte, damit er sich einmal bei Roberts Haus umsah? Wäre das lächerlich? Oh ja, das wäre es, dachte sie. Und feige obendrein. Wenn er sich wirklich mit einer anderen Frau traf, dann musste sie es schon selber herausfinden. Wenn sie sich beeilte, dann könnte sie noch die Abendfähre nehmen und anschließend in Klaras Wohnung übernachten. Bevor sie weitere Pläne schmieden konnte, klingelte ihr Handy. Endlich rief Ole an.

»Eva«, krächzte er und blaffte hinterher in ihr Ohr, so dass sie das Telefon weit von sich hielt.

»Ole?«

»Ja, Entschuldigung, konnte ich nichts machen ... der Hustenreiz ist manchmal wirklich unerträglich.«

»Schon gut«, sagte sie, »hast du denn etwas herausgefunden?«

»Aber natürlich«, antwortete Ole, »sonst würde ich ja nicht anrufen. Dein Pärchen ist vergiftet worden, bevor ...«, er hustete wieder und sie zog die Stirn in Falten. »Sorry, also, sie wurden vergiftet, bevor der Täter ihnen die Messer in die Brust gerammt hat.«

»Klingt doch irgendwie gut«, meinte Eva zögerlich, »oder etwa nicht?«

»Wie man's nimmt. Aber sicher hast du recht. Sie sind an einer Überdosis Schlaftabletten krepiert. Doch genau kann ich das nicht feststellen. Ich meine, ob sie wirklich schon über den Jordan waren, als die Messer zum Einsatz kamen.«

»Du denkst, sie haben da noch gelebt?«

»Könnte sein, könnte nicht sein. Aber mitbekommen haben sie davon nichts, da bin ich mir ziemlich sicher.«

»Das ist doch schon mal was.«

»Ja, ist es.«

»Und sonst? Irgendwelche Auffälligkeiten?«

»Eva, das weiß ich nicht. Und jetzt werde ich mich erst einmal hinlegen. Ich habe dir versprochen, die Untersuchung wegen der Todesursache vorzunehmen, sonst nichts. Ich hab bestimmt über vierzig Fieber, ich brauch ne Pause.«

»Ist ja schon gut, Ole. Bitte, ruh dich aus, solange du möchtest. Ich danke dir wirklich, dass du dir so viel Mühe gemacht hast, obwohl es dir so schlecht geh.«

»Ja.« Es folgte wieder ein bellendes Husten.

»Ole, ich leg jetzt auf«, sagte Eva, »meld dich einfach, wenn du wieder fit bist, okay. Und gute Besserung.«

Sie wusste nicht, ob er ihre Worte noch mitbekommen hatte, aber plötzlich war das Gespräch tot.

Armer Kerl, dachte sie. Sah auf ihr Handy, checkte auch die SMS, doch von Robert hatte es keinen Versuch gegeben, sie zu erreichen, während sie mit Ole gesprochen hatte.

Bittner kam mit den Salaten zurück und sie unterhielten sich über die neuesten Erkenntnisse um den Doppelmord. Dann machte er sich auf den Weg, um ein paar Sachen für den Aufenthalt im Hotel zu packen.

»Ich klär das schon mit Frau Hamel«, sagte er, bevor er ging.

Ja, tun Sie das, dachte Eva. Und sie erinnerte sich schmerzlich an Zeiten, wo Robert sich so um sie gesorgt hatte. Sie sah noch einmal auf ihr Handy, doch wieder nichts.

Ich fahr da jetzt rüber, dachte sie mit Blick auf die Uhr. Und es war ihr völlig egal, ob sie Robert in seinem Bett mit einer üppigen Blondine vorfinden würde. Hauptsache, sie wusste endlich, woran sie war.

Und im Anschluss daran würde sie die Gelegenheit nutzen, und noch einmal zu dem Haus von Siebenbrocks in Oldenburg fahren. Dann wäre der Weg wenigstens nicht ganz umsonst gewesen.

Robert

Es war ihm nicht leichtgefallen, nicht ans Telefon zu gehen. Eva hatte es lange klingeln lassen und ihm waren dabei die Tränen in die Augen gestiegen. Doch er konnte einfach nicht mit ihr sprechen. Nicht darüber. Und noch nicht jetzt.

Er ging nach draußen in den Garten und ließ den kalten Wind durch die Maschen seines Wollpullovers pfeifen. Wenn er sich nicht mehr fühlte, dann ließ der Schmerz vielleicht nach. Er schlang seine Arme um sich selber und beugte sich nach vorne, um nicht loszuschreien.

Eva hatte in aller Eile ein paar Sachen in ihren Rucksack gepfeffert und war wild entschlossen zur Inselbahn gegangen. Sie war wütend. Ja, sie hatte sich so in Rage geredet, dass sie gar nicht merkte, wie sie wildfremde Menschen, die ebenfalls zur Fähre wollten, anrempelte, als sie ihre Karte kaufen wollte. Kopfschüttelnd sah man ihr nach.

Diese Wut tat so gut, weil sie endlich den Schmerz darüber verdrängte, dass es mit Robert ein- für allemal zu Ende sein würde. In ihrer Wohnung, da hatte sie im Badezimmer geweint und in den Spiegel gesehen. Sie hatte sich wie eine alte hässliche Frau gefühlt, mit der kein Mann je im Leben wieder würde zusammen sein wollen. Und endlich hatte Robert es auch erkannt. Sie war es nicht wert, dass er sich um sie bemühte. Es gab so viele schöne junge Frauen, was sollte er da mit einer wie ihr? Es hatte irgendwann so kommen müssen. Die Tränen waren in Sturzbächen über ihre Wangen gelaufen. Es hatte gedauert, bis sie sich wieder beruhigen konnte. Es tat so verdammt weh ganz tief drinnen. Sie klatschte sich kaltes Wasser durchs Gesicht und versuchte, ruhiger zu atmen. Und dann plötzlich war diese unbändige Wut in ihr aufgestiegen. Wieso war er denn ein so verdammt elendiger Feigling? Er hätte es ihr doch sagen können, dass er die Nase von ihr voll hatte. War das denn wirklich zu viel verlangt nach der schönen Zeit, die sie miteinander verbracht hatten? Bedeutete sie ihm mittlerweile so wenig, dass er sie einfach von heute auf morgen für eine andere abservierte und sich einfach nicht mehr meldete? Oh nein, hatte sie zu ihrem Spiegelbild gesagt, so einfach werde ich es dir nicht machen, mein lieber Robert. Ich werde nicht die betrogene hässliche alte Frau sein, die dir nachweint. Ich will es einfach nur wissen. Ich werde der Wahrheit ins Gesicht sehen und lachend davongehen. Wird` doch glücklich mit deinem billigen Flittchen.

Jetzt stand sie in der eisigen Kälte an Deck der Fähre. Und zwar ganz alleine. Und jeder andere dachte sicher, dass sie verrückt geworden sein musste oder sich gleich in die Fluten stürzen wollte, denn alle außer ihr verkrochen sich im Warmen unter Deck.

Die eisige Kälte griff nach ihren Wangen und sie zog den Kragen weiter hoch. Nie wieder würde sie sich einem Mann so weit öffnen, dachte sie, als sie der rauen See bei ihrem Tanz in wellenförmigen Bewegungen zusah. Das machte nie wieder einer mit ihr. Niemals.

»Geht es Ihnen nicht gut?«, fragte plötzlich eine Stimme neben ihr, die wie von ganz weit her an ihr Ohr drang.

Mit zusammengekniffenen Augen erkannte sie eine Frau, etwa in ihrem Alter, die sich ebenfalls mit einer Kapuze und einem dicken Schal vor der Kälte schützte.

»Alles in Ordnung«, rief Eva.

»Wirklich?«

»Aber sicher!«

»Na gut.«

Die Frau drehte sich um und stieg die Stufen wieder nach unten.

Sie hat sich wirklich nur Sorgen gemacht, dachte Eva, und ich war so unfreundlich zu ihr.

Irgendwie tat es ihr leid. Doch sie wollte die Wut jetzt nicht verlieren. Sie würde sie brauchen, wenn sie bei Robert ankam.

Als die Fähre anlegte, war sie völlig durchgefroren und spürte ihre Finger kaum noch. Sie rief sich ein Taxi, und erst, als sie einige Kilometer gefahren waren, taute Eva langsam wieder auf.

»Mistwetter«, sagte der Taxifahrer, »verdammt ungemütlich. Und Sie kommen von der Insel?«

Eva wusste zuerst gar nicht, dass er mit ihr redete, wo doch seine Gegensprechanlage ständig Laute von sich gab.

»Was?«, fragte sie.

»Ich sagte, dass wir Schietwetter haben«, wiederholte der Mann und sah mit gerunzelter Stirn in den Rückspiegel.

»Ja, das stimmt wohl«, sagte Eva und sah wieder aus dem Seitenfenster. Überall die triste graue Landschaft. Es passte zu ihrer Stimmung. In ihrer Magengrube breitete sich ein dumpfer Schmerz aus. Noch eine gute halbe Stunde, dann stünde sie vor Roberts Haus. Und sie hatte Angst davor, was sie dort erwartete. Sie spürte, wie der Fahrer immer wieder in den Rückspiegel lugte. Doch sie dachte gar nicht daran, sich jetzt mit ihm zu unterhalten. Smalltalk war noch nie ihr Ding gewesen und was ging es ihn überhaupt an, was sie hier machte.

Er sprach sie nicht erneut an und schließlich standen sie in Tannenhausen vor Roberts Haus. Eva bezahlte stumm und schenkte ihm ein großzügiges Trinkgeld. Das würde ihn schon über ihre Unfreundlichkeit hinwegkommen lassen.

Das Haus von Robert sah traurig aus, fand sie. Das lag sicher auch an dem grauen Himmel, der bereits den ersten Schnee anzukündigen schien. Es half nichts, sie musste jetzt allen Mut zusammennehmen, und an seine Tür klopfen. Sie kam sich vor wie ein Eindringling, als sie weiterging. Alles war so ruhig, und sie hörte jeden Ast, der unter ihren Füßen brach. Sie war hier so viele Stunden glücklich gewesen und jetzt konnte alles mit einem Schlag vorbei sein. Ihre Wut hatte längst einem unsicheren Gefühl Platz gemacht und sie atmete noch einmal tief durch, bevor sie klopfte. Die Klingel funktionierte schon seit langem nicht mehr. Sie horchte. Es tat sich nichts im Inneren des Hauses. Kein Licht ging an. Und erst jetzt wunderte sie sich, dass er gar keines anhatte. Wenn es draußen schon so düster war, dann hätte jetzt doch jeder Licht im Haus an. Ob er vielleicht gar nicht da war? Sie konnte sich nicht vorstellen, dass er jetzt bereits mit seiner neuen Flamme im Bett lag. Dieser

Gedanke versetzte ihr einen Stich ins Herz. In ihrer Anfangsphase, da hatten sie genau das gemacht. Wenn es draußen ungemütlich wurde, gingen sie einfach ins Bett. Lasen dort oder liebten sich. Stocksteif stand sie da und wartete. Doch es tat sich nichts.

Und so kehrte Eva aus ihrer Lethargie zurück und sie machte sich Sorgen. Wenn Robert jetzt doch etwas Schreckliches zugestoßen war, dachte sie und ging in kleinen Schritten um das Haus herum. Sie hatte Angst davor, in eines der Fenster zu sehen und ihn auf dem Sofa liegend zu finden. Den Mund geöffnet, die Augen starr an die Decke gerichtet. Sie sah als Erstes in das Küchenfenster. Das kleine Licht neben der Kaffeemaschine brannte. Es war niemand im Raum. Nicht einmal die Katze lag auf ihrem alten Stuhl. Das Szenario wirkte gespenstisch. Eva ging weiter und kam bei dem großen Fenster des Wohnzimmers an. Dort gab es kein Licht, doch sie konnte so viel sehen, und erkennen, dass niemand auf dem Sofa lag. Wenigstens das. Jetzt musste sie weitergehen bis zum Schlafzimmer, und das würde wohl der schwerste Gang werden. Doch ihre Füße waren mittlerweile wie abgestorben und sie wollte es einfach nur noch hinter sich bringen. Und wenn sie beiden dann sah, dann hätte sie endlich Gewissheit, würde sich ein Taxi rufen und zu Klaras Wohnung fahren. Irgendwie würde sie schon damit fertig werden, dass Robert sie betrog. Alles war besser als diese quälende Ungewissheit.

Doch bevor sie beim Schlafzimmerfenster ankam, flammte das Licht im Wohnzimmer auf. Für einen Moment wusste Eva gar nicht, woher es so plötzlich gekommen war, bis sie Robert ganz deutlich im Raum stehen sah. Er streifte seine Jacke ab und ließ sich aufs Sofa fallen. Erschöpfung stand ihm ins Gesicht geschrieben. So sah kein Herzensbrecher aus. Etwas schien ihn zu quälen, hatte sie den Eindruck. Er saß einfach nur da und starrte ins Leere. Eva konnte sich kaum rühren, so fasziniert war sie von diesem Moment. Sie, seine Geliebte als heimliche Beobachterin vor seinem Fenster. Wie sollte sie ihr Handeln erklären, wenn sie sich jetzt zu erkennen gab? Er würde sie für verrückt erklären, und vielleicht stimmte das ja sogar. Wer liebte, war dem Wahnsinn oft näher, als er sich selber eingestehen wollte.

Sie konnte nicht länger hier so stehen bleiben wie eine Diebin, die seine Privatsphäre stahl. Dazu hatte sie einfach kein Recht. Sie selber hätte jeden mit Worten in den Boden gestampft, wenn er es wagte, sie in ihrer Stille, die nur ihr alleine gehörte, zu stören. Also schlich sie weiter Richtung

Schlafzimmer ums Haus herum, so dass er sie nicht entdeckte, und klopfte dann an die Vordertür.

Es dauerte einen Moment, bis er endlich öffnete.

»Eva?«, sagte er, als hätte er einen Geist gesehen. »Was machst du hier?«

Sie wusste nicht, was sie sagen sollte. Denn sein Gesicht war leichenblass. Er musste in den letzten Tagen, wo er nicht zu ihr auf die Insel gekommen war, mindestens fünf Kilo abgenommen haben. Etwas quälte ihn, das sah sie in seinen Augen, die nicht leuchteten, wie sonst, wenn er sie sah.

»Komm erst mal rein«, sagte er dann, als sie nicht antwortete, »du holst dir hier draußen ja noch den Tod.«

Keine Umarmung, kein Kuss, nicht mal auf die Wange, registrierte Eva, während sie hinter ihm her ins Haus ging.

»Ich mach uns einen Tee«, sagte Robert, »im Moment ist es nur im Wohnzimmer warm genug, um sich dort aufzuhalten. Setz dich doch bitte, ich bin gleich wieder da.«

So abweisend hatte er sie noch nie erlebt und Eva musste sich eingestehen, dass ihre Beziehung noch nicht die Tiefe erreicht hatte, dass sie jede seiner Stimmungen interpretieren konnte. Dafür kannten sie sich einfach noch nicht genug. Bisher war alles immer schön gewesen, zum Vorteil für sie. Er akzeptierte jede ihrer Schrulligkeiten und auch, dass sie durch ihre Arbeit oft kaum Zeit für ihn hatte, bis ein Fall geklärt war. Robert war der Mann, der auch alleine zurechtkam. Hatte er das jetzt vielleicht erkannt und wollte ihr mitteilen, dass es aus war, und hatte bisher noch nicht den richtigen Weg dafür gefunden. Sah er deshalb so krank aus? Eine Erklärung wäre es jedenfalls.

Eva saß wie auf Kohlen, als er endlich wieder ins Wohnzimmer kam und Tassen auf den Tisch stellte.

»Wo ist eigentlich deine Katze?«, fragte sie, um überhaupt etwas zu sagen.

»Sie ist gestorben«, sagte Robert und seine Mundwinkel zuckten.

»Oh nein, das tut mir leid«, sagte Eva aufrichtig. »Was ist denn passiert?«

»Sie lag eines morgens tot in ihrem Sessel. Sie ist friedlich eingeschlafen«, sagte Robert und sie spürte, dass er nicht weiter darüber reden wollte.

Er ging erneut in die Küche und kam mit einer Teekanne und einem Stövchen zurück, indem eine Kerze brannte. Er stellte alles auf den Tisch und dann endlich setzte er sich. Aber nicht zu ihr aufs Sofa, sondern auf den Sessel ihr gegenüber. Und sagte nichts.

»Das wird ein langer Winter«, sagte Eva, weil ihr nichts Besseres einfiel.

»Kann sein«, sagte Robert und sah gedankenverloren aus dem Fenster.

»Es gibt einen Doppelmord auf Langeoog«, sagte sie und schenkte für beide Tee ein, weil er es nicht tat.

»Bist du deshalb hierher gekommen?«, fragte er. »Ich meine, dann hast du doch bestimmt genug um die Ohren.«

»Nein, deshalb bin ich nicht her«, sagte Eva leise und war den Tränen nahe. »Es ist ...«. Sie konnte nicht weiter sprechen.

Jetzt wurde Robert hellhörig. Er nahm seine Tasse in die Hand und rieb seine freie Hand daran. »Eva, was ist los?«, sagte er, »du kommst doch nicht einfach ohne Grund hierher, noch dazu, wenn du mitten in einer schwierigen Mordermittlung steckst.«

»Ich weiß nicht, was los ist«, brach es plötzlich aus ihr heraus. »Du meldest dich kaum noch und kommst nicht mehr auf die Insel.« Tränen liefen über ihr Gesicht, es war ihr egal, was er in diesem Moment von ihr dachte. Keine Spur mehr von ihrer Wut, sondern nur noch Trauer über das, was jetzt vorbei sein könnte.

Robert sah sie teilnahmslos an. »Ach, das ist es«, sagte er nur.

Eva kramte ein Taschentuch aus ihrem Rucksack und wischte sich übers Gesicht.

»Mehr hast du dazu nicht zu sagen?«, fragte sie, als sie neuen Mut gewonnen hatte.

»Nein«, sagte er und sah aus dem Fenster.

»Aber Robert, verdammt nochmal, du bist mir eine Erklärung schuldig. Wir sind doch ein Paar, oder etwa nicht?« Sie klang verzweifelt.

»Eva, es tut mir wirklich leid, dass du den Weg in dieser Kälte auf dich genommen hast. Aber ich habe dir nichts zu sagen.«

War das noch der Robert, den sie so sehr zu lieben glaubte? Eva verstand die Welt nicht mehr. Wie konnte er nur so kaltschnäuzig reagieren, während sie hier ihr ganzes Seelenleben vor ihm ausbreitete. Was war er nur für ein Mensch? Das war nicht mehr der emotional herausfordernde Mann, von dem sie bis vor Kurzem noch gedacht hatte, nicht mehr ohne ihn leben zu können. Dieser Robert hier, der selbstgefällig in seinem Sessel saß und nach draußen starrte, das war nicht er.

Die Wut kroch wieder in Eva hoch, nachdem sie die letzten Tränen heruntergeschluckt hatte. Wenn er es so wollte, dann sollte er seinen Willen bekommen. Sie knallte ihre Teetasse, die sie in die

Hand genommen hatte, zurück auf den Tisch und sprang auf.

»Na gut«, sagte sie, »wenn wir uns nichts mehr zu sagen haben, dann war es das jetzt wohl.«

Wild gestikulierend zog sie umständlich ihre Jacke über, weil der eine Arm partout den Ärmel nicht fand. Sie schnappte sich ihren Rucksack und rannte Richtung Tür. Erst draußen kühlte sie wieder ab und nahm ihr Handy, um ein Taxi zu rufen. Sie stellte fest, dass sie keinen Taxenruf gespeichert hatte, und rief die Auskunft an. Es dauerte eine Weile, bis jemand abnahm.

»Ja, ich hätte gerne ein Taxi«, sagte sie.

»Dafür sind wir aber nicht zuständig«, kam es gelangweilt vom anderen Ende.

»Das weiß ich auch«, blaffte Eva und trat mit dem Fuß gegen den rostigen Blumenkübel, in dem eine vertrocknete Herbstpflanze vor sich hindämmerte. »Aber ich brauche eine Nummer, um ein Taxi rufen zu können.« Sie blöde Kuh, fügte sie in Gedanken hinzu.

»Und wo soll das sein? Ich meine, wo brauchen Sie denn ein Taxi?«

Eva holte tief Luft, wollte antworten, als plötzlich jemand nach ihrer Schulter griff.

»Leg auf«, sagte Robert.

Sie starrte ihn an. Er weinte. Sie drückte die dumme Gans von der Auskunft weg. Im nächsten Moment lagen sie sich in den Armen und weinten beide.

Irgendwie hatten sie es geschafft, sich immer noch haltend, wieder ins Wohnzimmer zu gehen und saßen jetzt beide auf dem Sofa. Noch immer hielt Robert Evas Hand.

»Was ist los?«, fragte sie mit tränenerstickter Stimme.

Er antwortete nicht, sondern sah sie nur im fahlen Licht der Kerze, die begonnen hatte zu flackern, schweigend an.

»Robert, du musst jetzt mit mir reden, sonst drehe ich durch«, sagte sie, weil sie spürte, dass sie die Fäden jetzt in der Hand hielt. Er hatte etwas auf dem Herzen, das er sich nicht traute zu sagen. Und es hatte ganz bestimmt nichts mit anderen Frauen zu tun. Sie wusste, wie Männer sich dann benahmen, wenn sie jemanden abservierten. Dann waren sie überlegen und cool. Meistens war eine Jüngere im Spiel, die ihrem Ego schmeichelte. Doch von alledem war bei Robert nichts zu spüren. Er litt. Und sie wollte endlich wissen, warum.

»Robert«, wiederholte sie, als er immer noch stumm blieb, »sag doch bitte was. Ich halte es einfach nicht mehr aus, wenn du nichts sagst. Ich liebe dich doch.«

Jetzt war es endlich raus. Und das hatte auch bei Robert offensichtlich etwas in Gang gesetzt.

»Eva«, sagte er und löste seine Hand von ihrer. »Es ist nicht so einfach für mich.«

»Egal was es ist«, ermunterte Eva, »wir stehen das zusammen durch.«

Eine Kralle hatte sich um ihr Herz gelegt, während sie das sagte, weil sie ahnte, dass es etwas ganz Schlimmes sein musste, was er ihr gleich offenbaren würde. Schlimmer als eine Trennung konnte nur der Tod sein.

»Bist du krank?«, fragte sie einer Eingebung folgend, denn das würde erklären, warum er so rapid abgenommen hatte.

Er nickte und wirkte erleichtert.

»Was ist denn mit dir?«, fragte Eva und sie nahm wieder seine Hand.

Er schluckte, sah sie offen an und sagte: »Ich habe Krebs.«

Ein Hammerschlag traf Eva mitten in die Magengrube.

»Krebs?«, wiederholte sie. Es klang wie ein Todesurteil. »Wie schlimm ist es?«

»Ziemlich«, sagte er und seine Stimme wurde wieder klarer. »Mein Arzt hat es bei einer

Routineuntersuchung vor ein paar Wochen festgestellt.«

Ein paar Wochen also quälte er sich schon so herum, dachte Eva bekümmert. Und ich bin offensichtlich keine Frau, mit der man über sowas reden kann. Sie gab sich alleine die Schuld dafür, dass er sie nicht sofort angerufen hatte, als er die schlimme Nachricht bekommen hatte. Sie war so selbstsüchtig. Immer ging es nur um sie. Wann hatte sie denn überhaupt das letzte Mal darüber nachgedacht, wie es Robert ging?

»Warum warst du denn zum Arzt gegangen?«, fragte sie, weil sie wusste, dass er sowas nur tat, wenn es wirklich nötig war. Er hasste Ärzte und alles, was damit zu tun hatte.

»Ich fühlte mich schlapp und dann habe ich Blut gehustet.«

»Blut?«

»Nicht viel«, beschwichtigte er, »es war auch nur einmal, aber trotzdem bin ich dann zum Arzt gegangen, weil dann auch noch meine Katze gestorben ist.«

Mein Gott, dachte Eva, was musste er durchgemacht haben, die letzten Wochen. Und sie, was hatte sie getan? Sich im Selbstmitleid gesuhlt. Sie schämte sich für die Wut, die sie gegen ihn entwickelt hatte, und war froh, dass er davon nie etwas erfahren würde.

»Und was hat der Arzt gesagt?«, fragte sie vorsichtig.

»Leukämie«, sagte er knapp, »es ist Leukämie.«

»Aber man kann doch etwas dagegen tun«, sagte Eva, »sicher habt ihr schon darüber gesprochen, wie du am besten behandelt werden kannst.«

Robert schüttelte den Kopf. »Ich will das nicht«, sagte er, »du weißt, dass ich Krankenhäuser hasse.«

Sie wusste sich im Moment keinen Rat mehr. Es half ja nichts, wenn sie weiter hier gegen Mauern rannte. Sie wusste, wie er darüber dachte, wenn Menschen nach jedem Strohhalm griffen. Er hatte immer gesagt, dass er nicht verstehen könne, warum Leute so an ihrem Leben hingen. Das sei doch gar nichts Besonderes. Doch sie würde nicht ohne ihn leben wollen und auch nicht können, dachte sie.

»Robert«, sagte sie deshalb, »ich weiß, dass das eine ganz schlimme Situation für dich ist. Aber ich bin bei dir. Und egal, wie du dich entscheidest, ich halte zu dir. Okay?«

Er sah sie an und nickte. »Ist gut.«

Sie ersparte ihm weitere Vorwürfe, warum er sie nicht schon eher ins Vertrauen gezogen hatte. So waren die Dinge nun einmal. Und jeder Mensch hatte ein Recht auf seine eigenen Entscheidungen. Selbst sie wollte jetzt einmal Rücksicht darauf nehmen.

Wie erkenne ich den Richtigen?

Betty wurde langsam ungeduldig. Brav hatte sie sich in ihrer Verkleidung, wie sie es nannte, bei diversen seriösen Datingportalen angemeldet. Doch eigentlich erlebte sie hier das Gleiche wie vorher, nur im Netz. Die Männer hatten überwiegend eines im Sinn, nämlich, sie ins Bett zu kriegen. Da war es egal, ob sie sich verhüllte. Vielleicht war das sogar noch ein Ansporn, denn hübsch war sie ja nach wie vor.

»Ich glaube nicht, dass es so klappt«, vertraute sie sich eines Tages beim Mittagstisch ihrer besten Freundin Lora an.

»Was hast du erwartet?«, erwiderte diese. »Wenn Frauen sich im Netz anbieten, was soll schon dabei herauskommen? Klar, dass du erst einmal alle Windhunde abwimmeln musst, die auf dem Weg etwas für eine Nacht suchen.«

»Aber dass es so abartig ist, hätte ich nicht erwartet«, entgegnete Betty. »Einer hat mir kürzlich sogar ein Bild von seinem Allerheiligsten per SMS geschickt. Einfach ekelhaft.«

»Echt? Hm, vielleicht sollte ich mich auch mal da anmelden.«

»He, du hast doch Thomas.«

»Na und. Er muss ja nichts davon erfahren.«

»So gehen oft Ehen zu Bruch, vergiss das nicht. Du hast mit Thomas wirklich einen guten Fang gemacht. Setz das lieber nicht aufs Spiel«, sagte Betty ernster als gewollt.

Lora verstand jetzt endlich, wie ernst Betty die Sache war. Und das sie darunter litt, jetzt praktisch auf den letzten Drücker nach einem richtigen Partner zu suchen, womit sie den Rest ihres Lebens verbringen konnte.

»Du hast recht«, sagte Lora, »ich mache das natürlich nicht. Ich liebe Thomas ja auch über alles und suche gar nichts anderes. Aber sag mal, lebst du jetzt wirklich so ganz ohne?«

Betty runzelte die Stirn. »Ohne was?«

»Na, Sex natürlich«, lachte Lora.

Betty nickte.

»Echt? Das könnte ich nicht. Warum tust du dir das an? Du kannst doch trotzdem noch mit deinem Chef ins Bett steigen, auch wenn du auf der

Suche bist. Nicht, dass du es am Ende verlernst.«
Sie stieß Betty kumpelhaft am Arm.

»Nein, das möchte ich nicht. Ich habe mich entschieden, mein Leben umzukrempeln. Ich mache keine halben Sachen.«

»Das ist unschwer zu erkennen«, sagte Lora, »ist es dir eigentlich nicht zu warm unter dem dicken Fummel?«

»Nein, das ist echtes Leinen, darin schwitzt man nicht so leicht, sondern es trägt sich sehr angenehm.«

»Schade eigentlich um deine schönen Beine, die jetzt niemand mehr sieht«, meinte Lora. »Ich wünschte, ich könnte meine so öffentlich zeigen.«

»Ach ja? Was hat man denn davon?«, fragte Betty, »am Ende laufen einem doch nur die Falschen nach.«

Lora beschloss, es für heute gut sein zu lassen. Sie schwenkten dann ins Berufliche ab und Betty freute sich mit Lora, dass diese endlich den Posten in der Filiale eines großen Kaufhauses bekommen hatte, von dem sie schon immer träumte.

Betty fragte sich, ob sie wirklich auf dem richtigen Weg war, als sie sich trennten. Kam es wirklich nur auf Äußerlichkeiten an, wenn man sich einen Partner und Kinder wünschte? Vielleicht wollte sie auch einfach zu vieles auf einmal. Und ja, das wollte sie wirklich. Denn plötzlich waren ihr der tolle Job und die vielen Freunde, die sie hatte, völlig gleichgültig geworden. Immer öfter sah sie junge Frauen, die Kinderwagen schoben. Warum war ihr das denn vorher nicht aufgefallen? Sie sahen so glücklich aus, auch oft deutlich erkennbar war, dass sie sich kaum etwas leisten konnten.

Plötzlich blieb Betty stehen, denn sie traute ihren Augen nicht. Auf der anderen Straßenseite, war das nicht ihr Chef? Und er hatte eine junge Frau bei sich, die ganz sicher nicht seine Ehefrau war. In diesem Moment war sie froh, dass sie damit Schluss gemacht hatte, ihn für flüchtigen Sex zu treffen.

Sturm der Gefühle

Sie hatten sich am Abend noch lange mit einer Flasche Rotwein aufgehalten, bevor sie ins Bett gingen. Sie schwiegen die meiste Zeit, weil in diesen schweren Stunden die Gefühle, die sie füreinander hegten, das Wichtigste waren. Eva spürte, dass es Robert guttat, wenn sie seine Hand hielt. Und trotzdem schaffte sie es nicht, ihn dazu zu bewegen, dass er sich weiter in ärztliche Behandlung begab.

Am Morgen war Eva die Erste, die ins Bad ging und das Frühstück vorbereitete. So schlimm die Situation mit Robert auch war, sie musste heute zurück auf die Insel. Der Doppelmord wartete auf sie. Für einen kurzen Moment hatte sie erwogen, die Ermittlung an die Kollegen in Wittmund abzugeben, doch mit Rücksicht auf Bittner entschied sie dann doch anders. Jedenfalls redete sie es sich ein, dass sie es für Bittner tat. Doch in Wirklichkeit brauchte sie auch Zeit für sich alleine, um die Krankheit von Robert zu verarbeiten und zu akzeptieren lernen.

»Guten Morgen«, sagte Robert, als er in die Küche kam, wo Eva bereits den ersten Kaffee trank.

»Den wünsche ich dir auch«, erwiderte Eva und kam ihm auf halbem Wege entgegen, um ihm einen Kuss zu geben.

Sie setzten sich wieder und Eva schenkte ihm Kaffee ein.

»Ich werde wohl zurück auf die Insel müssen«, sagte sie vorsichtig.

»Natürlich«, sagte Robert, »du hast einen Fall, den du aufklären musst. Mach dir bitte wegen mir keine Sorgen, ich komme schon zurecht.«

Daran hatte Eva zwar ihre Zweifel, doch sie behielt es für sich.

»Wirst du mich denn auf der Insel besuchen?«, fragte sie.

»Hm«, machte Robert, »im Moment möchte ich lieber nicht verreisen, wenn das für dich okay ist.«

»Sicher«, antwortete sie, »ich verstehe das.«

Er hörte die Enttäuschung, die in ihrer Stimme mitschwang und sagte: »Eva, ich brauche einfach Zeit für mich, um mir über einiges klar zu werden. Mit dem Krebs sehe ich die Dinge anders. Ich weiß nicht, wie lange ich noch leben werde. Dieses Gefühl, dass man noch so wahnsinnig viel Zeit hat und alles auf den nächsten Tag schieben kann, das ist weg.«

»Willst du denn noch etwas Besonderes machen?«, fragte sie vorsichtig, »ich hoffe, du verstehst das jetzt nicht falsch.«

»Schon gut. Ich möchte, dass wir so offen darüber reden. Wenn nicht mit dir, mit wem sollte ich sonst meine Gedanken teilen. Eva, ich bin wirklich froh darüber, dass du hergekommen bist, aber du musst dir um mich wirklich keine Sorgen machen.«

»Ich versuche es«, sagte sie und schluckte einen dicken Kloß herunter.

»Gut, dann können wir uns jetzt ja vielleicht endlich wieder normal benehmen«, sagte er und lachte. »Es gibt also einen Doppelmord auf Langeoog. Erzähl doch mal ...«.

Ihr Handy klingelte. »Das ist Bittner«, sagte sie entschuldigend und wollte das Gespräch wegdrücken.

»Geh ruhig ran«, sagte Robert schnell, »denk dran, wir wollen uns normal benehmen.«

Sie nickte und nahm ab.

»Hallo?«

»Wo sind Sie?«, fragte Bittner.

»Ich bin kurz aufs Festland gefahren«, sagte Eva, »aber ich bin heute Mittag wieder da.«

»Aufs Festland? Wozu?«

»Das erkläre ich später«, antwortete sie. Ihr würde schon irgendeine Ausrede einfallen.

»Dann bleiben Sie doch einfach da und ich komme rüber«, schlug Bittner vor, »wir könnten doch bei der Gelegenheit gleich die Wohnung der Opfer unter die Lupe nehmen.«

»Sicher«, sagte sie. Er dachte wirklich mit. »Dann treffen wir uns in Bensersiel, ich hole Sie dort ab.«

»Okay«, sagte er und sie legten auf.

»Wir werden noch nach Oldenburg fahren«, erklärte Eva, »ich hole ihn von Bensersiel ab, das hast du ja mitbekommen.«

»Dann könnten wir vorher noch einen Spaziergang durch den Wald machen, was meinst du?«, fragte Robert.

»Natürlich, das klingt gut.«

Robert begann damit, das Geschirr abzuräumen und Eva packte ihre Sachen zusammen, damit sie nach dem Spaziergang losfahren konnte. Sie bestellte sich ein Taxi, das sie zu einer Autovermietung fahren sollte.

Draußen hakte sie sich bei ihm unter. Es war kalt, doch das war in diesem Moment egal. Sie war bei ihm. Und es waren die letzten Stunden, bevor der harte Alltag sie wieder einholte. Sie schwiegen lange, blieben manchmal stehen, atmeten die kühle Luft ein, hörten vereinzelten Vögeln zu. Sie hatten gar nicht gemerkt, wie weit sie gegangen waren, als Eva sagte:

»Ich glaube, wir sollten umkehren, mein Taxi wird bald da sein.«

Er nickte.

Als er sie dann verabschiedete als sie einstieg, nahm er sie noch einmal in den Arm. »Es wird alles gut«, sagte er, »sowas haben schon ganz andere Weicheier überstanden.«

Sie musste lachen, auch wenn es ihr nach Weinen zumute war. »Blödmann«, sagte sie, weil sie wusste, dass er es hören wollte. »Du rufst mich an, versprochen?«

»Sicher«, antwortete er, »und jetzt steig endlich ein und lass den Bittner nicht so lange in der Kälte stehen.«

Eva wollte es, aber sie konnte sich nicht noch einmal umsehen, als das Taxi losfuhr. Er sollte nicht sehen, dass sie heftig weinte. Sie hatte sich so lange zusammengerissen, doch jetzt musste alles raus. Der Taxifahrer sah in den Rückspiegel und ließ sie in Ruhe.

Die Fähre kam pünktlich an und Eva hatte sich wieder im Griff, als sie Bittner erblickte und ihm zuwinkte.

»Das war eine gute Idee«, sagte sie, »ich habe uns einen Wagen gemietet, es kann gleich losgehen.«

Er war schlau genug, nicht zu fragen, was sie hier gemacht hatte.

»Wie war denn die erste Nacht im Hotel?«, fragte Eva, als sie losfuhren.

»Ach, nichts Besonderes eigentlich, aber das Frühstück war klasse«, erwiderte Bittner. »Ich habe mit ein paar Angestellten gesprochen, so als neugieriger Gast eben. Dann plaudern die ja meist viel mehr aus, als wenn die Polizei sie befragt.«

»Das könnte stimmen«, meinte Eva. »Und?«

»Na ja, das Paar war überwiegend im Zimmer, deswegen gab es gar nicht so viel über sie zu sagen. Selbst das Frühstück haben sie sich aufs Zimmer kommen lassen. Raus gingen die erst am späten Nachmittag, soweit ich in Erfahrung bringen konnte. Abends aßen sie außerhalb. Das war es eigentlich auch schon.«

»Wie lange waren sie dort?«

»Fünf Tage.«

»Hm. Dann hat sich unser Täter ja ganz schön Zeit gelassen«, meinte Eva.

»Oder er wollte ihnen noch ein paar schöne Tage gönnen«, ergänzte Bittner.

»Makaber, aber das könnte stimmen. Es war bestimmt kein Mord im Affekt, jedenfalls gehe ich bei so einer inszenierten Sache nicht davon aus.«

»Vielleicht wollte der Täter sie noch ein wenig beobachten«, schlug Bittner vor.

»Auch möglich. Oder er brauchte Zeit, um seine ganze Wut anzustauen.«

»Wut? Wie kommen Sie darauf?«

»Ich weiß nicht. Fünf Tage sind eine lange Zeit, um hier auf der Insel herumzulungern, wenn man einen Mord, oder besser gesagt, zwei Morde plant. Da ist man entweder verdammt schräg drauf oder man denkt nach.«

»Vielleicht hat der Täter gehofft, dass er noch einmal um den Mord herum kommt«, sagte Bittner.

»Wie meinen Sie das denn?«, fragte Eva interessiert.

»Na ja, vielleicht ist es ihm gar nicht so leicht gefallen, die beiden zu töten, aber es ließ sich am Ende dann wohl doch nicht vermeiden.«

»Hm, merkwürdige Betrachtungsweise«, meinte Eva. »Wir sollten uns zunächst einmal die Wohnung der beiden ansehen. Vielleicht hilft uns das ja auch weiter.«

Bittner spürte, dass sie jetzt nicht mehr weiterreden wollte. Und er spürte auch, dass sie emotional sehr angegriffen war. Sie hatte geweint. Das tat ihm leid. Er kannte sie zwar noch nicht sehr lange, doch er wusste, dass etwas wirklich

Schlimmes passiert sein musste, wenn eine Frau wie Eva Sturm weinte.

Endlich kamen sie beim Einfamilienhaus des Ehepaares Siebenbrock in Oldenburg an.

»Da brennt Licht«, fiel Eva als Erstes auf. »Ob die hiesigen Kollegen schon vor Ort sind?«

»Ich weiß nicht«, antwortete Bittner.

»Das war auch eher eine an mich selber gerichtete Frage«, sagte Eva und stieg aus. »Es steht aber kein Wagen vor der Tür. Schon sehr merkwürdig.«

»Vielleicht haben die beiden ja auch nur vergessen, das Licht auszumachen, als sie in den Urlaub gefahren sind«, schlug Bittner vor.

»Kann sein. Wir werden jetzt versuchen, irgendwie ins Haus zu kommen. Ansonsten müssen wir den Schlüsseldienst rufen. Es war mir nicht möglich, jemand anderen von der Familie ausfindig zu machen.«

Doch sie brauchten sich gar nicht großartig anzustrengen, denn, noch bevor sie hinters Haus gingen, wurde die schwere schwarze Eingangstür geöffnet und eine Frau etwa Mitte dreißig sah sie aus großen Augen misstrauisch an.

»Suchen Sie jemanden?«, fragte sie.

»Wer sind Sie?«, fragte Eva zurück.

»Und Sie?«

»Mein Name ist Eva Sturm, ich bin Polizistin auf Langeoog.«

»Aha. Und was kann ich für Sie tun?«

»Zunächst einmal wüsste ich gerne Ihren Namen.«

»Mein Name ist Victoria Siebenbrock«, antwortete die Frau und entspannte sich.

»Sie sind Victoria Siebenbrock?«, fragte Eva nach.

»Ja, ich denke schon. Aber warum fragen Sie das überhaupt?«

»Können wir vielleicht reingehen?«, fragte Eva. Sie war natürlich nicht auf die Idee gekommen, hier in dem Haus der Opfer anzurufen. Wer vermutete schon so etwas.

Sie und Bittner folgten der vermeintlichen Hausherrin in ein großes helles Esszimmer, wo alleine die Möbel mehr kosteten als Evas Jahresmiete inklusive Nebenkosten.

»Kann ich Ihnen etwas anbieten?«, fragte Victoria Siebenbrock und lud die beiden mit einer Handbewegung ein, sich zu setzen.

»Ein Kaffee wäre vielleicht nicht schlecht«, sagte Eva. Bittner nickte dazu.

Die Frau verschwand nach nebenan.

»Merkwürdig«, sagte Eva, »wenn sie wirklich die richtige Frau Siebenbrock ist, wer lag da dann tot neben ihrem Ehemann?«

»Und wenn das auch gar nicht Alexander Siebenbrock war?«, fragte Bittner zurück.

»Ja, das wäre durchaus möglich. Wir werden gleich mehr wissen, wenn der Kaffee kommt.«

Geschirr klapperte und Frau Siebenbrock kam mit einem Tablett mit Tassen zurück. Sie stellte alles auf dem Tisch ab und verteilte entsprechend. Dann kehrte sie noch einmal um und kam mit einer silbernen Kanne zurück. Dann endlich setzte sie sich zu den beiden.

»Frau Siebenbrock«, begann Eva, während sie einen Würfelzucker in ihre Tasse plumpsen ließ, »wann haben Sie ihren Ehemann zuletzt gesehen?«

»Alexander?«

»Wenn das Ihr Ehemann ist, dann ja.«

Sie musste nicht lange überlegen. »Vor einer Woche«, sagte sie, »er ist nämlich vor einer Woche zu einer Geschäftsreise nach München aufgebrochen. Warum fragen Sie mich das?«

»Weil ich davon ausgehe, dass man Ihren Ehemann auf Langeoog ermordet hat«, sagte Eva.

»Ermordet? Das kann doch nicht sein. Alexander ist doch nicht auf Langeoog. Da muss es sich um eine Verwechslung handeln.«

»Die bisherigen Informationen sprechen leider dafür«, sagte Eva und sie fragte sich, wer den Ausweis von Victoria Siebenbrock und vor allem aus welchem Grund beim Opfer deponiert haben mochte, wenn dieses hier die echte Frau Siebenbrock war. »Wäre es in Ordnung, wenn ich Ihnen einige Aufnahmen, die ich mit meinem Handy gemacht habe, zeige?«

»Von mir aus«, sagte sie. »Dann werden wir ja sehen, dass das alles ein ganz großes Missverständnis ist.«

Eva holte ihr Handy hervor und suchte ein Bild heraus, auf dem Alexander Siebenbrock alleine zu sehen war. »Hier«, sagte sie, »ist das Ihr Ehemann?«

Victoria Siebenbrock nahm Eva das Handy aus der Hand und sah lange auf das Bild, ohne etwas zu sagen. Ihr Blick verriet nichts.

»Ja«, sagte sie dann, »das ist mein Mann Alexander.« Sie reichte Eva das Handy zurück.

»Danke, Frau Siebenbrock«, sagte Eva, »ich kann mir vorstellen, dass das nicht einfach für Sie war.«

»Und er war auf Langeoog?«

»Ja. Er wurde zusammen mit einer anderen Frau in einem Hotelzimmer aufgefunden.«

»Wer ist diese Frau? Ist sie auch tot?«

»Wir dachten, es seien Sie«, antwortete Eva, »denn die Tote hatte einen Ausweis bei sich, der auf den Namen Victoria Siebenbrock ausgestellt war.«

»Aber das kann nicht sein, ich bin Victoria Siebenbrock«, sagte sie.

»Ich könnte Ihnen auch ein Foto von dem Opfer zeigen«, schlug Eva vor, »vielleicht kennen sie sie ja auch.«

Victoria Siebenbrock nickte. Eva holte noch einmal ihr Handy hervor und hielt ihr ein Foto des Opfers hin.

Wieder sah die Frau lange auf das Bild, dann schüttelte sie den Kopf.

»Ich kenne sie nicht«, sagte sie.

»Danke.« Eva nahm das Handy wieder an sich. Sie konnte sich sehr gut vorstellen, was jetzt in ihrem Gegenüber vor sich ging. Nicht nur, dass ihr Ehemann ermordet worden war, er hatte sie obendrein betrogen. So etwas musste erst einmal verarbeitet werden. Vielleicht wirkte Victoria deshalb so teilnahmslos, weil sie es noch gar nicht wahrhaben wollte. »Sie wussten also nichts davon, dass Ihr Mann nach Langeoog gefahren ist?«

»Nein«, antwortete Victoria Siebenbrock. »Wie gesagt, ich dachte, er sei auf einer Geschäftsreise in München.«

»Welche Art Geschäfte führte Ihr Mann?«

»Er hat ein Immobilienunternehmen hier in Oldenburgs Innenstadt.«

»Ah. Das läuft sicher sehr gut, nehme ich an.«

»Doch, das stimmt. Überwiegend wurden nur anspruchsvolle Immobilien über sein Büro vermarktet.«

»Wäre es vielleicht möglich, dass ich einmal einen Blick in sein Büro werfe?«, fragte Eva, während Bittner sich Notizen machte. »Ich nehme an, dass er auch hier im Haus eins hatte, oder?«

Victoria Siebenbrock nickte. »Natürlich, ich zeige Ihnen, wo das Büro ist.«

Sie stand auf und Eva folgte ihr in den Flur.

»Ich komme jetzt alleine zurecht«, sagte Eva, als sie im Büro stand.

Die Möbel waren aus weißem glänzenden Acryl und auch sonst hielt Alexander Siebenbrock wohl sehr viel vom schlichten Design. Seine Utensilien wirkten sorgfältig ausgewählt und waren bestimmt sehr teuer gewesen. In einem schmalen Regal standen nur wenige Ordner, in denen Exposees und anderer Papierkram gehortet wurden. Ein paar Sachbücher über die richtigen Vermarktungsstrategien von Immobilien und sogar belletristische Werke gab es außerdem. Alles war irgendwie frei von privaten Dingen. Keine Fotos, keine unnötigen Notizen oder vagen

Telefonnummern, leicht dahingekritzelt für spätere Zwecke. Was Menschen sonst so machten, schien für Alexander Siebenbrock nicht infrage zu kommen. Nichts lag unsortiert herum. Sicher, es gab solche ordnungsliebenden Menschen. Doch Geheimnisse hatte jeder. Eva fragte sich, wo er sie gehütet hatte. In diesem Haus ganz offensichtlich nicht. Gut möglich, dass er als Immobilienmakler noch eine heimliche Wohnung ohne das Wissen seiner Frau unterhielt, in die er dann auch mit seiner Geliebten ging. Sie musste unbedingt herausfinden, wer diese Geliebte war. Und natürlich fragte sie sich auch, ob Victoria der Typ Frau sein könnte, der seinen Ehemann aus Eifersucht tötete.

Schließlich ging sie wieder in die Küche zurück und bedankte sich für das Entgegenkommen. Victoria Siebenbrock bestätigte nach Durchsicht ihrer Handtasche, dass ihr Ausweis und die Kreditkarten tatsächlich gestohlen worden sein mussten. Bisher sei es ihr aber nicht weiter aufgefallen, entschuldigte sie sich.

»Schon gut. Wenn ich noch Fragen habe, melde ich mich wieder bei Ihnen«, sagte Eva und Bittner folgte ihr nach draußen zum Wagen.

»Na, was denken Sie?«, fragte dieser sofort, als er die Tür hinter sich zuschlug. »Ist sie die Mörderin?«

»Ich weiß es nicht«, antwortete Eva ehrlich. »Vielleicht ist sie nicht der Typ dafür. So etwas kann man schwer nach einem ersten Kennenlernen beurteilen.«

»Und was machen wir jetzt? Auf die Insel zurück, dafür ist es wohl längst zu spät.«

»Ja, das stimmt. Und außerdem würde ich morgen gerne das Maklerbüro besuchen und mit den Kollegen dort sprechen.«

»Sollten wir uns hier ein Hotel suchen?«

»Ja, darauf wird es wohl hinauslaufen«, sagte Eva und dachte, dass sie viel lieber wieder zurück zu Robert gefahren wäre. Doch mit Bittner im Schlepptau war das natürlich unmöglich. Und ihn hier irgendwo alleine hängen lassen, das wollte sie auch nicht.

Ab auf die Insel

Alexander Siebenbrock war kein Kind von Traurigkeit. Wenn die eine Taube nicht mehr aus seiner Hand fraß, dann suchte er sich eben eine neue. Und mit Isabell hatte er wieder genau den Typ Frau getroffen, der zu seiner Vorstellung einer perfekten Geliebten passte. Sie schaffte es, dass er nach einem stressigen Tag alle Sorgen abstreifen konnte und von einer Ekstase in die nächste rauschte. Es war nicht die Schuld von Victoria, dass er ihr bereits nach sechs Jahren Ehe nicht mehr treu sein konnte. Er brauchte einfach das Prickeln des Fremden. Er wollte keinen Pflichtsex im Ehebett. Trotzdem liebte er Victoria nach wie vor und tat alles dafür, dass sie sich wohlfühlte und es ihr an nichts fehlte. Dass er immer öfter zu späten Geschäftsessen unterwegs war und meistens sogar außerhalb übernachtete, störte sie nicht. Das Einzige, was ihr fehlte, war ein eigenes Kind. Bisher hatte es nicht geklappt und er hatte das Gefühl, dass sie ihrerseits sowieso nur noch deshalb am Sex mit ihm interessiert war. Also machte er sich einmal die Woche die Mühe, um ihr auch den letzten Wunsch zu erfüllen. Das klang härter, als er empfand. Doch er konnte ja nichts dafür, dass sie nicht schwanger wurde. Er hatte sogar schon darüber nachgedacht, es mit einer künstlichen Befruchtung zu versuchen, damit sie nicht so litt.

Mit Isabella dagegen war das Leben um vieles leichter. Sie war eine unkomplizierte quirlige junge Frau mit einer Figur, die ihn schon hungrig auf sie machte, wenn er nur an sie dachte, während er mit Kunden telefonierte oder an einem Exposee arbeitete. Sie kannten sich jetzt schon fast vier Monate und das erste gemeinsame Wochenende, wo sie sicher die meiste Zeit im Bett verbringen würden, war geplant. Es sollte nach Langeoog gehen. Das war ihr Wunsch gewesen, weil sie früher als Kind immer mit ihren Eltern dorthin gefahren war. Von ihrem kleinen Gehalt als Verkäuferin konnte sie sich so etwas kaum noch leisten. Dass ausgerechnet ein Mann wie Alexander sich für sie interessierte, hielt sie zu Beginn ihrer Liaison für so etwas wie ein Wunder. Er hatte sie in einem Café, wo sie gelangweilt in einer Tasse Cappuccino gerührt und von der großen weiten Welt geträumt hatte, einfach angesprochen. Zwei Stunden später lag sie in seinen Armen in seinem Appartement etwas außerhalb der Stadt. Von da an trafen sie sich fast täglich, weil er immer Lust auf sie hatte. Und sie auf ihn.

»Hoffentlich habe ich an alles gedacht«, seufzte Isabell, als sie am Fähranleger in Bensersiel standen.

»Ich denke schon«, erwiderte Alexander und zeigte auf ihre drei Koffer und die Handtasche. »Aber das meiste wirst du wohl nicht brauchen.« Er griff ihr an den Po und leckte lüstern an ihrem Ohrläppchen.

»Danke, dass du mir so viel geschenkt hast«, flüsterte sie. »Ich hätte mir das alles niemals leisten können.«

»Ach schon gut«, raunte er mit warmem Atem, »du bist jeden Cent wert.«

Es machte Isabella nichts aus, dass er sie für den Sex belohnte. Sie war zwar aus einfachem Haus, aber noch lange nicht dumm. Sie gab ihm das, was er brauchte und er ihr. Und insgeheim hoffte sie natürlich, dass er sich so richtig in sie verlieben würde und eines Tages seine Frau verließ. Dass das alle hofften, mit denen Alexander eine Affäre anfing, konnte sie sich denken. Sie ahnte ja nicht, wie viele es waren, die schon in sein Appartement eingeladen worden waren.

Auf der Fähre rückten sie ganz dicht zusammen, weil sie unbedingt draußen sitzen wollte, so wie früher als Kind, und es wirklich verdammt kalt war. Doch er tat ihr den Gefallen und nahm sie ganz fest in den Arm.

»Manchmal glaube ich immer noch, dass ich träume«, sagte sie und reckte ihr Gesicht der Sonne entgegen, die nach ihrer Meinung nur für sie schien. Sowieso sei ihr Leben von Glanz erfüllt, seitdem sie ihn getroffen hatte, wie sie immer wieder betonte.

Er mochte ihre naive Art, die Dinge zu betrachten. Das machte es leichter mit ihr. Er musste keine ermüdenden Konversationen über irgendwelche neuen Forschungsprojekte führen. Mit ihr konnte er lachen, wie er es zuletzt als kleiner Junge getan hatte, wenn er dabei zugesehen hatte, wie jemand mit seinem Fahrrad stürzte oder auf sonstige Art einem Missgeschick zum Opfer fiel. Alexander war immer anders gewesen als die anderen. Er prügelte sich oft und ging meistens als Sieger hervor. Einfach, weil er dem anderen die Luft abdrückte. Während er das tat, beschwor er sein Opfer, nur ja nichts zu verraten, sonst würde alles noch viel schlimmer kommen. Einigen besonders ängstlichen Kindern luchste er so mit Drohungen, ihren Haustieren etwas anzutun, schon in jungen Jahren das Taschengeld ab. Vielleicht wurde da schon der Grundstein für seine unternehmerische Karriere gelegt.

Die Fähre legte an und sie gingen gemeinsam zur Inselbahn. Für Alexander war es das erste Mal, dass er Langeoog besuchte und ihm gefiel das Abgeschiedene auf der kleinen ostfriesischen Insel sofort. Einmal raus aus der Hektik des Alltags. Wenn er mit Victoria verreiste, dann meistens in andere Großstädte, wo es viel zu sehen gab. Victoria war das Leben auf großem Fuß gewöhnt, weil ihre

Eltern eine Goldschmiede in Essen hatten, die sich über Jahrzehnte einen guten Namen aufgebaut hatte und alleine von den Stammkunden leben konnte. Er hatte sie während seines Betriebswirtschaftsstudiums kennengelernt und sie hatten sich viel über Erfolg und Marketing unterhalten. Natürlich hatten sie sich auch körperlich voneinander angezogen gefühlt. Doch so richtig loslassen konnte er dann später nur mit seinen Nebenfrauen, wie er sie heimlich nannte.

Als sie im Hotel eingecheckt hatten, gingen sie erst einmal ins Bett. Erst am späten Abend schlenderten sie durch die Straßen und kehrten in einem netten Lokal ein, wo sie überwiegend tranken. Ein Absacker dann noch im Weinlokal, dazu ein Rum und schon wieder ging es in die nächste Runde.

So vergingen die Tage, ohne, dass sie sich gelangweilt hätten. Lange Spaziergänge am Strand, dick eingemummt in ihre Felljacken, machten sie hungrig und lüstern.

Sie ahnten nicht, dass sie bei ihren Exkursionen auf der Insel meistens nicht alleine waren. Es gab da jemanden, der praktisch jeden ihrer Schritte beobachtete. Und wenn sie in ihrem Zimmer verschwanden, dann stand jemand unten und wartete, bis das Licht an ihrem Fenster erlosch.

Im Büro

Eva und Bittner machten sich am nächsten Morgen gleich nach dem Frühstück auf den Weg in das Immobilienbüro von Alexander Siebenbrock. Auch dort war alles in hellem Weiß eingerichtet. Der Kunde sollte sich durch kunstvoll arrangierte Exponate und viel Silber an Decken und auf den Tischen wohl gleich dazu animiert fühlen, sein Geld anzulegen.

»Ich würde gerne mit der Vertretung von Herrn Siebenbrock sprechen«, sagte Eva zu der Empfangsdame, die auf sie den Eindruck machte, als sei sie gar nicht echt. Alles an ihr wirkte künstlich, angefangen von den langen obszön verzierten Fingernägeln bis hin zu den Wimpern, die gut und gerne auch als Fächer durchgegangen wären.

»Haben Sie einen Termin?«, fragte sie.

»Den brauche ich nicht«, sagte Eva, »ich bin von der Polizei und es ist dringend.«

Die Sprechpuppe quäkte etwas in eine Gegensprechanlage und tänzelte dann voraus zu einem Aufzug. »Sie fahren in den dritten Stock und dort werden Sie von Herrn Amadeus in Empfang genommen.«

War ja zu erwarten, dachte Eva und rollte mit den Augen, als sich ihr Blick mit dem von Bittner kreuzte.

Als sich die Fahrstuhltür oben wieder öffnete, stand ein junger adretter Mann in Nadelstreifen vor ihnen und streckte seine Hand in Richtung Eva aus.

»Johannes Amadeus«, sagte er, »die Empfangsdame sagte, Sie möchten mich sprechen.«

Eva ignorierte seine Hand und nickte. »Das ist richtig. Eva Sturm, Polizei Langeoog und das ist mein Mitarbeiter Sven Bittner. Wir müssten Sie sprechen, und wenn es geht, nicht hier auf dem Flur.«

»Sicher, folgen Sie mir bitte.«

Er ging den hellgrau gefliesten Gang voraus und führte sie in ein Büro, dessen Wände nur aus Glas bestanden und man die Frau, die im Nebenraum angestrengt an ihrem PC arbeitete, beobachten konnte.

»Setzen Sie sich bitte«, lud Amadeus ein, »kann ich Ihnen einen Kaffee anbieten?«

Eva und Bittner schüttelten die Köpfe.

»Na gut«, sagte Amadeus und setzte sich hinter seinen durchsichtigen Schreibtisch und wies ihnen beiden die Cocktailsessel davor zu. Dann sah er Eva abwartend an.

»Wir sind hier«, begann sie ohne Umschweife, »weil Ihr Geschäftspartner Alexander Siebenbrock ermordet worden ist.«

Der süffisante Gesichtsausdruck in Amadeus` Gesicht erlosch und seine Miene fror von einer auf die nächste Sekunde ein.

»Das ist nicht wahr«, sagte er tonlos.

»Ich fürchte doch«, erwiderte Eva. »Seine Frau Victoria hat ihn bereits anhand eines Fotos identifiziert.«

»Wer hat ihn ermordet?«

»Das versuchen wir gerade, herauszufinden«, sagte Eva. »Wann haben Sie Herrn Siebenbrock das letzte Mal gesehen? Ich meine lebend.«

Amadeus dachte nicht lange nach. »Das war vor gut einer Woche, bevor er zu seiner Geschäftsreise nach München aufgebrochen ist.«

Der ist also auch eingeweiht, dachte Eva und sagte: »Die Lügen um München können Sie sich sparen. Siebenbrock wurde auf Langeoog neben seiner Geliebten ermordet. Auch das weiß seine Ehefrau bereits. Sie wussten also von seiner Affäre?«

Amadeus räusperte sich. »Das war allgemein bekannt und ich denke, auch seine Frau wusste davon. Alexander war eben so, aber er hat Victoria wirklich geliebt.«

»Welche Verhältnisse er zu welchen Frauen unterhielt, steht hier gar nicht zur Diskussion«, sagte Eva, »so etwas verurteilen oder bewerten wir nicht. Ich möchte lediglich herausfinden, wer die beiden ermordet hat.«

»Die beiden? Isabella ist auch tot?«

»Sie kannten sie?«

»Na ja, ich habe sie ein paar Mal gesehen, wenn sie Alexander hier abgeholt hat.«

»Dann wusste also die ganze Firma darüber Bescheid?«

»Es hat vermutlich nicht jeden interessiert. Aber wie gesagt, Alexander ging offen damit um.«

Wie muss sich das für seine Ehefrau angefühlt haben?, fragte sich Eva. Da halfen auch das schöne Haus und das viele Geld nicht, wenn man derart erniedrigt wurde. Sie holte ihr Handy heraus und suchte ein Foto von Isabella heraus und hielt es Amadeus hin.

»Ist sie das?«

Er sah kurz hin und nickte dann. »Ja, das ist Isabella.«

»Und weiter? Wie heißt sie mit ganzem Namen und wo wohnt sie?«

Amadeus zog die Schultern hoch. »Das weiß ich nicht. Der Hintergrund seiner Freundinnen hat mich nie sonderlich interessiert.«

»Hatte er denn mehrere auf einmal oder alle eher nacheinander?«

»Es war immer nur eine. Alexander liebte immer mit Haut und Haaren, das wäre mit mehreren Frauen auf einmal gar nicht möglich gewesen.«

Na, ob das stimmte, dachte Eva. Schürzenjäger hatten in der Regel immer mehrere Frauen gleichzeitig und doch keine so wirklich.

»Wer war denn vor Isabella dran, ich meine ...«.

»Betty«, sagte Amadeus, als sei es das Normalste auf der Welt.

»Betty wer? Oder kennen Sie deren Nachnamen auch nicht?«

»In dem Fall schon, weil sie bei uns in der Firma arbeitet«, sagte er. »Sie heißt Elisabeth Steilmann.«

Eva sah, wie Bittner sich den Namen notierte und auch sonst ständig etwas auf seinen kleinen Block kritzelte. Journalisten waren schon sehr merkwürdige Leute. Er sah kaum auf und kaute hin und wieder auf seinem Bleistift herum.

»Und wo finde ich Frau Steilmann?«

»Ich kann sie für Sie holen lassen«, bot Amadeus an.

»Ja, das wäre nett.«

»Einen Moment.« Er griff zu seinem Telefon und gab dem Teilnehmer am anderen Ende entsprechende Anweisungen. »Sie wird gleich hier sein«, sagte er, als er aufgelegt hatte.

»Was glauben Sie, wie Victoria Siebenbrock das Verhalten ihres Mannes verkraftet hat?«, fragte Eva.

»Oh, da fragen Sie mich wirklich zu viel«, sagte er und faltete die Hände auf dem Glastisch. »Nach außen hin hat sie sich nie etwas anmerken lassen, wenn sie zu gesellschaftlichen Anlässen mit Alexander unterwegs war. Und unter vier Augen habe ich nie mit ihr gesprochen. Letztendlich ist es auch Privatsache, was Ehepaare miteinander ausmachen, das ist jedenfalls meine Meinung.«

»Da haben Sie sicher recht«, stimmte Eva zu.

Es wurde an die Bürotür geklopft und Eva sah eine außerordentlich hübsche Frau durch die Glastür. Amadeus nickte ihr zu und sie trat ein.

»Das sind die Ermittler Eva Sturm und ...«, Amadeus fiel Bittners Name nicht ein. »Sie sind von der Polizei, man hat Alexander ermordet.«

Betty wurde bleich und drohte umzufallen. Bittner sprang mit einem Satz vom Stuhl und bot seinen Arm an.

»Wäre es möglich, dass wir alleine mit Frau Steilmann sprechen?«, fragte Eva in Richtung Amadeus.

»Sicher«, sagte dieser, »ich bin in zehn Minuten wieder da.«

Bittner führte Betty zu seinem Stuhl und drückte sie sanft, damit sie sich setzte.

»Er hätte es Ihnen auch schonender beibringen können«, sagte Eva, »es tut mir leid.«

»Schon gut«, sagte Betty, »es war nur so ein Schock. Ich habe doch noch mit ihm gesprochen.«

»Wann?«

»Na ja, vor ein paar Tagen. Am Telefon. Es ging um eine wichtige Immobilie, für die ich einen interessanten Käufer gefunden hatte.«

»Am Telefon also. Sie wussten, dass er verreist war?«

Sie nickte. »Sicher. Geschäftsreisen werden in einen für alle zugänglichen Kalender eingetragen. Das ist bei der täglichen Arbeit sehr wichtig.«

»Das glaube ich gerne. Aber Sie wissen sicher auch, dass Herr Siebenbrock nicht in München war. Das jedenfalls hat er seiner Frau erzählt.«

Betty lief rot an. Dann nickte sie. »Ja, das wusste ich. Er hatte eine neue Freundin, mit der er verreist war.«

Eva war in diesem Moment heilfroh, nicht zu den oberen Zehntausend gehörte und sich nicht mit solchen Dingen herumschlagen musste.

»Wir wissen von Herrn Amadeus, dass Sie vor Isabella die Freundin von Herrn Siebenbrock waren.«

Betty atmete tief durch. »Ja, das stimmt.«

»Warum ging es zu Ende?«

»Das ging von mir aus«, sagte sie, »ich habe Schluss gemacht.«

»Sie haben Schluss gemacht?« Eva konnte es kaum glauben bei der guten Partie, die Siebenbrock abgab. War es nicht so, dass Geliebte immer darauf spekulierten, die neue Frau in der Öffentlichkeit an der Seite ihres Geliebten zu werden?

»Ja, ich habe Schluss gemacht«, wiederholte Betty.

»Und warum, wenn ich das fragen darf?«

Betty biss sich auf die Unterlippe. »Das ist privat«, sagte sie dann.

»Bei Mord ist nichts mehr privat«, sagte Eva resolut. »Es wäre besser, wenn Sie mit uns kooperieren würden, bevor wir Sie zu den Verdächtigen zählen, weil Sie uns etwas verschweigen.«

»Verdächtig? Ich?« Betty fasste sich ans Herz. »Das ist doch lächerlich.«

»Das mag sein. Aber wenn Sie etwas verschweigen, macht Sie das automatisch verdächtig.«

Betty überlegte und sah aus dem Fenster. Von hier oben hatte man einen guten Blick über Oldenburgs Innenstadt. »Na gut«, sagte sie dann, »ich habe mit Alexander Schluss gemacht, weil ich Kinder möchte.«

»Und das heißt?«, hakte Eva nach.

»Das ist doch ganz einfach. Alexander hätte sich niemals von seiner Frau getrennt. Und ich wollte nicht länger seine Affäre sein. Ich wollte endlich einen richtigen Mann an meiner Seite haben, mit dem ich in der Öffentlichkeit auftreten kann und eine Familie gründen. Der ganze normale Wahnsinn also, wenn man so will.«

»Verstehe«, sagte Eva und zog die Stirn in Falten. »Haben Sie Alexander Siebenbrock geliebt?«

Betty zuckte mit den Schultern. »Sicher habe ich ihn geliebt. Er war so einer, an dem man kaum vorbeikam. Und wenn man dann das große Glück hatte, dass man in sein Beuteschema passte, dann konnte man sich schon in ihn verlieben. Vielleicht denken Sie, dass er ein schlechter Mensch war, weil er seine Frau betrogen hat. Aber so war das nicht.«

»Wie war es dann? Was war er für ein Mensch?«

»Herzensgut und total emotional«, sagte Betty und ihre Augen bekamen einen leuchtenden Schimmer. »Man konnte alles von ihm haben, Reichtum bedeutete ihm im Grunde seines Herzens gar nicht so viel. Er hatte eben Geld, weil er so hart gearbeitet hat. Aber das hat aus ihm kein Schwein gemacht.«

»Sie hätten sich also schon vorstellen können, mit ihm zusammenzubleiben, wenn er sich von seiner Frau für Sie getrennt hätte«, konstatierte Eva.

»Sicher hätte ich das«, gab Betty zu, »aber ich wusste, dass das niemals passieren würde.«

»Und deshalb haben Sie sich getrennt, verstehe«, sagte Eva, »aber es ist Ihnen sicher nicht leicht gefallen.«

»Würde es Ihnen leicht fallen, jemanden zu verlieren, den Sie lieben?«, fragte Betty zurück.

Wum. Das hatte gesessen. Plötzlich lief vor Eva ein Film ab. Sie stand bei Robert am Sarg und weinte bitterlich.

»Nein, das fällt wohl niemandem leicht«, sagte sie mit belegter Stimme. »Haben Sie gewusst, dass er schon bald wieder eine neue Freundin, einen

Ersatz für Sie gefunden hatte?«, wurde sie wieder professioneller.

»Sowas blieb nie lange geheim, weil er gar kein Geheimnis daraus gemacht hat. Er ging mit seinen Freundinnen nie wirklich heimlich um. Irgendwann lief ich ihm dann auch über den Weg. Oder besser gesagt, ich habe ihn mit Isabella gesehen.«

»Sie kannten sie?«

»Nein. Ich wusste nur ihren Namen, und zwar direkt von Alexander.«

»Sie haben ihn darauf angesprochen?«

»Es hat sich so ergeben, dass wir darüber geredet haben. Mehr beiläufig. Es gab nie Szenen oder sowas, wenn Sie das meinen.«

»Und? Haben Sie jetzt den richtigen Mann fürs Leben und für die Kinder gefunden?«, wechselte Eva das Thema.

»Leider noch nicht.«

»Na, das wird schon«, sagte Eva, ging um den Schreibtisch herum und drückte Bettys Hand. »Würden Sie meinem Mitarbeiter Ihre Adresse und Telefonnummer geben, falls wir noch weitere Fragen haben.«

Betty nickte und gab Bittner die entsprechenden Daten. Sie verließ das Büro, als Amadeus zurückkehrte.

»Na, haben Sie alle Informationen im Kasten?«, fragte er gutgelaunt.

»Wir werden sehen«, sagte Eva und Bittner notierte sich auch die Kontaktdaten von Amadeus, bevor sie gingen.

»Für die ersten Ermittlungstage doch gar nicht schlecht«, sagte Eva zu Bittner, als sie im Wagen saßen. »Wir haben schon mindestens drei mögliche Verdächtige.«

»Drei?«, fragte Bittner, der nur auf zwei gekommen war. »Die Ehefrau und die Ex-Geliebte. Und wer noch?«

»Na, Amadeus natürlich«, sagte Eva, »er wird doch jetzt an die Spitze des Immobilienbüros aufsteigen.«

»Ach so. Ja, das kann sein. Aber warum sollte das so wichtig für ihn sein?«

»Er ist ein Mann«, sagte Eva vieldeutig und startete den Wagen.

Frauen, die einsam zurückbleiben

Betty hatte sich nach der traurigen Nachricht sofort krankschreiben lassen. Und das war nicht einmal gelogen. Es ging ihr so schlecht, dass sie sich dreimal in der Toilette übergeben hatte, bevor sie sich zu diesem Schritt entschloss. Sie konnte jetzt einfach nicht mehr im Betrieb bleiben. Einige der Kollegen sahen sie merkwürdig an. Jeder hier wusste, dass auch sie eine von denen gewesen war, mit denen Alexander gespielt hatte. Und vielleicht traute ihr sogar der eine oder andere zu, dass sie etwas mit seinem Tod zu tun haben konnte. Sie hatte die Blicke einfach nicht mehr ertragen.

Jetzt saß sie in ihrer Wohnung und fühlte nichts mehr. Es gab hier so einiges, das sie an Alexander erinnerte. Er hatte ihr immer etwas mitgebracht, wenn sie sich bei ihr getroffen hatten. Stofftiere, Schmuck und andere schöne Dinge, die den Raum dekorierten. Es war nicht so, dass sie sich selber nichts leisten konnte. Nein, in der Firma von Alexander wurden alle fair bis fürstlich bezahlt. Das war ihm wichtig. Er wollte seinen Reichtum nie für sich alleine haben. Wichtig war ihm nur gewesen, dass er entschied, wer etwas und vor allem wie viel davon abbekam. Wen er nicht mochte, der blieb sein Leben lang ein kleiner Buchhalter. Betty hatte nie nachgefragt, warum er so handelte. Für sie galt der Spruch ihrer Großmutter, dass jeder seines Glückes Schmied war.

Sie zog eine Schublade ihres Sekretärs auf und holte eine Fotografie heraus, die sie und Alexander beim Skiurlaub in St. Moritz zeigte. Das war über zwei Jahre her. Sie hatte sie, nachdem sie sich von ihm getrennt hatte, nicht wegwerfen können. Aber jeden Tag ansehen mochte sie sie auch nicht, weil es einfach zu weh getan hatte. Es war ihr nicht leichtgefallen, sich von Alexander zu trennen. Sie hatte ihn wirklich geliebt. Von ganzem Herzen. Und er sie wohl auch. Denn sonst wäre er gar nicht so lange mit ihr zusammengeblieben, das wusste sie. Er hatte ihr erzählt, dass er die sexuelle Lust an seiner Frau verloren hatte, dass aber sie, Betty, ihn jeden Tag aufs Neue reizte. Warum das so war, hatte sie nie erfahren. Über drei Jahre waren sie ein mehr oder weniger heimliches Paar gewesen. Und hätte sie sich nicht in die fixe Idee verrannt, Kinder und einen Ehemann haben zu wollen, dann wären sie vielleicht immer noch zusammen. Und vielleicht würde Alexander dann noch leben, dachte sie bekümmert.

Sie streifte ihre Schuhe und dann ihre Seidenbluse ab. Alles Dinge, die Alexander ihr gekauft hatte. Warum hätte sie sie auch weggeben sollen, nur weil sie nicht mehr zusammen waren? Plötzlich liefen dicke Tränen über ihr Gesicht. Sie hatte sich etwas vorgemacht. Ausgerechnet heute, wo sie erfahren sollte, dass er nicht mehr lebte, hatte sie wieder das angezogen, was ihm immer so gut an ihr gefallen hatte. So, als hätte sie gewusst, dass die Polizei ins Haus kommen würde.

Es war kalt und leer in ihrer Wohnung. Victoria hatte alle Fensterläden bereits geschlossen und saß mit einem Glas Rotwein auf ihrem grauen Sofa. Es war wie jeden Abend. Immer war sie alleine. Doch heute war alles anders. Alexander war tot und würde nie wieder durch die Tür ins Haus kommen und rufen »Da bin ich, Liebling«. Nie wieder würde sie hören, wie er, ohne noch einmal nach ihr zu sehen, die Stufen ins obere Stockwerk nach oben stieg, um sich - müde wovon auch immer - noch einmal unter die Dusche zu stellen und dann ins Bett zu gehen.

Es tat weh, daran zu denken. Es hatte immer wehgetan, wenn er sie so mit Missachtung strafte. Genauso hatte sie es empfunden, auch wenn er es bestimmt nie absichtlich getan hatte. Nein, so war Alexander nie gewesen. Er war vielleicht unbedacht. Oder vielleicht war er auch nur wirklich müde, wenn es ein langer Tag für ihn gewesen war. Vielleicht glaubte er, dass sie ganz gerne alleine am Kamin saß, in einem Buch las und Rotwein trank. Sie hatte nie etwas dazu gesagt, sondern nur still gelitten. Ja, das hatte sie. Sie hatte sich einsam gefühlt. Und vielleicht wollte sie deshalb auch so gerne ein Kind von Alexander, weil sie dann eine Aufgabe gehabt hätte. Jemanden, den sie in den Arm nehmen konnte, ohne dass er zurückzuckte.

Manchmal zuckte Alexander zurück, wenn sie kurz nach ihm ins Bett kam und sich an ihn schmiegte. Es war ja gar nicht so, dass sie dann Sex von ihm gewollt hätte. Sie wollte ihn doch nur spüren. Doch er zuckte zurück. Das hatte sie verletzt.

Am nächsten Morgen beteuerte er immer, wie sehr er sie liebte, bevor er zur Arbeit ging, als sei nichts gewesen. Er wünschte ihr immer einen schönen Tag, schenkte ihr immer große Blumensträuße zu allen erdenklichen Anlässen. Er vergaß nie einen Geburtstag oder Hochzeitstag. Nein, Alexander war ein sehr aufmerksamer Mensch gewesen, was Daten betraf. Nur, dass sie abends so unendlich alleine war, wenn sie mit ihrem Rotwein am Kamin saß, das hatte er nie wahrgenommen.

Victoria fragte sich, wie es jetzt weitergehen sollte. Mit ihr hier in dem Haus. In der Firma war alles klar geregelt. Alexander hatte eine Lebensversicherung für sie abgeschlossen, so dass sie jetzt Millionärin werden würde. Sie war sündhaft teuer gewesen und galt auch im Falle eines Mordes. Sie hatte nie verstanden, warum es ihm so wichtig gewesen war, auch diese Klausel aufzunehmen und damit monatlich ein Vermögen abzuzahlen. Ob er geahnt hatte, dass er so gewaltsam zu Tode kommen würde? Sie erinnerte sich an sein Gesicht auf dem Foto, das diese Beamtin ihr gezeigt hatte. Im Tod sah Alexander immer noch gut aus. Er war einer dieser Männer, denen man alles verzeihen musste. Fast alles.

Zurück auf die Insel

Eva und Bittner saßen beim Frühstück und ließen den gestrigen Tag Revue passieren.

»Und was meinen Sie«, fragte Eva, »wer von unseren drei Verdächtigen hat das Paar auf dem Gewissen?«

»Tja ...«, erwiderte er gedehnt.

»Die Ehefrau, die Ex-Geliebte und natürlich der Compagnon in der Firma. Ich bin mir ziemlich sicher, dass er die Geschäftsleitung übernehmen wird, wenn genug Zeit der Trauer vergangen ist.«

»Hm«, machte Bittner, »aber warum hätte er dann auch die Geliebte umbringen sollen, wenn es ihm ums Geschäft ging?«

»Interessante Frage«, sagte Eva und fuhr sich mit dem Zeigefinger über die Stirn. »Ich glaube, ich bekomme Kopfschmerzen.«

»Soll ich Schmerzmittel besorgen?«, fragte Bittner sofort.

»Nein, danke, so schlimm ist es auch wieder nicht. Und wenn ich noch einen Kaffee trinke, dann werden sie sicher verfliegen. Aber zu Ihrer Frage zurück, warum er dann auch die Geliebte getötet hat. Nun, ich würde sagen, dass es ihn weniger verdächtig macht, weil das tote Paar natürlich sofort auf die Tat einer eifersüchtigen Frau hinweist.«

»Da ist was dran«, gab Bittner zu. »Dann bleiben uns noch zwei Verdächtige. Victoria Siebenbrock und Betty.«

»Tja, so ist das wohl. Und ehrlich gesagt traue ich im Moment keiner von beiden so einen Doppelmord zu.«

»Warum nicht?«

»Wegen der Art der Tat. Die Opfer wurden zunächst vergiftet und dann wurde ihnen ein Messer ins Herz gerammt. Das sieht mir nicht nach der Tat einer Frau aus. Eigentlich auch viel zu viel Arbeit. Das Vergiften hätte doch auch gereicht.«

»Na ja, so schwer ist es sicher auch nicht, ein Messer in einen Körper fahren zu lassen«, warf Bittner ein.

»Sicher, wahrscheinlich nicht. Aber wozu das Ganze? Es reichte doch, dass die beiden tot waren.

Warum die Messer? Das sieht für mich nicht nach der Tat einer Frau aus, ich bleibe dabei.«

»Also sollten wir uns doch auf Amadeus konzentrieren?«

Eva lehnte sich zurück und sah Bittner nachdenklich an. »Und wenn es doch eine der beiden Frauen war, und sie darauf spekuliert hat, dass wir Amadeus verdächtigen würden? Oder am Ende waren es sogar beide Frauen zusammen.«

»Also wirklich, das glaube ich nicht.«

»Warum nicht?«

»Ich weiß nicht. Die Ehefrau, sie hätte bestimmt ein Motiv gehabt, nach dem, wie ihr Mann sie jahrelang behandelt hat. Aber Betty? Was hätte sie davon, wenn sie der Ehefrau hilft?«

»Eine besonders spannende Frage«, meinte Eva, »so wie sie aussieht, führt Betty bestimmt keinen einfachen Lebensstil. Geld kann man in so einer Situation immer gebrauchen. Und wenn Victoria die Lebensversicherung ausgezahlt bekommt, dann schwimmt sie förmlich im Geld und kann Betty locker etwas davon abgeben.«

Bittner war noch nicht bereit, Betty als Täterin in Betracht zu ziehen und schüttelte den Kopf. »Ich gebe zu, dass es für eine Frau wie Victoria wirklich schwer sein dürfte, alleine zwei Menschen zu töten.«

»Nicht, wenn sie sie vergiftet«, wandte Eva ein.

»Das kann jeder schaffen. Und hinterher hat sie sie aufs Bett gelegt. Vielleicht ein wenig anstrengend für sie alleine, aber machbar.«

»Also bleibt uns jetzt doch nur noch eine Verdächtige?«, fragte Bittner und schien enttäuscht.

»Wir sind doch noch lange nicht fertig mit unseren Ermittlungen, aber ich denke schon, dass man davon ausgehen kann, dass so eine Tat wie die vorliegende von jemandem ausgeübt wurde, der zum engsten Freundes-, Bekannten- oder Familienkreis gehört. Es wurde nichts gestohlen.«

»Ja, ich denke, darauf können wir uns einigen, dass wir es mit einer Beziehungstat zu tun haben«, meinte Bittner.

»Sie würden sicher gerne darüber schreiben, habe ich recht?«

»Na ja, sicher, einmal Journalist, immer Journalist.«

»Deshalb machen Sie sich wohl so viele Notizen, wenn wir mit den Verdächtigen sprechen«, sagte Eva und grinste.

»Das sitzt so drin. Aber ich wundere mich, dass Sie das alles so behalten können, was die Einzelnen gesagt haben.«

»Oh, ich behalte nicht jedes einzelne Wort«, korrigierte Eva, »vielmehr ziehe ich bereits während des Gesprächs meine Schlüsse und höre vor allem auf mein Bauchgefühl.«

»Tatsächlich? So kann man Fälle lösen?«

»Ich schon«, antwortete Eva, »aber ich weiß natürlich nicht, wie andere Ermittler das machen. Da ist wohl jeder verschieden, aber manchmal spüre ich einfach, wenn mich jemand belügt.«

»Oh, und wer lügt dann jetzt?«

»Alle«, sagte Eva, »und jetzt sollten wir uns wirklich auf den Weg machen.«

»Und wohin?«

»Gute Frage. Im Prinzip sind wir hier glaube ich fertig. Es wird Zeit, dass wir wieder nach Langeoog fahren und uns dort mit den Auswertungen der Spurensicherung im Hotelzimmer befassen. Jedes noch so kleine Detail kann ein Hinweis auf einen möglichen Täter sein. Fingerabdrücke zum Beispiel. Ich habe die Kollegen hier vor Ort bereits darum gebeten, unsere drei Verdächtigen vorzuladen, um die Abdrücke zu nehmen.«

»Tja, dann sollten wir auschecken.«

Eva nickte und sie machten sich kurz darauf auf den Weg zum Wagen.

Geschäfte abwickeln

Amadeus dachte ja gar nicht daran, Trauerzeiten einzuhalten und klingelte noch am selben Tag bei Victoria an der Tür.

»Mein Beileid«, sagte er, sie nickte und er folgte ihr ins Haus. »Du weißt sicher, warum ich hier bin.«

»Sicher. Aber so früh hätte ich dich eigentlich nicht erwartet«, sagte sie. »Es ist nicht gut, wenn man dich hier alleine bei mir sieht.«

»Warum das denn nicht?«, fragte er und schenkte sich ganz selbstverständlich einen Whisky aus der Bar ein.

»Das muss ich sicher nicht weiter erklären«, sagte sie und setzte sich wieder auf den Sessel, in dem sie eben bereits gesessen und ein Buch gelesen hatte.

»Immerhin war ich der direkte Geschäftspartner deines Mannes«, sagte Amadeus und schwenkte sein Glas in der Hand. Er blieb an der Bar stehen. »Ich denke eher, es ist nur allzu verständlich, dass ich mich um dich kümmere, weil du von Geschäften eben keine Ahnung hast.«

»Sag das nochmal«, sagte sie und schlug gespielt die Augen auf.

»Aber gerne.« Er kam direkt auf sie zu, ging runter auf die Knie, nahm ihre Hände in seine und küsste sie.

Victoria stöhnte auf. »Du weißt genau, was ich meine«, flüsterte sie mit kehliger Stimme. Es darf dich hier niemand sehen.«

»Es ist doch niemand außer uns beiden hier«, sagte er und begann, ihre Bluse aufzuknöpfen. »Ich werde dir jetzt das Kind machen, dass du dir immer so sehr gewünscht hast.«

Nachdem sie sich geliebt und wieder angezogen hatten, ging Victoria in die Küche, um einen Kaffee aufzusetzen. Es gab noch so viel zu besprechen, bevor Amadeus die Kunden von Alexander übernehmen konnte. Sie mussten alle persönlich angerufen und über das tragische Schicksal informiert werden. Natürlich würde Amadeus sich überwiegend darum kümmern, weil die trauernde Witwe, noch völlig geschockt von der Nachricht, einfach nicht imstande war, sich selbst darum zu kümmern. Sicher, sie werde weiterhin als stille Gesellschafterin erhalten bleiben. Doch er, Amadeus, regele von nun an die Geschicke des Büros.

»Das klingt alles sehr gut«, sagte sie, während er ihre Füße massierte. »Man wird es dir abnehmen und die Kunden der Firma erhalten bleiben. Aber trotzdem solltest du jetzt erst einmal eine Weile nicht mehr hierherkommen. Glaub mir, es ist einfach besser. Du willst doch auch nicht, dass diese Schnüfflerin die falschen Schlüsse zieht.«

»Wir kriegen das schon hin«, sagte er, rückte zu ihr herüber und küsste sie auf den Mund. »Und wenn alles über die Bühne gegangen ist, dann wird sich sicher niemand mehr wundern, dass wir beide zusammengefunden haben. Ich habe mich einfach vermehrt um dich gekümmert und so ist es eben passiert. Wir haben uns bei unserer gemeinsamen Trauerarbeit ineinander verliebt. Sowas kommt eben vor.«

»Du bist geschmacklos«, sagte sie, »und genau das liebe ich so an dir.«

Akribische Ermittlungsarbeit

Eva hatte vorgehabt, Bittner zunächst alleine auf die Insel zu schicken, um Robert noch einmal zu besuchen. Doch in letzter Minute entschied sie um und saß jetzt mit ihm auf der Fähre Richtung Langeoog.

»Woran denken Sie?«, fragte Bittner, der spürte, dass sie nicht ganz bei der Sache war.

»Was?«, fragte sie ertappt zurück.

»Schon gut. Womit fangen wir denn gleich an, wenn wir wieder in der Dienststelle sind?«

»Kommt darauf an, welche Berichte uns bereits vorliegen«, antwortete Eva. Sie hatte keine Lust auf diese Unterhaltung. Robert ging ihr einfach nicht aus dem Kopf. Sie war so nahe bei ihm gewesen und jetzt war es zu spät, noch einmal umzukehren. Er hatte sich bisher nicht wieder bei ihr gemeldet. Sie wusste, dass er alleine in seinem Haus saß und sich quälte. Auch wenn er so tat, als habe er sich bereits damit abgefunden, schwerkrank zu sein und auf jegliche Hilfe durch Ärzte verzichten zu wollen. Sie glaubte es ihm nicht. Für niemanden war es leicht, mit dem eigenen Tod konfrontiert zu werden.

Bittner hatte gespürt, dass sie nicht weiterreden wollte, und beschäftigte sich mit seinen Notizen. Manches von dem Gekritzel konnte er gar nicht mehr lesen. Und vielleicht hatte Eva recht, dass er sich auch angewöhnen sollte, mehr auf sein Bauchgefühl zu hören. Es ging jetzt nicht mehr darum, knallharte Fakten in die Zeitung zu bringen. Eine Mordermittlung war nicht am nächsten Tag abgehakt, sondern erforderte vor allem eines, akribische Kleinstarbeit und Intuition. Bisher war die bei ihm in der untersten Schublade gut verwahrt gewesen. Er nahm Aufträge an und machte seine Arbeit. Und er hatte sie gut gemacht. Noch immer nagte es an ihm, dass man ihn einfach von einem Tag auf den anderen vor vollendete Tatsachen gestellt hatte. Die Zeitungswelt hatte er immer für einen Betrieb gehalten, in dem man noch füreinander einstand. Er hatte so viele unbezahlte Überstunden geschoben, einfach, weil ihm der Job Spaß machte. Und von einem Tag auf den anderen war er zur unwichtigsten Person für das Blatt geworden. Einfach entlassen, ausgelöscht. Jeder andere erledigte die Dinge genauso gut wie er.

Die Fähre legte an und sie gingen zur Inselbahn.

Nachdem sie ihre Sachen jeweils zu sich nach Hause gebracht hatten, trafen sie sich wieder in der Dienststelle. Eva war zuerst dort und sichtete schon mal die Mails. Es waren einige Berichte zum Tatort eingegangen. Jede Menge Spuren waren identifiziert oder noch in Arbeit.

Eva nahm ihr Handy und rief Ole an.

»Hallo Ole«, sagte sie, »wie geht es dir?«

»Bitte?«, kam es verschnupft vom anderen Ende.

»Wie es dir geht«, wiederholte sie, weil sie dachte, dass er sie akustisch nicht verstanden hatte.

»Seit wann interessiert dich das?«, fragte er zurück, »sag schon, was willst du wissen?«

Eva schämte sich. War sie bisher wirklich so empathielos gewesen, dass er ihr nicht abnahm, dass sie sich wirklich nur nach seinem Befinden erkundigen wollte? Auch das hatte Roberts Erkrankung wohl bewirkt, sie machte sich plötzlich echte Sorgen um andere und Ole kaufte es ihr nicht ab.

»Ich wollte wirklich nur wissen, wie es dir mit deiner Grippe geht«, sagte sie kleinlaut.

Es entstand eine kurze Pause.

»Und bei dir?«, fragte Ole dann, »alles in Ordnung soweit.«

Am liebsten hätte Eva einfach aufgelegt. Das führte doch zu nichts. Und von Robert konnte sie ihm auch nichts erzählen, weil sie ihm hatte versprechen müssen, mit niemandem darüber zu reden.

»Ja«, sagte sie zaghaft. »Ich habe übrigens alle möglichen Berichte der Spurensicherung erhalten. Vielen Dank.«

»Gerne«, sagte Ole und sie hörte förmlich, wie er die Stirn langsam krauszog. »Ja, mit der Grippe ist das so eine Sache. Aber so langsam komme ich drüber weg«, sagte er, weil sie nichts weiter sagte.

»Das freut mich«, sagte Eva. »Dann wünsche ich dir weiterhin gute Besserung. Wir hören voneinander.«

»Moment!«, rief Ole, bevor sie auflegte. »Das Beste weißt du ja noch gar nicht.«

»Wie?«

»Wir haben Haare in dem Bett der Opfer gefunden.«

»Nicht ungewöhnlich«, murmelte Eva.

»Ja, schon. Aber es waren weder die Haare von Siebenbrock, noch die von seiner Geliebten.«

»Hm«, machte Eva und dachte nach. »Der Hotelservice heutzutage ist ja auch nur noch im Akkord unterwegs. Es könnten Haare von den Gästen davor sein.«

»Also Eva, ehrlich. Jetzt tust den Hoteliers aber wirklich unrecht. Die Wäsche wird immer gewechselt und gewaschen. Es ist schon sehr unwahrscheinlich, dass da Haare zurückbleiben.«

»Sicher hast du recht, tut mir leid. Hast du denn schon die DNA-Proben aus Oldenburg bekommen?«

»Du meinst die Ehefrau und so weiter.«

»Genau.«

»Nein, aber sie sind auf dem Weg, hab ich gehört. Ich werde dann natürlich sofort einen Abgleich vornehmen.«

»Danke.«

»Schon gut, das ist mein Job. Sonst war von meiner Seite nichts.«

»Okay, dann leg ich jetzt auf«, sagte Eva und drückte das Gespräch weg.

Es war ihr nach heulen zumute. Die Sache mit Robert nagte mehr an ihr, als sie zulassen wollte. Vielleicht sollte sie doch die Kollegen von Wittmund hinzuziehen und einfach mal eine Auszeit nehmen.

Die Tür ging auf und Bittner trat ein.

»Mein Gott, ist das ein kalter Wind da draußen«, sagte er und schüttelte sich. Dann legte er seinen Parka ab, behielt den Schal aber um.

»Ja, das wird sicher ein harter Winter«, sagte Eva beiläufig. »Es sind jede Menge Berichte vom Tatort eingetroffen. Außerdem habe ich eben erfahren, dass fremde Haare im Bett der Opfer gefunden worden sind.« Sie schilderte ihm kurz, was Ole gesagt hatte.

»Das klingt doch interessant«, meinte Bittner. »Im Hotel habe ich übrigens erfahren, dass einem der Angestellten ein Mann aufgefallen ist.«

»Ein Mann?«

»Ja, er soll sich öfter vor dem Hotel aufgehalten haben, obwohl er nicht dort gewohnt hat.«

»Dann muss er sich ja ziemlich auffällig verhalten haben«, meinte Eva. »Es laufen doch jede Menge den ganzen Tag auf der Insel herum. Was war an diesem einen Mann denn so besonders verdächtig?«

»Der Angestellte meint, dass er beobachtet hat, wie dieser Mann dem Paar am Abend gefolgt ist, als es sich auf den Weg in ein Restaurant gemacht hat.«

»Hm. Es könnte ja wirklich etwas dran sein. Konnte er den Mann beschreiben?«

»Nur vage.«

»Wieso das?«

»Na ja, abends war es schon dunkel. Und am Tag da trug der Mann auch immer eine Schirmmütze und einen dicken Schal. Der Zeuge weiß nur, dass der Mann etwa einsneunzig gewesen sein muss und relativ muskulös.«

»Muskulös?«, fragte Eva nach und klärte sofort für sich, dass es dann wohl kaum Amadeus gewesen sein konnte. »Wie will der Zeuge das denn gesehen haben unter einer dicken Jacke?«

»Das habe ich ihn auch gefragt und er hat gemeint, dass es so ein Gefühl sei.«

»Bauchgefühl also«, sagte Eva und musste lachen. Sie war wohl nicht die Einzige, die so arbeitete.

»Ich weiß ja auch nicht, was ich davon halten soll«, sagte Bittner und plötzlich kam er sich albern vor.

»Schon gut«, sagte Eva, »wer weiß, vielleicht sollten wir der Spur nachgehen. Manchmal sieht man den Menschen ja auch an der Haltung oder am Gang an, dass sie mehr Muskeln haben als andere. Und außerdem kann es nicht unser Amadeus gewesen sein.«

»Stimmt, dem würde man auch im dicksten Wollmantel keine Muskeln andichten«, sagte Bittner und beide mussten lachen.

»So, jetzt aber wirklich mal mit aller Ernsthaftigkeit an die Arbeit. Wer könnte dort im Bett seine Haare verloren haben?«

»Waren es lange Haare? Blond oder braun?«

»Sie waren mittellang laut Ole und aschblond.«

»Dann scheidet auch Betty aus, sie hat rote Haare.« Bittner wirkte erleichtert, stellte Eva fest.

»Tja, dann wären wir wieder bei Victoria, ihre Haarfarbe geht sicher als aschblond durch.«

»Ja, könnte man sicher so nennen. Da dürfen wir wohl gespannt sein auf die DNA-Analyse.«

»Ole will mich sofort anrufen, wenn er mehr weiß. Hier, ich habe alle Berichte ausgedruckt und wir sollten sie jetzt jeder für sich erst einmal still durcharbeiten. Vielleicht fällt uns ja etwas auf.«

Bittner nahm sich einen der Ausdrucke, lehnte sich auf den Schreibtisch und vergrub seine Hände in seinen Haaren. Er schien abgetaucht zu sein. Ob das auch eine typische Geste für Journalisten war?, fragte sich Eva. Sie sah, wie seine Zeigefinger um kleine Büschel von Haaren kreisten. Er machte den Eindruck eines kleinen Jungen, der in einen Comic vertieft zu sein schien. Oder was Jungen eben so lasen. Darüber wusste Eva einfach zu wenig Bescheid.

Bevor er noch merkte, wie sie ihn beobachtete, nahm sie sich den weiteren Ausdruck, lehnte sich zurück und legte einen Fuß auf den Schreibtisch, während der andere auf dem Rand einer Schreibtischschublade landete. So sahen Ermittlerinnen aus, wenn sie arbeiteten, dachte sie belustigt. Und irgendwie wurde es ganz still in der Dienststelle, so dass man eine Stecknadel hätte fallen hören können. Nur, wenn einer von ihnen ein Blatt umdrehte, raschelte es leise. Die Heizung lief auf vollen Touren und es war gemütlich warm. Eva bemerkte eine Bewegung, während sie vor Wohligkeit fast eingenickt wäre. Bittner wickelte sich seinen Schal ab.

»Ist es zu warm hier?«, fragte sie und gähnte.

»Nein, geht schon«, sagte er, »ich trage im Haus nur ungern einen Schal.«

Dann verstummten sie wieder und lasen weiter.

Eva war als Erstes durch, während Bittner jedes Blatt zweimal mit den Augen zu verschlingen schien. Er wollte wohl alles ganz genau aufnehmen und ihr beweisen, dass er auch für die Ermittlungsarbeit taugte.

»Und? Haben Sie etwas Auffälliges entdeckt?«, fragte sie, obwohl er noch nicht am Ende angekommen war.

»Hm«, machte er und sah mit hochrotem Kopf von seinem Schriftsatz auf. »Ich weiß nicht, ob das relevant ist«, sagte er dann, »aber mir ist aufgefallen, dass es sehr viele Fingerabdrücke in dem Zimmer gibt.«

»Na ja«, sagte Eva, die nicht darüber gestolpert war. »Ist das nicht logisch in einem Hotel?«

»Sicher«, entgegnete Bittner, »aber wenn jemand dort einen Doppelmord verübt, dann sollte man doch eigentlich davon ausgehen, dass ihm daran gelegen ist, dass es möglichst wenige Spuren gibt. In den Krimis, die ich manchmal im Fernsehen sehe, da wischen die Täter noch einmal alles ab, bevor sie gehen.«

»Dann war es wohl keine Putzfrau«, konstatierte Eva, während sie über seine Bemerkung sinnierte. »Was denken Sie denn, warum es dem Täter egal war, dass es so viele Hinweise gibt?«

»Hm«, machte Bittner und lehnte sich auf seinem Stuhl zurück. »Vielleicht war es ihm ganz recht, dass es viele DNA geben würde, die die Polizei verwirren könnten.«

»Aha. Und Sie denken, seine eigene DNA ist auch noch dabei?«

»Ich weiß nicht. Aber warum eigentlich nicht.«

»Also, ich finde den Gedanken, bitte nehmen Sie es mir nicht übel, irgendwie abwegig. Meiner Meinung nach hat der Täter nicht bewusst alle Spuren an Ort und Stelle gelassen, sondern er hat einfach nicht darüber nachgedacht.«

»Könnte auch sein«, gab Bittner zu. »Vielleicht denke ich wirklich viel zu kompliziert.«

»Sicher hatten Sie oft mit Politikern zu tun während ihrer Zeitungsarbeit, da färbt dieses Schachteldenken, das am Ende überhaupt nicht weiterhilft, sicher ab.« Das klang härter, als sie es beabsichtigt hatte. Sie wollte ihn auf keinen Fall beleidigen oder kränken. »Tut mir leid«, sagte sie schnell, »das war wirklich nicht böse gemeint. Doch glauben Sie mir, aus meiner langjährigen Arbeit als Ermittlerin kann ich sagen, dass Täter sich weniger Gedanken machen, als wir es uns vorstellen können. Wir müssen im Gegenteil immer vom Dümmsten ausgehen und uns subtil an die Lösung des Falles heranarbeiten.«

»Deshalb wohl auch das Bauchgefühl«, sagte Bittner, »verstehe.«

»Was natürlich nicht heißen soll, dass es auch Mörder gibt, die alles bis ins kleinste Detail planen und nichts dem Zufall überlassen. Aber die sind in der Regel in der Minderheit. Gerade Beziehungstaten weisen oft Fehler auf, die jeder bei ein wenig Überlegung hätte vermeiden können.«

»Und danach suchen wir jetzt«, sagte Bittner und kratzte sich am Kinn. »Dieser eine Fauxpas des Täters, mit dem wir ihn überführen können.«

Eva sah ihn an und das erste Mal fielen ihr seine schön geschwungenen Lippen auf. Dazu der Drei-Tage-Bart. Sie fragte sich, warum er eigentlich keine Freundin hatte.

»Ja, danach suchen wir«, sagte sie und schüttelte sich kurz. »Und wer weiß, vielleicht ist Ihr Hinweis auf die Spurenstreuung ja gar nicht so verkehrt. Wir suchen nach jemandem, dem die Tragweite so einer Ermittlung nicht bewusst ist. Wir können davon ausgehen, dass er zum ersten Mal gemordet hat.«

»Na ja, ein Serientäter war es wohl nicht.«

»Davon gehen wir im Moment aus. Unserer Meinung nach handelt es sich um eine Beziehungstat. Wir haben drei Täter ins Auge gefasst. Wir haben einen Zeugen, der einen muskulösen Mann gesehen hat. Wir haben jemanden, der sich nicht um Spuren kümmert, die er hinterlässt. Eigentlich doch schon eine ganze Menge. Vielleicht ist der Mörder oder auch die Mörderin in Eile gewesen.«

»Aber das passt dann nicht zu dem Mann, den der Zeuge beobachtet hat. Er hielt sich ja mehrere Tage hier auf und hat die beiden sogar verfolgt. Sehr eilig klingt das nicht.«

»Stimmt. Aber was ist, wenn er nur den Beobachtungsposten übernommen hat, während eine zweite Person für die Morde zuständig war. Und in einem Hotel ist immer irgendwie Hektik. Es sind viele Menschen auf den Fluren und so weiter und so fort. Der Mörder kann ja nicht wissen, ob die Opfer nicht irgendetwas aufs Zimmer bestellt haben oder so. Also muss er zusehen, dass er möglichst schnell fertig wird.«

»Klingt tatsächlich nach Stress«, meinte Bittner, »und irgendwie unprofessionell.«

»Das auf jeden Fall. Ja, ich bin immer noch nicht bereit dazu, von unseren drei Hauptverdächtigen abzulassen. Es ist nur die Frage, wer das stärkste Motiv von den Dreien hat.«

»Ich tippe da immer noch auf die betrogene Ehefrau«, sagte Bittner. »Persönliche Verletzungen können im Inneren eines Menschen zu einer immensen Wut führen. Ich hatte da mal eine Story, wo ein Junge augenscheinlich aus heiterem

Himmel einen seiner Klassenkameraden windelweich geprügelt hat. Niemand hatte damit gerechnet, weil zwischen den beiden immer alles friedlich war bis zu dem Tag. Später stellte sich heraus, dass der Freund des Jungen ihn jahrelang wegen seiner Mutter gehänselt hatte, die von Hartz IV lebte, während seine Mutter sich um nichts zu sorgen brauchte. Der Junge staute so eine Wut in sich auf, dass er eines Tages einfach ausgerastet ist.«

»Hm. Sicher, Sticheleien und Verletzungen können zu Kurzschlussreaktionen führen, aber wir haben es hier mit einem Doppelmord zu tun, der schon etwas Planung voraussetzt.«

»Sicher, die Ehefrau kann das ja auch schon länger geplant haben. Und dann hat sie sich einen Komplizen gesucht, der Schmiere steht und das Pärchen vorher auskundschaftet. So wusste sie, wann sie am besten zuschlagen kann.«

»Und warum hat sie dann nicht den Komplizen gleich die ganze Drecksarbeit machen lassen?«, fragte Eva. »Nein, das leuchtet mir nicht ein.«

»Aber vielleicht hat sie das ja sogar«, meinte Bittner, »Victoria Siebenbrock ist vermutlich gar nicht selber auf der Insel gewesen, sondern hat einen Killer angeheuert. Wäre ja auch viel schlauer. Jetzt werden wir von ihr keine Spuren finden und der Killer ist gar nicht registriert. Kein Wunder, dass dem der ganze Dreck im Zimmer völlig egal gewesen ist.«

Eva musste lachen. »Sie können sehr komisch sein, wissen Sie das?«

»Hm, meine Mutter hat früher mal sowas erwähnt«, antwortete er.

Jetzt lachten beide.

»Was meinen Sie?«, fragte Eva, »wollen wir zusammen etwas essen gehen. Irgendwie habe ich Hunger.«

Bittner stimmte zu und sie machten sich auf den Weg zum Italiener.

Während sie auf die Bestellung warteten, musste Eva unwillkürlich an die vielen Abende denken, die sie mit Jürgen hier verbracht hatte. Und jetzt saß sie mit Bittner hier. Dazwischen war so viel Zeit vergangen. Und doch war sie dieselbe geblieben. Auch wenn sie sich einbildete, sich weiterentwickelt zu haben, so stand sie doch noch an derselben Stelle wir vor ein paar Jahren. Nur, dass sie jetzt fünfzig war, was sich immer noch ein wenig merkwürdig anfühlte, wenn sie darüber nachdachte. Wie würde sie ihren sogenannten Lebensabend verbringen? Sie konnte ja nicht ewig die Inselpolizistin bleiben.

Die Pizza wurde an den Tisch gebracht und zwei Chianti kamen dazu.

»Guten Appetit«, sagte Bittner.

»Für Sie auch«, erwiderte Eva und sah neidisch auf seine nur mit Gemüse belegte Pizza, da er Vegetarier war. Sie sah wesentlich ansprechender aus als ihr Haufen Schinken mit viel zu viel Käse. »Sind Sie schon lange Vegetarier?«

Er nickte. »Bereits seit meinem dreizehnten Lebensjahr«, antwortete er. »Meine Mutter kam am Anfang gar nicht damit zurecht, weil sie dachte, dass ich auf dem besten Wege wäre, zu verhungern.«

»Tatsächlich?«

»Na ja, das ist sicher ein wenig übertrieben. Aber es war schon schwierig. Sie schleppte mich sogar zum Arzt, weil sie glaubte, dass eine psychische Störung dahinterstecken könnte.«

»Und? Ist es so?«

»Nein, ich hoffe nicht«, sagte er und grinste. »Es ist einfach so, dass ich Fleisch schon als Kind nicht gerne mochte und irgendwann habe ich beschlossen, es nicht mehr zu essen. Und wenn ich mir heute das Elend der Tiere in den Massentierhaltungsanlagen ansehe, dann würde ich sowieso kein Fleisch mehr essen.«

»Ja, da haben Sie wohl recht. Ich kann mir das auch gar nicht mehr mit ansehen, wenn Berichte darüber im Fernsehen laufen.« Eva sah auf ihre Pizza und schob den Teller beiseite. »vielleicht werde ich auch zur Vegetarierin«, sagte sie, »Sie können mir ja bei der Auswahl meiner zukünftigen Menüs behilflich sein.«

»Gerne«, sagte Bittner, »aber Sie sollten es nicht aus einer Laune heraus tun. Es sollte schon eine echte Überzeugung dahinter stehen, sonst halten Sie das sowieso nicht lange durch.«

»Ich möchte es wirklich versuchen«, sagte Eva. »Außerdem mag ich Gemüse sehr. Nur für mich alleine lohnt es sich meistens gar nicht, etwas zu kochen.«

»Aber Sie haben doch einen Partner. Auch für ihn wäre eine gesunde Ernährung sicher vorteilhaft.«

Robert. Da waren sie wieder, die trüben Gedanken an ihn und was er wohl gerade machte. Evas Stimmung fiel mit einem Mal total in den Keller und Bittner spürte das.

»Habe ich etwas Falsches gesagt?«, fragte er vorsichtig. »Es geht mich ja auch nichts an, was Sie und Ihr Partner essen. Tut mir leid.«

»Das ist es nicht«, sagte Eva und schluckte. Und plötzlich, da musste sie unbedingt mit jemandem darüber reden. Egal, ob sie es Robert versprochen hatte oder nicht. Sie konnte sich nicht mehr alleine damit herumquälen, wenn er nicht dazu bereit war, sich von ihr unterstützen zu lassen. Sie litt doch mit. Warum verstand er denn nicht, dass es ihr fast genauso elend ging wie ihm? »Robert«, fuhr sie fort, »er hat ... nun, er ist sehr krank.«

»Oh, das tut mir leid. Also, wenn irgendwo ein Fettnäpfchen steht, dann bin ich ganz bestimmt der Erste, der da reinlatscht.« Bittner lief rot an und griff schnell nach seinem Chianti.

»Er hat Leukämie«, fuhr Eva fort, »ich habe es erst vor ein paar Tagen erfahren, als ich aufs Festland gefahren war.«

»Verstehe«, sagte Bittner und reimte sich alles zusammen. »Das muss schrecklich für Sie gewesen sein.«

»Für mich?«

»Na ja, immerhin sind Sie seine Partnerin und lieben ihn. Das haut einen sicher ganz schön aus den Schuhen. Also wenn meine Freundin plötzlich so krank wäre, dann könnte ich glaube ich gar nicht mehr arbeiten.« Er sagte es voller Empathie und sah sie an.

»Sie haben recht, es fällt mir tatsächlich schwer, mich auf meinen Job zu konzentrieren. Am

Anfang, da wollte ich sogar die Kollegen aus Wittmund bitten, den Fall zu übernehmen, um Robert beizustehen.«

»Und warum machen Sie das nicht einfach?«

»Weil er es nicht will«, seufzte Eva, »er weigert sich ja sogar, sich behandeln zu lassen. Es ist so ein schreckliches Gefühl der Ohnmacht in mir, verstehen Sie?«

»Ja, das kann ich mir vorstellen. Es ist sicher gut, dass Sie es mir erzählt haben. Ich nehme an, dass er nicht damit einverstanden ist.«

Konnte er jetzt auch noch hellsehen? So viel Tiefe hatte sie ihm tatsächlich nicht zugetraut.

»Nein, ist er nicht«, sagte sie. »Er bat mich, mit niemandem darüber zu sprechen. Aber so leicht ist das nicht. Ich quäle mich ständig mit dem Gedanken, dass ich ihn verlieren könnte.«

»Das ist ja auch logisch. Auch wenn ich mir nicht anmaßen will, über den Gesundheitszustand Ihres Freundes zu urteilen. Aber Krebs sollte man wirklich nicht auf die leichte Schulter nehmen. Ein früherer Schulfreund von mir ist kürzlich an Lungenkrebs gestorben. Als man es erkannte, war es schon zu spät. Seitdem kann ich nicht mehr rauchen.«

Eva merkte erst jetzt, dass er sich keine Zigaretten mehr drehte. Sie wusste nicht, was sie jetzt sagen sollte, außer »Tut mir leid.«

»Schon okay, so eng waren wir nicht mehr befreundet. Aber trotzdem geht es einem nahe, wenn jemand im eigenen Alter stirbt.«

»Wie alt sind Sie eigentlich?«

»Dreiunddreißig.«

»Ja, Sie haben recht, mit dreiunddreißig rechnet niemand damit, dass es schon vorbei sein könnte. Robert ist achtundfünfzig.«

»Hören Sie«, sagte Bittner, »ich kenne Ihren Robert zwar nicht persönlich, aber ich denke, dass er es sich noch überlegen wird und sie nicht mehr ausschließt.«

»Danke«, sagte Eva und Tränen standen in ihren Augen.

»Schon gut. Und jetzt bestelle ich uns noch einen guten Schnaps auf die vielen schlechten Nachrichten.«

Es tat gut, dass er so unbeschwert damit umging, dachte Eva. Nein, sie bereute es nicht, ihn ins Vertrauen gezogen zu haben.

Auf dem Heimweg bot er ihr noch an, bei ihr auf dem Sofa zu übernachten, falls sie nicht schlafen könnte und reden wollte. Das ging Eva dann doch zu weit und lehnte dankend ab. Bittner war einer, den man erst auf den zweiten Blick ins Herz schloss. Eine verdammt gefährliche Mischung Mann, Freund und ... nein, diesen Gedanken wollte sie jetzt wirklich nicht zulassen. Sie spielte mit dem Feuer und das hatte Robert nicht verdient. Als sie später im Bett lag und die Wirkung des Chianti und der Schnäpse nachließ, versuchte sie, Bittner in neutralem Licht zu sehen. Und es ärgerte sie, dass er Robert fast aus ihren Gedanken verbannte. Liebte sie Robert wirklich noch so sehr, wenn das möglich war? Die ganze Nacht wälzte sie sich im Bett hin und her, träumte kurz und schrecklich von Särgen und schwarzen Kleidern.

Ole kommt auf die Insel

Wenn Eva ihn anrief und nur danach fragte, wie es ihm ging, dann ging es ihr schlecht. Ole machte sich solche Sorgen, dass er beschloss, mit dem Ergebnis des DNA-Abgleichs einfach rüber auf die Insel zu fahren und nicht wie sonst nur anzurufen oder eine Mail zu schreiben. Er musste wissen, was los war. Eva war ja nicht nur eine liebgewonnene Kollegin, sondern mit den Jahren irgendwie auch zu einer guten Freundin geworden. Zu mehr hatte es leider nicht gereicht. Ihm wäre es recht gewesen, doch er war wohl nicht ihr Typ.

Seine Grippe war zum Glück bereits in einem Stadium, wo er kein Fieber oder Schüttelfrost mehr hatte. Dick eingemummt stand er jetzt an Deck der Fähre und ließ sich den Wind um die Nase wehen. Sicher würde Eva ein gutes Stück weiterkommen mit seinen Ergebnissen, dachte er, als er den Wellen beim Spiel mit dem Wind zusah. Es hatte Zeiten gegeben, da wäre ihm jetzt schlecht geworden. Doch dank Eva musste er nun ja immer öfter rüber auf die Insel. Er fragte sich, ob die Mordrate gestiegen war, seitdem es wieder eine fest installierte Ermittlerin auf Langeoog gab. Doch das war ja dummes Zeug.

Die Insel kam bereits in Sicht und so langsam machte er sich dann auch auf den Weg unter Deck, um einer der Ersten zu sein, die die Fähre verließen. Insgeheim plagte ihn nämlich auch ein Hauch von Klaustrophobie, was er bisher aber nie zum Thema gemacht hatte.

Zum Glück zog es in der kalten Jahreszeit nicht so viele Touristen auf die Insel, so dass er sogar im Anschluss in die Inselbahn steigen konnte.

Als er an die Tür der Dienststelle rüttelte, war diese noch verschlossen. Das hätte ich mir ja denken können, dachte Ole und machte sich auf den Weg zu ihrer Wohnung.

»Ole?« Eva trug noch ihren Bademantel und zog ihn fester um sich, als sie die Tür öffnete.

»Moin Eva, ich dachte, ich komm mal persönlich vorbei.«

»Wieso? Ist was passiert?«

»Lass uns reingehen, sonst holst du dir noch was weg.«

Er folgte ihr in die Küche, wo es verführerisch nach Kaffee roch. Sie schenkte ihm auch einen ein, essen wollte er nichts.

»Dir geht es ja mit deiner Grippe schon viel besser«, sagte Eva und biss in einen Marmeladentoast. »Das freut mich.«

»Jo«, sagte Ole, »ich komm nochmal durch. Aber warum ich heute extra auf die Insel gekommen bin ... ich habe da etwas entdeckt, was dich sicher freuen wird.«

»Ach ja? Du machst mich wirklich neugierig.«

»Wir haben da doch diese fremden Haare, will ich es mal nennen, gefunden.«

Eva nickte zustimmend.

»Tja, es hat sich herausgestellt, dass sie Victoria Siebenbrock gehören.«

»Ist nicht wahr«, sagte Eva, »du meinst, dann ist sie die Täterin?«

»Solche Schlussfolgerungen überlasse ich lieber dir. Aber ich dachte, das würde dich interessieren.«

»Und ob«, sagte Eva, »und du bist dir ganz sicher. Ich meine, wenn es auch nur den leisesten Zweifel gibt, dann ...«.

»Hundertprozentig«, bekräftigte Ole, »da gibt es keinen Zweifel. Allerdings«, schränkte er dann ein, »wäre es schon möglich, dass Alexander Siebenbrock die Haare seiner Frau praktisch selber mit auf die Insel gebracht hat.«

Evas Freude verblasste für einen Moment. »Das könnte tatsächlich sein«, meinte sie enttäuscht. »Allerdings habe ich jetzt immerhin etwas, wo ich beim Verhör von Frau Siebenbrock ansetzen kann.«

Ole nickte. »Ich bin mir sicher, dass du sie so in die Enge treibst, dass sie alles gesteht.«

Beide mussten lachen.

»Und du willst wirklich nichts essen?«, fragte Eva nach.

»Na ja, ein Toast geht immer.«

»Warte, ich mache dir einen, den hast du dir wirklich verdient. Ich ziehe mich vorher noch eben schnell an.« Sie verschwand auf dem Flur.

Ole machte sich sein Brot selber.

»Oh«, sagte Eva, als sie zurückkam, »ich hätte das wirklich gemacht.«

»Eva«, sagte Ole und klang irgendwie ernst.

»Ja?« Sie räumte bereits ihr Geschirr weg, weil sie mit dem Frühstück fertig war.

»Geht es dir gut?«

Sie drehte sich zu ihm um und lehnte sich an die Spüle.

»Wie meinst du das?«

»Na ja, vielleicht geht es mich ja auch gar nichts an, aber du bist irgendwie anders als sonst.«

»Wie anders?« Sie verschränkte die Arme vor sich, was Ole als Abwehrhaltung interpretierte. Sie wollte nicht reden.

»Du rufst mich an und fragst mich, wie es mir geht ... sowas zum Beispiel. Das hast du doch früher auch nie getan.«

Eva sagte nichts, doch er sah, dass es um ihre Mundwinkel zuckte.

»Ist ja auch egal, ich bin für dich da, wenn du jemandem zum Reden brauchst.«

Eva drehte sich weg und er sah, wie sie sich mit der Hand durchs Gesicht fuhr.

»Was ist los, Eva?«, hakte er mit sanfter Stimme nach.

»Robert«, kam es von Eva. Mehr nicht.

»Seid ihr nicht mehr zusammen?«

»Doch ...«.

»Also ist etwas mit ihm?«

»Ja.«

»Ist er krank?«

»Ja.«

Ole stand auf und ging zu ihr rüber. Er legte vorsichtig einen Arm um ihre Schulter und sie wehrte ihn nicht ab. »Willst du darüber reden?«

»Ich habe ihm versprochen, es niemandem zu sagen«, sagte Eva und sah ihn jetzt mit einem Schleier aus Tränen in den Augen an. »Er hat Krebs, Leukämie.«

Ole verschlug es die Sprache. Er hatte mit allem Möglichen gerechnet, aber nicht mit einem Todesurteil. »Wie schlimm ist es?«

Eva zog die Schultern hoch. »Ich weiß es nicht genau. Er weigert sich, sich behandeln zu lassen.«

»Oh.« Ole nahm den Arm wieder von ihrer Schulter und ging zu seinem Stuhl zurück. »Es ist aber seine Entscheidung«, sagte er dann vorsichtig. »Ob es einem gefällt oder nicht, das muss man akzeptieren.«

»Das weiß ich ja«, sagte Eva und setzte Wasser für einen Tee auf. Es tat ihr gut, endlich auch mit Ole darüber reden zu können. »Ich war vor ein paar Tagen bei ihm, weil er sich nicht mehr oder nur noch kaum bei mir gemeldet hat. Ich dachte sogar, dass eine andere Frau im Spiel ist«. Sie lachte kurz auf. »Und jetzt wünsche ich mir manchmal, dass es so gewesen wäre, klingt verrückt, oder?«

»Nein, gar nicht«, sagte Ole. »Sowas ist immer ein harter Schlag. Und jetzt will er Schluss machen?«

»Das weiß ich nicht ... er will nur alleine sein, hat er gesagt. Wie es weitergeht, steht wirklich in den Sternen. Ich bin ja bereit, ihm die Zeit zu geben, die er braucht. Aber ich mache mir solche Sorgen um ihn. Er muss sich doch behandeln lassen, das ist seine einzige Chance.«

»Das weiß man nicht«, versuchte Ole sie zu beruhigen. Doch er wusste, dass Eva lieber die Wahrheit würde hören wollen. »Aber wahrscheinlich stünden die Chancen besser, wenn er sich in die Hände von Fachärzten begeben würde. Vielleicht überlegt er es sich ja noch einmal.«

»Das hoffe ich.« Eva goss das Wasser auf.

»Willst du heute gar nicht in die Dienststelle?«

»Doch, aber es ist mir noch zu früh. Nachdenken kann ich auch hier und außerdem brauche ich ja keine neuen Berichte von dir zu lesen, du bist ja hier.« Eva lächelte wieder.

Ole fand das gut und fragte: »Wie willst du jetzt weiter vorgehen?«

»Ich werde Victoria nach Langeoog kommen lassen. Wenn sie zurück an den Tatort kehrt, dann habe ich sie besser im Griff.«

»Sicher eine gute Taktik. Am besten, du gibst ihr das Zimmer, in dem die Morde geschehen sind.«

»Ja, das wäre was. Aber ganz so bösartig bin ich dann doch nicht. Und sonst? Noch weitere Neuigkeiten für mich?«

»Nein, eigentlich nicht. Auf den Messern gab es keine Fingerabdrücke, die die DNA der Ehefrau oder der anderen beiden aufwiesen, was ja auch zu erwarten war.«

»Aber andere Fingerabdrücke gab es schon?«

»Ja, jede Menge, aber sie lassen sich nicht zuordnen.«

»Und die Messer? Gehören sie zur Hotelausstattung?«

»Nein, auf keinen Fall, so viel steht fest. Der Täter muss sie mitgebracht haben.«

»War zu erwarten. Aber warum war es ihm egal, darauf Spuren zu hinterlassen? Ich verstehe das Ganze einfach nicht. Möglicherweise stammen sie aus dem Haus von Victoria.«

»Kann sein.«

»Ich werde gleich die Kollegen vor Ort anrufen, damit sie die drei Haushalte unserer Verdächtigen unter die Lupe nehmen.«

Sie nahm ihr Handy und rief in Oldenburg an. Man versprach, sich sofort darum zu kümmern und sich wieder bei ihr zu melden.

Eva schenkte Tee ein und sie unterhielten sich über verschiedene Dinge aus vergangenen Zeiten.

»Siehst du Jürgen eigentlich noch?«, fragte Ole.

»Eher selten«, antwortete Eva. »Klingt vielleicht komisch, aber um sich aus dem Weg zu gehen, ist die Insel wohl noch groß genug.«

»Und wer geht wem aus dem Weg?«

»Ich weiß nicht. Man sollte Vergangenem nicht zu sehr nachhängen. Unsere Wege haben sich nun einmal getrennt.«

»Ich mochte ihn immer sehr«, sagte Ole, »vielleicht guck ich nachher nochmal bei ihm in der Touristinfo vorbei.«

»Klar, warum nicht. Ihr beiden könnt ja Freunde bleiben.«

Es klingelte an der Tür.

»Oh, das ist sicher Bittner«, sagte Eva, »er wollte mich heute Morgen abholen.«

Ole wusste nicht, was da nun wieder vor sich ging. Doch bei Eva wunderte ihn gar nichts mehr. Erstaunt registrierte er den jungen Mann, den sie ihm kurz darauf als ihren neuen Mitarbeiter vorstellte.

»Es ist aber nichts Offizielles«, sagte sie, »deshalb wäre es mir lieb, wenn du mit niemandem darüber sprechen würdest.«

»Ja gut«, sagte Ole, »es wird sowieso viel zu viel gequatscht heutzutage.«

Eva holte eine weitere Tasse und sie tranken zu dritt den Tee zu Ende, wobei Eva Bittner auf den neuesten Stand brachte.

»Das ist doch gut«, sagte Bittner und sah von einem zum anderen.

»Wir werden sehen«, sagte Eva, »und jetzt machen wir uns mal auf den Weg in die Dienststelle. Ich habe vorhin beim Telefonat mit den Oldenburger Kollegen dafür gesorgt, dass Victoria Siebenbrock noch heute auf die Insel kommt.«

Victoria

Diese Ermittlerin ging ihr langsam wirklich auf die Nerven. Victoria hatte noch im Bett gelegen, als der Anruf der Polizeidienststelle in Oldenburg sie erreichte. Da war sie schon alleine, weil Amadeus sich bereits auf ihren Wunsch hin noch in der Nacht auf den Weg nach Hause gemacht hatte.

Nachdem sie sich geduscht und gefrühstückt hatte, rief sie sich ein Taxi, das sie nach Bensersiel bringen sollte. Die Fähre ging in zwei Stunden.

Ausgerechnet auf eine Insel, dachte sie, als sie ein paar Sachen in ihren Rollkoffer warf. Sie hatte Wasser noch nie sonderlich gemocht und schon gar nicht in dem Ausmaß eines Meeres. Bestimmt würde sie Platzangst auf dem Sandhaufen bekommen. Was sollte das überhaupt, dass diese Polizistin sie dorthin zitierte? War das erlaubt? Aber sie hätte es im anderen Fall wohl nicht getan. Besser, ich bringe es hinter mich, dachte Victoria, in der Hoffnung bereits am nächsten Tag wieder abreisen zu können.

Was man von ihr wollte, wusste sie nicht. Es hatte nur geheißen, dass Kommissarin Eva Sturm sie gerne in ihrer Dienststelle auf Langeoog befragen möchte.

Bevor sie ins Taxi stieg, schrieb sie Amadeus noch eine SMS. Er antwortete prompt mit vielen Fragezeichen, die sie selber im Moment nicht beantworten konnte.

Wie erwartet wurde es Victoria übel, als die Fähre ablegte. Bereits beim Betreten hatte sie ein mulmiges Gefühl beschlichen. Auch wenn es bitterkalt war und sie entsetzlich fror, so blieb sie doch an Deck, um jederzeit über die Reling spucken zu können. Während sie sich krampfhaft an einer Bank festhielt, spielte sie mit dem Gedanken, diese Eva Sturm wegen Körperverletzung zu verklagen.

Es ging den Rest der Fahrt gut und sie übergab sich nicht. Als sie unter den Füßen wieder festen Boden hatte, verflog ihre Übelkeit in der Inselbahn auf dem Weg zum Bahnhof. Victoria hatte sich über den Reiseverlauf auf die Insel genauestens im Internet informiert, um keine Überraschungen zu erleben.

An der Rezeption des nächstbesten Hotels erkundigte sie sich nach der Adresse der Polizeistation und machte sich mürrisch auf den Weg. Ihre Füße waren praktisch abgefroren und der Wind pfiff um ihre Nase. Die meisten Geschäfte waren geschlossen und nur in einzelnen Cafés und Hotels brannte ein heimelig anmutendes Licht. Ja, einen Kaffee hätte sie jetzt auch vertragen können. Sie vertrieb die unschönen Gedanken mit einer Erinnerung an die letzte Nacht. Amadeus war ein phantastischer Liebhaber.

Als sie an die Tür der Dienststelle klopfte, öffnete ihr kurz darauf ein junger Mann. Es war derselbe, der auch bei ihr im Haus gewesen war.

»Frau Siebenbrock«, sagte Eva, »schön, dass Sie es einrichten konnten, zu uns auf die Insel zu kommen. Das macht die Sache leichter.«

»Für wen?«, murmelte Victoria und ließ ihren Rollkoffer beim Eingang stehen und setzte sich zu Eva an den Schreibtisch, während Bittner im Abseits auf dem Sofa vor dem Fenster Platz nahm.

»Ich denke, es wird Sie doch wohl interessieren, wer Ihren Ehemann ermordet hat.«

»Das macht ihn auch nicht wieder lebendig.«

»Na gut, wie Sie meinen. Dann will ich nicht lange um den Brei herumreden. Ich habe Sie heute auf die Insel gebeten, weil man Beweismittel in dem Hotelzimmer, in dem Ihr Mann und seine Geliebte ermordet wurden, gefunden hat, die Sie in Bedrängnis bringen könnten.«

Das erste Mal zeigte sich echtes Interesse in Victorias Gesicht.

»Was meinen Sie damit?«, fragte sie.

»Es wurden Haare von Ihnen in dem Hotelbett gefunden.«

»Haare? Von mir?«

Eva nickte. »Haben Sie dafür eine Erklärung für mich?«

Victoria zog die Schultern hoch. »Er war mein Mann«, sagte sie knapp.

»Und Sie wollen weiterhin behaupten, dass Sie nicht in dem Hotelzimmer gewesen sind und ihn und seine Geliebte ermordet haben?«

»Das behaupte ich nicht nur, es entspricht der Wahrheit«, sagte Victoria und ihre Unsicherheit verflog. »Ist es nicht nur logisch, dass etwas von mir an ihm war? Schließlich lebten wir im gleichen Haushalt und ich kümmerte mich um seine Wäsche. Also, was ist daran verwunderlich, wenn Haare von mir in seinen Sachen sind?«

Natürlich hatte sie recht, dachte Eva. Zu dem Schluss war sie ja selber schon gekommen. Doch sie hatte die Reaktion von Victoria aus erster Hand sehen wollen. Und den Eindruck einer Mörderin machte sie immer noch nicht auf Eva. Vielmehr hatte sie tatsächlich nach einer plausiblen Erklärung für sich gesucht und schien jetzt zufrieden.

»Ein Zweifel bleibt immer«, sagte Eva, »auch wenn es im Moment danach aussieht, als könnten Sie mögliche Beweise entkräften.«

»Ein paar Haare von mir an Alexander sind nun wie gesagt wirklich kein Beweis für einen Mord, den ich begangen haben soll. Da müssen Sie mir schon mehr nachweisen. Ich denke, wir sind hier fertig.«

»Oh, nicht so schnell«, sagte Eva, »ich dachte, Sie wollten sich gerne noch einmal das Hotelzimmer ansehen, in dem es passiert ist.«

»Warum sollte ich das tun?«

»Na ja, ich an Ihrer Stelle würde es sehen wollen.«

Hinter Victorias Stirn arbeitete es und ihre Augen wurden schmal. Sie schien die Vor- und Nachteile einer weiteren Verweigerung abzuwägen.

»Von mir aus«, sagte sie dann. »Bringen wir es hinter uns, dann kann ich noch heute wieder zurück nach Oldenburg. Ich bekomme auf einer kleinen Insel wie dieser nämlich Platzangst.«

»Dann gehen wir«, sagte Eva, nahm sich ihre Jacke und auch Bittner erhob sich. »Bleiben Sie bitte hier«, wies Eva ihn an, falls jemand anruft. Er verstand und setzte sich an ihren Schreibtisch.

Eva öffnete die Tür und bat Victoria, vorauszugehen.

»Gehen Sie bitte vor«, sagte diese, »ich weiß ja nicht, in welchem Hotel er ermordet worden ist.«

Sehr clever, dachte Eva, oder vielleicht auch wirklich unschuldig.

Die Besichtigung des Tatorts dauerte nicht lange und Victoria verzog im Grunde genommen keine Miene. Entweder war sie eine verdammt gute Schauspielerin oder sie hatte ihren Mann schlichtweg einfach nicht mehr geliebt. Aber zur Mörderin machte sie das nicht.

»Werden Sie sich jetzt mehr um die Firma Ihres Mannes kümmern?«, fragte Eva, als sie mit Victoria am Bahnhof stand.

»Ich habe von Immobilien keine Ahnung«, erwiderte Victoria. »Alexander hat dafür gesorgt, dass es mir finanziell gut geht, falls ihm jemals etwas passieren sollte.«

»Damit, dass er ermordet wird, hat er aber sicher nicht gerechnet.«

»Bitte?«

»Schon gut. Sagen Sie, Frau Siebenbrock, haben Sie Ihren Mann geliebt?«

Die Inselbahn lief ein und Victoria griff nach ihrem Koffer.

»Natürlich habe ich ihn geliebt«, sagte sie kalt, »schließlich war er mein Mann.«

Dann stieg sie in einen gelben Waggon und sah nicht mehr zurück.

Eva sammelt sich

Eva hatte der Inselbahn nachgesehen und dabei waren ihre Gedanken mit aufs Festland gezogen. Was Robert jetzt wohl machte? Er meldete sich einfach nicht und das tat ihr sehr weh.

Sie wusste, dass sie jetzt zurück in die Dienststelle musste, weil Bittner wissen wollte, wie es gelaufen war. Doch sie wollte jetzt alleine sein. Also zog sie ihr Handy aus der Tasche und schrieb ihm eine SMS mit dem Inhalt, dass sie nicht denke, dass Victoria die Täterin sei. Außerdem würde sie jetzt erst einmal in ihre Wohnung gehen und sich später wieder melden.

Er antwortete prompt mit einem knappen Okay und dem Hinweis, dass er die Stellung halten würde.

Wie brachte sie diesem jungen Mann bloß schonend bei, dass sie am liebsten alleine arbeitete? Es war ja nicht so, dass er unsympathisch war, sonst hätte sie der Vereinbarung ja gar nicht zugestimmt. Doch immer mehr erwies es sich als Fehler, gestand Eva sich ein. Sie wollte keinen zweiten Jürgen an ihrer Seite, der sie behandelte, als könne sie die Dinge nicht alleine regeln. Doch damit tat sie Bittner unrecht. Er war ein ganz anderer Mann. Und doch musste sie irgendwann mit ihm darüber sprechen. Aber nicht jetzt.

Sie schlenderte zurück in den Ort und kam auch an der Touristinfo vorbei. Dass sie sich ausgerechnet jetzt mit Jürgen beschäftigen musste. Es lag wohl auch an Ole, der wieder von ihm gesprochen hatte. Solange sie hier auf der Insel war, würde es wohl so bleiben.

In der kleinen Bäckerei kaufte sie sich ein Croissant und nahm es mit in ihre Wohnung. Dort kochte sie sich einen Tee und setzte sich anschließend auf ihr Sofa. Sie streifte die Schuhe ab und zog die Beine hoch.

Die Tasse in ihrer Hand wärmte sie und plötzlich kehrte eine unbeschreiblich schöne Ruhe ein. Endlich konnte sie wieder nachdenken.

Und da gab es einiges, was noch zu klären war. Nachdem sie sich jetzt sicher war, dass Victoria nicht die Täterin war, kreisten ihre Gedanken um den Ausweis von ihr, der im Hotelzimmer gefunden worden war. Warum war es dem Täter so wichtig, dass die Polizei zunächst glaubte, dass Alexander Siebenbrock gemeinsam mit seiner Ehefrau auf der Insel war?

Eigentlich konnte es nur in der Person der Geliebten, Isabella, begründet sein. Der Mörder wollte nicht, dass man sofort erfuhr, dass sie es war, die tot neben Siebenbrock im Hotelbett lag. Und das wies darauf hin, dass es dem Täter wichtig war, Zeit zu gewinnen. Zeit, um von der Insel zu verschwinden. Zeit, um alle Spuren, die über Isabella zu ihm führen konnten, zu verwischen.

Eva musste sich eingestehen, dass sie sich bisher viel zu wenig um Isabella gekümmert hatte. Der Fokus der Ermittlung lag auf Alexander, weil er der reiche Firmeninhaber war. Weil es bei ihm eine betrogene Ehefrau gab, die man verdächtigen konnte. Weil er einen Geschäftspartner hatte, dem sein Tod ganz gut in den Kram passen würde. Alles drehte sich um Alexander und das war vielleicht ein Fehler gewesen.

Auch wenn es hier in der Wohnung verdammt gemütlich war, so musste sie jetzt doch in die Dienststelle, um sich alle Tatortfotos noch einmal anzusehen. Besonders mit Isabella und ihrem Umfeld wollte sie sich beschäftigen. Sie stellte die Tasse ab und entschied anders, weil sie einfach keine Lust hatte, die Wohnung noch einmal zu verlassen. Sie nahm ihr Handy und rief Bittner an.

»Könnten Sie bitte mit allen Fotos zu mir in die Wohnung kommen«, sagte sie.

»Sicher, bin sofort da«, kam es vom anderen Ende. »Ich hatte mich sowieso gerade damit beschäftigt.«

Irgendwie war es doch schön, ihn als Mitarbeiter zu haben, dachte Eva und lehnte sich zurück, als sie aufgelegt hatte. Es klingelte an der Tür. Bittner konnte das unmöglich sein. Robert? Ihr Herz klopfte plötzlich bis zum Hals. Er hatte doch einen Schlüssel. Mit gemischten Gefühlen machte sie auf. Es war der Postbote. Er hielt ihr ein kleines

Päckchen entgegen und Eva runzelte die Stirn. Sie hatte nichts bestellt.

»Ist das für mich?«, fragte sie unnötigerweise

»Denke schon.« Der Mann reichte es ihr und machte sich wieder auf den Weg.

Es war Roberts Handschrift. Eindeutig. Plötzlich sackte ihr Blut in die Beine. Warum schickte er ihr etwas? Waren da die paar Sachen drin, die sie bei ihm im Haus deponiert hatte? Ein Abschiedsgeschenk? Sie machte die Tür zu und ging schleppend zurück ins Wohnzimmer. Sie konnte das Paket unmöglich aufmachen, bevor Bittner hier war. Sie würde in Tränen ausbrechen, wenn Robert so mit ihr Schluss machte. Das sollte Bittner nicht mitbekommen. Also stellte sie das Paket neben dem Schrank auf den Boden, so dass sie es nicht die ganze Zeit sehen musste, wenn Bittner gleich kam.

Sie starrte in ihren Tee, der mittlerweile kalt geworden war. Es war komisch, vor Kurzem hatte es sich noch schön angefühlt, hier alleine auf dem Sofa zu sitzen. Und jetzt hielt sie es kaum noch aus. Die Minuten verstrichen, ohne dass sie sich rührte. Dann klingelte es wieder an der Tür. Endlich.

Eva machte auf und versuchte, einen normalen Eindruck zu machen.

»Schön«, sagte sie, »Tee?«

»Immer.«

Bittner legte seinen Parka ab und folgte ihr ins Wohnzimmer.

»Da auf dem Tisch können Sie die Fotos ausbreiten«, sagte sie, »ich bin gleich wieder da.«

In der Küche ließ sie kaltes Wasser über ihre Hände laufen und ging dann mit einem Tee für Bittner zurück ins Wohnzimmer.

»Sie haben sich also auch schon mit den Fotos beschäftigt«, begann sie und setzte sich neben ihn aufs Sofa.

Er nickte.

»Und? Ist Ihnen irgendwas aufgefallen?«

»Na ja«, sagte er zögerlich, »ich weiß nicht, ob das wichtig ist.«

»Erst einmal ist immer alles wichtig, bis wir feststellen, dass es das nicht mehr ist«, sagte Eva.

»Der Ausweis«, sagte Bittner.

»Was ist damit?«

»Ich habe mich gefragt, warum die Geliebte ihn bei sich gehabt hat.«

Er war also auf der gleichen Spur wie sie, das freute sie.

»Sehen Sie«, sagte sie, »genau aus dem Grund wollte ich die Fotos noch einmal sehen. Wir haben Isabella bisher völlig stiefmütterlich behandelt. Und der Ausweis hat mich auch beschäftigt, weil ich mich gefragt habe, warum der Täter ihn überhaupt dorthin mitgenommen hat.«

Bittner Gesicht strahlte. Er freute sich wie ein Primaner über das Lob seines Lehrers. »Eben«, sagte er, »das wäre doch nicht nötig gewesen. Was hat er davon gehabt, wenn wir zuerst dachten, dass es die Ehefrau war, die da tot mit im Bett liegt?«

»Es hat ihm Zeit verschafft«, sagte Eva, »Zeit, um Spuren zu beseitigen, zu verschwinden und Sonstiges zu erledigen, das uns bis jetzt noch unbekannt ist.«

»Sie meinen also, er hat uns bewusst auf die falsche Fährte gelockt?«

»Richtig. Davon gehe ich aus. Wir müssen Isabella durchleuchten. Victoria können wir als Täterin glaube ich ausschließen. Sie hat ihren Mann nicht geliebt, denke ich, aber es ging ihr ansonsten nicht schlecht. Und selbst wenn sie sich hätte scheiden lassen, so wäre Alexander Siebenbrock meines Erachtens der Letzte gewesen, der ihr deswegen das Leben zur Hölle gemacht hätte. Dafür war er viel zu sehr auf sein eigenes Vergnügen bedacht.«

»Da könnten Sie recht haben«, meinte Bittner und nahm einen Schluck von seinem Tee. »Wir wissen bisher herzlich wenig über Isabella, weil sie eben nur eine Geliebte war. Mehr nicht.«

»Nur eine Geliebte«, wiederholte Eva, »das klingt fast so, als könnte sie jede x-beliebige Frau sein und hat keinen besonderen Wert.«

»Oh, das wollte ich nicht ...«.

»Schon gut. Sie haben ja recht. Eine Geliebte ist leicht austauschbar. Bis vor kurzem hatte Alexander ja noch die Affäre mit seiner Angestellten Betty. Und wenn wir den Gedanken weiterspinnen, dann frage ich mich, ob es auch Betty hätte treffen können, wenn sie noch länger mit Alexander zusammengeblieben wäre.«

»Und wie sehen Sie das?«

»Hm ... wenn das Augenmerk gar nicht auf Alexander lag, sondern auf Isabella, dann würde ich sagen, nein. Denn die Geliebte war vielleicht für Alexander eine x-beliebige austauschbare Frau, aber für den Täter mag Isabella viel mehr gewesen sein.«

»Sie denken also, dass im Gegensatz zu unseren bisherigen Vermutungen gar nicht Alexander die Hauptperson bei dem Doppelmord ist, sondern Isabella?«

Eva nickte. »Könnte doch sein.«

»Dann wäre Alexander dem Täter also eher zufällig in die Hände gefallen.«

Sie nickte wieder. »Kommen Sie, lassen Sie uns alles zu Isabella herausfinden.«

Und diese Aufgabe erwies sich als schwieriger, als gedacht. Denn Isabella Schoolmann war eine eher unauffällige junge Frau, die in einem kleineren Drogeriemarkt in Oldenburg gearbeitet hatte. Das wussten sie ja schon. Aber sonst? Es hatte keine Hinweise auf nähere Verwandte gegeben, so dass sie gar nicht weiter recherchiert hatten, bisher. Wen kümmerte es schon, wenn so eine junge Frau, die die Geliebte eines reichen Immobilienhändlers gewesen war und sich aushalten ließ, ums Leben kam? Und doch musste es da jemanden geben, dem sie mehr bedeutet hatte.

»Es muss mit Alexander zusammenhängen«, sagte Eva, »aber nur indirekt. Es war die Tatsache, dass sie ein Verhältnis hatte. Und das hätte sie mit jedem anderen Mann auch haben können.«

»Sie meinen, sie hatte einen Freund, von dem wir noch nichts wissen?«, schlussfolgerte Bittner und sie nickte dazu.

»Er könnte auch derjenige sein, der den Ausweis aus Victorias Haus gestohlen hat, um ihn im Hotel zu deponieren.«

»Dann war er vielleicht auch derjenige, der vor dem Hotel herumgelungert ist, und die beiden verfolgt hat, als sie zum Essen gingen.«

»Ja, davon können wir wohl ausgehen. Ein großer kräftiger Mann, der voller Wut auf die Insel gekommen war, weil seine Freundin ihn betrog. Er hat sich das Spielchen eine Weile mit angesehen und dann hat er zugeschlagen.«

»Und wo sollen wir den finden?«, fragte Bittner.

»Das kann uns nur gelingen, wenn wir jemanden finden, der mehr über Isabella wusste. Der wusste, mit wem sie zusammen war.«

»Also fahren wir nach Oldenburg?«

Eva schüttelte mit dem Kopf. »Nicht wir, sondern Sie«, sagte sie.

»Ich alleine?«, fragte er und konnte es gar nicht glauben.

»Ja«, antwortete Eva, »Sie machen das schon. Sie haben ja auch im Hotel den entscheidenden Hinweis mit dem Unbekannten in Erfahrung gebracht. Ich denke, es ist unauffälliger, wenn Sie als junger Mann diese Fragen stellen. Es sollte dabei nämlich niemand den Eindruck bekommen, dass es sich um eine polizeiliche Ermittlung handelt, wenn Sie die Kollegen in der Drogerie befragen oder auch andere aus dem Mietshaus, in dem sie gewohnt hat.«

»Verstehe«, sagte Bittner, »also eine eher verdeckte Ermittlung.«

Beide mussten lachen.

»Ich sehe, wir verstehen uns«, sagte Eva, »wir wollen doch nicht, dass am Ende noch jemand unserem Täter einen Hinweis gibt, dass wir ihm auf den Fersen sind.«

»Wann fahre ich los?«

»Am besten so schnell wie möglich«, sagte Eva und ihr Blick wanderte in Richtung Schrank, wo das Päckchen von Robert stand. »Und Sie informieren mich sofort, sobald sich etwas ergibt. Dann komme ich rüber.«

»Okay«, sagte Bittner und steckte sich noch ein Foto von Isabella ein. »Für alle Fälle.«

Er wird immer besser, dachte Eva belustigt. Doch nach Lachen war es ihr gar nicht mehr zumute. Denn als die Tür hinter Bittner ins Schloss fiel, da ging sie zum Schrank, nahm das Päckchen auf und setzte sich damit an den Tisch.

Wer ist Isabella?

Bittner war stolz wie Oskar, als er auf der Fähre saß. Ihm machte die Arbeit mit Eva Sturm richtig Spaß. Und jetzt war er auf dem Weg, um einen wichtigen Beitrag für die laufenden Ermittlungen zu leisten. Was war er jetzt eigentlich? Vielleicht Privatdetektiv? Ja, diese Bezeichnung gefiel ihm und er spielte mit dem Gedanken, dafür ein

Gewerbe anzumelden. Dann konnte er auch offiziell für Eva arbeiten. Er mochte sie, denn sie war keine gewöhnliche Frau. Sie hätte gut und gerne seine Mutter sein können, doch davon war sie meilenweit entfernt. Nein, für ihn war sie nicht alt. Und schließlich war sie ja auch erst fünfzig. Desto älter er selber wurde, umso mehr relativierte sich das Alter für ihn. Seine Großmutter mit ihren achtundsiebzig Jahren, ja, die wurde langsam wirklich alt. Sie kränkelte immer öfter, ging aber nicht zum Arzt. Ihr Motto war, dass sie nun schon so viele Jahre ohne ausgekommen wäre, da würde sie die Letzten auch noch schaffen. Sie wohnte alleine in dem alten Haus, in dem sie mit seinem Großvater ihr Leben lang für den Haushalt und die fünf Kinder gesorgt hatte, die sie bekamen.

Eva, ging es ihm durch den Kopf. Sie litt unter dem Umstand, dass ihr Freund schwerkrank war. Und noch mehr darunter, dass er sie aus allem ausschloss. Das hatte sie eigentlich nicht verdient. Er wusste leider nicht, wo dieser Robert wohnte, sonst hätte er ihm bei dieser Gelegenheit mal so richtig den Kopf gewaschen.

Die Fähre legte an und kurz darauf stieg er in ein Taxi, das ihn nach Oldenburg bringen sollte. Eva hatte darauf bestanden, dass er direkt dorthin fuhr, ohne sich weiter Gedanken um die Kosten zu machen. Als Inselpolizistin war sie eben auf diese Art der Beförderung angewiesen, wenn es wichtig war.

Und es war wichtig, das spürte Bittner. Im Prinzip waren sie beide zum gleichen Zeitpunkt auf diese Spur gestoßen. Das freute ihn.

Während der Fahrt suchte er in seinem Tablet weiter nach Hinweisen zu Isabella Schoolmann. Er fand auf ihrem Facebook Account jede Menge männlicher Verehrer, die zu ihren leicht anzüglichen Bildern Kommentare abgaben. Ob einer dieser Männer der Verdächtige war? Auf einige traf die Beschreibung des großen kräftigen Mannes durchaus zu, wenn die Profilbilder echt waren. Einige kamen sogar aus dem Oldenburger Raum.

Als Erstes ließ Bittner sich zu der Drogerie fahren, in der Isabella gearbeitet hatte. Eine junge blonde Frau, die er in Isabellas Alter schätzte, nahm er ins Visier und sprach sie an, als sie damit beschäftigt war, den Make-up Bestand aufzufüllen.

»Die Farbe hätte Isabella auch gut gestanden.«

Sie sah auf und er zeigte auf den roten Lippenstift, den sie in der Hand hielt.

»Sie kannten sie?«

Er nickte. »Ja, wir waren mal kurz zusammen. Ich habe erst jetzt nach einer längeren Reise von ihrem Tod erfahren. Einfach schrecklich.«

»Ja, das kann man wohl sagen. Ich war gut mit ihr befreundet. Uns alle hier hat ihr Tod ziemlich mitgenommen. Die Kolleginnen haben für ein Tierheim gesammelt, weil Isabella das so gewollt hätte.«

»Ein Tierheim statt Blumen«, sagte Bittner, »das passt zu Isabella. Sie hat Tiere über alles geliebt.«

»Ja, sie hat viel Zeit im Tierheim verbracht und sich um die alten Hunde und Katzen gekümmert. Auch da kann man es nicht fassen, dass Isabella nicht mehr da ist.« Sie unterdrückte ein paar Tränen.

»Und ihr Freund?«, fuhr Bittner fort, »war der auch so tierlieb? Ich meine, sie hatte doch bestimmt einen, oder?«

»Ja sicher«, sagte die junge Frau, »Isabella war nie lange alleine. So, wie sie aussah, liefen ihr die Männer scharenweise nach. Und dabei waren ihr die Tiere immer viel wichtiger, komisch, oder?«

»Ich weiß nicht. Sicher hat sie dann auch immer entsprechende Freunde gehabt.«

»Sie mögen also auch Tiere?«

Bittner nickte. »Ich habe eine Katze, die von meinem Nachbarn versorgt wird, wenn ich verreise. Ich hätte auch gerne einen Hund, aber das lässt sich mit meiner Arbeit nicht vereinbaren.«

»Was machen Sie denn?«

»Ich bin Journalist«, sagte er, denn er sah keinen Grund, hier etwas anderes zu erfinden.

»Oh, Journalist«, wiederholte sie, »das klingt sehr interessant. Warum haben Sie und Isabella sich denn damals getrennt?«

»Es war wohl wegen der Arbeit, nehme ich an. Ich war oft zu Fotoreportagen unterwegs.«

»Ach so, das verstehe ich. Isabella war eine, die die Leute, die sie liebte, immer um sich haben musste. Überhaupt war sie nicht gerne alleine.«

»Geht wohl den meisten so. Wie geht es denn ihrem Freund? Kommt er so einigermaßen klar?«

»Tobias? Ja, irgendwie muss er wohl. Ich habe ihn allerdings schon lange nicht mehr gesehen.«

Bittner wurde hellhörig. »Hoffentlich hat er sich nichts angetan.«

»Nein, das sicher nicht. Er arbeitet auch im Tierheim und würde die vielen Hunde niemals im Stich lassen.«

»Aber Sie sagten doch, Sie hätten ihn länger nicht gesehen.«

»Stimmt. Ich hatte ja nur über Isabella zu ihm Kontakt, wenn er sie hier abgeholt hat. Doch dazu gibt es jetzt ja keinen Grund mehr.«

Bittner wurde langsam nervös. Am liebsten hätte er die junge Frau gefragt, wie dieser Tobias aussah. Doch wie hätte er das Interesse danach begründen sollen?

»Vielleicht fahre ich auch mal zum Tierheim«, sagte er stattdessen, »ich werde etwas für die Tiere spenden, um die sich Isabella gekümmert hat.«

»Oh, das ist wirklich eine gute Idee«, stimmte die junge Frau zu. »Und wenn Sie Tobias sehen, dann grüßen Sie ihn doch von mir. Wenn er reden will, dann kann er gerne mal hier vorbeikommen.«

»Das mache ich sicher«, sagte Bittner, »woran erkenne ich ihn denn?«

»Das ist nicht schwer, er ist der große Kerl mit dem noch größeren Herzen.« Sie lächelte. »Ein Typ wie Schwarzenegger mit guter Seele.«

Das ist er, dachte Bittner. Verdammt, das ist er.

»Dann mache ich mich mal auf den Weg. Vielen Dank.«

»Kommen Sie gerne wieder vorbei«, rief sie ihm nach.

Sie ist einsam, dachte Bittner. Er hatte es an ihren tiefblauen Augen gesehen, die ihn praktisch angebettelt hatten, noch zu bleiben. Wahrscheinlich war etwas dran an den neuesten soziologischen Betrachtungen, dass die Menschen immer mehr Möglichkeiten hatten, in Kontakt zu kommen dank der sozialen Medien, doch in Wirklichkeit vereinsamten sie stattdessen.

Draußen winkte er einem Taxi und ließ sich zum Tierheim fahren.

Dort angekommen hielt er sich nicht lange mit Floskeln auf und fragte eine Rothaarige nach Tobias.

»Der ist nicht da«, antwortete sie und fuhr sich mit der Hand durch ihre dicke Mähne. »Warum suchen Sie ihn denn?«

»Ach, das ist eine lange Geschichte, es geht um Isabella, seine Freundin.«

Sofort machte sie ein betretenes Gesicht.

»Tragisch«, sagte sie, mehr nicht.

»Wissen Sie denn, wo ich Tobias finden kann?«

Sie schüttelte mit dem Kopf. »Er war schon ein paar Tage nicht mehr hier, was eigentlich komisch ist. Er lässt seine Hunde sonst nie im Stich.«

»Ein paar Tage schon? Vielleicht ist er krank.«

»Kann sein. Er arbeitet ja auch ehrenamtlich hier und muss sich nicht entschuldigen. Vielleicht geht es ihm ja auch wegen Isabella nicht gut.«

»Ich könnte ihn zuhause besuchen und nach ihm sehen, wenn Sie mir seine Adresse geben.«

»Hm ... ich weiß nicht«, zögerte sie.

Bittner lächelte sie an. »Ich wollte übrigens auch noch eine Spende für die Tiere dalassen. Im Namen von Isabella.«

»Na, wenn das so ist«, gab sie nach und nannte ihm das Spendenkonto und gleich hinterher die Adresse von Tobias.

»Danke«, sagte er, »ich werde mit ihm reden und dann ist er sicher bald wieder hier bei seinen Hunden.«

»Das wäre toll«, sagte sie und wandte sich wieder ihrer Tätigkeit am PC zu, bei der er sie unterbrochen hatte.

Das Paket

Eva hatte ihre Hände um das Paket gelegt und lange so gesessen. Es konnte alles Mögliche darin sein. Und so etwas hatte er noch nie gemacht. Er schickte nichts und schrieb auch keine Briefe. So war Robert nicht. Ihm war das persönliche Wort wichtig. Wenn es sein musste, auch am Telefon.

Doch jetzt, mit seiner Erkrankung, da wurde wohl alles anders.

Sie wollte sich jetzt nicht länger den Kopf zerbrechen und fuhr mit dem Daumennagel unter dem Klebeband entlang und öffnete das Paket kurz darauf.

Unter weichem Papier, das die Dinge darin wohl beim Transport schützen sollte, fand sie einen weiteren kleinen Karton. Es war Parfum. Ihre Lieblingsmarke. Warum schenkte er ihr das gerade jetzt? Sie machte die Schachtel auf und verströmte ein wenig davon auf ihren Unterarm. Das tat gut. Wenn er Geschenke für sie kaufte, dann dachte er wenigstens an sie.

Daneben fand sie auch noch eine Schachtel feiner Pralinen und einen weißen Umschlag, auf dem nur Eva stand. Ihre Finger zitterten, als sie ihn aus dem Päckchen herausnahm. Er war nicht zugeklebt und sie zog einen weißen dicht beschriebenen Bogen heraus. Erste Tränen schwammen bereits in ihren Augenwinkeln, weil sie es irgendwie ahnte, was jetzt kommen würde.

Liebe Eva,
Ich habe lange gebraucht, um diese Zeilen zu Papier zu bringen. Du weißt, dass ich nicht gerne schreibe …

Eva seufzte auf und wischte mit der freien Hand unter ihren Augen entlang.

... aber jetzt, wo alles anders wird, da werde ich auch wohl in meinem Alter noch ein paar neue Dinge lernen müssen.

Als du kürzlich bei mir warst, da habe ich mich sehr zusammenreißen müssen. Ich wollte nicht über meine Krankheit reden, doch du hast mir keine andere Wahl gelassen, weil du einfach zu mir gekommen bist. Nicht, dass ich es dir übel nehmen würde. Du hast ein Recht darauf, zu erfahren, was mit mir los ist, wenn ich mich plötzlich nicht mehr melde.

Doch, liebste Eva, auch ich habe ein Recht darauf, die Dinge so zu tun, wie es in meinen Augen richtig ist. An meiner Einstellung, mich nicht behandeln zu lassen, da hat sich nichts geändert. Ich sehe, wie du jetzt da sitzt auf deinem Sofa, vielleicht einen Tee auf dem Tisch, und mit dem Kopf schüttelst. Natürlich tust du das. Und vielleicht hast du ja auch recht, dass ich alles falsch mache. Doch es ist mein Leben und ich möchte es so zu Ende bringen, ohne dass Ärzte an mir herumpfuschen, bis es mir immer schlechter geht. Das Leben ist endlich. Wir müssen das akzeptieren. Und wenn jetzt mein Ende gekommen ist, dann ist das so. Ich kann das akzeptieren, auch wenn ich noch so gerne so viele Dinge mit dir erlebt hätte.

Doch das Schicksal hat etwas anderes für mich geplant.

Ich sehe vor mir, wie du zweifelst. Schicksal?, wirst du denken. Seit wann interessiert sich Robert für das Schicksal, wo er die Dinge doch so gerne selber in die Hand nimmt? Tja, ich bin an einem Punkt angekommen, wo ich einsehen muss, dass ich es nicht mehr in der Hand habe.

Liebe Eva, meine Geliebte, du bist das Beste, was mir je passiert ist ...

Tränen liefen Eva übers Gesicht. Sie kümmerte sich nicht mehr darum. Immer wieder wischte sie sich über die Augen. Was sie da las, sie wusste, wie es enden würde.

... und das sage ich nicht nur so. Ich meine es ehrlich, ich bin froh, dass es dich gibt. Und ich weiß, dass du jetzt mit deinem kriminalistischen Spürsinn bereits ahnst, dass dieses hier, mein Brief an dich, das Letzte sein wird, was ich schreiben werde. Eva, ich möchte dir mit meinen Problemen nicht im Weg stehen. Sicher hältst du mich jetzt für verrückt. Aber glaube mir, irgendwann wirst du verstehen, dass es richtig ist, wenn du dich jetzt um dich selbst kümmerst, anstatt um einen desillusionierten alten Mann, der bald vielleicht zu schwach sein wird, dich in den Arm zu nehmen.

Eva, ich liebe Dich und das wird immer so bleiben. Aber bitte suche nicht den Kontakt zu mir und akzeptiere meinen Wunsch, so zu sterben, dass ich vor mir selbst bestehen kann.

In ewiger Liebe

Dein Robert

Eva fühlte sich wie gelähmt. Ihre Tränen versiegten. Es war aus. Robert wollte sie nicht mehr sehen. Er wollte, dass sie seinen praktisch letzten Willen respektierte. Was hatte er geschrieben? Sein Wunsch, so zu sterben, dass er vor sich selbst bestehen konnte? Wollte er sich umbringen? Es klang fast so. Und sie? Was sollte sie jetzt machen? Es einfach ignorieren? Wie stellte er sich das eigentlich vor? Sowas machte man nicht mit einem Menschen, den man vorgab, so sehr zu lieben. Dem schrieb man doch nicht, dass man sich umbringen wollte und der andere sollte dabei tatenlos zusehen. Sollte sie sich in Robert so sehr getäuscht haben? War es ihm egal, was mit ihr geschah? Sie konnte es einfach nicht glauben, dass er es wirklich so meinte, wie sie es im Moment interpretierte. Selbst, wenn sie ihn nicht über alles lieben würde, aber so hätte sie doch sofort alles in Bewegung gesetzt, um einen

Suizid zu verhindern. Da hätte es auch ein Brief von einem Wildfremden sein können, in so einem Fall, da handelte man doch.

Das kann doch alles nicht wahr sein, dachte sie bekümmert und las den Brief erneut.

Sie kam zu dem gleichen Schluss. Es las sich so, als wolle er sich etwas antun. Sicher, man konnte es auch so interpretieren, dass er einfach nur auf den Tod warten wollte. In dem Fall, da stimmte sie ihm zu, hätte sie nicht das Recht, ihn zu etwas anderem zu zwingen. Jeder bestimmte selbst über sein Leben. Und gerade sie, die immer nur machte, was sie wollte, sollte das doch am besten verstehen können, wie er sich gerade fühlte.

Ihr Handy klingelte und vor Schreck griff sie sich an die Brust. Schwer atmend nahm sie dann ab.

»Hallo?«

»Sven hier«, kam es vom anderen Ende.

»Bittner, was gibt es?«

»Ich glaube, ich habe da was entdeckt«, sagte er und klang, als käme er gleich durch den Hörer. »Es ist der Freund von Isabella, ein gewisser Tobias, der im Tierheim arbeitet. Ich habe seine Adresse und dachte, dass Sie vielleicht auch herkommen wollen.«

Eva ließ alles sacken und sagte: »Sicher, geben Sie mir zwei Stunden. Dann treffen wir uns am Bahnhof und gehen gemeinsam zu der Wohnung.«

Wie in Trance machte Eva sich für den Flug, den sie dafür beordert hatte, fertig.

Wenn Robert es so wollte, dann würde sie ihn von nun an in Ruhe lassen, beschloss sie und packte das Parfum und den Brief wieder zurück in den Karton.

Mechanisch zog sie ihre Schuhe und ihre Jacke an, griff nach ihrer Tasche, tat das Handy hinein und verließ ihre Wohnung.

Tobias

Niemals hätte er gedacht, dass er einen Menschen genauso würde lieben können wie seinen Hund. Vielleicht lag es daran, dass Menschen, und besonders seine Eltern, nie besonders gut oder herzlich zu ihm gewesen waren. Er war das einzige Kind und hatte immer das Gefühl gehabt, dass es ihnen leidtat, dass er auf die Welt gekommen war. Damit er sich beschäftigen konnte, hatten sie ihm, als er fünf war, einen Goldhamster geschenkt. Als dieser starb, wünschte Tobias sich einen Hund, der zu seinem besten Freund wurde.

Sein Leben verlief weiter in der Erkenntnis, dass man Menschen besser aus dem Weg ging. In der Schule wurde er wegen seiner Größe, mit der er schon alle in der vierten Klasse überragte, als Lulatsch gehänselt. Sie schubsten oder schlugen ihm mit ihren Taschen auf den Rücken. Stahlen ihm sein Pausenbrot, schmierten es mit Sand ein und legten es wieder in seine Schultasche. Nein, es gab eigentlich keinen Tag, auf den sich Tobias gefreut hätte. Schon morgens wurde ihm manchmal übel, wenn er nur daran dachte, wo er wieder hinmusste.

Nur die Nachmittage und die Wochenenden, die er mit Sammy in der freien Natur verbrachte, konnten ihn glücklich machen. Sammy starb mit nicht einmal fünf Jahren, weil er von einem Auto erfasst worden war. Tobias weinte sieben Tage und Nächte und seine Mutter, die endlich einmal Mitleid mit ihm bekam, schenkte ihm einen neuen Hund, den Tobias sofort ins Herz schloss und Karlchen nannte, weil er so klein und irgendwie hässlich war. Doch das sah man, wenn man Hunde liebte wie Tobias, mit ganz anderen Augen.

Karlchen wurde zwölf und starb in Tobias´ Armen.

Der Junge zog wegen seiner Lehre als Metallbauer von Zuhause aus, nachdem er die Schule mit Ach und Krach beendet hatte.

Er lebte mehr für sich und verstand sich mit dem Betriebschef ganz gut. Das erste Mal interessierte sich jemand wirklich für ihn. Es mochte daran liegen, dass der Chef selber keine Kinder hatte, obwohl er und seine Frau sich diese immer gewünscht hatten, wie er Tobias einmal erzählte, als die beiden ihn zum Essen zu sich nach Hause eingeladen hatten.

Tobias mochte die beiden, doch nach der Lehre verließ er den Betrieb, weil er an der Arbeit mit Metall einfach kein Gefallen fand. Stahl ist so kalt und tot, sagte er an seinem letzten Tag und wünschte dem Chef alles Gute.

Er jobbte fortan mal in Restaurants und Cafés, half in Supermärkten beim Regale auffüllen mit oder fand Anstellungen in Kioskbetrieben und kleinen anderen Unternehmen, die ihn zwar nicht fürstlich bezahlten, doch er kam zurecht. Nebenbei machte Tobias das, was ihn schon immer glücklich gemacht hatte. Er half im Tierheim mit.

Und dort lernte er Isabella kennen. Vom ersten Augenblick an war er verliebt. Es passierte etwas zwischen ihnen beiden, als sie den Raum betrat, was er nicht in Worte fassen konnte. Sie kümmerte sich gerne um die älteren Tiere und führte Hunde aus. Außerdem spendete sie alles, was sie nicht selber zum Leben brauchte, damit es den Tieren an nichts fehlte.

Es dauerte nicht lange, und Tobias lud sie zum Essen ein. Beim Italiener vor der Tür küsste er sie das erste Mal. Später gestand sie ihm, dass er ihr auch sofort aufgefallen war. Schon alleine wegen der Größe, sagte sie lachend. Von dem Tag an waren sie unzertrennlich.

Immer wieder versuchte Tobias, sie zu einer gemeinsamen Wohnung zu überreden. Aber das wollte Isabella nicht und er respektierte es. Bis er eines Tages mitbekam, warum sie so auf einer eigenen Wohnung bestand. Sie war ihm nicht treu.

In Oldenburg

Während der Fahrt nach Oldenburg versuchte Eva, Robert aus dem Kopf zu bekommen. Was jetzt kam, das war verdammt wichtig, das spürte sie. Bittner war wirklich ein guter Mitarbeiter. Und ihr kam der Gedanke, dass er auch ein guter Detektiv wäre. Er hatte diesen gewissen Spürsinn, ohne aufdringlich zu wirken. Und wenn er ein Gewerbe anmeldete, dann war es auch nicht mehr fragwürdig, wenn sie seine Dienste in Anspruch nahm. Sie würde mit ihm bei passender Gelegenheit darüber sprechen.

Auf dem Bahnhof in Oldenburg drängten sich die Menschen. Wahrscheinlich waren viele von ihnen auf dem Weg zum Weihnachtsmarkt in der Innenstadt. Eva bedeutete dieses Fest nichts und sie versuchte, auch gar nicht erst, den Hype darum zu verstehen. Noch nie war sie so unbeschwert mit Familienfesten umgegangen, wie so manche junge Frau, die sich, eingehakt bei einem Mann, mit einem Lächeln im Gesicht durch die Menge schob.

Dann entdeckte sie Bittner, der wild mit den Armen winkte.

»Ganz schön voll hier«, sagte Eva, als sie ihn erreichte.

»Das Taxi wartet schon«, erwiderte er und zog sie mit in seine Richtung.

»Sie haben verdammt gute Arbeit geleistet«, sagte Eva, als sie eingestiegen waren.

»Das müssen wir noch abwarten«, sagte er, »aber alles, was ich bisher erfahren habe, spricht eigentlich für sich.«

Den Rest der Fahrt zur Wohnung von Tobias schwiegen sie, weil sie merkten, dass der Fahrer immer wieder neugierig in den Rückspiegel sah.

Bittner zahlte und sie stiegen aus. Der große Wohnblock aus roten Ziegelsteinen sah wenig einladend aus. Vor dem Haus standen überquellende Mülleimer und ein Kinderfahrrad lag quer vor dem Eingang. Die Lichter in einzelnen Wohnungen brannten. Doch bei dem Fenster von Tobias war alles dunkel. Bittner drückte auf die Klingel im dritten Stock.

Es tat sich nichts.

»Klingeln Sie bitte woanders, damit wir reinkommen«, sagte Eva.

Es summte kurz darauf und sie gingen rein.

Vor der Tür von Tobias klingelten sie erneut. Wieder nichts.

»Hören Sie Tobias, mein Name ist Eva Sturm und ich bin von der Polizei. Bitte öffnen Sie die Tür.« Sie trommelte unterstützend dagegen.

Es tat sich nichts.

»Vielleicht ist er nicht da«, schlug Bittner vor.

»Ja, der Gedanke ist mir auch schon gekommen«, seufzte Eva und rollte mit den Augen.

Gegenüber ging eine Tür auf. »Kann ich Ihnen helfen?«, fragte eine junge Frauenstimme.

»Das wäre gut«, sagte Eva und drehte sich zu ihr um. Sie trug einen Jogginganzug und wirkte ungepflegt. »Wir möchten zu Tobias. Wissen Sie, ob er da ist?«

»Tobias? Ich weiß nicht, ich habe ihn schon ein paar Tage nicht mehr gesehen. Vielleicht ist er ja verreist.«

»Macht er das öfter, ohne Ihnen Bescheid zu sagen?« Eva spürte, dass sie ihn besser kannte.

»Nein«, schüttelte die junge Frau den Kopf, »eigentlich nicht.«

»Ich bin von der Polizei, das haben Sie ja sicher schon mitbekommen. Es ist wichtig, dass ich in die Wohnung von Tobias komme. Haben Sie einen Schlüssel und könnten ihn mir geben?«

Die junge Frau zögerte. »Polizei?«, wiederholte sie.

»Es ist wirklich wichtig«, betonte Eva.

Die junge Frau nickte. »Moment«, sagte sie und Eva sah, wie sie in die Schublade eines altmodischen Schranks griff. »Hier«, sagte sie dann und reichte Eva den Schlüssel.

»Danke. Sie bekommen ihn vielleicht gleich zurück. Es ist besser, wenn Sie jetzt in Ihre Wohnung gehen und dort warten, bis ich mich wieder bei Ihnen melde.«

Die Tür ging zu.

»Wollen wir hoffen, dass wir noch nicht zu spät kommen«, sagte Eva und steckte den Schlüssel ins Schloss. Dann machte sie Licht.

Aus der Wohnung kam ihnen ein Geruch nach verfaultem Obst und anderen undefinierbaren Verwesungszuständen entgegen. Eva hielt sich die Hand vor die Nase.

»Das ist ja furchtbar«, sagte sie und ging als erstes in die Küche, die gleich rechts neben dem Eingang lag. Dort stapelten sich leere Milch- und Pizzakartons.

Dann ging sie weiter ins Schlafzimmer. »Tobias!«, rief sie, »sind Sie hier?«

Keine Antwort. Das Bett war zerwühlt, aber leer.

»Vielleicht ist er im Wohnzimmer«, meinte Bittner mit leiser Stimme.

»Wir werden sehen.«

Eva machte die Tür, die ein Glasfenster hatte, vorsichtig auf.

»Tobias?«, sagte sie und betätigte den Lichtschalter.

Im nächsten Moment sah sie einen jungen Mann reglos auf dem Sofa sitzen. Er trug eine Jeans und einen schwarzen Strickpullover. Sein Kinn war auf seine Brust gestützt, seine Haut wirkte fahl.

»Tobias«, wiederholte Eva, »Polizei. Bitte heben Sie die Hände, damit ich sie sehen kann. «

Er rührte sich nicht.

Beide dachten, dass Tobias tot sei. Doch dann fuhr langsam seine linke Hand nach oben, in der er eine Waffe hielt.

»Machen Sie jetzt keinen Fehler«, sagte Eva und zog sofort ihre Waffe heraus und hielt sie im Anschlag. »Bleiben Sie hinten«, sagte sie zu Bittner, damit er nicht in die Schusslinie geriet.

Tobias hatte aber gar nicht vor, sie zu bedrohen, sondern ließ die Waffe einfach auf das Sofa fallen.

»Das ist gut«, sagte Eva und ging vorsichtig näher heran, bis sie die Waffe ergreifen konnte. Sie übergab sie Bittner, der ihr gefolgt war.

»Tobias Faller, ich nehme Sie vorläufig wegen des Verdachts des Mordes an Isabella Schoolmann und Alexander Siebenbrock fest. Alles, was Sie sagen, kann ...«.

»Schon gut«, sagte Tobias plötzlich und sah sie mit verzweifeltem Blick an. »Ich gebe ja alles zu. Sie brauchen nichts weiter zu sagen. Ich habe es einfach nicht geschafft ...«. Sein Blick wanderte zu Bittner, der noch immer seine Waffe hielt. Es war klar, was er meinte, er hatte versucht, sich das Leben zu nehmen.

Eva informierte die Kollegen vor Ort, damit man Tobias abführte.

»Warum haben Sie das getan?«, fragte Eva, die sich nur ungern in einen Sessel gesetzt hatte und ihn ansah.

»Ich habe sie geliebt«, erwiderte Tobias tonlos. »Ich habe sie über alles geliebt.«

»Und dann haben Sie herausgefunden, dass sie Sie betrügt, habe ich recht?«

Er nickte. »Ja. Das hat so weh getan. Sie war mein Leben. Sowas macht man doch nicht, oder?«

»Sie haben ja keine Ahnung, was Menschen, die lieben so alles tun«, sagte Eva mehr zu sich. »Aber es ist trotzdem nicht richtig, jemanden zu töten, das wissen Sie sicher.«

»Ja, das weiß ich«, sagte er. »Und das Schlimmste ist, dass ich mich jetzt nicht mehr um meine Tiere kümmern kann.« Das erste Mal liefen Tränen über sein Gesicht.

»Daran hätten Sie vorher denken sollen«, sagte Eva und doch wusste sie, wie es in einem Menschen aussieht, wenn er von dem anderen, den er über alles liebt, zutiefst verletzt wird.

Tobias wurde von den Kollegen abgeführt und Eva ersparte es sich, die Wohnung noch nach weiteren Beweisen zu durchsuchen. Sie brauchte jetzt frische Luft. Den Rest würden die Oldenburger erledigen.

»Und jetzt?«, fragte Bittner, als sie draußen standen.

»Jetzt geht es nach Hause«, sagte Eva. Sie rief ein Taxi, das sie zum Bahnhof bringen sollte. »Heute fahren wir mal mit der Bahn«, sagte sie, »ich habe Lust darauf.«

Bittner schmunzelte. »Damit dürften sie wohl zu einer verschwindend geringen Minderheit gehören.«

»Das war bei mir schon immer so«, sagte sie vieldeutig.

Als sie in Emden ausstiegen, rief sie ein Taxi, damit man sie nach Bensersiel brachte.

Bittner lag eine Frage auf der Zunge. Er sah sie aus dem Augenwinkel an. Sie schien sehr nachdenklich und irgendwie traurig zu sein.

»Wollen Sie vielleicht lieber nach Tannenhausen fahren?«, fragte er vorsichtig.

Eva stutzte, sah ihn wie abwesend an und schüttelte dann mit dem Kopf. »Nein«, sagte sie, »wir fahren jetzt nach Langeoog.«

Zuhause

Draußen war es schon wieder dunkel geworden, als Eva sich mit ihrem Tee ins Wohnzimmer setzte. Es war so still. Sie hörte ihren eigenen Atem. Doch sie wollte jetzt weder Musik hören, noch den Fernseher einschalten, der bei ihr eher ein Dekorationsmöbel war.

Sie dachte an die letzten Stunden zurück, wo sie mit Bittner den Mörder gestellt hatte. Tobias hatte gelitten und sich dann zu einer brutalen Tat hinreißen lassen. Sicher, er tat ihr in gewisser Weise auch leid. Isabella hatte ihn verletzt und vielleicht auch ausgenutzt. Doch das gab ihm noch lange nicht das Recht, sie zu töten. Er hätte einfach mit ihr Schluss machen können. So etwas geschah jeden Tag irgendwo, dass sich zwei Menschen trennten, weil einer oder auch beide sich nicht mehr wohlfühlten mit der Beziehung.

Unweigerlich fuhr sie mit ihren Gedanken wieder zu Robert. Ihr Blick wanderte zu dem Päckchen, das noch immer dort stand. Er hatte mit ihr Schluss gemacht, egal wie er es sah. Er wollte keinen Kontakt mehr zu ihr, weil er sein Leben mit seiner Krankheit alleine abschließen wollte. Was auch immer das bedeutete. Er hatte entschieden, dass es sie nichts mehr anging.

Sie war kein kleines Kind mehr und musste es akzeptieren. Menschen trafen sich und trennten sich wieder. Der Lauf der Dinge. Man konnte niemanden zwingen, für immer bei einem zu bleiben. Sie musste loslassen lernen.

Die Kerze auf dem Tisch flackerte, weil sie fast ganz zu Ende gebrannt war. Wenn sie erlischt, dann erlischt vielleicht auch irgendwo gerade ein Leben, dachte Eva. Und es gibt niemanden, der daran etwas ändern könnte.

Sie stand auf und beugte sich zu dem Päckchen herunter. Sie hob es auf und sah noch einmal hinein. Nein, sie wollte keine Abschiedsgeschenke haben. Sie ging in die Küche und stellte das Päckchen neben den Mülleimer, um es morgen zu entsorgen.

Sie überlegte kurz, sich noch einen Weißwein zu öffnen, als es an der Tür klingelte. Das konnte nur Bittner sein. Sie würde ihm wirklich einmal deutlich sagen müssen, dass ihre Privatwohnung in Zukunft auch privat bleiben müsste.

Sie wollte ihn nicht in der Kälte draußen stehen lassen und machte widerwillig auf.

»Hallo«, sagte Bittner und hielt ihr eine Flasche Rotwein hin. »Ich dachte, den könnten Sie vielleicht gebrauchen.«

Eva zögerte kurz, dann sagte sie: »Sie haben ein gutes Händchen fürs Timing. Kommen Sie rein, sonst holen Sie sich noch was weg.«

Bittner folgte ihr in die Küche und öffnete die Flasche, während Eva Rotweingläser aus dem Schrank nahm.

»Ich habe mir was überlegt«, sagte Bittner, »aber vielleicht ist das auch zu verrückt.«

»Wir sind doch alle verrückt, also raus mit der Sprache«, sagte sie.

»Nun ja, ich könnte mich doch als Privatdetektiv selbständig machen, dann wäre es auch kein Problem mehr, wenn ich für Sie arbeite.«

»Eine gute Idee«, sagte Eva und lächelte verschmitzt. »Sie hätte glatt von mir sein können.«

ENDE

Mein Brief an Sie,
liebe Leserin und lieber Leser,

eine Achterbahnfahrt der Gefühle, das sind Eva Sturm Krimis immer für mich. Immer wieder aufs Neue schafft sie es, dass ich beim Schreiben selber ein paar Tränen vergießen muss. Vielleicht geht es Ihnen auch so und vielleicht mögen Sie deshalb meine Krimis, weil sie auch immer sehr emotional sind. Wie geht es mit Robert und Eva weiter? Ich fragte es mich, während ich diese Worte schrieb. Mittlerweile gibt es bald den 17. Band mit Eva Sturm..

Neben meinen Krimis habe ich mich auch dazu entschlossen, meine Autobiografie zu schreiben. Es war gar nicht einmal meine Idee, sondern eine junge Frau, die mich am Krimistand in Leipzig kennenlernte, meinte, dass ich doch mein Leben erzählen sollte, um anderen Frauen Mut zu machen. Dafür, dass sich auch mit 50 Jahren das Leben noch einmal ganz neu entwickeln kann.

Ich freue mich immer auf Ihr Feedback, sei es per Mail oder auch als Kommentar zum Buch auf den verschiedenen Onlineplattformen.

Ihre Moa Graven

Die Krimi-Reihen von Moa Graven im Überblick

Die Kommissar Guntram Krimi-Reihe in Leer

Kommissar Guntram ist ein Ermittler Anfang 50 mit den typischen Sorgen eines Mannes in der Midlife-Crisis. Er ist lange verheiratet, hat zwei fast erwachsene Kinder und wohnt in einem Einfamilienhaus in Logabirum.

547

Der Alltag macht ihm zu schaffen. Zuhause fühlt er sich überflüssig und im Job nicht mehr ausgelastet. Außerdem spukt ihm seine Kollegin Katrin Birgner mehr als gut für ihn ist, durch den Kopf. Doch es ist nur Freundschaft, jedenfalls von ihrer Seite aus.

Typisch Mann greift er immer öfter zum Whisky und seine Hauptnahrung besteht aus Chips und anderen ungesunden Sachen.

Im Laufe der Krimi-Reihe ereignen sich auch in seinem Privatleben viele ungeahnte Katastrophen, möchte man sagen. Und bald ist er auch einem Zusammenbruch näher als er selber zugeben mag.

Eva Sturm auf Langeoog

Verliebt ... Verlobt ... Verdächtig - Band 01

Justitias Schwäche - Band 02

Bitterer Todesengel - Band 03

Blaues Blut - Band 04

Stille Angst - Band 05 *(Overcross-Special mit den drei ostfriesischen Ermittlerteams von Moa Graven)*

Schiffbruch - Band 06

Auf dich wartet der Tod - Band 07

7 Tage Regen – Band 08

Wenn es Abend wird, mein Schatz ... – Band 09

Stirb leise ... – Band 10

Der letzte Tanz – Band 11

Und alle haben geschwiegen – Band 12

Niemand wird dir vergeben – Band 13

Gebrochenes Herz – Band 14

Mord in Zimmer 11 – Band 15

Der Duft von Wildrosen – Band 16

Hochzeitstod – Band 17

Eva Sturm ist bereits Ende vierzig, als sie von Braunschweig von ihrem Chef nach Langeoog versetzt wird. Sie selber fühlt sich abgeschoben und weiß nicht so recht, was sie auf so einer kleinen Insel machen soll. Sie ist ledig, war auch noch nie verheiratet, hat keine Kinder und lebt eher für sich und freundet sich nur mit Jürgen von der Touristinfo an, weil dieser nicht locker lässt. Er hat vom ersten Tag an ein Auge auf sie geworfen. Doch Eva hat noch andere Sorgen. Sie plagen die Geister der Vergangenheit. Sie wurde als ganz kleines Kind von ihrer Mutter in ein Heim gegeben und wuchs dann in Pflegefamilien und Heimen auf. Das hat sie geprägt. Deshalb findet sie nur schlecht Vertrauen zu anderen. Ihre Fälle löst sie auf ihre ganz eigene Art. Ziemlich unkonventionell und überhaupt nicht nach Polizeilehrbuch! Und auch Jürgen ist dabei immer an ihrer Seite. Im Laufe der Krimi-Reihe erfahren Sie mehr über das Privatleben und es ändert sich einiges. Doch mehr möchte ich an dieser Stelle natürlich nicht verraten.

Die Profiler Jan Krömer Krimi-Reihe in Aurich

KillerFEE – Band 01
Todesspiel am Großen Meer – Band 02
Kneipenkinder – Band 03
Fallensteller - Band 04
Flächenbrand – Band 05
Blindgänger – Band 06
Fremder - Band 07
Die Puppenstube - Band 08
H.E.A.T.H.E.R – *Band 09*
Lautlos - Band 10
Stille Nacht - Totenstill - Band 11
Tattoo - Band 12

Jan Krömer kommt als junger Ermittler aus der Großstadt auf die Insel Norderney zu einem Sondereinsatz, weil ein Serienkiller dort sein Unwesen treibt. Nach diesem Fall bleibt er in Ostfriesland und arbeitet in Aurich, wo er schließlich auch die vorübergehende Leitung übernimmt, weil sein Chef aus gesundheitlichen Gründen geht. Er macht eine Ausbildung zum Profiler und jagt in seinen Fällen fortan gemeinsam mit Lisa Berthold Serienkiller.

Jan Krömer ist Mitte dreißig und ein sehr feinsinniger Typ. Er nimmt bei seinen Fällen eher Witterung auf, als dass er wie ein Ermittler nach gewissen Vorgaben vorgeht. Das macht ihn als Ermittler sehr spannend, auch für die Frauenwelt. Nach zwei heftigen und dann gescheiterten Beziehungen lebt er allerdings dann schließlich zurückgezogen auf einem alten Hof in Tannenhausen. Er holt sich einen Hund aus dem Tierheim. Mit seiner Kollegin Lisa Berthold, etwas jünger als Ja, versteht er sich auch privat sehr gut, doch an eine Beziehung denken beide nicht. Nach einem dramatischen Fall sucht Lisa sogar Zuflucht bei Jan auf seinem Hof. Bei gemeinsamen Abenden können die beiden gut miteinander schweigen, denn die Fälle, die immer brutaler werden, fordern ihre ganze Kraft im Alltag.

Der Adler – Joachim Stein Krimi-Reihe in Friesland

Joachim Stein hatte eine glänzende Karriere als Polizeipsychologe in Frankfurt. Bis er eines Tages einmal zuviel über die Strenge schlug. So jedenfalls sah es sein Chef. Er legte ihm nahe, sich vorzeitig in Pension zu begeben.

Für Joachim Stein, den alle wegen seines scharfen Verstandes nur „Der Adler" nennen, ist es Zeit, sein Leben neu zu ordnen. Um Abstand und endlich Ruhe zu finden, flüchtet er sich in eine alte Mühle in Horumersiel in Friesland. Völlig zurückgezogen lebt er dort und geht nur nachts vor die Tür. Er hat mit den Menschen abgeschlossen.

Doch dann wittert der Journalist Hauke Flessner eine interessante Story für die Zeitung in Friesland, für die er arbeitet. Der Adler lehnt natürlich ab. Doch dann will es der Zufall, dass seine frühere junge Kollegin Mona Lu bei der Polizei in Friesland arbeitet.

Von da an lösen die Drei gemeinsam Mordfälle in Friesland.

Sand und Meer – Kriminalromane Ostfriesland

Das Leben von Erik

Unter dem Sand - Band 01
Das leere Haus - Band 02
Der stille Gast - Band 03

Bei dieser Reihe handelt es sich um eine als Trilogie angelegte tragische Geschichte um Erik. Einen jungen Mann, der in Band 1 durch Tagebücher seiner verstorbenen Mutter mehr über sich erfährt. Dinge, die ihm nicht immer guttun, und am Ende ist auch Mord im Spiel.

Alle Bücher sind als Taschenbuch oder eBook erhältlich!

Soko Norddeich 117

Wetterleuchten und ein Todesfall - Band 01

Knietief im nächsten Mordfall - Band 02

Omas Neugier und ein Mord im Hühnerstall - Band 03

Watt's ab im Ernstfall – *Band 04*

Sie sind anders als die anderen. Und genau das schweißt sie am Ende zusammen. In der Soko Norddeich 117 lernen wir Thekla, Agneta, Okko, Siggi und Herbert kennen. Sie alle teilen das Schicksal, dass man sie aus dem normalen Polizeialltag einfach aussortiert hat. Sie sitzen in einem Büro in Norddeich an zwei Schreibtischen mit fünf Telefonen, die nie klingeln. Und in der Ecke wartet ein PC darauf, dass er angeschlossen wird. Die Männer spielen Skat, um sich die Zeit zu vertreiben, während Agneta und Thekla sich um ihre Gesundheit sorgen.

Im Grunde könnte es so weitergehen, wenn da nicht durch die Beobachtung einer aufmerksamen Mitbürgerin der erste Fall ins Haus schneit. Die Fünf ermitteln auf eigene Faust und beweisen, dass sie noch nicht zum alten Eisen gehören.

Die Anwältin

Düsterland - Band 01
Finsterwelt - Band 02
Schattenfeld - Band 03

Paula Fenders ist durch den Verlust ihres Sohnes eine Frau mit gebrochenem Herzen. Ihre Ehe zerbricht, ihre Karriere als Anwältin wird plötzlich bedeutungslos.

Sie zieht sich zurück, leidet und lebt schließlich mit fünf Katzen zurückgezogen in einem alten Haus, das sie durch Zufall entdeckt. Der ideale Ort, um der Welt den Rücken zu kehren.

Sie arbeitet anonym auf einer Online-Seite als Anwältin und berät Klienten in Rechtsfragen.

Ostfriesenklinik

Götter in Weiß – Auftakt zur Krimi-Serie
Götter in Weiß – Folge 2
Götter in Weiß – Folge 3
Götter in Weiß – Folge 4
Blutrausch – Staffel II in 3 Folgen

Nach der erfolgreichen ersten Staffel geht es weiter in der Ostfriesenklinik - Spannend - Mysteriös - Emotional

Dr. Juliane Fuchs hat den tragischen Tod eines der Opfer der Machenschaften in der Ostfriesenklinik zu verkraften. Noch immer ist sie in Ostfriesland und findet nicht wieder in das normale Leben zurück. Dann erhält sie einen mysteriösen Anruf und eine geschasste Journalistin steht plötzlich vor ihrer Tür.

Die erste Staffel in vier Folgen mit dem Titel "Götter in Weiß" wurde schnell zum Bestseller bei den Lesern.

Ostfriesische Inselkrimis

Tod am Meer (Wangerooge)– Band 1
Das Geheimnis von Spiekeroog – Band 2

Moa Graven startet mit dem Ostfrieslandkrimi
TOD AM MEER eine neue Krimi-Reihe, wo jeder
Band auf einer der schönen ostfriesischen Inseln
spielt. Los geht es mit Wangerooge. Und jeder Fall
ist in sich abgeschlossen und es treten immer
andere Ermittler auf. Also sozusagen Solobände.
Mit Spiekeroog geht es in Band 2 spannend weiter.

Meine Autobiografie

An dieser Stelle möchte ich Sie auch auf meine Autobiografie hinweisen. Vielleicht interessiert Sie ja auch der Mensch hinter den Krimis. Sie erscheint zur Leipziger Buchmesse 2020, wo ich auch vertreten sein werde.

Ich mach das jetzt einfach mal – Autobiografie
Vom stillen Mädchen zur Bestsellerautorin

Wer Moa Graven heute kennenlernt, trifft auf eine gestandene Frau und Unternehmerin, die seit 2017 vom Schreiben leben kann. Ihre Karriere als Krimiautorin begann für sie erst mit fünfzig Jahren, als sie einen Fortsetzungskrimi für ein Monatsmagazin schrieb. "Ich habe erst mit fünfzig meine Leidenschaft für das subtile Verbrechen entdeckt." Ihre Krimis, die sich deutschlandweit größter Beliebtheit erfreuen, bringt sie im eigenen Verlag heraus und vermarktet sie auch selber.

Doch es gibt auch ein Leben vor der Krimiautorin. Von kleinauf hat Moa Graven gelernt, dass sie mehr oder weniger auf sich selbst gestellt ist im Leben. Das hat sie stark gemacht, doch oft auch einsam.

Die Leere, die Menschen bei ihr hinterließen, wurde durch die Liebe zu Tieren aufgewogen. Moa Graven liebt alle Tiere, besonders aber Katzen und Hunde, die sie schon ihr Leben lang begleiten. Sie war ein stilles Kind, aber nicht dumm. Was sie nicht sagen konnte oder wollte, das schrieb sie auf. Damit begann sie schon als kleines Kind. Es war ihre zweite Leidenschaft neben dem Lesen. Sie liebte Märchenbücher ... und wie ein Märchen liest sich auch das, was ihr mit fünfzig dann passierte, als sie ihren Kommissar Guntram, den brummigen Ermittler, in Leer erfand.

"Dieses Buch soll Frauen Mut machen", sagt Moa Graven. Wenn man etwas wirklich erreichen wolle, dann könne man es auch schaffen. "Dazu gehört auch die Lust, hin und wieder mal gegen den Strom zu schwimmen."

Lesen Sie mehr zu dieser Ausnahme- und Powerfrau, die immer, wenn ihr Leben an Grenzen stieß, mutig sagte: "Ich mach das jetzt einfach mal."

Vielen Dank für Ihr Interesse an meinen Krimis!

Besuchen Sie mich auch gerne in meinem Krimi-Haus Ostfriesland in Rhauderfehn, wo Sie die Taschenbücher auch erwerben können. Ich freue mich auf Sie!

w w w. moa-graven .de